MARY-JANE RILEY
Kalte Strömung

Buch

Die 17-jährige Elena, Tochter der englischen Politikerin Catriona Devonshire, wird in North Norfolk tot am Fuß einer Klippe aufgefunden. Elena hatte nach dem Tod ihres Vaters unter Depressionen und Bulimie gelitten, weshalb die Polizei von Selbstmord ausgeht und den Fall bald zu den Akten legt. Ihre Mutter Cat wird von Gewissensbissen geplagt, da sie und ihr neuer Ehemann Elena auf das Eliteinternat »The Drift« abgeschoben hatten, um sich um ihr junges Eheglück und ihre Karrieren zu kümmern. Sie glaubt nicht an einen Selbstmord und bittet ihre Jugendfreundin Alex, die als Journalistin arbeitet, die Hintergründe des tragischen Ereignisses zu ermitteln. In dem kleinen Städtchen Hallow's Edge, in dem die Schule liegt, stößt Alex auf Ablehnung und Misstrauen, Mitarbeiter und Schüler feinden sie an und bedrohen sie sogar. Schnell wird Alex klar, dass sich hinter der Fassade des Internats tiefe Abgründe verbergen ...

Weitere Informationen zu Mary-Jane Riley sowie zu lieferbaren Titeln der Autorin finden Sie am Ende des Buches.

Mary-Jane Riley
Kalte Strömung

Roman

Aus dem Englischen
von Sibylle Schmidt

GOLDMANN

Die englische Originalausgabe erschien 2016 unter dem Titel
»After She Fell« bei Killer Reads, an imprint of
HarperCollins Publishers, London.

Sollte diese Publikation Links auf Webseiten Dritter enthalten, so
übernehmen wir für deren Inhalte keine Haftung, da wir uns diese
nicht zu eigen machen, sondern lediglich auf deren Stand zum
Zeitpunkt der Erstveröffentlichung verweisen.

Dieses Buch ist auch als E-Book erhältlich.

Verlagsgruppe Random House FSC® N001967

1. Auflage
Deutsche Erstveröffentlichung Juni 2018
Copyright © der Originalausgabe 2016 by Mary-Jane Riley
Copyright © der deutschsprachigen Ausgabe 2018
by Wilhelm Goldmann Verlag, München,
in der Verlagsgruppe Random House GmbH,
Neumarkter Str. 28, 81673 München
Umschlaggestaltung: UNO Werbeagentur, München
Umschlagmotiv: FinePic®, München //
Haus: mauritius images / David Moore / Happisburgh / Alamy
Redaktion: Friederike Arnold
em · Herstellung: kw
Satz: Vornehm Mediengestaltung GmbH, München
Druck und Bindung: GGP Media GmbH, Pößneck
Printed in Germany
ISBN 978-3-442-48743-1
www.goldmann-verlag.de

Besuchen Sie den Goldmann Verlag im Netz

Für meine Brüder:
Patrick, Robert und Francis

DEZEMBER

Zuerst bemerkte er die Leiche gar nicht, weil er gebückt ging, damit ihm der schneidende feuchte Wind vom Meer nicht ins Gesicht peitschte.

Der Alte hatte den abgewetzten, alten Mantel dicht um sich gezogen und blickte auf seine Füße, deren Abdrücke im nassen Sand sich mit Wasser füllten. Als er aufschaute, sah er im grauen Morgenlicht Algen in den gischtenden Wellen. Der Alte blinzelte. Es waren keine Algen, sondern Haare. Er trat näher. Ein junges Mädchen, das fahle Gesicht verquollen bis zur Unkenntlichkeit. Ein Teil des Schädels fehlte, der Kopf war abgeknickt wie bei einer zerbrochenen Puppe, ein Auge starrte blicklos zum Himmel auf. Armes Ding, dachte der Alte. Armes, armes Mädchen. Als er zu der Klippe hinaufblickte, die jäh zum Meer abfiel, meinte er, dort eine Gestalt zu sehen, war jedoch nicht sicher. Über ihm kreischte schrill eine Möwe.

FÜNF MONATE SPÄTER

Daily Courier

Die Tochter einer Spitzenpolitikerin hat sich das Leben genommen, wie bei einer Gerichtsanhörung festgestellt wurde. Das Mädchen litt an Depressionen und einer Essstörung.

Die Leiche von Elena Devonshire, der siebzehnjährigen Tochter von MdEP Catriona Devonshire, wurde im Dezember am Fuße einer Klippe in Hallow's Edge in North Norfolk gefunden, unweit des Internats, das sie besuchte.

Bei der Obduktion wurden zahlreiche für einen Sturz typische Verletzungen festgestellt. Weitere Untersuchungen ergaben Hinweise auf eine geringe Menge Cannabis im Blut.

Bei der gestrigen Gerichtsanhörung wurde bekannt, dass Elena zwischen ihrem vierzehnten und sechzehnten Lebensjahr an Depressionen und einer Essstörung litt.

Laut Vic Spring von der Kriminalpolizei in Norfolk entdeckte man im Handy von Elena, das in ihrem Zimmer im Internat The Drift gefunden wurde, eine Nachricht an ihre Mutter, die »stark vermuten lässt«, dass Elena Suizid begangen habe. »Es gibt keinerlei Hinweise auf verdächtige Umstände im Zusammenhang mit Elenas Tod und keinerlei Aufsichts-

pflichtsverletzungen seitens des Internats«, sagte Spring.

Untersuchungsrichterin Sarah Knight aus Norfolk erklärte den Fall für abgeschlossen, bei dem es sich zweifelsfrei um einen Suizid gehandelt habe.

Nach der Gerichtsanhörung sagte Mrs Devonshire, ihre Tochter sei wegen ihrer Depression und ihrer Essstörung in Behandlung und vollständig genesen gewesen. »Meine Tochter freute sich darauf, an Weihnachten nach Hause zu kommen.«

Ingrid Farrar von der Schulleitung des Internats sagte: »Mrs Devonshire und Elenas Stiefvater Mark Munro gilt unser tiefstes Mitgefühl in dieser schlimmen Zeit. Das Internat kümmert sich eingehend um die seelischen Belange der Schüler und Schülerinnen, und wir sind froh, dass wir Elena zur Seite stehen konnten.«

Catriona Devonshire wurde vor eineinhalb Jahren für den Süden und Osten Englands ins Europaparlament gewählt und ist eine engagierte Kämpferin für Menschenrechte.

1

MAI

Trotz der Hitze draußen war das einzige Fenster im Raum fest geschlossen. Alex Devlins Schwester saß auf einem Stuhl und starrte hinaus in den Garten, wo andere Patienten rauchend herumstanden oder auf Bänken Platz genommen hatten. Eine Frau redete lebhaft auf eine Pflegerin ein, die nickte und in die Ferne schaute. Der Garten sah um diese Jahreszeit bezaubernd aus. Der üppige Rasen war leuchtend grün, die Rosen begannen zu blühen, und die Birken entfalteten ihre Blätter. Alex kam es beinahe vor, als könne sie den süßen Duft des Geißblatts riechen, das sich an einem Ende des Gartens durch den Bambus rankte, und sie wäre liebend gerne nach draußen geflüchtet.

»Sash? Wollen wir vielleicht in den Garten gehen? Es ist ein wunderschöner Tag.«

Seit fünfzehn Minuten war Alex hier, und ihre Schwester hatte bislang noch kein einziges Wort gesprochen. Alex unterdrückte ein Seufzen. Munter zu plaudern, wenn keinerlei Reaktion kam, war schwierig. Und es gab nicht das geringste Anzeichen dafür, dass Sasha die Worte ihrer Schwester überhaupt wahrnahm.

Alex sah sich um. Trotz der Umstände konnte man das Zimmer durchaus als behaglich bezeichnen. Es war in Pastelltönen eingerichtet, auf dem Bett lag Sashas Patchworkdecke. An den Wänden hingen zwei Bilder, allerdings ohne Glas im Rahmen: eine Szene mit Strandhütten und Möwen und ein kleines Foto von Sashas Zwillingen im Sonnenschein und mit einem Eis in der Hand. Die Regale waren angefüllt mit Sashas Lieblingsbüchern, von Enid Blyton bis Kate Atkinson. Brauchte Sasha irgendetwas? Die Seife, die Alex beim letzten Besuch mitgebracht hatte, war noch nicht einmal ausgepackt. Alex unternahm einen weiteren Versuch.

»Liebes, es ist wunderschön draußen und für Ende Mai richtig warm. Weißt du noch, wie sehr du den Sommer immer geliebt hast?«

»Harry und Millie haben den Sommer geliebt.« Eine Träne rann über Sashas Wange.

Alex' Kehle fühlte sich an wie zugeschnürt. Endlich Worte, aber so voller Schmerz. Sie wollte ihre Schwester umarmen, aber Sasha schob sie weg und knurrte: »Geh jetzt.«

Doch Alex wollte noch nicht aufgeben. »Bitte, Sasha, lass uns ein Weilchen rausgehen. Ein bisschen spazieren gehen. Die Sonne im Gesicht spüren. Uns daran freuen, dass wir zusammen sind, für ein paar Minuten zumindest.«

»Freuen?« Sasha rührte sich nicht, und ihre Stimme klang gedämpft. »Ich kann mich nicht mehr freuen, Alex, das weißt du doch. Ich habe alles verloren. Harry. Millie. Jez. Mir ist nichts geblieben.« Ein Schluchzen erschütterte ihren Körper. »Bitte geh«, flüsterte sie.

»Du hast dich doch schon genug bestraft, Sasha«, erwiderte Alex beschwörend. »Lass uns rausgehen. Bitte. Nur dieses eine Mal.«

Stille. Sasha starrte reglos zum Fenster hinaus. Alex wusste, dass es heute sinnlos war. Sie beugte sich zu ihrer Schwester hinunter und küsste ihre kalte Wange. »Alles Gute, Sash. Ich komm dich so bald wie möglich wieder besuchen.«

Keine Reaktion.

Leise zog Alex die Tür hinter sich zu und lehnte sich dagegen. War dieser Besuch besser verlaufen als der letzte? Zumindest hatte Sasha gesprochen. Bislang hatte sie meist nur geschwiegen, da konnten ein paar bittere Worte bereits als Fortschritt betrachtet werden. Aber der Schmerz in Sashas Augen war kaum auszuhalten. Alex konnte sich nicht vorstellen, was sich in ihrem Kopf abspielte. Wie es sich anfühlte, seine eigenen Kinder getötet zu haben. Sie dachte an ihren Sohn, der jetzt achtzehn war. Er hatte die letzten Jahre beachtlich gut durchgestanden, und sie war stolz auf ihn. An ein Leben ohne ihn mochte sie gar nicht denken.

»Ah, hallo, Alex. Ich wollte gerne mit Ihnen sprechen, bevor Sie aufbrechen.« Heather McNulty, die Stationsschwester, kam den Flur entlanggeeilt. Sie war etwas älter als Alex, wirkte sehr gepflegt und trug immer eine heitere Miene zur Schau, obwohl sie den ganzen Tag von teilnahmslosen oder zutiefst verstörten Patienten umgeben war. Heather hatte keine Schwesterntracht an, sondern einen langen wehenden Rock mit Rosenmuster und eine gestärkte weiße Bluse. Glücklicherweise durfte das Pflegepersonal eigene Kleidung bei der Arbeit tragen, so wirkte die geschlossene psychiatrische Abteilung weniger bedrückend. Und Alex fühlte sich weniger schlecht, weil Sasha hier eingesperrt war. Zwei Jahre zuvor hatte ein betagter, gütig blickender Richter verfügt, dass Sasha genug gelitten habe; über fünfzehn Jahre hatte sie mit dem Wissen gelebt, ihre vierjährigen Zwillinge im Meer ertränkt zu haben. Doch es hieß, Sasha müsse in einer geschlossenen Abteilung untergebracht werden. Über Jez, Sashas Mann, der selbst bei der Polizei war, hatte der Richter ein weniger mildes Urteil gefällt. Weil Sashas Mann über den verhängnisvollen Abend jede Menge Falschaussagen gemacht hatte und Schuld daran trug, dass zwei unschuldige Menschen ins Gefängnis gesteckt worden waren, verbüßte er jetzt eine Haftstrafe. Deshalb war Alex dankbar, dass Sasha nur in Leacher's House gelandet war. Es hätte viel schlimmer kommen können.

Alex rieb sich die Stirn. »Ist so weit alles okay mit Sasha? Sie hat doch hoffentlich nicht wieder angefangen, sich selbst zu verletzen, oder?«

»Nein, nein. Ich würde nur gerne kurz mit Ihnen sprechen. Gehen wir doch in mein Büro.«

Sie folgte der Stationsschwester und fühlte sich dabei zurückversetzt in ihre Schulzeit, als sie hinter der Direktorin hertappen musste, um sich eine Strafpredigt anzuhören. Alex' Magen zog sich zusammen.

»Nehmen Sie doch Platz, Alex.«

Sie setzte sich.

Heather ging um ihren Schreibtisch herum, ließ sich nieder und faltete die Hände auf dem Tisch. Dann holte sie tief Luft, und Alex spürte einen heftigen Anflug von Angst.

»Ist Sasha krank?« Nervöses Lachen. Lass das, Alex. »Ich meine, noch kränker als sowieso schon?«

Heathers Hände schienen sich zu verkrampfen. »Sasha spricht nicht so gut auf die Behandlung an, wie wir uns das erhofft hatten.«

»Was meinen Sie damit?«

Ein Schatten huschte über Heathers Gesicht, bevor es wieder so heiter wie immer wirkte. »Nun, sie hat ... ähm ... seit einiger Zeit Wahnvorstellungen.«

Alex blinzelte. »Wahnvorstellungen?«

»Sie bildet sich ein, Jackie Wood ermordet zu haben«, sagte Heather behutsam.

Alex stockte der Atem. Jackie Wood hatte fünfzehn Jahre

im Gefängnis gesessen, weil sie fälschlicherweise wegen Beihilfe zum Mord an Sashas Zwillingen verurteilt worden war. Erst nachdem man Wood aus der Haft entlassen hatte, weil die Beweise von damals für ungültig erklärt wurden, war die Wahrheit über den Tod der beiden Kinder ans Licht gekommen. Doch dann war Jackie Wood umgebracht worden, und der Mord an ihr konnte bis zum heutigen Tag nicht aufgeklärt werden. Alex selbst hatte eine Zeit lang in Erwägung gezogen, ob nicht vielleicht Sasha Jackie Wood getötet hatte, wollte sich jetzt aber nicht mehr damit befassen.

»Da wir natürlich verhindern wollen«, fuhr Heather fort, »dass sich Sashas Zustand verschlechtert, sind wir – das Pflegeteam – zu dem Schluss gekommen, eine andere Behandlungsstrategie anzuwenden.«

»Was soll das bedeuten? Was für eine Behandlung denn? Sie kann aber doch hierbleiben, oder?« Alex merkte, dass sie unwillkürlich lauter sprach, weil sie Horrorvisionen hatte, wie man ihrer Schwester Drogen zwangsverabreichte oder sie einer Elektroschocktherapie unterzog, nach der Sasha nur noch eine leere Hülle war ...

»Alex«, sagte Heather fest. »Sie brauchen sich nicht zu ängstigen. Sasha ist hier in guten Händen.«

»Aber es wird ihr doch wieder besser gehen, oder?«

»Wie ich sagte: Sie ist in guten Händen. Machen Sie sich bitte keine Sorgen. Solche Anpassungen gehören zum Heilungsprozess. Und wir leben im einundzwanzigsten Jahrhundert, wissen Sie. Vieles hat sich geändert.« Heather stand auf, das Treffen war beendet. »Wir halten Sie über jeden einzelnen Schritt auf dem Laufenden.«

Auch Alex erhob sich. »Ich danke Ihnen«, sagte sie, obwohl sie eigentlich nicht wusste, für was.

Wahnvorstellungen. Behandlungsstrategie. Jackie Wood.

Die Worte kreisten in Alex' Kopf, als sie in die klare milde Luft hinaustrat und tief einatmete, um den medizinischen Geruch loszuwerden und sich zu beruhigen. Die Sonne strahlte am wolkenlosen Himmel, der so blau war wie auf einer Kinderzeichnung. Wunderschönes Wetter. An solch einem Tag dachte Alex oft an den kleinen Harry. Von Sasha ertränkt, von Jez ans Ufer geholt. Und auch an Millie, die von den Wellen der Nordsee davongetragen worden war. Ob man die Leiche je finden würde? Noch immer betrachtete Alex junge Mädchen in Millies Alter sehr aufmerksam, hielt noch immer unwillkürlich Ausschau nach ihrer Nichte.

Auf dem Weg zum Parkplatz drehte sie sich noch einmal um. Sasha saß immer noch reglos am Fenster. Alex hatte schon lange gewusst, dass es ihrer Schwester nicht gut ging und sie eigentlich professionelle Hilfe brauchte. Doch in all den Jahren war Alex selbst so belastet gewesen von ihrer Trauer um die Zwillinge und von Schuldgefühlen, weil sie eine Affäre mit dem Mann gehabt hatte, der wegen des mutmaßlichen Mordes an den Zwillingen im Gefängnis gesessen hatte. Aber nun versuchte sie, etwas wiedergutzumachen.

Sie blickte noch einmal zu ihrer Schwester hinauf und wurde mit einer winzigen Bewegung belohnt, die eine Art Winken sein mochte. Seit einer Ewigkeit war so etwas nicht mehr vorgekommen, und Alex spürte eine Aufwallung von Liebe für ihre arme, gequälte Schwester. Nie wieder durfte Sasha im Stich gelassen werden.

2

Das kleine Haus, eine einstige Remise, war nicht weit entfernt von Harrods und dem wohlhabenden Teil von Knightsbridge. In dieser Gegend roch es förmlich nach Geld, fand Alex, als sie vor der blutroten Tür stand, zwischen Rosenstöcken in quadratischen Blumentöpfen. Die Blüten waren lachsrosa und verströmten einen schweren süßen Duft. Fensterrahmen und Garagentor waren im selben Blutrot gestrichen. Dieser Farbton oder ein kräftiges Grün fand sich auch bei den anderen Reihenhäusern. Drei Stockwerke makellose Perfektion. Nicht schlecht, einstmals waren die Häuser Stallungen gewesen.

Alex klopfte an die Haustür.

Die Frau, die vor ihr stand, sah aus, als habe sie tagelang kein Auge zugetan. Auch das starke Make-up konnte die fahle Haut, die tiefen dunklen Schatten unter den Augen nicht verbergen. Catriona Devonshire trug Jeans und T-Shirt, in den Ohren glitzerten Diamantstecker. Der Duft ihres teuren Parfums war überlagert von Zigarettenrauch.

»Alex. Danke, dass du gekommen bist.« Catriona hielt sich so krampfhaft am Türrahmen fest, als fürchte sie umzufallen.

»Cat«, sagte Alex und umarmte die Frau, die früher einmal ihre beste Freundin gewesen war. »Das ist doch selbstverständlich.«

Alex hatte keinen Moment gezögert herzukommen, obwohl sie eigentlich auf der Jagd nach Stoff für Reportagen, nach Aufträgen und Honoraren hätte sein müssen.

Als sie heute dem Nachrichtenredakteur eine Idee für eine Reportage über illegalen Organhandel dargelegt hatte, hatte Bud sich in seinem Bürostuhl zurückgelehnt und sie unter seinen buschigen Augenbrauen hervor fixiert. »Hatte heute Morgen einen Anruf.«

»Aha«, erwiderte sie und fragte sich, was das mit ihr zu tun haben sollte.

»Jemand hat nach dir gefragt.«

»Ach ja?« Wie üblich glaubte Bud, er könne die Spannung steigern, erreichte damit jedoch nur, dass Alex ungeduldig wurde. Sie hatte aber nicht die Absicht, sein Spielchen mitzumachen. »Jedenfalls, Bud, was die Organraubstory angeht. Ich bin noch am Anfang mit den Recherchen, habe aber von einer zuverlässigen Quelle gehört ...«

»Willst du gar nicht wissen, wer es war?«

Alex sah ihren Redakteur an, der wie üblich in seinem Kabuff in einer dunklen Ecke des Büros hockte, »damit die Erbsenzähler mich nicht finden«, wie er immer sagte. Buds Wampe ruhte beinahe auf dem Schreibtisch. Der PC war nach hinten geschoben, davor türmten sich hohe Stapel der *Post* aus vergangenen Jahren. Rundherum ein Tohuwabohu aus Pressemitteilungen, Zeitungsausschnitten, Notizen und weiß der Himmel was noch. Auch Kaffeebecher, einige davon bereits mit einer schleimigen Schicht am Boden. Das Einzige, was Bud Evans noch fehlte, um das Klischee vom Zeitungsmann alter Schule zu vervollkommnen, war ein Stirnband mit grünem Schirm. Bud war ein harter Brocken. Aber er war gut zu Alex gewesen; hatte sie als Einziger eingestellt, nachdem alles über Sasha an die

Öffentlichkeit gedrungen war und Alex Sole Bay verlassen wollte, um in der Anonymität von London unterzutauchen. Als blutjunge Anfängerin hatte Bud sie vor vielen Jahren unter seine Fittiche genommen und nun ein weiteres Mal gerettet. Dafür war sie dankbar und fühlte sich ihm verpflichtet.

Alex grinste. »Was, wenn ich jetzt nein sage?«

Bud stieß einen Laut aus, der eine Mischung aus Schnauben und Husten war. »Du willst es aber wissen.«

Sie verdrehte die Augen. »Na, dann lass hören.«

»Mitglied des Europaparlaments«, verkündete er gewichtig. »Wollte nur dich persönlich sprechen. Du seist angeblich eine alte Freundin von ihr. Wusste gar nicht, dass du dich in so illustren Kreisen bewegst. Oder verheimlichst du was vor mir? Turtelst du mit dem Feind?«

»Europaparlament?« Da kam nur eine einzige Person infrage: Catriona Devonshire.

Während ihrer gesamten Schulzeit waren die beiden Mädchen unzertrennlich gewesen. Cat hatte für Alex die Schwester verkörpert, die Sasha nicht sein konnte. Die Freundinnen hatten einander ihre Geheimnisse, Probleme und Sorgen anvertraut und geschworen, immer füreinander da zu sein. Obwohl sie später an unterschiedlichen Universitäten studierten, blieben sie immer in Kontakt. Als Gus geboren wurde, ließ Cat ihren just geehelichten Mann allein zu Hause zurück, legte in ihrer gerade aufblühenden politischen Laufbahn eine Pause ein und wohnte eine Zeit lang bei Alex, ohne über deren Situation zu urteilen. Cats Anwesenheit war damals Balsam für Alex' Seele gewesen.

Nach dem Tod der Zwillinge verengte sich Alex' Welt, und ihr Leben war von Schuldgefühlen und ihrer Sorge um Sasha bestimmt. Weil in Alex' Kopf nur noch Platz für ihre Schwester war, kümmerte sie sich um niemand anderen mehr, auch nicht um Cat. Und als wenige Wochen später Cats Tochter Elena geboren wurde, brach Alex jeglichen Kontakt zu ihrer Freundin ab.

»Aber ich wünsche mir, dass du Elenas Patin wirst«, hatte Cat damals flehentlich gesagt.

Alex bemühte sich um einen nüchternen Tonfall, als sie erwiderte: »Cat, du hast deine Familie und deine Karriere. Jegliche Verbindung mit mir würde das alles zerstören. Wir müssen Abstand voneinander halten.«

»Aber, Al...«

»Nein, Cat. Ich muss bei meiner Familie sein.« Und dann der Satz, der ihrer Freundschaft damals den Todesstoß zu versetzen schien: »Ich brauche dich nicht mehr, Cat. Ich muss mich um Sasha und Gus kümmern. Das ist meine Familie. Diese Menschen brauchen mich jetzt.« Obwohl es Alex damals fast umgebracht hatte, diese zerstörerischen Sätze auszusprechen, wollte sie unter allen Umständen verhindern, dass Cats Leben durch die unheilvollen Ereignisse beeinträchtigt wurde.

Danach war Cat aus Alex' Leben verschwunden.

Doch sie hatte Cats Karriere weiter verfolgt und war stolz auf ihre Freundin, die auf der politischen Karriereleiter immer höher kletterte. Und aus der Ferne hatte Alex mit Cat getrauert, als ihr Mann Patrick plötzlich verstarb. Und noch mehr, als ihre Tochter Elena tot am Fuße einer Klippe aufgefunden wurde. Alex hatte zur Beerdigung gehen wollen, war aber zu dem Zeitpunkt wegen einer Reportage in Spanien gewesen.

Und nun meldete sich Cat bei ihr, und Hoffnung keimte in ihr auf. Vielleicht bot sich jetzt die Gelegenheit, die Beziehung zu kitten. Vielleicht würde Cat ihr die harten Worte von damals verzeihen. Es kam Alex vor, als habe sie eine zweite Chance bekommen.

»Alex? Alex? Hast du gehört, was ich gesagt habe?«

Sie blinzelte. »Entschuldige, Bud. Was hast du gesagt?«

»MdEP? Will persönlich mit dir sprechen, hat aber keine Nummer von dir. Möchte dir vielleicht eine Story anbieten.«

»Okay, wer ist denn das …«

»Catriona Devonshire. Ist sie eine Freundin von dir?«

»War sie früher mal.«

»Sie sprach von einer Exklusivstory. Für die Zeitung, bei der du arbeitest.«

Schlauer Zug.

»Hast du ihre Nummer?«, fragte Alex so gelassen wie möglich.

»Jawoll. Privatnummer, sagte sie. Keine Ahnung, warum sie mir die anvertraut hat.« Bud gab wieder sein schnaubendes Lachen von sich. »Scheint vollkommen versessen darauf zu sein, mit dir zu reden.« Er griff nach seiner E-Zigarette und saugte wie wild daran. »Verflucht, wie ich diese Dinger hasse«, murmelte er verdrossen, als Dampfwolken aufstiegen. »Warum muss die Scheißregierung uns allen Spaß versauen?« Er nahm die E-Zigarette aus dem Mund und betrachtete sie schwermütig. »Gar nicht zu vergleichen mit einer echten.« Bud steckte sich das Ding erneut in den Mund.

»Aber uns geht es doch jetzt hier im Büro gesundheitlich viel besser, nicht wahr?«, wandte Alex freundlich ein. »Und, gibst du mir Cats Nummer?«

»›Cat‹ heißt sie jetzt schon, wie? Warte. Hab sie hier irgendwo notiert.« Bud begann, in den zahllosen Papieren herumzukramen. Das wird doch nie was, dachte Alex frustriert und hielt gespannt die Luft an.

»Ha! Wer sagt's denn!« Triumphierend wedelte er mit einem Zettel.

»Danke dir.« Sie atmete wieder ein, schnappte sich den Zettel und wollte sich vom Acker machen.

»Und, Alex?«

»Ja?« Sie musste sich das Lachen verkneifen. Bud sah mit seiner komischen E-Zigarette wirklich alles andere als cool aus.

»Die Lady hörte sich ziemlich verzweifelt an. Ich weiß nicht, worum es geht, aber Storys mit korrupten Politikern verkaufen sich immer. Am allerbesten Sexskandal. Hat sie nicht unlängst diesen viel jüngeren Mann geheiratet?«

»Mark Munro?«

»Genau den. Irgend so einen Senkrechtstarter aus der Wirtschaft.«

»Die beiden haben letztes Jahr geheiratet. Hals-über-Kopf-Romanze und Hochzeit im Ausland.«

»Und er ist viel jünger als sie«, sagte Bud nachdenklich. »Vielleicht ...«

Alex zog die Augenbrauen hoch. »Ich dachte, die *Post* sei eine seriöse Zeitung, kein Revolverblatt mit Schmuddelreportagen. Und wenn ein Mann eine viel jüngere Frau heiratet, kräht doch heutzutage kein Hahn mehr danach.«

»Ach, Schluss mit deinem feministischen Genörgel. Wir haben sinkende Auflagenzahlen und sind dankbar für alles.« Bud grinste. »Beinahe alles. Sofern du es auf die richtige Art schreibst. Also, wenn du da eine Story witterst ...«

Alex erwiderte das Grinsen. »Keine Sorge. Dann erfährst du es als Letzter.« Sie zwinkerte Bud zu, bevor sie die Tür hinter sich schloss. Die Story über den Organhandel würde wohl noch eine Weile warten müssen.

Deshalb saß Alex am nächsten Tag auf dem weißen Ledersofa im Haus der Devonshires. Bei der Einrichtung hatte man Wert auf Behaglichkeit gelegt: dicke flauschige Teppichböden, bequeme Sofas, einer dieser künstlichen Kamine, die ein Vermögen kosteten. Geschmackvolle Gemälde, vermutlich von angesagten jungen Künstlern. Ein Tisch, eine große Hängeleuchte. Ein mit Papieren übersäter Schreibtisch, der Alex an den ihres Redakteurs erinnerte, war das Einzige, was nicht zum Gesamtstil passte. Und deutlich spürbar war die traurige Atmosphäre.

Catriona Devonshire saß auf dem Rand des Sofas und zog an ihrer Zigarette, als hinge ihr Leben davon ab. Ihre Hände mit den abgekauten Fingernägeln zitterten, der Lack war abgeplatzt. Cats Mann Mark, ein großer dunkelhaariger Mann um die dreißig mit der jungenhaften Attraktivität eines Filmschauspielers stand an dem wandhohen Fenster. Er strahlte eine Angespanntheit aus, die Alex schwer deuten konnte. Machte er sich Sorgen, oder war er wütend? Sie erinnerte sich noch an die spöttischen Kommentare der Presse über den Altersunterschied der beiden. Es war sicher nicht leicht für Mark Munro gewesen: Schlagzeilen über die Heirat mit Catriona und Schlagzeilen über den Tod ihrer Tochter.

»Kaffee?«, fragte Cat, sprang abrupt auf und drückte hastig ihre Zigarette in dem Ascher auf der Lehne des Sofas aus. Er wackelte, blieb aber stehen.

»Nein danke«, antwortete Alex. Sie hätte durchaus etwas zu trinken brauchen können, fühlte sich aber von dem penetranten Weiß überall so bedrängt, dass sie fürchtete, das Getränk zu verschütten. »Aber trink du ruhig einen.«

»Hab ich schon.« Cat wies auf ein Tischchen neben sich. »Jeder, der herkommt, macht mir Kaffee. Sogar Mark. Als würde das irgendwas helfen.« Sie setzte sich wieder. »Danke übrigens für deinen Brief. Wegen Elena.« Cats Augen schimmerten.

»Das war ja das Mindeste, was ich tun konnte. Es tut mir so leid.«

»Ja.« Cat starrte ins Leere, rang die Hände. Dann wandte sie den Kopf und sah Alex an. »Du hast mir gefehlt.«

»Cat ...«

»Du warst nicht da, als ich dich gebraucht hätte.«

»Es tut mir leid. Es tut mir so leid.« Alex wollte noch viel mehr sagen; sie wollte erzählen, wie sehr sie ihre beste Freundin vermisst hatte, wollte von ihrem eigenen Leben und von Sasha berichten. Aber das war heute nicht das Thema. Heute ging es um Cat. Darum, wie Alex ihr helfen konnte. Sie blinzelte die Tränen weg und beugte sich vor. »Cat«, sagte sie sanft. »Du hast mich gebeten herzukommen.«

»Ja.« Cat begann, nervös mit dem Fuß zu tippen.

»Gegen meinen Rat.« Mark drehte sich jetzt um und warf Alex einen Blick zu, in dem sie sowohl Trauer als auch Ärger zu erkennen glaubte. Interessant.

»Mark, bitte ...«

Er seufzte. »Ach, Cat, du weißt doch, wie ich darüber denke.«

»Ja. Aber ich muss einfach versuchen zu verstehen, begreifst du das nicht? Sie war meine Tochter.« Cat tastete neben dem weißen Lederkissen herum, förderte ein zerdrücktes Zigarettenpäckchen zutage, nahm eine Zigarette heraus und zündete sie mit zitternden Händen an. Marks missbilligender Blick entging Alex nicht. Cats Mann missgönnte ihr das anscheinend.

Er sah Alex an. »Aber wenn man eine Journalistin auf den Plan ruft, handelt man sich doch in jedem Fall Stress ein.«

Alex überlegte, was damit wohl gemeint war. War sie als Freundin oder als Journalistin hergebeten worden? Mark machte keinen Hehl daraus, auf welcher Seite er stand.

Cat blickte Mark bittend an. »Alex kann helfen. Sie ist meine älteste Freundin, und ich habe Vertrauen zu ihr.«

Mark schüttelte den Kopf. »Ach, wie du willst, Cat. Ich merke, dass du kein Einsehen hast.«

Cat warf Alex ein trauriges Lächeln zu. »Mark meint, dass ich nicht mit dir sprechen, sondern die Polizei einschalten sollte. Aber die würden gar nichts unternehmen. Als es passiert ist ... als Elena starb ... habe ich der Polizei schon gesagt, dass Elena sich nie und nimmer das Leben genommen hat. Sie war weder depressiv, noch litt sie an Bulimie oder Anorexie. Das hätte sie mir gesagt. Sie freute sich darauf, an Weihnachten nach Hause zu kommen. Im neuen Jahr wollten wir mit einem anderen Paar und deren zwei Töchtern Ski laufen gehen. Elena dachte über ein Studium nach und so fort. Sie wollte leben.« Cat zog an ihrer Zigarette. »Meine Tochter hat sich nicht umgebracht. Das weiß ich einfach.«

Alex bemühte sich um einen neutralen Gesichtsausdruck. Darum ging es also: um Cats Tochter. Der Fall war als Suizid eingestuft worden.

»Cat«, sagte sie, »bei der Gerichtsanhörung ...«

Ihre Freundin sprang auf und stieß dabei ihre Tasse um. Kaffee tropfte auf den Boden. »Die Gerichtsanhörung ist mir scheißegal!«

Alle drei sahen zu, wie die braune Flüssigkeit sich auf dem weißen Leder verteilte. Unwillkürlich fragte sich Alex, ob der Kaffee wohl Flecken hinterlassen und wie teuer es sein würde, sie entfernen zu lassen.

Gedankenverloren starrte Cat Richtung Fenster. »Die

Gerichtsanhörung ist mir scheißegal«, wiederholte sie, diesmal ruhiger.

»War es ein Unfall?«, fragte Alex in sachlichem Tonfall.

Cat rieb sich mit den Handrücken die Augen.

Mark, der noch immer reglos am Fenster stand, seufzte. »Meine Frau glaubt, dass Elena ermordet wurde«, sagte er.

3

ELENA

MAI, neunundzwanzig Wochen vor ihrem Tod

Vor den Sommerferien fing es an.

An einem Mittwoch um zwei Uhr mittags. Noch Wochen später habe ich mich genau an den Moment erinnert, als ich merkte, dass ich beobachtet werde. Eigentlich total komisch. Hatte die Behauptung, dass man dann so ein Kribbeln im Nacken spürt, immer für Blödsinn gehalten. Aber genau so war es.

Zupfe grade die Blütenblätter von einem Gänseblümchen. Vollidiot. Zupf. Arschloch. Zupf. Vollidiot. Zupf. Arschloch. Aber es ist auch egal. Mein Stiefvater, der neue Mann meiner Mutter, ist beides – und nicht nur das. Ich feuere die Blume auf den Boden. Wie konnte meine Mutter das nur tun? Meinen Vater einfach so ersetzen? Und der Typ ist auch noch viel jünger als sie. Würde am liebsten heulen.

Ich schaue mich um, ziehe das Gummiband vom Handgelenk und binde meine blonden Haare zum Pferdeschwanz. Sitze grade beim Tennisplatz auf dem Rasen und büffle für die Klausuren. Für alle vier. Das ist der Mist bei dieser Scheißschule: Die machen einem so viel Druck, dass man glaubt, der Kopf explodiert bald. Das Hirn kann ja wohl nur ein bestimmtes Maß an Wissen aufnehmen! Und mein Hirn will es außerdem nicht mal speichern. Ich mag Kunst und Englisch, aber meine Lehrer wollen, dass ich auch in Mathe und Physik eine Eins bekomme. Aber wozu, verflucht? Mathe und Physik brauche ich nicht, sondern Englisch und Kunst. Und das werd ich auch als Prüfungsfach nehmen. Ist mir egal, was meine Mutter und mein Stiefvater davon halten. Mein Stiefvater. Ich kann das immer noch nicht fassen. Warum hat Mum das gemacht? Wegen Sex? Iiiiih, bitte nicht. Daran will ich gar nicht denken. Mark Munro verdient Geld ohne Ende. Ist so ein Bankfuzzi. Und die blöden Schlagzeilen, als die beiden geheiratet haben! Nee, oder! Man hätte glauben können, noch nie hätte jemand einen Jüngeren geheiratet. Wurde jede Menge Scheiß über die beiden geschrieben und gelabert, vor allem weil Mum ziemlich bekannt und eben älter ist. Manchmal tun mir die beiden auch ein bisschen leid. Aber trotzdem ...

»Wenn du deinen Abschluss in der Tasche hast, kannst du selbst entscheiden«, hat Mark nach der Hochzeit zu mir gesagt, als er offenbar noch glaubte, er könnte sich wie eine Art Vater aufführen.

Verpiss dich, hätte ich ihm am liebsten gesagt. Du bist nicht mein Vater.

Wenn ich an meinen echten Papa denke, zieht sich immer irgendwas in mir zusammen. Er ist an einem Asthmaanfall gestorben, als ich zehn war. Ich kann mich aber noch an ihn erinnern. Und an die schöne Zeit mit ihm, wenn wir nur zu zweit ans Meer gefahren sind, weil Mum zu Hause netzwerken oder mit Obama telefonieren musste oder irgendwas. Dann sind Dad und ich gepaddelt und geschwommen, haben Sandburgen gebaut, auf der Kaimauer gesessen, Fish and Chips und Eis gefuttert und die Leute beobachtet.

Dad hätte mich niemals auf dieses Internat geschickt.

Ich schirme mit der Hand die Augen ab. Die Tussen sind etwa fünfzig Meter weiter zum Sonnenbaden am Strand. Haben die T-Shirts unter die BHs gesteckt und die Röcke weit hochgezogen. Die Schulbücher rühren sie nicht an, scheinen keinen Wert aufs Lernen zu legen. Liegen da aufgereiht wie Sardinen. Naomi Bishops dicke Lippen (die sie einem sogenannten »Schönheitschirurgen« in der Harley Street verdankt) bewegen sich. Wahrscheinlich quatscht die darüber, wie toll es doch ist, sich in der Sonne zu bräunen. Aber vielleicht labert sie auch über was viel Bedeutsameres, die Nagellackfarbe fürs Wochenende zum Beispiel. Ihr Gefolge lauscht wie üblich andächtig. Als ich damals im Internat eintraf, stinksauer, weil Mum auf Mark gehört und mich weggeschickt hatte, stieß ich als Erstes auf die Tussenclique.

»Komm schon, Süße«, sagte Naomi damals. Bei der klingt jede Äußerung wie ein Befehl. »Schließ dich uns an. Wir haben immer die schärfsten Jungs zum Vögeln, das beste Zeug zum Highwerden und den meisten Spaß. Und wir nehmen nicht jede auf, weißt du. Nur Girls von unserer Sorte.«

Obwohl mein Herz hämmerte wie blöde, habe ich ihr damals wohl einen ziemlich herablassenden Blick zugeworfen (Tara meint, ich hätte total cool ausgesehen) und gesagt: »Nee danke.« Einfach so.

Naomi lachte, aber ich fand, es hörte sich ziemlich verkrampft an.

»Das wirst du noch echt übel bereuen«, sagte Jenni Lewis, Naomis engste Vertraute. »In diesem Laden hier kannst du allein nicht überleben.«

»Ich werd's versuchen«, sagte ich. Nachts kichernd rumhängen und rausschleichen, um sich mit Jungs aus der Oberstufe einzulassen, ist echt so gar nicht mein Ding.

Als ich jetzt zu denen rüberschaue und hoffe, dabei nicht auszusehen wie eine von ihnen, setzt Natasha Wetherby sich auf, wirft ihre Haare zurück, schaut sich um und pustet mir lächelnd einen Kuss zu. Ja, klar. Ich verdrehe die Augen. Helen Clements, die graue Maus aus der Gruppe, die Haare wie ein Vorhang und Augenbrauen so dick wie Frida Kahlo hat, kichert; ein schriller Laut, der bis zu mir zu hören ist.

Auf der anderen Seite vom Tennisplatz hockt noch eine Gruppe Mädchen zusammen, schwatzend und lachend. Zwei aus meinem Jahrgang sitzen auf einer Bank und lernen. Kaum zu fassen. Und ein Stück weiter weg liegen unter einer großen alten Eiche vier Jungs aus der Oberstufe im Gras oder haben sich auf die Ellbogen gestützt und reden. Einer von ihnen – Felix – hält eine Zigarette zwischen Zeigefinger und Daumen und raucht großspurig, schaut sich aber so unruhig um, als fürchte er, erwischt zu werden. Theo, der gegenwärtige Schwarm der Tussen, ist auch dabei, in Skinny Jeans und knallengem T-Shirt. Ich mag keinen von denen sonderlich. Felix sieht dauernd irgendwie so wütend aus, als könne er jeden Moment explodieren, und hat einen fiesen Blick. Und Theo? Schleimig. Weiß, dass er gut aussieht, und die Hälfte der Mädchen hier himmelt ihn an. Mich lässt der kalt.

Max ist auch dabei. Der sollte lieber vor seiner Konsole sitzen, Hausaufgaben machen oder mit gleichaltrigen Jungs rumhängen, nicht mit denen aus der Oberstufe. Die behandeln Max wie eine Art Maskottchen und lassen ihn Botengänge erledigen. Ich seufze, als er zu mir rüberschaut. Fehler. Er lächelt wieder so zittrig und unsicher, als hätte er Angst, gleich verhauen zu werden. Max ist ein bisschen anhänglich, seit ich mal mitgekriegt habe, wie er von Naomi, Natasha und den anderen fertiggemacht wurde. Sie hatten ihm in der Umkleide aufgelauert, ihm die Kleider weggerissen und sich über seinen Schwanz lustig gemacht und so. Max ist ein Junge, der leicht zum Opfer wird. Aber ich wollte das nicht zulassen und habe es geschafft, ihn da rauszuhauen. Seither hat er wohl eine Schwäche für mich.

Jetzt schaut er sich um, um sicherzugehen, dass die anderen ihn nicht beobachten – tun die nie, die beachten ihn gar nicht –, und winkt mir scheu zu. Ich lächle auch, was soll ich sonst tun?

»Hey, Lee«, ruft Naomi mir zu. »Was machst du denn da? Komm rüber zu uns.«

Meine beste Freundin, Tara Johnson, die grade nach einem Grashalm sucht, der breit genug ist, um darauf Quietsch-Furz-Geräusche zu machen, schaut mich fast bittend an. Sie will, dass ich rübergehe, damit sie mitkommen kann. Tara will unbedingt zu dieser Clique gehören. Ich seufze. Kann Tara schon verstehen. Sie will eben dazugehören, will gemocht werden, Teil der Gang sein. Wünscht sich das so sehr, aber es klappt nie richtig. Sie wird gehänselt, weil sie zu dick und unscheinbar ist, nicht hübsch, modisch oder interessant genug. In unserer alten Schule konnte ich Tara noch beschützen, aber hier im Internat The Drift ist das viel schwieriger. Da muss sie im Piranhabecken schwimmen. Trotzdem bemühe ich mich, sie abzuschirmen und vor dem Schlimmsten zu bewahren, aber Tara bleibt einfach eine Außenseiterin. Ich letztlich auch, kann aber immerhin noch so tun, als sei es nicht so. Tara dagegen ist so arglos. Aber sie ist eine liebe und treue Freundin, die immer zu mir steht. Sie kennt all meine Geheimnisse – die Depressionen, die Magersucht, den harten Schutzpanzer, den ich mir nach Mums Heirat mit Mark zugelegt habe. Die Therapeuten sagen, ich hätte eine Essstörung und Depressionen bekommen, weil ich nach Dads Tod nicht genügend getrauert hätte. Mum ist völlig zusammengebrochen. Ich musste stark sein. Damals waren wir nur zu zweit, bis Mark Munro auftauchte. Dann kriegte Mum ihr Leben wieder auf die Reihe, und ich bin kollabiert. Weil ich das Gefühl hatte, nichts in meinem Leben kontrollieren zu können außer meinem Essverhalten.

Da mag schon was dran sein.

War auch so leicht, mich in meinem Zimmer einzuschließen und diese ganzen Pro-Ana-Websites zu lesen und zu glauben, der ganze Scheiß würde so stimmen. Diese armen Opfer. Ich hatte Glück. Mum hat mir eine Therapie besorgt, und ich konnte geheilt werden. Ich glaube, ich bin durch das alles stärker geworden. Was einen nicht umbringt und so.

Aber dann machte Mum Karriere, und alle möglichen Leute wollten ständig was von ihr. Sie wurde dauernd zu irgendwelchen Events eingeladen, und bei einer Wohltätigkeitsgala für die Krebshilfe lernte sie Mark kennen, und bumm, da war's passiert. Ich war nicht mehr das Wichtigste in ihrem Leben, sondern landete auf Platz drei. Außerdem weiß ich nicht recht, was Marks Motive für seine Heirat mit Mum sind. Er ist zu jung für sie, also will er sich wahrscheinlich in ihrem Ruhm sonnen oder so. Und ich glaube, es sagte ihm sehr zu, als Mum auf die Idee kam, mich in dieses Internat zu schicken. »Es ist eine gute Schule, und du bist sehr intelligent«, sagte sie damals zu mir. »Außerdem möchte ich nicht, dass du ständig allein bist, wenn ich weg bin. Und Mark kann sich auch nicht um dich kümmern.«

Wohl nicht.

Und sie sagte, sie hätte mit Taras Mum gesprochen (die Liebesschnulzen schreibt und damit ein Vermögen verdient), und die hätte auch nach einer neuen Schule für Tara Ausschau gehalten. Dann einigten sich die beiden darauf, dass The Drift hier mitten in der Walachei gut geeignet wäre.

Deshalb bin ich nun hier.

Manchmal möchte ich Mark die Schuld daran geben und hoffe, dass Mum noch zur Vernunft kommt. Manchmal denke ich, dass Mum wirklich meint, in meinem Interesse zu handeln. Manchmal glaube ich, dass die beiden sich tatsächlich lieben. Und manchmal höre ich die Flöhe husten.

Jedenfalls habe ich Sehnsucht nach meiner früheren Schule mitten im quirligen London. Ich vermisse den Lärm, die Buntheit, die unterschiedlichen Menschen. Die endlosen Autoschlangen, die Straßenlaternen, die nachts den Himmel überblenden, die grünen Parks, diese Oasen der Ruhe inmitten des tobenden Irrsinns. Hier dagegen gibt es nur stockdunkle Nächte, Sternenhimmel, Käuzchen und reiche verzogene Sprösslinge von abgetakelten TV-Stars oder bescheuerten Fußballern. Diese reichen Kids, die sich alle seit jeher zu kennen scheinen – »Wir waren schon zusammen in der Vorschule, Schätzchen« –, interessieren sich nur für Mode und Aussehen. Tara hat da nicht die geringste Chance. Und ich will kein Klon der Tussen werden. Ich habe diesen ganzen Abnehmscheiß hinter mir und bin dabei fast draufgegangen. Nie wieder. Und was Jungs betrifft: Keine Ahnung, was das ganze Theater soll. So sieht's aus. Deshalb hab ich nicht das Geringste gemein mit den Tussen und mit allen anderen auch nicht. Tara ebenso wenig, aber das will sie nicht wahrhaben.

»Na los, Lee, komm rüber. Lass Fettklops da, wo sie ist.« Naomi lacht, und die anderen Mitglieder der Gang tun es ihr folgsam gleich.

»Nee danke, Naomi«, rufe ich zurück. »Ich bleib bei meiner Freundin. Die ist spannender als ihr.« Dabei grinse ich wie eine Irre.

Naomi winkt, scheinbar ungerührt über den Sarkasmus. »Wie du willst.«

Taras Unterlippe zittert. »Ach, komm schon, Tara«, sage ich, »die sind es doch echt nicht wert.«

»Das sagst du so leicht«, schnieft meine Freundin. »Du könntest doch jederzeit dazugehören. Aber um mich scheren sich die einen Scheiß.«

»Hey, Tar, ich hab dich noch nie fluchen hören«, sage ich anerkennend.

»Jetzt schon«, murmelt sie mürrisch.

Mein Handy macht ping.

Hey, du Hübsche

Ich sehe mich um. Mädchenschwarm Theo mustert mich unverhohlen. Es muss sein Blick gewesen sein, den ich gespürt habe.

Oh Mann, da kann ich locker drauf verzichten. Wie gesagt: Der und seine Freunde interessieren mich einen Dreck. Für die hab ich keine Zeit. Mag ja der schärfste Typ der Stadt sein, aber ich überlass ihn gerne den Tussen. Als ich mein Handy grade wieder ins Gras legen will, kommt mir eine Idee – ich könnte ja ein bisschen mit Theo rumflirten, nur um die Tussen zu ärgern. Ja, das könnte ganz lustig sein. Ich verkneife mir das Grinsen und schreibe zurück.

Hi

Muss nicht lange warten.

Später treffen?

Ein Ausbund an Charme.

Vielleicht

Im alten Sommerhaus?

Wirklich originelle Ortswahl. Der weiß, wie man ein Mädchen umwirbt.

Vielleicht

So um 8?

Vielleicht. Wenn ich wegkann

Kannst du bestimmt. Bis dann

Ich komme mir ganz normal vor bei dem Ganzen. Habe allerdings nicht die Absicht hinzugehen. Ich schaue zu Theo rüber. Er winkt mir kurz, wendet mir dann den Rücken zu, um mit seinen Freunden zu quatschen.

Sie lachen, und mein Gesicht brennt.

Mein Nacken kribbelt. Jemand beobachtet mich. Und es ist nicht Theo.

Hey, du, ich bin's.

So hat alles begonnen, nicht wahr? Du auf dem Rasen, die langen sonnengebräunten Beine ausgestreckt. Du hast mit Tara geredet und diesem Jungen gesimst. Und ich schaute dich an. Ich konnte nicht damit aufhören, weißt du. Dich anzuschauen und an dich zu denken. Zu denken, dass du gar nicht weißt, wie wunderschön du bist. Zu überlegen, ob du mich wohl in deine Nähe lassen würdest oder ob du nichts von mir wissen willst. Und da dachte ich mir: Ich will es versuchen. Diese Gelegenheit konnte ich mir einfach nicht entgehen lassen. Weißt du, ich glaubte mein Leben verloren, glaubte, ich säße in der Falle. Aber ich hatte Angst davor, wie du reagieren würdest, wenn ich mich offenbare. Dann sagte ich mir, dass ich mir keine Sorgen zu machen brauche, sondern ganz behutsam vorgehen muss. Und ich sah dich wieder an. Du hast es gespürt, nicht wahr? Du hast dich sogar umgedreht und mich angeschaut, mich aber nicht gesehen.

Doch da wusstest du ja auch nicht, dass ich es bin.

4

JUNI

Ermordet.

Das brutale Wort hing in der Luft.

»Cat«, sagte Alex sanft, »ist das wahr?« Sie wusste, wie es sich anfühlte, damit leben zu müssen, dass jemand, den man liebte, ermordet worden war. Dieses Gefühl der Hilflosigkeit verschwand nie mehr ganz, ebenso wenig wie die »Was wäre gewesen, wenn«-Gedanken mitten in der Nacht. Damit kämpfte Alex nach all den Jahren noch immer.

Cat seufzte tief. Dann richtete sie sich mit entschlossener Miene auf. »Ja. Ich spüre, dass es so ist. Hier drin.« Sie schlug sich mit der Faust aufs Schlüsselbein. »Elena hätte mir das niemals angetan. Wir haben so viel zusammen durchgemacht, vor allem nach dem Tod ihres Vaters. Niemals hätte sie mich auf diese Weise verlassen.«

Alex nickte. Die Siebzehnjährige war wenige Tage vor den Weihnachtsferien am Fuße der Klippen unweit des exklusiven Internats tot aufgefunden worden. Wie das Weihnachtsfest für die Familie gewesen sein mochte, konnte sie sich nur allzu gut vorstellen. Sie selbst hatte solche furchtbaren Weihnachtsfeste erlebt, nachdem die Zwillinge verschwunden waren. Alex runzelte die Stirn. »Entschuldige, Cat, aber die Polizei hat eine SMS von Elena an dich auf ihrem Handy gefunden, nicht wahr?«

»Ja. Aber ...«

»Und Elena war depressiv und litt an Magersucht oder Bulimie oder an beidem«, warf Mark Munro ein.

»Nein, das stimmt nicht.« Cat ballte die Fäuste. »Elena ging es gut. Sie war geheilt.« Sie war so angespannt, dass sich die Falten um ihre Augen vertieften.

Alex betrachtete Mark Munro forschend. »Wieso glauben Sie, dass Elena krank war, Mark?«

»Weil ...« Er wich ihrem Blick aus.

»Mark?«, sagte Cat scharf.

»Catriona. Können wir das bitte unter uns klären?« Er hatte sich wieder im Griff, und seine Stimme klang harsch.

Cat schüttelte den Kopf. »Nein. Alex soll mir helfen. Uns. Ich möchte nichts vor ihr verbergen. Aber wenn du etwas vor mir verbirgst ...«

Mark starrte Cat ein paar Sekunden an, dann strich er sich erschöpft mit der Hand übers Gesicht. »Gut. Wenn du es unbedingt wissen willst: Ich habe mit Elena gesprochen. Ein paar Wochen bevor ... bevor sie starb.«

»Was? Warum hast du mir nichts davon gesagt?«

»Ich hätte nicht geglaubt, dass so etwas passieren würde.« Er ging zu einem Schrank in der Ecke und nahm eine Whiskyflasche heraus. »Möchtest du?«

»Mark, du kannst das nicht mit Alkohol lösen«, zischte Cat.

»Das tue ich auch nicht. Ich möchte einfach einen Whisky, mehr nicht. Das ist schließlich kein Verbrechen.« Er stellte ein Glas auf das Schränkchen. »Alex?«

»Nein danke.«

»Mark.« Schmerz lag in Cats Augen. »Was soll das bedeuten? Warum hast du mir verschwiegen, dass du mit Elena gesprochen hast?«

»Ich wollte dich nicht beunruhigen.«

»Hat Elena damals gesagt, dass sie krank ist?«, schaltete sich Alex ein. Sie musste mehr Klarheit haben, bevor sie sich darauf einlassen konnte.

Mark schenkte sich Whisky ein und leerte das Glas in einem Zug. »Nicht so deutlich, nein.« Er goss sich nach.

»Was soll das heißen?«, fragte Cat scharf. »Warum hast du das nicht schon früher erwähnt? Bei der Gerichtsanhörung?«

»Niemand hat mich gefragt, und wie du weißt, war ich während der Anhörung im Ausland, und niemand hat es für nötig gehalten, mir Bescheid zu sagen«, antwortete Mark. »Und ich wollte nicht, dass alles noch schlimmer wurde, als es ohnehin schon war. Die SMS haben sie ja gefunden, und damit schien alles geklärt.«

Alex hatte das Gefühl, dass Mark auswich.

»Dachtest du«, erwiderte Cat bitter.

»Mark«, sagte Alex entschieden, »warum glaubten Sie, dass Elena krank war?«

Er zuckte die Achseln. »Weil sie irgendwie hilflos und verloren wirkte. Sie sagte, es liefe nicht gut mit der Schule. Ich habe dann vorgeschlagen, dass sie mit ihrer Vertrauenslehrerin sprechen sollte, oder wie das heißt. Die sind ja für so etwas zuständig.«

»Ich wäre für so etwas zuständig gewesen«, sagte Cat mit rauer Stimme. »Ich bin Elenas Mutter.«

»Aber du warst nicht da, Liebling«, entgegnete ihr Mann behutsam. »Du warst in Brüssel. Bei irgendeiner wichtigen Konferenz, ich weiß es nicht mehr. Elena sagte, sie hat versucht, dich anzurufen, aber dein Handy war die ganze Zeit ausgeschaltet.«

Wie konnte er nur so grausam sein?, dachte Alex. Merkte er nicht, was er seiner Frau antat?

»Die Flüchtlingskrise. All diese verlorenen Menschen damals. Ich wollte helfen. Aber ich ...« Cat sah verwirrt aus. »Wenn Elena mir eine Nachricht hinterlassen hätte, dann hätte ich sie doch zurückgerufen. Das wusste sie auch. Ich habe das immer gemacht.«

»Aber stattdessen hat sie mich angerufen«, sagte Mark.

»Und du hast mir nichts davon gesagt?«

»Wir hielten es für das Beste. Du hattest so viel um die Ohren, und wir wollten dich nicht beunruhigen.«

»Meine Tochter war selbstmordgefährdet, und du hast es für das Beste gehalten, mich nicht zu beunruhigen?«, fragte Cat wutentbrannt.

Mark schüttelte den Kopf. »Nein, nein, du hörst mir nicht zu.« Mit ruhiger Stimme fuhr er fort: »Elena sagte nichts von Selbstmord. Nur dass es in der Schule nicht gut läuft und sie nicht richtig essen kann.«

»Aber ...«

»Mark. Cat«, griff Alex ein, weil sie nicht wollte, dass die beiden sich endlos im Kreis drehten. »Wir werden nie erfahren, was Elena empfunden hat, bevor sie starb. Aber ich würde jetzt gerne wissen, warum du glaubst, dass sie ermordet wurde.«

Cat atmete tief aus und lehnte sich zurück. »Dann hilfst du mir also?« Sie nahm Alex' Hände und drückte sie fest. »Ich wusste, dass du mich verstehen würdest. Dass ich dir vertrauen könnte. Wir haben das immer noch, nicht wahr? Diese Bindung, diese Nähe?«

Alex nickte. Das stimmte wirklich. Es kam ihr so vor, als hätten sie sich gestern zuletzt gesprochen.

»Und du weißt, wie es ist, wenn man Menschen verliert, die einem nahestehen. Du kannst verstehen, wie mir zumute ist.«

»Um Himmels willen, Catriona.« Mark verlor die Beherrschung. »Ich weiß sehr wohl, wie dir zumute ist. Lass mich nicht außen vor.«

»Das tue ich nicht, Mark. Aber du glaubst noch immer, dass Elena sich umgebracht hat. Ich dagegen nicht.« Cat sah Alex an. »Letzte Woche hat die Gerichtsanhörung stattgefunden.« Sie schauderte. »Es war grauenhaft. Das alles noch einmal durchleben, die Lügen über Elena anhören zu müssen. Die schrecklichen Details. Der mitleidige Blick der Untersuchungsrichterin, als sie erklärte, Elena habe sich von der Klippe gestürzt. Die Reporter von diesen schmierigen Revolverblättern.« Ihre Augen glitzerten. »Und diese SMS. Die in Elenas Handy gefunden wurde. Ich habe sie nie bekommen.«

»Bist du ganz sicher?«

»Selbstverständlich. So eine Nachricht hätte ich doch nicht vergessen. Wir haben uns immer SMS geschrieben, weißt du. Die letzte habe ich zehn Tage vor Elenas Tod bekommen, aber die habe ich gelöscht.« Cat begann zu weinen und wiegte sich vor und zurück. »Weil der Speicher auf meinem Handy fast voll war. Ich behalte die SMS von meiner Sekretärin. Aber die von meiner Tochter habe ich gelöscht.«

Alex legte ihrer Freundin die Hand auf den Arm. »Das lässt sich jetzt nicht mehr ändern, Cat.«

»Nein, aber es ist so schlimm.« Sie schluchzte laut.

»Sag mir, was in den Nachrichten stand.«

»Müssen wir das jetzt alles wieder ans Licht zerren?«, sagte Mark.

Cat blickte ruckartig auf. »Ja, das müssen wir, Mark.« Sie sah Alex an. »In ihrer letzten SMS hat Elena geschrieben, dass sie sich darauf freut, nach Hause zu kommen. In der Schule gingen anscheinend beunruhigende Dinge vor sich, von denen sie mir erzählen wollte. Und ...« Cat rang um Atem, »sie müsste mit mir reden. Ich schlug vor, das gleich zu machen, aber das wollte sie nicht.« Cat warf Mark einen Blick zu. »Kein Wort davon, dass sie Essprobleme hatte oder depressiv war.«

Alex merkte, dass Mark sie von der Seite ansah, als wolle er sagen »Na bitte, keinerlei Beweis«.

»Und du weißt nicht, was Elena damit gemeint haben könnte?«, fragte sie.

»Nein. Aber dann habe ich das hier bekommen.« Cat nahm ihr Handy und zeigte Alex das Display. »Schau dir das an.«

Es war eine Facebook-Gedenkseite; Alex hatte schon einige zu Gesicht bekommen, als sie über früh verstorbene Menschen geschrieben hatte. Die üblichen Kommentare. *Werde dich immer lieben, Süße; Du warst die Beste, wir vermissen dich; Du bist jetzt ein Engel im Himmel.*

Sie blickte auf. »Es ist schön, dass Elenas Freunde ihr Andenken wahren, aber ...«

»Ach, herrje.« Cat riss ihr das Handy aus der Hand und scrollte rasch nach unten. »Hier. Das hier meine ich.« Sie hielt Alex das Handy hin.

Elena hat sich nicht umgebracht

Darüber ein Standardprofilbild, das verwendet wurde, wenn jemand kein Foto von sich veröffentlichen wollte, und der Name »Kiki Godwin«.

»Und darunter noch mal.« Cats Hände zitterten, und ihr Gesicht wirkte beinahe fiebrig. »Hier.«

Es ist wahr. Elena hat sich nicht umgebracht

Wieder von Kiki Godwin.

»Wenn du dir das genau anschaust«, sagte Cat aufgeregt, »alle anderen haben ihre Kommentare direkt nach Elenas

Tod und in den Wochen danach gepostet. Aber diese beiden hier wurden vor vier Tagen gepostet, nach der Gerichtsanhörung.«

Als Alex auf den Namen klickte, landete sie auf einer Facebook-Seite mit demselben Standardprofilbild, die aber keine weiteren Informationen enthielt. Sie nahm ihr Handy aus der Handtasche, öffnete Facebook und schickte Kiki Godwin eine Freundschaftsanfrage. Mal schauen, was passiert, dachte Alex.

»Du weißt nicht, wer das ist?«, fragte sie und packte das Handy wieder weg.

»Ich habe nicht die geringste Ahnung. Vielleicht eine von Elenas Freundinnen. Aber warum ist die Facebook-Seite nicht gestaltet?«

»Hast du das der Polizei gezeigt?«

»Nein. Noch nicht«, antwortete Cat. »Ich vertraue der Polizei nicht so wie dir. Die trampeln doch nur herum, ermitteln ohne jegliches Feingefühl und schrecken alle ab. Niemand würde denen was erzählen, und ganz sicher auch nicht Kiki Godwin, wer das auch immer sein mag. Und man würde mir auch nicht glauben. Nicht mal mein eigener Mann glaubt mir. Nein, ich möchte, dass du hier ermittelst, Alex. Bitte.«

»Aber, Cat, die Polizei hat ganz andere Möglichkeiten. Personal, Technik, Erfahrung et cetera.«

»Das sage ich ihr auch ständig«, warf Mark ein, der inzwischen beim dritten – oder schon beim vierten? – Whisky angelangt war. »Das sollen die Cops machen. Zeig ihnen die Posts. Obwohl ich persönlich ja glaube, dass es sich um einen Troll handelt. Die treiben sich überall im Internet rum. Wir können von Glück sagen, dass da nicht mehr passiert ist. Teilweise wird furchtbarer Schmutz verbreitet. Man kann manchmal kaum glauben, wie Menschen sich benehmen.«

»Mark, bitte.«

»Tut mir leid, Cat, aber das stimmt nun mal. Die Angelegenheit sollte der Polizei übergeben werden.«

»Die denkt, dass es Selbstmord war.«

»Aber du willst das ja nicht glauben.« Mark kippte den Whisky hinunter.

Alex dachte daran, dass sie Exposés für Reportagen schreiben, dass sie Geld verdienen musste. Marks These über den Troll war nicht von der Hand zu weisen. Dergleichen kam tatsächlich vor. Vor Kurzem erst war ein gehässiger Jugendlicher im Knast gelandet, weil er sich über ein Mädchen lustig gemacht hatte, das sich vor einen Zug geworfen hatte.

»Du solltest es wirklich der Polizei sagen«, unternahm Alex einen letzten Versuch. »Es wäre wirklich das Beste, den offiziellen Weg zu gehen. Du bist Politikerin, da werden sie den Fall mit Toppriorität behandeln.«

Cat seufzte und lehnte sich zurück. »Der Fall ist abgeschlossen, man wird ihn nicht wieder aufrollen. Schau dich ein bisschen für mich um, Alex. Verbring ein paar Tage dort, sondiere das Gelände. Bitte. Ich weiß, dass du die richtigen Fragen stellst. Mehr verlange ich gar nicht. Nur ein paar Fragen. Du hast das total drauf.«

Alex sah ihre Freundin ratlos an. »Also, Cat, ich weiß einfach nicht ...«

Unvermittelt lächelte Cat so strahlend wie ein kleines Kind, und ihre Augen leuchteten. »Aber ich. Ich weiß, dass du mir helfen kannst. Und dein Redakteur – Bud heißt er, richtig? –, der fand, dass sich das nach einer guten Story anhört. Er war interessiert.«

Bud hatte das klar und deutlich zum Ausdruck gebracht. Aber der musste nicht Cats Schmerz und ihre Hoffnungen aushalten.

»Und wir haben da oben ein Häuschen, wo du unterkommen kannst«, fuhr Cat fort. »Da haben wir immer gewohnt, wenn wir Elena übers Wochenende besuchten. Wir vermieten es als Ferienhaus, aber das Paar, das eigentlich jetzt dort Urlaub machen wollte, hat abgesagt. Bitte, Alex. Tu es für mich. Ein, zwei Wochen, und wenn du nichts rauskriegst, dann ist es Fügung. Dann werde ich versuchen ... Elenas Tod anzunehmen. Und der Polizei dieses Facebook-Zeug zeigen und abwarten. Obwohl ich jetzt schon weiß, dass die nichts tun werden.«

»So ein Angebot kann man ja wohl kaum ablehnen, wie? Kostenlose Unterbringung und eine Story, die man überall verhökern kann.« Mark warf Alex einen unverhohlen höhnischen Blick zu.

Alex sah ihn finster an.

»Hör auf damit, Mark. Alex, bitte. Sag zu.«

»Ich muss es mir überlegen.« Stimmte das? Hier bot sich die Gelegenheit, ihrer besten Freundin zu helfen. Die Wahrheit über den Tod ihrer Tochter herauszufinden, auch wenn dabei womöglich etwas Schlimmes ans Licht kam. Falls Alex dagegen erfahren sollte, dass Elena sich tatsächlich von der Klippe gestürzt hatte, müsste Cat nicht länger in dieser schrecklichen Ungewissheit verharren. Alex kannte das nur zu gut. Der Schmerz ihrer Freundin setzte ihr furchtbar zu; vielleicht konnte sie ihn ein wenig lindern.

Elena hatte ihre Zukunft noch vor sich gehabt. Sie war etwa so alt wie Gus gewesen, ein hübsches und mutiges Mädchen, das mit dem Tod des Vaters und einer belastenden Essstörung fertiggeworden war. Auch Elena hatte Hilfe verdient, selbst wenn es nur noch im Nachhinein möglich war. Falls Alex wegen Gus Unterstützung von ihrer Freundin bräuchte, würde Cat garantiert keine Sekunde zögern.

Und was hatte es mit dieser mysteriösen Nachricht auf sich? Dieser geheimnisvollen Kiki Godwin? Alex' Fingerspitzen begannen zu kribbeln, was immer darauf hinwies, dass sie an einer guten Story dran war. Wenn Cat nun recht hatte? Wenn Elena sich tatsächlich nicht umgebracht hatte und diese Kiki Godwin etwas wusste?

»Es wäre eine tolle Story, Alex. Und ich weiß, dass du dich an die Wahrheit hältst und nicht reißerisch schreibst. Es wäre eine Exklusivstory. Und Mark und ich würden dir ein Interview geben, was du auch herausfindest.«

»Nee, auf mich musst du verzichten, Cat«, sagte Mark aufgebracht. »Ich bin zu einigem bereit, aber das geht zu weit, besten Dank auch. Dieses Theater mache ich nicht länger mit.« Er atmete ein paarmal tief durch, was ihn zu beruhigen schien. »Bitte, Cat, lass es doch ruhen. Du schadest dir selbst.«

Cat stand auf, ging mit entschlossenen Schritten auf ihren Mann zu und ergriff seine Hände. »Ich muss das tun. Bitte, Mark, bitte. Ich brauche deine Unterstützung.« Sie lehnte sich an ihn.

Marks Wut verpuffte. Zärtlich strich er Cat eine Haarsträhne hinters Ohr und küsste sie auf die Stirn. »Für dich, Cat. Für dich.«

Sie drehte sich zu Alex um. »Da gibt es noch etwas, weshalb ich glaube – nein, sicher bin –, dass Elena sich nicht von der Klippe gestürzt hat. Sie hatte große Höhenangst. Sie wollte letztes Jahr nicht mal auf die Jahrmarktrutsche am Brighton Beach, weil ihr schwindlig geworden wäre. Elena hätte sich niemals auch nur in die Nähe dieser Felswand gewagt.«

5

Cat Devonshire wurde von den Zeitungen durchaus zu Recht als Politikerin mit scharfem und unbeirrbarem Verstand und als »Hoffnung des Europaparlaments« beschrieben, dachte Alex, als sie auf der M11 Richtung East Anglia fuhr. Nachdem sie eingewilligt hatte, Recherchen zu Elenas Tod anzustellen, hatte Cat sofort losgelegt: Das Ferienhaus in Hallow's Edge wurde vorbereitet, Alex bekam Bargeld, und Cat versprach, per E-Mail alles an Unterlagen und Informationen zu schicken. Die letzten Tage waren vergangen wie im Fluge. Alex hatte in ihrer winzigen Erdgeschosswohnung in West Dulwich ihre Vorbereitungen getroffen, dafür gesorgt, dass die Katze gefüttert wurde, und Bud berichtet, dass ein längerer Aufenthalt in North Norfolk anstehe und ja, dass durchaus eine gute Story dabei herauskommen könne.

Wirklich schwierig war es gewesen, Sasha mitzuteilen, dass sie eine Zeit lang keinen Besuch mehr bekommen würde. Doch Alex hatte das tapfer durchgestanden und beim Abschied sogar Tränen in Sashas Augen bemerkt.

Die Hitze wurde immer drückender, der Himmel war so blassblau, als hätte die grelle Sonne ihn ausgebleicht. Die Lüftung pustete heiße Luft durchs Auto, und Alex ärgerte sich zum x-ten Mal, dass sie bislang nicht die Klimaanlage hatte reparieren lassen. Die Autobahnstrecke war öde.

Sie schaltete den CD-Player ein und fühlte sich gleich besser, als sie die Stimme von David Bowie hörte. Die Musik lenkte sie von Sasha und ihren Sorgen um Gus ab, der irgendwo in Europa herumreiste, auf der Suche nach sich selbst. Alex hatte kein Wort von ihrem achtzehnjährigen Sohn gehört, seit er vor zwei Wochen mit der Fähre nach Frankreich aufgebrochen war.

»Alles gut, Mum«, hatte Gus gesagt, als er seinen schweren Rucksack aufsetzte, um zum Bus nach Dover zu marschieren. »Ich muss mal raus, das weißt du doch. Ich meld mich über Facetime.« Dann hatte er sie auf die Wange geküsst und war vergnügt pfeifend aus dem Haus spaziert. Pfeifend! Als hätte es den Krach am Vorabend nie gegeben.

Es hatte nach dem Abendessen angefangen, als Alex ihrem Sohn frische Wäsche zum Einpacken brachte.

»Mum«, sagte Gus, »ich weiß, dass du nicht gern über meinen Vater redest. Deshalb frag ich auch selten nach ihm, aber ...« Er verstummte und kaute an seiner Unterlippe.

»Das geht schon klar«, erwiderte Alex und legte ein T-Shirt überflüssigerweise noch einmal zusammen, froh über ihren ruhigen Tonfall. »Das verstehe ich. Ich habe nur gedacht, dass es uns gelungen ist, all diese Jahre eine eigenständige Familie zu sein.« Sie wollte sich einfach nicht dazu äußern, dass Gus das Ergebnis eines einmaligen sexuellen Abenteuers war, bei dem sie jede Menge Alkohol und Drogen intus gehabt hatte.

»Sind wir auch. Eine eigenständige Familie, meine ich. Du bist meine Familie, Mum, und du hast das echt super hingekriegt. Aber ich möchte eben wissen, wo ich herkomme. Wer ich bin.« Er packte weiter seinen Rucksack, ohne sie anzusehen.

Alex bemühte sich um ein Lächeln. »Schatz, du bist ein wunderbarer Mensch und ...«

»Mum. Wer ist mein Vater?«

»Gus.« Sie wollte dieses Gespräch nicht weiterführen. »Wie kommst du jetzt gerade darauf?«

»Sag es mir. Weißt du, als ich noch klein war, habe ich mir vorgestellt, er ist vielleicht ein berühmter Fußballer, Schauspieler oder Rockstar.« Gus lachte. »Aber dann dachte ich, vielleicht ist er ein Mörder oder Kinderschänder.«

»Er heißt Steve«, sagte Alex und strich das T-Shirt glatt.

»Und wie weiter?«

»Weiß ich nicht.«

Gus sah sie an. »Das musst du doch wissen.«

Alex schüttelte den Kopf. »Nein. Ich war damals auf Ibiza, für eine Reportage. Wir waren in einem Club, in dem Steve als DJ auflegte. Ich war jung und kostete erstmals den Geschmack der Freiheit. Und war eben unvernünftig. Es gab Drinks umsonst und ein paar Drogen. Und es endete damit, dass ich mit zu Steve ging.« Sie schämte sich entsetzlich.

»Und du hast nie nach ihm gesucht?«

»Nein.«

»Auch nicht um meinetwillen?«

»Nein.«

»Das ist echt verdammt egoistisch von dir, Mum.« Gus hatte Tränen in den Augen.

»Es tut mir wirklich leid, Gus. Ich wollte dich damit nicht verletzen, sondern dachte mir, es sei das Beste, das alles ruhen zu lassen.« Sie war jetzt selbst den Tränen nahe.

»Und du hättest nicht mal jetzt was über ihn gesagt, oder? Obwohl ich achtzehn bin und auf eine Reise gehe. Wenn ich nicht gefragt hätte …«

»Gus …«

»Dann pass mal auf. Ich werd ihn finden.«

»Wie willst du das machen?«

»Ein Freund wird mir dabei helfen«, antwortete Gus schroff und wandte sich ab.

Alex ging aus seinem Zimmer.

Jetzt drehte sie den CD-Player auf, sang lauthals und falsch im Duo mit Bowie und trommelte mit den Fingern aufs Lenkrad. Sie wollte sich keine Sorgen machen um Gus. Er war jetzt erwachsen.

Auf der Fernstraße A11 stellte sich allmählich das Gefühl ein, in East Anglia zu sein. Vor zwei Jahren war Alex zum letzten Mal hier gewesen. Sie dachte an Cat, Mark und Elena. Auf den ersten Blick wirkte Elenas Fall tatsächlich abgeschlossen. Ein junges Mädchen mit vielen Problemen, das vom Leben überfordert gewesen war. Hatte Elena sich deshalb umgebracht? Aber warum so kurz vor Weihnachten? Und was hatte diese SMS auf ihrem Handy zu bedeuten?

Mum, ich halte das nicht mehr aus

Geschrieben, aber nicht abgeschickt. Weshalb nicht?

Elena hatte Depressionen gehabt und war magersüchtig gewesen. Die Zeit vor Weihnachten und die Festtage selbst waren immer anstrengend; häusliche Gewalt nahm zu, Ehen gingen in die Brüche, Suizide häuften sich. Es wäre nicht unwahrscheinlich, dass Elena genau in dieser Zeit das Gefühl gehabt hatte, nicht mehr weitermachen zu können. Dann hatte sie sich nachts aus der Schule geschlichen (war das heutzutage einfacher als früher? Alex musste sich eingestehen, dass sich ihre Kenntnisse über Internate auf die Hanni-und-Nanni-Bücher von Enid Blyton und auf Harry Potter beschränkten; wenig realitätsnah) und war zur Klippe gegangen. Sie hatte sich in die Tiefe gestürzt, war auf den Felsen aufgeschlagen und von der Flut davongetragen und später wieder angespült worden. Was für eine schreckliche Vergeudung von Leben.

Für Polizei, Gericht und Presse war die Sache erledigt. Dass eine Mutter nicht begreifen konnte, weshalb ihre Tochter eine solche Verzweiflungstat begangen hatte, lag nahe.

Doch Cat hatte Alex überzeugt, dass der Fall keineswegs geklärt und abgeschlossen war. Mit wem hatte Elena damals gesprochen? War der Schulleitung etwas Ungewöhnliches aufgefallen? Hatte Elena einen Rückfall erlitten? Oder war das nur eine bequeme Ausrede für Schulleitung, Polizei und Behörden? Bei der Gerichtsanhörung war dem Internat nicht das Geringste vorgeworfen worden. Dennoch, hätten sie in den Tagen vor Elenas Tod nicht irgendetwas bemerken müssen? Würde man um die dreißigtausend Pfund pro Jahr bezahlen, wenn man nicht auch ein gewisses Maß an seelischer Betreuung der Kinder erwartete? Alex wusste, wie sehr Cat es jetzt bereute, ihre Tochter auf das Internat geschickt zu haben. »Es ging nicht anders, weil ich so oft verreist war«, hatte sie gesagt, so kläglich, als wolle sie Absolution für eine Todsünde erhalten. »Ich dachte ... Wir dachten, es ist das Beste so. Und ich hatte gerade erst geheiratet.« Cat sah beschämt aus. »Ich war so selbstsüchtig. Jetzt wünsche ich mir so sehr, ich könnte all die versäumte Zeit mit Elena nachholen. Und hätte von all ihren Sorgen an der neuen Schule gewusst. Aber was habe ich gemacht? Ihr stattdessen SMS-Nachrichten geschrieben. Ich bin eine schreckliche Mutter.«

Nach Thetford säumten hohe Nadelbäume die Straße, und Alex legte Lou Reed ein. Sie mochte die alten Rockmusiker, seit sie deren Musik als Kind auf dem Plattenspieler ihres Vaters gehört hatte.

Die Sonne stieg höher. Als Alex Norfolk hinter sich ließ – eine Stadt, die sie liebte und vermisst hatte –, fuhr sie durch die Broads, eine wasserreiche Landschaft, vorüber an kleinen Dorfläden, Ferienunterkünften, Gartencentern, einer gigantischen Solaranlage, die sich über Kilometer erstreckte, und Kirchen, immer wieder Kirchen, einige davon mit dem außergewöhnlichen Rundturm. Dann durch das lebhafte Dörfchen Wroxham, in dem es bereits von Touristen in den engen Straßen wimmelte. Als Alex über die kleine Brücke fuhr, blickte sie hinunter zu den vertäuten Booten und dachte, dass sie noch nie eine Bootsfahrt auf den zahlreichen Wasserwegen dieser Gegend gemacht hatte. Vielleicht würde es in diesem Sommer endlich einmal klappen. Sie könnte ja jemanden mitnehmen. Doch wen? Schockiert merkte Alex, dass ihr niemand einfiel. Gus war den ganzen Sommer über verreist, und Sasha? Nun, Sasha bekam so schnell bestimmt keinen Freigang oder wie man das nannte.

Alex' Gedanken kehrten wieder zu ihrer Freundin zurück.

»Möchtest du Elenas Zimmer sehen?«, hatte Cat gefragt.

Alex nickte. Das Zimmer erzählte ihr vielleicht etwas über das Mädchen, das sie niemals kennengelernt hatte.

Sie folgte Cat nach oben und blieb einen Moment auf der Schwelle stehen. Wie war Elena gewesen? Durch Gus hatte Alex ein Gespür dafür, mit welchen Schwierigkeiten junge Menschen heutzutage zu kämpfen hatten. Deshalb hatte sie volles Verständnis für die Probleme zwischen Cat und ihrer Tochter. Es war gewiss alles andere als einfach, in einer Welt aufzuwachsen, in der erwartet wurde, dass man perfekt war. In der davon ausgegangen wurde, dass man entweder überragend war oder grausam scheiterte. Ein Mittelding schien es nicht zu geben.

Cat hatte offenbar in dem Zimmer nichts verändert, seit Elena nach den Herbstferien im letzten Jahr wieder ins

Internat zurückgefahren war. Unwillkürlich musste Alex an Sasha denken, die jahrelang nicht imstande gewesen war, die Kleider und Spielsachen von Harry und Millie wegzugeben. Irgendwann war Alex eingeschritten und hatte alles in den Spendenladen in Sole Bay gebracht, was Sasha aber noch mehr verstört hatte.

Elenas Zimmer sah aus wie das vieler junger Mädchen, nur vielleicht etwas ordentlicher, weil sie nicht oft hier gewesen war. An den Wänden Poster von Bands, die Alex nicht kannte. Auf dem Bett eine geblümte Tagesdecke. Gedichtbände, Harry Potter, die Biss-Serie von Stephenie Meyer, Bücher von Judy Blume und auch Erwachsenenliteratur: Belinda Bauer, Lee Child, Antonia Honeywell, Jojo Moyes. Auf einem Glastisch eine teure iPod-Dockingstation, ein PC und ein Laptop.

»Im Internat hatte sie bestimmt auch noch einen eigenen Computer?«, fragte Alex. »Und ein Handy?«

»Natürlich«, antwortete Cat, setzte sich aufs Bett und strich über die Decke. Tränen traten ihr in die Augen. »Aber sie hat immer das Laptop da auf dem Tisch benutzt. Die Polizei hat es mitgenommen, doch nichts Auffälliges gefunden. Das Handy liegt in der Schublade. Ich wollte es nicht anschauen.« Cat schluckte. »Wäre mir vorgekommen, als spioniere ich Elena nach.«

»Hm.« Vermutlich hatte die Polizei Elenas Geräte nur flüchtig untersucht, da keine eindeutigen Hinweise vorlagen. Eine gründliche Untersuchung wurde wegen Personalknappheit nur bei dringenden Verdachtsmomenten vorgenommen.

»Manchmal schlafe ich hier«, sagte Cat leise. »Um ihr nahe zu sein. Die Bettwäsche habe ich nicht gewaschen. Sie riecht noch ein bisschen nach ihr. Manchmal, wenn ich länger kein Foto von Elena angeschaut habe, bekomme ich Angst, ich könnte vergessen, wie sie aussah. Ihr Gesicht. Die Narbe am Knie von dem Sturz, als sie beim ersten Versuch, ohne Stützräder zu fahren, vom Rad fiel. Das Muttermal an der Innenseite ihres Handgelenks. Das eine Ohr, das ein bisschen weiter absteht als das andere. Und dann kann ich nicht mehr aufhören zu weinen.« Cat schaute auf. »Das ist das Problem. Ich kann nicht aufhören zu weinen.«

Alex nickte. »Ich weiß. Ich kann das gut verstehen.«

»Ja. Du musstest ja Sasha helfen, trotz allem, was am Ende passiert ist. Und du hast Gus. Ich weiß, dass du alles tun würdest, um ihn zu schützen. Ich konnte meine Tochter nicht schützen. Deshalb bitte ich dich ja so sehr, mir zu helfen.«

In diesem Moment wusste Alex, dass sie Cats Wunsch erfüllen würde.

»Hättest du etwas dagegen, wenn ich das Laptop und das Handy mitnehme? Vielleicht finde ich heraus, was da an der Schule ablief.«

Cat sah ängstlich aus. »Ich weiß nicht ... ich bin mir nicht sicher ...«

»Es würde mir helfen, einen Eindruck von ihrem Leben zu bekommen. Das ist alles«, fügte Alex hinzu, weil sie wusste, dass Cat fürchtete, irgendetwas von ihrer Tochter könne verloren gehen. »Ich mache nichts kaputt und richte keinen Schaden an, das verspreche ich dir.«

»Aber ihre Passwörter?«

»Das überlass ruhig mir.«

»Sie wollte Künstlerin werden, weißt du. Sie war auch wirklich sehr gut«, sagte Cat todtraurig. »Dieses Bild hier hat sie gemalt. Das ist Hallow's Edge.«

Sie zeigte auf ein Ölgemälde an der Wand. Eine Landschaft. Strand, Meer, gischtende Wellen, Buhnen, alles aus einer Perspektive gemalt, als hätte jemand auf einer Bank gesessen. Und in der Ecke, am Rand der Klippe ... war das eine winzig kleine Figur? Alex ging näher heran. Die Gestalt schien einen langen Mantel und Schal zu tragen.

»Das hat sie im letzten Schuljahr gemalt, als Teil ihrer Prüfungsvorbereitung. Die Lehrer haben mir erlaubt, es mit nach Hause zu nehmen. Zauberhaft, nicht wahr? Es ist irgendwo in der Nähe des Internats, aber ...« Cat rang erneut mit den Tränen.

»Wer ist die Figur da oben in der Ecke?«

Cat schüttelte den Kopf. »Keine Ahnung.« Sie stand auf und trat neben Alex. »War mir noch nie aufgefallen. Ich habe mir das Bild noch nie genauer angesehen. Hatte nicht genug Interesse. Damals.« Sie unterdrückte ein Schluchzen.

»Cat ...« Alex zögerte, wollte ihre Freundin nicht bedrängen. »Darf ich das Bild fotografieren?«

»Ja, sicher. Wenn du glaubst, es könnte hilfreich sein ...«

Alex machte ein Foto. »Und hast du ein Bild von Elena aus der letzten Zeit? Du bekommst es zurück, versprochen.«

Cat nickte, ging hinaus und kam mit einem gerahmten Foto zurück. »Das ist das aktuellste Bild, das ich von ihr habe.« Ihre Stimme brach. »Ich habe es in den Sommerferien gemacht, da waren wir zumindest für ein paar Tage zusammen in Dorset. In einem entzückenden Dörfchen, Kimmeridge. Damals wirkte Elena zum ersten Mal seit ewigen Zeiten wieder entspannt.«

Sie war außergewöhnlich hübsch gewesen. Herzförmiges Gesicht mit markanten Wangenknochen, lange blonde Haare, braune Augen. Üppige Lippen, auf denen ein leichtes Lächeln lag.

»Seltsam«, sagte Cat, als sie auf das Foto blickte. »Daran habe ich gar nicht mehr gedacht.«

»An was denn?«

Cat deutete auf das Bild. »Siehst du hier? Dieser Ring?«

Alex betrachtete das Bild genauer. Elena hob die rechte Hand, als wolle sie sich das Haar aus der Stirn streichen. Am Finger steckte ein eigenartig geformter Silberring. »Sieht aus wie einer dieser Freundschaftsringe. Dann gibt es wahrscheinlich auch ein Gegenstück, meinst du nicht?«

»Das hab ich damals auch gesagt. Ich glaube, Elena hatte ihn zum Geburtstag bekommen. Aber sie warf mir so ein geheimnisvolles Lächeln zu, und ich habe es auf sich beruhen lassen, weil ich mich nicht einmischen wollte. Hätte ich nur weitergefragt.«

Alex kannte sich mit dieser Scheu vorm Einmischen bestens aus. Aber manchmal war es besser, sie abzulegen. »Und?«

»Elena trug den Ring während der ganzen Ferien, nahm ihn niemals ab. Und streichelte ihn, wenn sie sich unbeobachtet wähnte. Der Ring war ihr offenbar sehr wichtig. Es ist merkwürdig, dass er nicht bei ihren Sachen war, die man mir zurückgegeben hat.«

»Vielleicht hat sie ihn verloren.« Oder er war ihr vom Finger gerutscht, als ihr Körper im Meer trieb.

»Mag sein«, sagte Cat nachdenklich und zog mit dem Zeigefinger die Konturen von Elenas Gesicht nach. »Ich hatte aber den Eindruck, dass er sehr kostbar für sie war. Ungeheuer wichtig eben.« Cat zuckte die Achseln. »Aber na ja. Vielleicht hat sie ihn trotzdem verloren.«

Nachdem Alex bei Cat und Mark aufgebrochen war, hatte sie einen Anruf gemacht und war dann nach Streatham gefahren. Sie hielt vor einem Reihenhaus, Nr. 102. Wie vor jedem Haus in dieser Straße standen auch hier zwei Mülltonnen.

Als Gartendekor diente ein kaputter Sessel. Das Fenster im Erdgeschoss war mit einer Decke verhängt. Alex ging den Gartenweg entlang und klopfte an die Tür.

Sie wurde geöffnet von einer großen dünnen Frau Mitte zwanzig, die so blass aussah, als bekäme sie niemals Tageslicht zu sehen. Sie trug verwaschene Jeans und ein T-Shirt von einer lange zurückliegenden Bandtournee.

»Hallo, Honey«, sagte Alex.

»Hi. Echt früh, weißte?«

Alex verzog das Gesicht. »Ich weiß, tut mir leid. Aber ich wollte es dir so schnell wie möglich vorbeibringen.«

Die junge Frau rieb sich den Kopf, sodass ihre kurzen roten Haare hochstanden wie Stacheln. »Schon okay.« Sie gähnte, wobei ihre makellosen Zähne zum Vorschein kamen. »Ich häng mich rein. Her damit.«

»Ich muss aber beides genau in dem Zustand zurückkriegen«, sagte Alex mahnend, als sie ihr Elenas Laptop und Handy überreichte.

»Ach komm schon, du kennst mich doch. Keiner wird merken, dass ich da dran war.«

Alex lächelte. Sie hatte uneingeschränktes Vertrauen zu der Hackerin, die den Behörden seit ihrem sechzehnten Lebensjahr nur ein einziges Mal aufgefallen war. Damals hatte Alex sie kennengelernt, während der Recherchen zu einer Reportage über Sicherheit im Internet, und im Gegenzug für Informationen hatte sie Honey den Klauen der Polizei entrissen. Seither konnte sich Alex der Dankbarkeit der jungen Hackerin sicher sein.

Der Verkehr verdichtete sich in einigen Dörfern, bevor Alex aufs weite Land kam und sich Hallow's Edge näherte. Der Himmel erstreckte sich endlos über der Ebene, die Luft war glasklar, und sie spürte wieder, warum sie East Anglia so sehr liebte.

Sie fuhr die Küstenstraße entlang, die manchmal parallel zum Meer verlief, sich meist aber zwischen Feldern entlangschlängelte. Als das Schild nach Hallow's Edge auftauchte, bog Alex auf eine schmale von Hecken gesäumte Landstraße ab. Nach etwa einem Kilometer entdeckte sie eine Farm, einige Feldsteinhäuschen und einen modernen Bungalow. Es kam ihr so vor, als sei sie in einer anderen Zeit gelandet. Langsam gondelte Alex die schmale Straße entlang, inständig hoffend, nicht einem Traktor zu begegnen, hielt schließlich an einer Steinmauer an und stieg aus. Die Hitze traf sie wie ein Hammerschlag.

Dort drüben ragte das Internat The Drift auf. Elenas Eliteschule. Ein wunderschönes Gebäude am Ende einer langen von Linden gesäumten Kieszufahrt. Zwei elegant geschwungene Gebäudetrakte, in der Mitte eine mächtige Holztür. Reetgedecktes Dach, für das man sicher eine hohe Versicherung bezahlen musste. Alex wusste, dass sich weiter hinten zwei weitere Gebäude befanden, von denen man eine fantastische Aussicht auf das Meer und die Küste hatte. Das wie ein Schmetterling geformte Haus stammte aus der Zeit des Arts and Craft Movement, wie Alex bei ihren Recherchen im Internet erfahren hatte.

Sie atmete in tiefen Zügen die Luft ein. Hier in North Norfolk roch sie nach Salz, Freiheit und Weite. Und die endlosen Himmel von East Anglia waren nicht umsonst berühmt; hier wurde die Welt grenzenlos. Alex schloss die Augen und atmete genüsslich. Auch in der Sommerhitze war die Luft klar und frisch, roch nicht nach Abgasen, künstlichen Düften und Schmutz wie in London. Das hatte ihr sehr gefehlt, trotz der schlimmen Ereignisse von vor zwei Jahren. Natürlich wollte Alex durch diese Reise mit der Mission, mehr über den Tod von Elena herauszufinden, ihr Gewissen beruhigen. Aber vielleicht käme wirklich etwas Gutes dabei heraus. Cat zu helfen war ein triftiger Grund.

»Hi.«

Alex fuhr herum und erblickte einen jungen Mann, den man nur als schön bezeichnen konnte. Die dunklen üppigen Haare hatte er aus der Stirn gestrichen. Er hatte ein kantiges Gesicht, eine elegant geschwungene Oberlippe und schokoladenbraune Augen mit langen dichten Wimpern. Lässig hielt er eine Zigarette in der Hand und musterte sie. Im ersten Moment fühlte sich Alex unsicher, sogar etwas linkisch, ermahnte sich dann aber, nicht so albern zu sein. Vor ihr stand ein Jugendlicher. Er sah zwar umwerfend aus, musste aber etwa in Gus' Alter sein. »Hallo«, erwiderte sie lächelnd.

»Brauchen Sie Hilfe? Sie wirken so …« Der Junge zog die Augenbrauen hoch.

Sie fühlte sich unbehaglich. »Wie denn?«

»Als hätten Sie sich verirrt.« Er lächelte sie strahlend an.

»Nein, ich habe mich nicht verirrt. Habe nur die Aussicht genossen. Wunderschönes Gebäude.«

Der Junge blickte auch zum Internat hinüber. »Ach so, ja. Das.« Er zuckte die Achseln. »Ist eine Schule, mehr nicht.«

»Sind Sie dort Schüler?«, fragte Alex, obwohl sie das aufgrund der Bücher, die aus seinem Rucksack ragten, schon geschlussfolgert hatte.

»Ja. Aber nicht mehr lange. Mach bald meinen Abschluss, und dann bin ich weg hier. Will Mathe studieren. Soll ich Ihnen den Weg beschreiben?«

Sie schüttelte den Kopf. »Nein danke. Alles gut, wirklich.«

»Wissen Sie«, sagte er, »ich schau mir das Gebäude eigentlich nie an. Ich weiß schon, dass es schön ist und berühmte

Architektur, blablabla. Aber für mich ist es eben nur eine Schule. Auch wenn ich mit Gleichaltrigen zusammenwohne, meine eigenen Klamotten tragen und in der Mittagspause das Gelände verlassen darf. Und ich darf sogar rauchen.« Er grinste. »Sofern sie nicht dahinterkommen. Gibt jede Menge Regeln und Vorschriften. Hab echt genug davon.« Er warf die Kippe auf den Boden und trat sie aus. »Aber das interessiert Sie bestimmt nicht, geheimnisvolle Dame. War nett, Sie kennenzulernen.«

»Fand ich auch.«

»Ich heiße übrigens Theo.«

»Alex.«

»Ja.« Er schlenderte davon und hob die Hand zum Abschied. »Ciao.«

Ciao? War das nicht seit den Achtzigern aus der Mode? Und wieso hatte er nur »Ja« gesagt? Hatte er sie womöglich erkannt? Aber die Zeitungen von vor zwei Jahren waren längst für Fish and Chips und Kompost benutzt worden. Einerlei. Darüber wollte Alex sich nicht den Kopf zerbrechen. Vermutlich nur irgendeine Jugendpose.

Alex stieg in den Wagen und fuhr langsam durchs Tor und die Zufahrt zum Internat entlang. Theo war stehen geblieben und blickte ihr nach, und unwillkürlich fröstelte Alex.

6

Mit Cats Beschreibung war das Ferienhaus der Devonshires leicht zu finden. Der Wagen holperte einen gefurchten Weg bergab, der an dem Feldsteinhaus endete. Man musste um das Haus herumgehen, um zum Eingang zu gelangen, und als Alex davorstand, entdeckte sie auch den Grund dafür. Der Architekt hatte Wert darauf gelegt, dass man beim Eintreten die Aussicht bewundern konnte. Das Meer erstreckte sich keine hundert Meter entfernt grau und endlos bis zum Horizont. Es hätte das Ende der Welt sein können. Nur das Kreischen der Möwen und das Rauschen der Wellen waren zu hören. Zu ihrer Rechten lag der Strand, dahinter Wiesen. Zu ihrer Linken erblickte Alex in der Ferne Felsen, Klippen, Wellenbrecher und das prachtvolle Internatsgebäude.

Irgendwo dort musste Elena in die Tiefe gestürzt sein.

Der Schlüssel lag wie angekündigt unter dem steinernen Schwein neben der Haustür. Hinreißend, dachte Alex. Hier deponieren die Leute ihre Schlüssel noch an Stellen, wo jeder Einbrecher als Erstes nachschauen würde. Sie fand die Vorstellung tröstlich, dass sich die Welt hier offenbar kaum geändert hatte, seit sie nach London gezogen war. Würde man dort einen Schlüssel unter eine Gartenfigur legen, wäre in null Komma nichts das Haus leer geräumt.

Im Flur empfing sie wohltuende Kühle. Die Zimmer waren geräumig und stilvoll eingerichtet: glänzende Palisandertische, dazu im Kontrast moderne Sofas. Eine rissige Ledercouch. Ein altmodisches Klavier und ein paar Louis-Ghost-Stühle. Der Klinkerboden in der Küche schien im Urzustand belassen, aber alles andere war mit modernstem Komfort ausgestattet, inklusive einem irgendwie einschüchternden Kaffeeautomaten. Im Kühlschrank entdeckte Alex gebratenes Hühnchen und eine Schale Salat sowie Milch, Eier, Butter und eine Flasche Weißwein. Cat hatte Wort gehalten und ihre Haushälterin angewiesen, für Vorräte zu sorgen, damit Alex nicht als Erstes einkaufen gehen musste.

Sie holte ihren Koffer aus dem Auto und trug ihn nach oben in das große Schlafzimmer, in dem ein Eisenbett, eine Kommode und ein Frisiertisch standen. Durch eine Seitentür kam man in ein kleines Badezimmer. Auch hier war alles geschmackvoll und mit Gespür eingerichtet worden. Seit der Schulzeit hatte Cat eine enorme Entwicklung durchlaufen. Als Alex aus dem Fenster blickte, bot sich ihr erneut die fantastische Aussicht: endloser Himmel und Meer und die grelle Sonne. Schweiß stand ihr auf der Stirn. Jetzt war erst mal frische Luft angesagt.

Der Wind war angenehm kühl. Über schmale Felsstufen gelangte Alex zum Strand hinunter. Dort blieb sie stehen und gab sich dem Gefühl hin, der einzige Mensch auf der Welt zu sein, denn das konnte man sich hier gut vorstellen. Dann ging sie nach links und spazierte im Schatten der Klippen am Strand entlang.

Nach zehn Minuten kam sie zu dem Teil der Klippen, wo bei Unwettern und Stürmen im Vorjahr die Straße weggeschwemmt worden war. Als Alex nach oben blickte, sah sie das blau-weiße Absperrband der Polizei im Wind flattern und stellte sich vor, wie Elena dort oben gestanden und in die Tiefe geschaut hatte. Was war in jener kalten dunklen Dezembernacht in ihr vorgegangen? Hatte Elena sich gefürchtet? Oder war sie ganz ruhig gewesen? Wie unglücklich musste sie gewesen sein, wenn sie sogar ihre Höhenangst ausgeblendet hatte.

Falls sie tatsächlich freiwillig gesprungen war.

Alex entdeckte die Felsen, auf denen Elena vermutlich gelandet war. Sie waren vollkommen von Algen überwuchert. In der Nähe saß eine Familie auf einer rot-blau karierten Decke und picknickte. Zwei Jungen, der eine nicht älter als zwei Jahre, buddelten im Sand. Ein Stück weiter lag ein junges Paar auf Handtüchern in der Sonne. Unweit vom Wassersaum spielte eine Frau mit ihrem Retriever Stöckchen. Es war eine typische Sommerszene an einem englischen Strand. Was für ein Jammer, dass hier die Leiche eines jungen Mädchens gefunden worden war.

Alex blickte wieder nach oben. An den Klippen stand ein Blockhaus so dicht am Abgrund, als klammere es sich mit letzter Kraft an den festen Boden. Es sah aus, als könne es schon beim geringsten Windstoß in die Tiefe stürzen. Die Fensterscheiben waren zersplittert, die Tür hing schief. Vermutlich hatten die Besitzer den Kampf gegen das Meer aufgegeben.

Plötzlich stieß etwas mit solcher Wucht an Alex' Beine, dass sie beinahe umgefallen wäre. Als sie das Gleichgewicht wiedergefunden hatte, sah sie den tropfnassen Retriever vor sich hocken. Er hielt den Stock im Maul. Auf einmal ließ er ihn fallen, blickte hoffnungsvoll zu ihr auf und wedelte so heftig mit dem Schwanz, dass überall Sand umherflog. Alex lachte, hob den Stock auf und schleuderte ihn so weit sie konnte.

Die Hundebesitzerin eilte auf sie zu. »Ich muss mich für Ronan entschuldigen. Alles in Ordnung mit Ihnen?« Die Frau blickte Alex besorgt an und strich ihre dunklen Korkenzieherlocken aus dem Gesicht.

»Alles okay«, antwortete Alex lachend und wischte sich den Sand von der Kleidung. »Ich liebe Hunde, und er ist ein Prachtexemplar.«

»Aber er gehorcht trotzdem nicht, obwohl er schon so viele Trainingsstunden hatte.«

Ronan kam angewetzt und legte Alex erneut den Stock vor die Füße. Sie nahm ihn.

»Wenn Sie nicht aufpassen, beschäftigt er Sie damit für den Rest des Tages. Und er rennt auch für sein Leben gern ins Meer.« Die Frau hatte ein offenes Lächeln, aber Alex meinte in ihren Augen Traurigkeit und eine Spur von Argwohn zu erkennen. Sie trug eine kurzärmlige Bluse und eine dunkle Leinenhose, die sie bis zum Knie aufgekrempelt hatte. Ihre Sandalen hielt sie in der Hand. An einem Knöchel hatte sie ein kleines Tattoo mit einem Engelsflügel.

»Mich lockt das Meer auch«, erwiderte Alex lächelnd.

»Oh, da wäre ich an Ihrer Stelle aber vorsichtig. Sogar um diese Jahreszeit ist die Nordsee eiskalt. Im September ist sie einigermaßen erträglich. Aber auch nur für Masochisten. Ich hab schon Füße wie Eisklötze.«

Alex warf den Stock für Ronan. »Wohnen Sie denn hier in der Nähe?« Die Frage war nicht ganz aufrichtig, weil Alex die Website von The Drift studiert und sich die Gesichter des Lehrerkollegiums eingeprägt hatte. Vor ihr stand Louise Churchill, die Elenas Englischlehrerin gewesen war; das wiederum hatte Alex von Cat erfahren.

»Strafe für meine Sünden.« Wieder schien ein Anflug von Traurigkeit über das Gesicht der Frau zu huschen, bevor sie erneut lächelte, diesmal jedoch bemühter. »Nein, es ist wunderschön hier. Aber ich bin Lehrerin. Und das ist kein Vergnügen.«

»Ja, Lehrerin zu sein stelle ich mir auch schwer vor«,

erwiderte Alex. »Ich bewundere Sie. Mir würde es bestimmt nicht gelingen, vor Schülern zu stehen und dafür zu sorgen, dass sie mir zuhören.«

»Ronan, hierher!«, rief Louise Churchill. »Nicht so weit raus!« Den Stock im Maul paddelte der Hund eifrig weiter. »Ach, so schlimm ist es nicht. Ich unterrichte ja schließlich nicht an einer Schule in der Großstadt oder an einem sozialen Brennpunkt. Die Schüler und Schülerinnen hier gelten als Elite. Jedenfalls ist da viel Geld im Spiel.« Sie wies zu dem mächtigen Gebäude auf den Klippen hinüber. »Da arbeite ich. The Drift. Nobelinternat für Nobelkinder.«

»Schön.«

»Ist es zum Teil schon, ja. Im Dorf zu leben ist nicht so einfach, aber ich bin wohl noch besser dran als einige Kollegen, die auf dem Gelände wohnen müssen. Aber ich unterrichte mittlerweile gern dort, obwohl es eine Weile gedauert hat, bis ich mich eingewöhnt hatte.« Louise Churchill warf einen Blick auf ihre Uhr und klatschte in die Hände. »Ronan! Hierher! Sofort!«

Cat hatte ihr erzählt, dass die junge Lehrerin mit ihrem Mann im Januar des Jahres, in dem Elena starb, hierhergezogen war. Der Ehemann unterrichtete Mathematik. Oder war es Physik? Irgendein Fach, mit dem Alex immer Schwierigkeiten gehabt hatte. Und die beiden hatten wohl kleine Kinder. Zwillinge? Verflucht, früher hatte sie sich besser konzentrieren können und hätte solche Fakten nicht vergessen.

In diesem Moment kam Ronan angefegt, schüttelte sich wild und bespritzte die beiden Frauen mit Salzwasser.

»Ronan! Aus!« Louise wandte sich zu Alex. »Tut mir leid, der Hund kann sich einfach nicht benehmen.«

»Kein Problem«, lachte Alex. »Die Dusche ist ja ganz erfrischend.« Ronan bellte die Wellen an und sprang ins

Wasser und wieder heraus. »Schauen Sie nur«, sagte sie und überlegte, ob sie froh oder enttäuscht darüber war, weil der Grund ihres Aufenthalts in Hallow's Edge nicht zur Sprache gekommen war, »er hat jedenfalls einen Riesenspaß.« Wahrscheinlich war es besser so, denn sie wollte erst Louise' Vertrauen gewinnen, bevor die Rede auf Elena kam. Die Lehrerin hier zu treffen war ein Glücksfall.

»Kann man wohl sagen.« Sie schauten beide Ronan bei seinen Kapriolen zu. »Machen Sie Urlaub hier? Wo wohnen Sie?«

»In einem Ferienhäuschen weiter hinten.« Alex wies vage in die Richtung. Sie wollte sich nicht genauer äußern, falls Louise vom Haus der Devonshires wusste. »Wunderschönes Fleckchen Erde hier.«

Louise blickte um sich. »Ja, das stimmt.« Dann schaute sie wieder auf ihre Uhr und stöhnte. »Ach herrje, die Mittagspause ist fast um. Ich muss das wilde Tier hier nach Hause bringen und dann schnell in die Schule zurück.« Sie leinte Ronan an. »Ich darf nicht zu spät kommen, sonst gibt es Ärger mit der Schulleitung. Die beiden verlangen höchste Pünktlichkeit. Würden wohl am liebsten eine Stechuhr aufstellen.«

»Es gibt zwei Schulleiter?«

»Einen Mann für die Jungen, eine Frau für die Mädchen. Das Ehepaar Farrar. Mörderischer Doppelpack. Aber erzählen Sie bitte niemandem, dass ich das gesagt habe, ja?«

Alex lächelte. »Das versteht sich doch von selbst.«

Louise zögerte. »Vielleicht sehen wir uns mal wieder? Sind Sie aus London? Die Stadt fehlt mir sehr. Hier kann es manchmal sehr einsam sein.« Die Verletzlichkeit in ihren Augen rührte sie.

»Das fände ich schön. Würde mich freuen.« Alex meinte es ehrlich.

»Gut, dann komme ich morgen in der Mittagszeit wieder mit Ronan hierher. Zum Glück habe ich diese Woche keine Aufsicht im Speisesaal.«

»Wunderbar. Ich versuche dann auch hier zu sein.«

Alex sah Louise nach, als sie über den Strand zu dem Pfad ging, der nach oben führte. Oben auf der Klippe blieb sie stehen und winkte. Alex winkte zurück.

7

Die langen Abende im Juni liebte Alex besonders. Sie versuchte, nicht daran zu denken, dass schon in zwei Wochen die Tage wieder kürzer werden würden. Doch vorerst war das Licht bezaubernd und die Luft lau, und Alex hatte es genossen, auf der Terrasse zu Abend zu essen.

Doch jetzt wurde Alex unruhig.

Sie hatte vergeblich probiert, Gus über Facetime zu erreichen.

Was machte er? Warum meldete er sich nicht? Natürlich könnte sie sich Sorgen machen, überall auf der Welt gab es korrupte Polizisten und Drogenkuriere. Doch sie sagte sich, dass Gus vernünftig war. Er hatte schnell erwachsen werden müssen und in den letzten Jahren in London einiges an Erfahrung gesammelt. Sie musste Vertrauen zu ihm haben. Und die Strecke von Dover nach Calais war nun nicht gerade die Drogenroute per se. Doch wo zum Teufel steckte ihr Sohn? Hoffentlich war diese Schwachsinnsidee, nach Steve zu suchen, nur eine vorübergehende Anwandlung.

Alex spülte Teller und Becher ab und stellte beides auf das Abtropfgestell. Dann wanderte sie durchs Haus und nahm sich zwei Bücher aus dem Regal im Wohnzimmer: einen Thriller mit reißerischem Cover und einen Roman von Terry Pratchett. Wer das hier wohl las? In der Ecke stand ein Schreibtisch, dessen Schubladen nichts außer ein paar Büroklammern und Heftzwecken enthielten. Alex ging nach oben in das kleinere Schlafzimmer. Es war ebenso schlicht eingerichtet wie das andere: ein Eisenbett, ein Kleiderschrank und eine Kommode. In der Ecke stand ein antiker Waschtisch, aus der viktorianischen Zeit vielleicht. Schüssel und Krug waren aus weißem Porzellan mit Rosenmuster. Auf der Kommode entdeckte Alex ein gerahmtes Foto. Elena, unten am Strand. Ihre langen Haare wurden vom Wind gezaust, sie sah glücklich und unbeschwert aus und hatte den Arm um ihre Mutter gelegt. Wann war dieses Bild entstanden? Wieso hatte dieses Mädchen, das Freude am Leben zu haben schien, sich von einer Klippe gestürzt?

»Sie war intelligent. Und auch stark«, hatte Cat in Elenas Zimmer mit matter Stimme gesagt. »Aber nach dem Tod ihres Vaters litt sie eine Zeit lang an Depressionen und Magersucht.«

»Woran ist er gestorben?« Alex schämte sich insgeheim, dass sie es nicht wusste und sich auch nicht bemüht hatte, es zu erfahren.

»An einem Asthmaanfall. Elena hat ihn gefunden. Durch ihre Erkrankung versuchte sie quasi ihre Trauer in den Griff zu bekommen, hat man uns gesagt. Aber Elena ist … war … stark. Sie hat die Erkrankung besiegt und mir gesagt, dass sie das nie wieder erleben will. Sie begann Pläne zu schmieden. Wollte Kunst studieren, weißt du.« Cat lächelte. »Und Elena hatte das Zeug dazu. Sie wollte malen, Skulpturen machen, Design lernen. Die Welt hätte ihr zu Füßen liegen können.« Cat schlug die Hände vors Gesicht und begann wieder zu weinen. Nach ein paar Minuten blickte sie auf. Ihr Gesicht war schmerzverzerrt. »Sie kam auch in der Schule gut zurecht. Aber dann habe ich Mark geheiratet.«

»Mochte Elena Mark?«

Cat runzelte die Stirn. »Nicht sonderlich. Ich habe gehofft, der gemeinsame Skiurlaub würde die beiden einander näherbringen. Mark hat auch dafür plädiert, sie aufs Internat zu schicken. Er meinte, es sei besser für Elena und für meine Karriere sowieso.«

»Und wie war Elenas Haltung dazu?«

»Zuerst schien es ganz gut zu laufen. Aber ich habe gespürt, dass sie das Internat hasste. Ihre SMS waren merkwürdig, und bei Anrufen hörte sie sich angespannt an. Dann in den Sommerferien in dem Jahr, in dem sie umkam, klang sie irgendwie glücklicher. Zufriedener.«

»Hatte sie vielleicht einen Freund?«

»Weiß nicht. Ich war so froh, dass sie sich scheinbar wohler fühlte, dass ich das einfach so hingenommen habe. Ich habe mich nicht bemüht, meine Tochter besser kennenzulernen.« Cat blickte sich in dem Zimmer um. »Und jetzt ist das hier alles, was ich über sie weiß. Kuscheltiere, Boygroups, die sie längst nicht mehr gut fand, und Trivialliteratur.«

»Cat«, sagte Alex. »Ich werde herausfinden, was passiert ist. Ich werde die Wahrheit ans Licht bringen. Obwohl sie dir vielleicht nicht gefallen wird.«

Cat ergriff ihre Hand. »Die Wahrheit ist in jedem Fall das Richtige. Genau das will ich.«

Alex konnte nur hoffen, dass das stimmte. Denn sie wusste nur allzu genau, wie schmerzhaft die Wahrheit manchmal war.

Sie stellte das Foto auf die Kommode zurück, trat ans Fenster und blickte aufs weite Meer hinaus. Plötzlich wurde ihr klar, wie sie sich eigentlich fühlte. Einsam. Ihr Sohn war auf Reisen, ihre Schwester in der Psychiatrie, und ihre alten gebrechlichen Eltern hatten sich völlig abgeschottet. Kein einziger Mensch auf der Welt interessierte sich dafür, wo

Alex steckte und was sie machte. Mit Ausnahme von Bud vielleicht. Der hatte sich immer um sie gekümmert, seit er sie nach ihrer Flucht aus Suffolk vor zwei Jahren eingestellt hatte. Zu Anfang hatte Alex Profile über VIPs und Kriminelle geschrieben, später dann investigativere Projekte übernommen. Sie hatte den richtigen Instinkt dafür, konnte einen Stoff von allen Seiten beleuchten und sich darin verbeißen. In ihrer ersten Zeit in London hatte sie gar keine Zeit gehabt, sich einsam zu fühlen oder nach jemandem Ausschau zu halten, mit dem sie Zeit verbringen und ihren Alltag besprechen konnte.

An Angeboten hatte es nicht gemangelt, aber Alex wollte sich nicht mit anderen Journalisten einlassen; dann führte man die ganze Zeit nur Berufsgespräche. Nein, da waren ihr Kurzbeziehungen durchaus lieber; man hatte ein bisschen Spaß zusammen und trennte sich wieder, bevor es schmerzhaft wurde. So sah zumindest die Theorie aus. Funktionierte allerdings nicht immer. Bei einer flüchtigen Begegnung war Gus entstanden, was ein Geschenk gewesen war. Aber zwei nicht so kurze Beziehungen hatten ihr wenig Glück gebracht. In der letzten hatte Alex sogar geglaubt, den Mann lieben zu können, und ihm vertraut. Er hatte bei ihr gewohnt und sich mit ihrem Sohn angefreundet. Doch dann hatte er sie hintergangen. Danach hatte sie sich nur auf nette flüchtige Begegnungen eingelassen.

Bei ihr gewohnt. Mit ihrem Sohn angefreundet. Die beiden hatten sich gut verstanden. Sehr gut sogar. Was hatte Gus über die Suche nach seinem Vater gesagt? Ein Freund würde ihm dabei helfen?

Ein Freund.

Verflucht noch mal. Malone. Der verdeckte Ermittler, der Alex beinahe das Herz gebrochen hatte. Er hatte sich bei ihr und Gus eingeschmeichelt. Dann fand sie durch Zufall heraus, dass er verheiratet war. Und damit nicht genug: Er hatte die Frau aus taktischen Gründen geheiratet, weil er eine Ermittlung vorantreiben wollte. Was sagte das über sein Verhältnis zu Frauen aus? Alex hatte nichts mehr von Malone gehört, seit sie ihn aus dem Haus geworfen hatte.

Ihre Hände zitterten, als sie in ihren Kontakten auf dem Handy nach seiner Nummer suchte. Da war sie. Seine Handynummer. Die er vermutlich längst gewechselt hatte, weil er von etlichen Frauen verfolgt wurde.

Sie hörte ein Freizeichen.

»Hallo?«

Das war seine Stimme; Alex hätte sie überall erkannt.

»Malone.«

»Wer ist da?«

»Du weißt verdammt genau, wer dran ist, Malone. Alex.«

»Nun, ist ja ein Weilchen her. Da kann es schon passieren, dass jemand deine Stimme nicht gleich erkennt. Wie geht's dir?«

Gegen ihren Willen ärgerte sie sich darüber, dass er ihre Nummer offenbar nicht mehr gespeichert hatte, versuchte, das Gefühl aber zu verdrängen. »Hast du mit Gus über seinen Vater gesprochen?« Das Schweigen am anderen Ende war Antwort genug. »Malone, was fällt dir ein, dich da einzumischen? Wie kannst du es wagen?« Sie zitterte jetzt noch heftiger. »Ich bin diejenige, die mit Gus über seinen Vater reden sollte, nicht du. Und das werde ich tun, wenn ich es für richtig halte. Hast du das verstanden?«

»Aber du weißt doch kaum etwas über ihn, oder? Das hast du mir selbst gesagt. Gus kam zu mir und hat mich um Hilfe gebeten. Und ich mag den Jungen und habe jede Menge Kontakte.«

»Ach ja?«, fauchte Alex. »Und das gibt dir das Recht? Ich hätte dir nie was von Gus' Vater erzählen sollen.«

»Du hast auch kaum was erzählt.«

»Weil ich nicht viel weiß«, schrie sie, noch wütender, weil Malone so gelassen klang.

»Schon klar. Aber sein Vorname und der Ort waren immerhin ein guter Anhaltspunkt.«

»Malone. Das geht dich alles überhaupt nichts an. Nicht das Geringste. Hast du das jetzt kapiert? Du hast in meinem Leben nichts mehr zu suchen!«

»Habe ja schon eine ganze Weile nichts mehr mit dir zu tun. Wie ist es dir inzwischen ergangen?«

»Geht dich nichts an.«

»Arbeit?«

Es machte sie rasend, dass er sich nicht aus der Ruhe bringen ließ und so tat, als sei nichts Außergewöhnliches zwischen ihnen vorgefallen, als hätte er ihr nicht das Herz gebrochen, als hätte sie ihn nicht rausgeworfen. »Ja. Alles in Ordnung, danke sehr. Bestens.«

»Was machst du denn, Alex? Schreibst du über Popstars? Reality-TV? Mode?«

Der spöttische Unterton trieb sie förmlich zur Weißglut. »Gegenwärtig arbeite ich an einem potentiellen Mordfall. Tochter einer EU-Abgeordneten.« Die Worte waren ihr herausgerutscht, bevor Alex sich bremsen konnte. Warum nur ließ sie sich von Malone so leicht provozieren?

»Da solltest du vorsichtig sein, Alex.«

»Ah, das geht dich einen Dreck an. Und lass meinen Sohn in Frieden. Ich verbiete dir den Kontakt mit ihm.«

Sie brach das Gespräch ab.

Gott, jetzt brauchte sie dringend einen starken Drink.

Alex schnappte sich eine Jacke und marschierte zur Tür.

Kaum war sie draußen, klingelte im Haus das Festnetztelefon. Einerlei, es war ja ohnehin nicht für sie. Doch es klingelte hartnäckig weiter.

Mist. Es war wie eine Art pawlowscher Reflex – abzunehmen, weil vielleicht eine Story dabei herauskommen könnte.

Alex ging ins Haus zurück und fand das Telefon auf dem Fenstersims im Esszimmer.

»Hallo?«

Stille am anderen Ende.

»Hallo? Wer ist da?«

Immer noch Stille, aber sie hörte jemanden atmen.

»Hören Sie, ich weiß, dass jemand dran ist. Wollen Sie nun was sagen oder nicht?«

Ein Klacken war zu hören, als die Person am anderen Ende auflegte.

Alex blickte auf den Hörer in ihrer Hand. Was war das denn gewesen?

Auf dem gepflegten Rasenstück vor dem Pub Green Man saßen Gäste mit Bier und Wein an Picknicktischen, am Eingang stand ein Paar und rauchte. Einige hundert Meter entfernt ragte ein rot-weiß gestreifter Leuchtturm auf. Der Pub sah einladend aus. Die Tür stand offen, drinnen schien es laut und lustig zuzugehen, draußen hingen Körbe und Töpfe mit Frühlingsblumen – Petunien, Geranien, Fleißiges Lieschen; weiter reichten Alex' botanische Kenntnisse nicht. In der Abendluft lag der betörende Duft von Geißblatt, das sich über einen Zaun rankte.

Der Spaziergang hierher hatte Alex gutgetan. Ihr Zorn war weitgehend verpufft, und sie beschloss, nicht mehr an Malone zu denken. Die frische Luft hatte sie nach dem Gespräch und diesem seltsamen anonymen Anruf entspannt.

Und ein Drink würde jetzt ein Übriges tun. Außerdem war der Dorfpub gut dazu geeignet, sich unauffällig ein wenig umzuhören.

»Gehn Sie ruhig rein. Die beißen nicht.«

Alex sah den grauhaarigen alten Knaben an, der ein Bierglas in seinen schmutzigen Händen hielt. »Danke«, erwiderte sie lächelnd. »Man weiß ja nie, ob man wirklich willkommen ist, nicht wahr?«

Der Mann gluckste. »Is hier nich wie in Ihren schicken Pubs in London, wo die Leute im Pelzmantel mit nix drunter rumlaufen. Das hier is 'n ordentlicher Laden, wo man 'n anständiges Bier kriegt, auch wenn Tony den alten Schuppen ein bisschen aufgehübscht hat.« Grinsend wandte er sich wieder seinem Pint zu.

Der Pub war voll, und es wurde lebhaft geredet und gelacht. Paare und Freunde saßen bei Essen und Drinks an Tischen, und auch an der Bar war kein Platz mehr frei. An einem Billardtisch in der Ecke waren zwei – vermutlich minderjährige – Jugendliche ins Spiel vertieft. Gus war es schon mit fünfzehn gelungen, in einem Pub mit Billardtisch sein erstes Bier zu ergattern.

Alex drängte sich zum Tresen durch.

»Hi.« Eine Frau um die dreißig mit Lippenpiercing und blondierter Igelfrisur lächelte Alex freundlich an.

»Hi. Ich hätte gern ein Glas trockenen Weißwein.« Sie ließ sich auf einem Barhocker nieder, der gerade frei geworden war.

Die Bedienung nahm eine Weinflasche aus dem Kühlschrank und goss ein. Dabei klirrten die Silberarmbänder an ihrem Handgelenk.

»Danke.« Alex reichte das Geld über den Tresen. »Schöner Pub.«

Die Barfrau grinste. »Bisschen schicker geworden, aber die Kurden sind nett. Und treu. Machen Sie Urlaub hier?« Sie hielt Alex das Wechselgeld hin.

Die Preise waren bodenständig. »Rest ist für Sie. Trinken Sie ein Glas mit?«, fragte Alex.

»Gerne, danke.« Die Barfrau goss sich auch ein Glas Wein ein.

»Hey, Kylie.« Ein Mann kam durch eine Tür, hinter der sich wohl die Küche befand, in den Händen zwei Teller mit Fish and Chips. »Beweg deinen Arsch.«

»Ich hab Pause, Tony, okay?«

Er verdrehte die Augen und schlängelte sich zwischen den Gästen hindurch.

»Wenn der mal mehr arme Schweine wie mich einstellen würde, könnte ich wenigstens mal anständig Pause machen«, murrte die Barfrau.

Alex lächelte und trank einen Schluck Wein. Kalt, sehr herb, aber wohltuend. »Nicht direkt. Im Urlaub, meine ich.«

»Ach ja?« Die junge Frau stützte sich auf den Tresen. »Ich bin übrigens Kylie.«

»Alex. Ich bin hier wegen des Todesfalls im Internat. Die Familie des Mädchens ist am Boden zerstört. Die müssen noch mehr erfahren, um endlich loslassen zu können.«

Kylie richtete sich auf und sah Alex mit argwöhnischem Blick an. »Sind Sie dann so was wie 'ne Privatdetektivin? Oder von der Polizei?«

»Weder noch. Ich bin eine Freundin der Familie. Die Mutter möchte sicher sein können, dass sie alles über den Tod ihrer Tochter erfahren hat. Und ich kann ganz gut Fragen stellen.« Alex beugte sich vor. »Die Mutter hat kein Vertrauen zur Polizei.«

»Wer hat das schon«, erwiderte Kylie. »Sie meinen bestimmt das Mädel von der Nobelschule, das sich kurz vor Weihnachten umgebracht hat? Ja, davon hab ich gehört. Armes Ding. Und die armen Eltern.«

»Haben Sie das Mädchen mal kennengelernt? Als ich in diesem Alter war, haben wir immer versucht, in die Pubs reinzukommen, weil wir uns dann so erwachsen fühlten.«

Kylie nickte. »Ja, das machen die Kids hier auch. Die aus dem Ort kommen zum Billardspielen, wie Sie sehen, und die reichen Internatskids finden es cool, in Dorfkneipen rumzuhängen. Die glauben, wir merken das nicht, aber die erkennt man auf den ersten Blick. Designerklamotten und teure Sneakers, so dreckig die auch sein mögen. Meist verschwinden sie ohne Widerrede, oder sie sind schon achtzehn. Aber manchmal ...«

»Ja?«

»Na ja, manchmal machen sie schon Rambazamba, und dann knöpft der Wirt sie sich vor. Aber meist erst, wenn schon genug in der Kasse ist.«

»Und wie geht die Schule damit um? Gibt es dann harte Strafen?«

»Ich glaube, es ist schon Strafe genug, auf dieses Internat gehen zu müssen«, antwortete Kylie grinsend. »Da müssen sie wohl auf einige Privilegien verzichten.« Sie verdrehte die Augen. »Als hätten die nicht schon genug. Die Hartnäckigen kommen übrigens trotzdem immer wieder. Aber witzig wird's, wenn Lehrer hier sind und dann Schüler reinkommen. Die machen dann blitzschnell kehrt und suchen das Weite.«

»Lehrer kommen auch hierher?«

»Nun seien Sie doch nicht so schockiert«, entgegnete Kylie mit gespielter Entrüstung. »Das ist schließlich der einzige Pub im Dorf. Was andres gibt's in Hallow's Edge nicht.

Nur das Café, und die schenken keinen Alkohol aus. Man muss nach Norwich fahren, um ein bisschen Spaß zu haben. Oder nach Cromer und Sheringham, wenn man's dringend braucht. Und einige von den Lehrern sind versessen darauf, von hier wegzukommen, das kann ich Ihnen sagen. Noch eins?« Sie deutete auf das leere Weinglas, obwohl Alex sich nicht erinnern konnte, es ausgetrunken zu haben.

Sie nickte und schob es über den Tresen. Es war immer eine Gratwanderung: gesprächig zu wirken und die Leute zum Reden zu bringen, ohne sich zu betrinken. »Sie auch?«

Kylie sah sich kurz um und zuckte die Achseln. »Warum nicht? Die Gäste können ja bisschen langsamer trinken.« Sie grinste und schenkte Wein nach. Als jemand zum Tresen kam und eine Runde bestellte, sagte sie zu Alex: »Dauert 'nen kleinen Moment. Bin aber gleich wieder da.«

»Viel los hier heute Abend«, bemerkte Alex, als Kylie zurückkam.

»Ist schon okay, ja«, sagte sie, »wird im Laufe des Sommers besser.« Sie wies mit dem Kopf auf eine Ecke des Raums. »Da wir grade über die Kids aus dem Internat geredet haben – da drüben sitzen welche.«

Langsam drehte Alex sich um. In der Ecke saßen zwei Jungen. Den einen hatte sie bereits kennengelernt. Wie hieß der gleich? Genau, Theo. Der andere Junge war ein ganz ähnlicher Typ: kantiges Kinn, blaue Augen, sonnengebräunt, Silberstecker im Ohr. Als er ihren Blick bemerkte, hob er sein Bierglas.

Alex wandte sich wieder Kylie zu. »Und weshalb sind die Lehrer so versessen auf den Pub?«

»Na, das liegt auf der Hand. Da oben in der Schule eingesperrt zu sein ist wohl ziemlich scheiße, wenn ich das mal so deutlich sagen darf. Die Lehrer müssen ja dauernd Druck machen, weil die reichen Eltern wollen, dass ihre Schätzchen Höchstleistungen erbringen. Tun einem echt alle leid, die Schüler wie die Lehrer. Deshalb trinken sie alle.« Kylie wischte mit einem Tuch den Tresen trocken. »Aber Sie wollen mehr über das Mädel erfahren, nicht?«

»Elena Devonshire.«

»Und warum? Ich meine, sie hat sich umgebracht, oder nicht? Hier ist nie jemand von der Polizei aufgekreuzt, nachdem man die Kleine tot am Strand gefunden hat. Der alte Reg hat sich immer noch nicht davon erholt, der arme Kerl.«

Alex erinnerte sich an den Namen aus der Presse. »Reg Gardiner? Er hat Elena gefunden?«

»Ganz genau.«

Plötzlich schien sich Kylie an wesentlich mehr zu erinnern als zu Anfang des Gesprächs. Vielleicht hatte der Alkohol ihre Zunge gelöst.

»Der wohnt in einem runtergekommenen Wohnwagen, der bald von der Klippe fällt, und wandert dauernd mit seinem Hund durch die Gegend.«

»Ist das der alte Knabe, der draußen sitzt?«

»Reg? Im Pub? Nee, nee, den werden Sie hier nicht finden. Der trinkt für sich allein in seinem Wohnwagen. Ist 'n Einzelgänger.« Sie beugte sich über den Tresen und raunte verschwörerisch: »Es gibt das Gerücht, er hätte vor ein paar Jahren mal gesessen, aber niemand weiß, wofür. Ist nicht ganz richtig im Kopf, wenn Sie wissen, was ich meine.«

»Das Mädchen zu finden muss schlimm für ihn gewesen sein.« Alex holte das Foto von Elena aus der Tasche und zeigte es ihr. »Haben Sie das Mädchen mal hier im Pub gesehen?«

Kylie stülpte die Lippen vor und atmete aus. »Hier drin nicht.«

Alex wartete ab.

»Im Dorf hab ich sie manchmal gesehen. Am Freitagabend und am Wochenende haben die Kids Ausgang. Sie war mit einer Gruppe von Mädchen unterwegs, die alle gleich aussahen. Super gepflegt, Designerklamotten, lange glatte blonde Haare.« Kylie goss ihnen beiden Wein nach und schob Alex ihr Glas hin. »Aber es war komisch: Das Mädchen war zwar mit den anderen zusammen, schien aber nie so richtig dazuzugehören.«

»Haben Sie Elena mal allein mit einem Jungen gesehen?«

Kylie überlegte kurz. »Vielleicht. Weiß nicht.« Sie zuckte die Achseln. »Ich kann die ehrlich gesagt nicht auseinanderhalten.« Sie trank einen Schluck Wein. »Und Sie sind auch ganz bestimmt keine Privatdetektivin?«

Alex schüttelte den Kopf. »Nein. Ich bin wirklich eine Freundin der Familie. Und Journalistin.« Kylies Augenbrauen schossen in die Höhe. »Aber ich will nur die Wahrheit erfahren«, fügte Alex hastig hinzu, bevor Kylie sie womöglich rauswerfen würde. »Wenn es eine andere Wahrheit als die bisher bekannte gibt. Vielleicht hat Elena sich tatsächlich von der Klippe gestürzt. Aber ihre Mum möchte ganz sicher sein, verstehen Sie?«

Die Barfrau nickte. »Ja. Ich denk schon.« Sie schaute auf ihre Uhr. »Meine Pause ist um. War nett, Sie kennenzulernen, Alex.«

»Wenn Sie irgendetwas hören oder mir behilflich sein können ...« Alex nahm eine Visitenkarte aus ihrer Tasche. »Hier ist meine Handynummer.«

»Danke. Muss jetzt weitermachen.« Kylie wandte sich den Gästen zu, und Alex fragte sich, ob sie das Gespräch so abrupt beendet hatte, weil sie Journalistin war und damit als nicht vertrauenswürdig galt. Dennoch wollte sie ein bisschen Wirbel machen, um damit eventuell jemanden aus der Reserve zu locken. Und eine so redselige Barfrau wie Kylie würde garantiert weitererzählen, dass hier jemand aufgetaucht war, der Fragen zum Tod von Elena Devonshire stellte.

Alex trat hinaus in den windstillen warmen Sommerabend. Noch immer war es nicht dunkel. Weil sie innerlich ruhelos und angespannt war und nicht sofort in das Haus zurückgehen wollte, beschloss sie, sich die Stelle anzusehen, wo Elena hinuntergestürzt war. Ein Fußmarsch dort hinauf dauerte bestimmt nicht lange. Wenn das so weiterging, würde sie bei ihrer Rückkehr nach London fit wie ein Turnschuh sein.

Nach einer Weile endete die Straße abrupt an der steilen Klippe. Ein riesiger Betonklotz versperrte den Weg, doch Alex drängte sich mühelos daran vorbei. War Elena auch über die Straße zur Klippe gelangt?

Es gab keine weitere Absperrung, auch kein Warnschild. Lediglich die Reste des Absperrbands, die Alex schon vom Strand aus bemerkt hatte, flatterten im Wind; und die würden gewiss niemanden davon abhalten, sich hier zu Tode zu stürzen. Vorsichtig trat sie näher an den Rand der Klippe und spähte in die Tiefe. »Großer Gott, ist das steil«, murmelte Alex vor sich hin. Weit unten sah sie düstere schwarze Felsen und einige Mauerblöcke, die man zum Küstenschutz angebracht hatte. Als sie noch ein paar Zentimeter weiter vortrat, bröckelten Geröll und Asphalt ab und rieselten nach unten. Sie trat zurück, ein wenig schwindlig im Kopf. Wie hatte es sich wohl angefühlt, diesen letzten Schritt zu tun?

Alex erspähte das baufällige Blockhaus und weiter hinten einen Wohnwagen, der ebenfalls gefährlich nah am Rand der Klippen stand und verlassen wirkte. Doch als sie näher kam, bemerkte sie, dass die Fenster zwar mit Brettern vernagelt waren, die Behausung aber mit Stromkabeln verbunden zu sein schien. An einer Wäscheleine hingen löchrige Socken, und jemand hatte sogar den Versuch unternommen, auf dem Boden neben der Wohnwagentreppe etwas anzupflanzen. Hier lebte also wohl dieser Reg Gardiner, der Elena gefunden hatte. Vielleicht hatte der Mann mehr bemerkt, als er ausgesagt hatte. Aufgrund seiner kriminellen Vergangenheit hatte er gewiss kein gutes Verhältnis zur Polizei. Vielleicht ergab sich irgendwann die Gelegenheit, mit Gardiner zu reden.

Alex folgte dem Weg zu dem Blockhaus, das verwahrlost und unbewohnt wirkte. Das Schild mit der Aufschrift »Zutritt verboten« missachtend stieg sie über eine niedrige Mauer. Im verwilderten Gras entdeckte sie Bier- und Coladosen, Ciderflaschen, leere Chipstüten, Glassplitter, Sandwichverpackungen. Eine dürre gelbe Rose lehnte sich an einen Rosmarinstrauch, um in der trockenen Erde zu überleben. Die schiefe Tür schwang sofort auf. Ohne zu überlegen, trat Alex ein.

Der durchdringende Gestank von ungewaschenen Körpern stieg ihr in die Nase. Es war so düster, dass sie die Taschenlampe an ihrem Handy einschaltete. In einer Ecke des Raums lag ein zerschlissener Schlafsack, daneben Zigarettenschachteln, weitere leere Dosen und Snackverpackungen und Glassplitter von zerbrochenen Fensterscheiben. Rußschwarze Holz- und Papierreste wiesen darauf hin, dass man hier ein kleines Feuer gemacht hatte. Bruchstücke vom Linoleum waren auf einen Stapel Zeitungen gehäuft worden, Gipsbrocken aus den Wänden und modernde Bretter lagen überall verstreut. Einzige Möbelstücke aus besseren Zeiten waren ein alter dreibeiniger Hocker, ein paar wacklige Stühle und ein kleiner Tisch. Die Deckenbalken waren kaputt, und sie konnte in das obere Zimmer hineinschauen. Auf dem kleinen Tisch lagen vertrocknete Brötchen und eine leere Dose gebackene Bohnen mit einer Schimmelschicht am Boden. Hatte sich hier tatsächlich jemand zum Essen hingesetzt? An den Fenstern flatterten fadenscheinige Vorhänge.

Wegen des sauren, stechenden Geruchs versuchte Alex, durch den Mund zu atmen. Dieser verwahrloste Ort war doch wohl kein Treffpunkt für Liebespaare? Selbst hormongesteuerte Jugendliche aus einem Eliteinternat kamen bestimmt nicht hierher. Die würden sich eher im Sommerhäuschen von Mama und Papa irgendwo an der Küste verkriechen. Und die einheimischen Jugendlichen? Auch nicht wahrscheinlich. Die hatten sicher bessere geheime Treffpunkte. Drogensüchtige? Als Alex den Boden genauer betrachtete, entdeckte sie tatsächlich ein paar leere Spritzen. Vorsichtig trat sie zum Schlafsack und zog ihn mit spitzen Fingern zur Seite. Weitere Spritzen fielen klappernd heraus. Dann ein Gürtel und ein verbogener Teelöffel. Die triste Wahrheit. Man glaubte oft fälschlicherweise, Drogenmissbrauch käme nur in Großstädten vor, nicht auf dem Land oder in malerischen kleinen Küstenorten. Doch das war ein Irrtum. Auf dem Land waren die Gründe für Drogensucht häufig Langeweile, Einsamkeit, mangelnde Perspektiven und die Isoliertheit durch fehlende Verkehrsanbindungen.

Die Atmosphäre war beklemmend, und Alex sehnte sich nach frischer Luft. Bevor sie sich zum Gehen wandte, leuchtete sie mit der Taschenlampe noch in die Ecken und entdeckte dabei etwas Schimmerndes im Dunklen. Sie hob es auf und wischte es an ihrer Jeans ab. Ein seltsam geformter Ring, aus Silber vielleicht. Alex' Herz schlug schneller. War das Elenas verschwundener Freundschaftsring? Falls ja – was hatte er an diesem trostlosen Ort zu suchen?

Und wer besaß den anderen?

8

ELENA

ENDE MAI, achtundzwanzig Wochen vor ihrem Tod

Fängt es immer so an? Hie und da ein paar Gesprächsfetzen; Worte, die sich geheimnisvoll und bedeutsam anhören. Es ist berauschend. Und befreiend.

Ich liege auf meinem durchgelegenen alten Bett, in Schlabber-T-Shirt und gammligen Shorts, in dem Zimmer, das ich mit Tara bewohne. Die Poster an den Wänden: One Direction (oh nee, oder). Die Desiderata: »Zweifellos entfaltet sich das Universum wie vorgesehen.« Tut es das? Jetzt vielleicht schon. Lichterketten, wirr ums Kopfteil des Betts geschlungen. Zwei Schreibtische voller Bücher und Unterlagen; Fotos von Freunden und Familie, mit Tesa an die Wände geklebt Kleider, die aus den kleinen Schränken quellen und auf Stühle geschmissen wurden. Regale mit Büchern, Kuscheltieren, Erinnerungsstücken von Freunden. So sieht mein Leben äußerlich aus. Die dunkle Seite sieht man nicht. Die Depression. Die Angst. Die Magersucht. Und jetzt auch noch die Wut, weil Mum einen Mann geheiratet hat, der überhaupt nicht zu ihr passt. Und auch noch viel zu jung ist! Ich meine, was soll der Scheiß?

Ich wusste immer schon, dass ich anders bin als die anderen. Ich habe nicht tausend beste Freundinnen, trage keine

Freundschaftsarmbänder, gehe nicht zu Boygroup-Konzerten. Von meinen dunklen inneren Anteilen abgesehen fühle ich mich wohl in meiner Haut. Und die Zeit im Internat wollte ich nur irgendwie durchstehen.

Aber jetzt.

Jetzt verändert sich plötzlich was. Und zwar so richtig. Hatte geglaubt, das würde erst passieren, wenn ich aus diesem Dreckladen hier raus bin und entweder studiere oder ein Praktikum mache oder so. Wenn ich endlich ein eigenes Leben habe. Aber es passiert jetzt, hier. Ich behalte es für mich, will jeden einzelnen Moment in Ruhe auskosten. Ihn ins Licht halten, betrachten und das Funkeln genießen. Geschieht es wirklich? Die Liebe?

Es klopft an der Tür.

Max steht draußen, tritt von einem Fuß auf den anderen und wird rot, als er mich sieht. Na klar.

»Was willst du?«, frage ich, aber nicht zu unfreundlich, weil ich weiß, dass er in mich verknallt ist. Und zwar heftig, er kann mir kaum in die Augen schauen.

»Ich ... ich ... ich ...« Er betrachtet seine Schuhe.

Ich unterdrücke ein Seufzen. Er kann nichts für sein Gestammel. »Komm schon, Max, ich muss einen Aufsatz schreiben. Und du dürftest eh nicht hier sein.« Wenn ihn jemand von der Aufsicht um diese Tageszeit im Gebäude der Oberstufe erwischt, kriegt er echt Stress.

»Weiß ich.« Er sieht ängstlich aus. »Ich wollte nur ...«

Jetzt reicht's mir. Ich habe grade alles Mögliche vor, was mit einem Aufsatz nichts zu tun hat.

»Ich hab dich vor ein paar Tagen mit Theo gesehen«, platzt Max heraus. »Als ihr aus dem Sommerhaus gekommen seid. Er redet über dich mit seinen Freunden. Er ist echt so scheiße.«

»Weiß ich, Max. Kümmer dich nicht drum. Ich tu's auch nicht.«

»Solltest du aber. Und was ist mit mir?«

»Mit dir?«

»Ja.«

Peinliches Schweigen, bis ich kapiere, was er wissen will. »Max«, sage ich, noch behutsamer als vorher. »Ich kann nicht ... du bist zu ... es ist einfach ...«

Seine Augen werden feucht, und er hält mir abrupt etwas hin. »Hier. Für dich.« Dann rennt er weg.

Eine Schachtel Pralinen. Nicht sein Ernst. Oh Mann, Max.

Ich werfe die Pralinenschachtel auf meinen Schreibtisch, dann schließe ich die Tür ab. Tara lernt in der Bücherei und ist erst mal eine Weile weg. Ich hebe eine Skinny vom Boden auf, nehme ein stahlblaues Top von einem Bügel, ziehe mich rasch an. Mir bleibt nicht viel Zeit. Trage Eyeliner und Mascara auf, am Ende noch ein bisschen Gloss auf die Lippen. Bürste mir schnell die Haare. Dann hole ich mein Handy aus der Handtasche, gehe auf Facebook. Mache ich selten, aber ich bin glücklich. Ich poste was, schalte dann die Videokamera ein. Der rote Punkt leuchtet. Wie viel Zeit habe ich? Hätte ich mir mal vorher überlegen sollen. Egal. Ich mach einfach weiter, bis es von selbst aufhört.

Ich hocke mich im Schneidersitz aufs Bett und streiche mir die Haare aus den Augen. Lächle. Fällt mir nicht schwer. Ich hab jetzt ständig Lust zu lächeln.

»Hallo, ich bin's, Elena«, sage ich zum Handy. Blöd! Ich huste, weiß nicht, was ich als Nächstes sagen soll. Unbekanntes Terrain für mich, so ein Video. Ich lecke mir mit der Zunge über die Lippen. Der Lipgloss schmeckt süß. Dann lächle ich wieder. »Meinst du das echt alles so, wie du geschrieben hast? Dass du mich wunderschön findest? Dass du dich gerne mit mir über alles Mögliche unterhalten würdest? Dass du ...«, ich gerate ins Stocken, »... mich total interessant findest? Und meine Meinung zu allem Möglichen spannend? Dass ich dir wichtig bin?«

Ich drücke auf Pause. Seit Mum geheiratet hat, scheine ich ihr nicht mehr wichtig zu sein; sie hat keine Zeit mehr für mich, zeigt keinerlei Interesse an mir. Nur noch Mark und ihre Arbeit, ich könnte genauso gut unsichtbar sein. Meine Augen brennen, und ich blinzle heftig. Schluss damit. Ich habe jetzt jemanden, der Verständnis dafür hat. Der auch miterlebt hat, wie die Mutter jemand Jüngeren geheiratet hat und dauernd am Arbeiten war. Ich habe jemanden, der versteht, was ich durchmache. Ich brauche jetzt nicht mehr daran zu denken, dass Mum wegen ihres Jobs körperlich abwesend und wegen Mark gefühlsmäßig abwesend ist. Ich hole tief Luft, lächle und starte die Aufnahme wieder. »Du hast gesagt, du hast noch nie jemanden getroffen, der so ist wie ich. So wunderschön. Meinst du das ehrlich? Ja, oder? Ich hab es in deinen Augen gesehen.«

Ich unterbreche die Aufnahme wieder. Das ist alles so aufregend: darüber zu reden, wie man sich gegenseitig sieht. Oder ist das kitschig? Doof? Ich mache weiter.

»Die Augen sind Spiegel der Seele, hast du gesagt. Und meine Seele ist angefüllt mit dir. Mit Gedanken an dich.«

Das ist nun echt Schwachsinn. Trieft ja förmlich. Hört sich an wie von einem hundsmiserablen Dichter. Ich lösche. Räuspere mich. Nehme weiter auf. »Ich weiß, du hast gesagt, du würdest gern von mir hören, und ich soll dir ein Video schicken, aber ich weiß nicht recht, was ich sagen soll. Das ist alles so ... neu für mich.« Und wahnsinnig spannend. Und darf eigentlich nicht sein. Ich weiß das. Wir haben uns doch ewig diesen ganzen Scheiß von wegen Verantwortung und Machtmissbrauch und so anhören müssen. Aber ich bin sechzehn, fast siebzehn Jahre alt, verflucht, ich weiß Bescheid. Glaub ich jedenfalls. Einen Moment lang kommen mir Zweifel. Werde ich vielleicht verarscht? Nee. Ich kenn mich aus.

Es klopft laut an der Tür, und jemand rüttelt an der Klinke. »Hey, Lee, was machst da du drin? Warum hast du abgeschlossen?« Tara hört sich sauer an. »Mach schon auf, Lee.«

Schnell schalte ich das Handy aus und lasse sie rein.

»Was ist denn hier los?« Tara schaut sich argwöhnisch um. »Ist hier noch jemand?«

»Nein.«

»Und wieso bist du so aufgedonnert, mit Make-up und allem? Ich hab dich doch reden hören.« Sie bemerkt die Pralinenschachtel auf meinem Schreibtisch und stürzt sich darauf. »Wow, von wem sind die denn? Bestimmt nicht von Theo. Gar nicht sein Stil.« Sie zieht das rote Band auf, reißt das Zellophan weg und langt zu. »Lass mich raten – Max, oder?« Sie kichert, mit Schokolade im Mund.

Ich zucke die Achseln. Wir haben darüber gelacht, dass Max in mich verknallt ist, aber ich will das nicht mehr. Weil ich jetzt verstehe, wie er sich fühlt.

»Na ja, egal«, sagt Tara und nimmt sich noch eine Praline. »Also?«

»Also was?«

»Du hast meine Frage nicht beantwortet.«

»Hab mit mir selbst geredet.« Ich werde rot. Das hasse ich – wenn mein Körper mich verrät. »Und ich bin nicht aufgedonnert.«

»Aber hoppla. Ist es Theo?« Sie entdeckt mein Handy auf dem Bett. »Hast du mit ihm geredet? Wie läuft's?«

Wie es läuft? Gar nichts läuft da. Er ist eine praktische

Tarnung, das ist alles. Weiß aber nicht, wie lange ich dieses Spiel noch durchziehen kann.

So kam es dazu.

Ich hatte die SMS von Theo bekommen, mich aus der Schule verdrückt und ihn im alten Sommerhaus am Rande des Internatsgeländes getroffen. Es ist verboten, sich in dem Sommerhaus aufzuhalten, weil es als baufällig gilt. Aber Theo und seine Freunde gehen dort mit ihren Mädchen hin, um Haschisch zu rauchen. In der Oberstufe heißt das Haus allgemein nur »Dampfhütte«. Die Jungen sind immer die gleichen – Theo, Felix, Lucas und Ralph, manchmal Ollie –, die Mädchen wechseln.

»Schsch«, macht Theo, als er die Tür öffnet und mit dem Handy leuchtet.

»Wie bist du an den Schlüssel gekommen?«, frage ich.

Er tippt sich an die Nase wie irgendein Schnüffler in einem albernen Krimi. »Darüber mach dir mal keine Gedanken, Schätzchen. Komm.«

Theo zieht die ausgebleichten Vorhänge zu und setzt sich auf eines der Korbsofas, das einigermaßen intakt aussieht und auf dem sogar Kissen liegen. Nur hie und da ragen Streben heraus, die einen bestimmt piksen. Im zuckenden Licht der Handylampe wirkt der Raum ziemlich unheimlich. Tagsüber scheint hier bestimmt die Sonne durch die Fenster und beleuchtet den Schmutz und den Staub. Aber im Dunkeln fühle ich mich total unwohl. Es riecht nach Schimmel und irgendwie süßlich und stinkt nach verwesender Maus.

»Und wenn uns jemand erwischt?«, flüstere ich.

Theo wirft mir ein amüsiertes Lächeln zu, das er vermutlich für besonders erwachsen hält. »Warst du noch nie hier?«

Ich schüttle den Kopf. Natürlich nicht, du blöder Idiot. Für was für ein Mädchen hältst du mich?, würde ich am liebsten sagen. Tue ich aber natürlich nicht.

»Du brauchst dir keine Sorgen zu machen. Es ist zu weit von der Schule entfernt, als dass die Lehrer uns hier entdecken könnten. Außerdem habe ich die Hütte für heute Abend gebucht.«

»Gebucht? Was soll das denn heißen?«

»Wir haben ein Buch, in dem wir unsere Reservierungen eintragen. Manchmal treffen sich auch mehrere Paare hier, aber wir sind heute allein hier. Super, oder?«

Ich würde am liebsten lauthals lachen. Wie viele Mädchen haben wohl ihre Jungfräulichkeit in dem alten Sommerhaus verloren? Und mehrere Paare treffen sich gleichzeitig hier? Oh Mann. Nicht sehr romantisch. Und wo treiben die es dann? Im Sitzen auf den kaputten Korbsofas? Oder auf den blanken Holzdielen?

»Okay?« Theo holt eine Decke aus einem Rucksack, den ich zuvor nicht bemerkt hatte, und breitet sie auf dem Boden aus. »So«, sagt er, legt sich darauf und stützt sich auf einen Ellbogen. Sein Handy platziert er in Reichweite, aber so, dass es nicht blendet. »Komm, leg dich zu mir.«

Und jetzt? Da bin ich nun mit Theo Lodge, dem Traumtypen der gesamten Oberstufe. Sportlich, dicke Muckis, spielt Cricket und Rugby. Sieht in allen Klamotten gut aus, vor allem in engen Jeans und coolen Schuhen. Verbringt seine Ferien auf Necker Island. Und der will nun, dass ich mich zu ihm lege. Fast entschlüpft mir ein Kichern, aber ich schlucke es runter. Ich setze mich neben Theo und umschlinge die Knie.

Sagenhaft romantisch, wirklich.

»Möchtest du?«, fragt Theo, greift nach der Tabakdose und dreht einen Joint.

Daher also der süßliche Geruch. Ich schüttle den Kopf.
»Nee.«

»Na komm schon, probier einfach mal. Könnte dir gefallen. Hätte auch noch mehr zu bieten. Vielleicht bisschen Koks? Gibt ein super High.« Er schaut mich an, wahrscheinlich hat er schon ein paar Lines gezogen.

»Nein. Echt nicht.«

Theo zuckt die Achseln. »Okay.«

Er nimmt einen tiefen Zug, legt den Arm um mich und zieht mich an sich. Ich spüre den harten Boden am Hüftknochen und würde am liebsten wieder kichern. Theo pustet Rauch aus und küsst mich. Ich spüre seine Bartstoppeln an der Wange, und seine Zunge zuckt in meinem Mund herum wie ein nervöser Wurm. Theo schmeckt nach Tabak und billigem Fusel, riecht nach Haschisch und einem blumigen Aftershave.

Ich empfinde nichts. Gar nichts. Null.

»Und?« Tara lässt sich neben mir aufs Bett plumpsen und wartet auf meine Antwort.

Ich zucke die Achseln. »Und nichts.«

»Wollte er ein Treffen ausmachen? Ich meine, jetzt gerade?«

Sie hechtet sich auf mein Handy, aber ich kriege es zu fassen und drücke es an meine Brust. »Geht dich nichts an.« Tara sieht so enttäuscht aus, dass sie mir leidtut. »Ja, wir wollen uns treffen. Zum zweiten Mal.« Die Worte sind raus, bevor ich mich bremsen kann. Blöd.

Tara starrt mich mit großen Augen an. »Im Ernst? Cool. Magst du ihn?«

Schwierige Frage. »Er ist schon okay.«

»Schon okay?«, kreischt Tara. »Der ist doch superheiß!« Ihre Schultern sacken nach unten. »Hast du ein Glück.«

»Wieso?«

»Ich hätte auch gern jemanden, der sich für mich interessiert. Du siehst deine Mum zwar nicht oft, aber sie weiß jedenfalls, dass du hier bist. Sie ist mit einem jüngeren Typen verheiratet, und du hast was mit Theo, der scharf ist und geil aussieht.«

»Ja, stimmt schon.« Aber dabei denke ich weder an Mum und Mark noch an Theo.

Ich habe wirklich Glück.

Hey du, ich bin's.

Es kommt mir vor, als würde ich dich schon Ewigkeiten kennen und zugleich, als hätte ich immer nach dir gesucht. Und plötzlich warst du da. Im Gang, mit deinem Rucksack auf der Schulter, vor dem Anschlagbrett. Ich habe dir auf die Schulter getippt, weißt du noch? Und ganz sacht deinen Ellbogen berührt. Du hast dich umgedreht, und diese bezaubernden braunen Augen haben tief in mich hineingeblickt. So hat es sich angefühlt. Worüber haben wir als Erstes gesprochen? Sicher etwas Banales wie Hausaufgaben. Oder Prüfungsvorbereitung. Ich weiß noch, dass du einen kurzen schwarzen Rock und dicke Wollstrümpfe anhattest. Dein Haar war offen, und du hast herzförmige Ohrringe getragen, die ich am liebsten berührt hätte. Aber das tat ich natürlich nicht. Ich musste normal mit dir sprechen und dein Vertrauen gewinnen. Ich glaube, ich brachte dich zum Lachen, und du hast gestrahlt, und ich betrachtete deine Lippen und hätte sie so gerne küssen wollen. Dann habe ich dich gehen lassen, weil du dich nach deinen Freundinnen umgeschaut hast; du wolltest nicht mit mir gesehen werden, und das konnte ich verstehen. Ich war bereit zu warten.

9

Bevor Alex sich auf die Terrasse am Ferienhaus setzte, holte sie sich aus der Küche Wasser und Paracetamol, um die drohenden Kopfschmerzen zu vertreiben. Die Luft war noch immer mild, und der Mond am klaren Sternenhimmel warf einen silbrigen Schimmer aufs Meer. Das Rauschen des Meeres war wohltuend und beruhigend, und sie genoss es, fern vom Lärm Londons und der Lichtverschmutzung zu sein, durch die man in der Stadt kaum noch Sterne zu sehen bekam.

Alex nahm den Ring, den sie in dem verwahrlosten Blockhaus gefunden hatte, aus der Tasche und polierte ihn mit einem Lappen, bis er wunderschön schimmerte. Ein halbes Herz war ins Silber graviert; es musste also einen zweiten Ring geben. Rasch lief Alex ins Haus, holte ihr Laptop und das Foto und verglich den Ring mit dem an Elenas Hand. Kein Zweifel: Es war Elenas Ring.

Sie öffnete die Polizeiakte. Cat hatte sie von der Untersuchungsrichterin bekommen. Der Bericht stimmte mit allem überein, was Cat erzählt hatte. Elena war an der Stelle in die Tiefe gestürzt, an der die schmale Straße durch Unwetter zum Teil weggebrochen war. Es hatte Spuren am Rand gegeben, doch da es am Abend von Elenas Tod geregnet hatte, konnte man sie nicht genau zuordnen. Die Polizei hatte vermerkt, dass an den Ginsterbüschen an der Straße einige Äste abgebrochen waren. Gewebespuren und Kleidungsteile waren auf den Felsen am Fuße der Klippe entdeckt worden. Dann hatte das Meer Elenas Leiche davongetragen und reingewaschen.

Nirgendwo wurde ein Ring erwähnt.

In der Akte befand sich ein weiteres Foto von Elena; Cat hatte erzählt, es sei auch in den gemeinsamen Sommerferien vor dem Tod ihrer Tochter entstanden. »Das war eine sonderbare Zeit«, hatte sie gesagt. »Manchmal wirkte Elena strahlend glücklich, dann wieder am Boden zerstört.« Auf dem Foto ging Elena einen Weg zwischen Bäumen entlang. Sonnenlicht fiel durch die Blätter und zeichnete ein Muster auf den Boden. Elena blickte lächelnd über die Schulter, und ihr langes blondes Haar glänzte im Licht. Sie sah so unbeschwert und froh aus. In dieser Stimmung war Gus jetzt auch: neugierig und lebenshungrig.

Die Aufnahmen von der Leiche dagegen waren kaum zu ertragen. Alex redete sich ein, eine Fremde zu betrachten. Als Journalistin hatte sie sich eine gewisse Nüchternheit angewöhnt. Elenas Gesicht war bis zur Unkenntlichkeit entstellt; die scharfkantigen Felsen hatten die Haut abgeschürft. Ein Teil der Haare fehlte. Trotzdem hatte Cat darauf bestanden, die Leiche ihrer Tochter zu sehen. In diesem Zustand hatten auch Bestatter nicht mehr viel ausrichten können. Es musste Cat unendlich viel Kraft gekostet haben.

Nach wie vor wies nichts eindeutig darauf hin, dass Elena sich das Leben genommen hatte. Aber es gab auch keine Anhaltspunkte für eine andere Erklärung.

Alex lehnte sich zurück und dachte über den Polizeibericht nach. Sie hatte nichts Neues erfahren. Ein Mädchen war in die Tiefe gestürzt und gestorben. Die Polizei schien sich nicht sonderlich ins Zeug gelegt zu haben.

Kein Arbeitsmaterial also.

Alex schob ihr Laptop weg und griff nach ihrem Handy. Eine Nachricht von Honey, ihrer hilfreichen Hackerin, die um einen Rückruf bat.

»Hey«, meldete sich Honey. »Wie ist es so in der Walachei?«

Alex lachte. »Zauberhaft und friedlich.« Sie sah Honey in ihrem stickigen Haus in Streatham vor sich, wo dauernd der Verkehr vorbeidröhnte.

»Zu still also. Und die Internetverbindung ist bestimmt ein Alptraum, oder?«

»Die ist gar nicht so übel. Mit dem Handy ist es schwieriger. Kann nur außerhalb des Hauses telefonieren. Hier, hör mal.« Sie hielt das Handy hoch. »Hast du das Meeresrauschen gehört?«

»Mum war mal mit uns in Southend. Hat mir ein für alle Mal gereicht. Überall Sand und Leute, die Zuckerwatte futtern. Und ich durfte mein Nintendo nicht mitnehmen.«

Alex grinste. »Und, hast du was für mich?«

»Ja, hab ich.« Trotz der schlechten Verbindung war Honeys ernster Tonfall nicht zu überhören. »Wem gehört dieses Handy? Ich meine, das weiß ich natürlich nun, und es ist auch nicht gesperrt, aber wieso hast du es?«

»Spielt keine Rolle.«

»Die Besitzerin ist ziemlich selfie-süchtig. Oder war.«

»Und damit meinst du ...«

»Selfies? Also, wenn Leute, vor allem junge, sich selbst mit dem Handy fotogra...«

»Honey. Ich bin nicht bescheuert. Ich weiß, was Selfies sind. Aber was meinst du mit selfiesüchtig?«

»Also gut.« Honey holte tief Luft. »Auf den ersten Blick stößt man nur auf das übliche Zeug. Facebook, bisschen Twitter, ein Instagram-Account. Private E-Mail-Adresse und eine im Internat. Ein paar andere Apps. Alles leicht zugänglich. Allerdings kaum die üblichen Schmollmundfotos und das selbstbezogene Gelaber. Warum erzählen die der Welt alles? Ich meine, wissen die denn nicht, wie schnell einem die Identität gestohlen wird und ...«

»Honey. Bitte.«

»Ja, okay. Also, ich hab ein bisschen rumgewühlt und hab die ... ähm ... Selfies gefunden.«

»Und wieso hat die Polizei das nicht geschafft? Ich weiß, dass die nur flüchtig geschaut haben, aber ...«

Honey seufzte ungeduldig. »Also, es gibt eine App, in der du Fotos verstecken kannst. Supersimpel. Sieht aus wie ein Taschenrechner. Also, es ist tatsächlich ein Taschenrechner, aber wenn du eine vierstellige Ziffer und das Gleichheitszeichen eingibst, kommst du rein.«

»Wo rein?«, fragte Alex verständnislos.

»Es ist ein geheimer Ort, wo du Dokumente, PDF-Dateien, Textdateien und JPEG-Dateien aufbewahren kannst. Da hatte sie die Fotos drin. Ich vermute, sie hat sie an jemanden geschickt. Hätte über Snapchat sein können ...«

»Über was?«

»Snapchat.« Honey sprach jetzt so langsam, als rede sie mit jemand geistig Minderbemitteltem. »Wenn man etwas mit Snapchat sendet, vernichtet sich das selbst innerhalb weniger Sekunden. Sie hätte die Fotos natürlich auch über WhatsApp schicken und dann den Verlauf löschen können oder ...«

»Honey.« Alex musste einen Riegel vorschieben, bevor sich die Hackerin in endlosen technischen Erläuterungen erging. »Wer war der Empfänger des Fotos?«

»Tja, das hat sie offenbar ziemlich schlau angestellt. Sie hat wohl weder Snapchat noch WhatsApp benutzt, oder falls doch, dann ...«

»Honey!! Komm bitte zur Sache!«

»Schon gut, schon gut. Wollte nur wissen, wie weit du im Bilde bist. Und dabei hab ich noch nicht mal angefangen.«

»Honey ...?«

»Ja, ja, okay. Sie wurden an eine E-Mail-Adresse geschickt, nach der ich durchaus eine Weile suchen musste. War dann aber nicht sooo schwer.«

Alex musste Honey ein gewisses Maß an Selbstgefälligkeit erlauben. »Und weiter?«

»Das war der Trick: Es war eine E-Mail-Adresse, aber alles war im Entwurfsordner gespeichert, sodass der Empfänger nur die Adresse und das Passwort brauchte, um an die Nachrichten ranzukommen. Somit können sie nicht nachverfolgt werden. Sie hinterlassen keinerlei Spur im Internet.«

»Warum wollte sie keine Spuren hinterlassen?«

»Ähm ... ich schick dir die Datei. Dann kannst du selbst deine Rückschlüsse ziehen.«

War das Einbildung, oder klang Honey verlegen? »Gut, mach das. Dann können wir später weiterreden.«

Nachdem sie das Gespräch beendet hatten, dachte Alex eine Weile nach. Eine App, um Fotos zu verstecken. Eine E-Mail-Adresse, die nicht auffindbar war. Dass Honey so etwas im Handumdrehen finden würde, hatte sie gewusst. Und genau um so etwas hatte die Polizei sich nicht gekümmert, da man ja der Meinung war, Elena habe sich umgebracht. Damit war für die Polizei der Fall abgeschlossen, und man brauchte keine weiteren Kosten zu verursachen. Der Sparkurs war so drastisch, dass nicht einmal der Druck einer Politikerin etwas ausrichten konnte.

Alex trank das Glas Wasser aus und wartete auf Honeys E-Mail.

Black Ops
An Alex Devlin
Elena
Hi. Habe alles, was ich gefunden habe, in eine Datei gepackt, damit du nicht alles einzeln durchschauen musst. Die E-Mail-Adresse lautete »Du und ich«, falls dir das eine Hilfe ist.

Die Datei erschien sofort, aber aufgrund der Größe und der langsamen WiFi-Verbindung dauerte es ewig, bis sie heruntergeladen war. Alex öffnete sie.

Und stieß einen lauten Pfiff aus. Elena, nur bekleidet mit einem weißen Spitzenhöschen und passendem Push-up-BH. Lasziv auf einem Stuhl sitzend (in der Schule?), den Po der Kamera entgegengereckt, mit verlegener Miene über die Schulter blickend. Weitere Fotos von Elena in Dessous oder auch nackt. Sie posierte entweder auf dem Stuhl oder auf dem Bett in ihrem Zimmer im Internat. Im Hintergrund erkannte Alex Schulbücher und ein Poster von One Direction an der Wand. Warum um alles in der Welt hatte Elena solche Bilder von sich gemacht? War sie eine Art Prostituierte? Eines dieser Mädchen, die schnelles Geld verdienten, indem sie Männer im Internet aufgeilten? Nein, die Fotos waren ja nur in diesem Entwurfsordner gelandet. Wer war der Empfänger gewesen?

Ihr Handy piepte.

»Honey.«

»Alles angekommen?«

»Ja. Ich bin nur ...« Alex rieb sich die Stirn. »Ich verstehe das nicht. Wenn die Fotos an eine E-Mail-Adresse geschickt wurden, dann waren sie nur für diese eine Person bestimmt ...«

»Oder für mehrere.«

»Stimmt. Also für jeden, der Zugang zu der E-Mail-Adresse hatte. Aber wie konnte sie die Fotos allein machen?«

»Ach, nun komm schon, lebst du hinter dem Mond? Mit ihrem Handy natürlich. Mit einem Selfiestick vielleicht oder dem Selbstauslöser, den die heutigen Handys haben.«

»Verstehe.«

»Also?«

»Was?« Alex dachte angestrengt nach. Sollte sie Cat von den Fotos erzählen? Und wie überhaupt umgehen mit diesen Bildern?

»Kann ich noch was für dich tun?«

Alex kam eine Idee. »Hör mal, könntest du vielleicht eine Nachricht in dem Entwurfsordner hinterlassen?«

»Klar. Was soll ich schreiben?«

»Weiß nicht, vielleicht: Was ist mit Elena passiert? Eine Freundin.«

Honey lachte. »Klingt wie aus einem schlechten Thriller.«

»Mag ja sein«, erwiderte Alex etwas gereizt, »aber was anderes fällt mir im Moment nicht ein. Damit will ich die Person aus der Reserve locken.«

»Geht klar.«

»Und, Honey?«

»Ja?«

»Sag mir bitte sofort Bescheid, falls jemand antwortet.«

»Versteht sich.«

»Und, Honey?«

»Ja?«

»Passwörter?«

»Ah ja. ›Glück‹ für Facebook. ›Vielglück‹ für Twitter. ›WilleinenHund01‹ für ihre normale private E-Mail-Adresse. Armes Ding. Hat sie wohl nie bekommen?«

»Was?«

»Einen Hund?«

»Wohl eher nicht, nee.«

»Tja. Und ›lpgo1£ 2opjkM‹ für die geheime E-Mail-Adresse.«

»Ach herrje.«

»Hat sie vermutlich den Computer selbst aussuchen lassen, als sie den Account eröffnet hat. Nicht leicht zu erraten.«

»Kann man wohl sagen.« Alex notierte sich alles und ließ Honey das Passwort für die geheime E-Mail-Adresse noch einmal wiederholen.

»Und der Account von Kiki Godwin«, fuhr Honey fort, »wurde auf einem Schulcomputer erstellt. Vom Internat The Drift, irgendwo im Niemandsland. Wo du jetzt ganz in der Nähe bist, oder?«

»Ja. Kannst du über Kiki Godwin noch mehr rauskriegen?« Alex hörte, wie Honey Luft einsog.

»Die simpelsten Dinge sind manchmal die, die am schwersten zu lösen sind, wenn du verstehst, was ich meine.«

»Ähm ... ja«, sagte Alex, die gar nichts verstand.

»Der Account wurde auf einem Schulcomputer eingerichtet.« Honey verfiel wieder in ihren Tonfall für Doofe. »Somit kann es jeder gewesen sein, der Zugang zu einem Computer im Internat hatte.«

»Aha.«

Na super.

»Gut, Honey. Ich danke dir sehr.«

»Keine Ursache. Ich steh in deiner Schuld.«

Alex wollte sich gerade verabschieden, als sie noch etwas sagte. »The Drift.«

»Was ist damit?«

»Da ist diese Elena zur Schule gegangen, wie?«

»Ja.«

»Schicker Laden. Der Onkel von meinem Mitbewohner unterrichtet da.«

»Was?« Alex glaubte, sich verhört zu haben. »Der Onkel von deinem Mitbewohner?«

»Ja. Von Sy. Meinem Mitbewohner. Also, wir sind kein Paar oder so, weil ich für so einen Scheiß keine Zeit hab, aber es wohnt schon mal jemand hier und ...«

»Hey, hey, langsam, Honey. Eins nach dem anderen.«

»Okay.«

»Dein Freund Sy hat also einen Onkel, der im Internat Lehrer ist?«

»Genau. Bleib mal dran.«

Es knallte, als Honey das Handy auf einen Tisch warf. Dann herrschte Stille. Nach einigen Minuten war sie wieder dran.

»Sy sagt, er richtet seinem Onkel aus, dass du was über diese Elena erfahren willst. Der Onkel hat was übrig für Action, ist so ein bisschen ein Rebell. Findet das Leben recht langweilig. War Bergsteiger, bis er mal abgestürzt ist.«

»Aber ich ...«

»Sy meint, du solltest dich vielleicht vorsehen, der Onkel baggert wohl ganz gern Frauen an. Zu Sy ist er aber sehr nett. Er ist jeden Monat in London und lädt ihn zum Essen ein.«

»Wie heißt dieser Onkel denn? Dann kann ich Kontakt mit ihm ...« Alex merkte, dass sie ins Leere redete. Chaotisch, wie sie war, hatte Honey das Gespräch unvermittelt beendet.

Unterhaltungen mit der Hackerin hatten immer etwas leicht Absurdes. Alex lachte in sich hinein. Sie fand es auch nicht sonderlich verblüffend, dass Honey nun mit jemandem aufwarten konnte, dessen Onkel an Elenas Schule unterrichtete. Die Hackerin kannte eine Menge Leute. Nun hieß es eben abwarten. Andererseits konnte Alex auch selbst ein bisschen herumfragen; allzu viele ehemalige Bergsteiger würde es im Lehrerkollegium nicht geben.

Sie ging ins Haus zurück, schaute auf Facebook nach, ob Kiki Godwin sich gemeldet hatte, und gab dann Elenas Passwort ein. Cats Tochter hatte um die dreihundert Freunde gehabt, was im Vergleich mit anderen Jugendlichen wenig war. Wie viele Freunde diese Kids wohl im realen Leben hatten? Es kam Alex so vor, als lebten sie meist in einer virtuellen Welt. Verloren sie deshalb den Kontakt zur Realität? Und sie schienen alle möglichen Freunde zu akzeptieren, sogar Kiki Godwin mit diesem gesichtslosen Standardprofilbild.

Alex sah sich die letzten Statusmeldungen an. Es gab nur wenige, in großen Zeitabständen, und in den Wochen vor ihrem Tod hatte Elena sich gar nicht mehr gerührt. Gepostet hatte sie lediglich Urlaubsschnappschüsse, einige Fotos aus London und Landschaftsaufnahmen aus Norfolk. Ein Bild kam Alex bekannt vor, und sie vergrößerte es. Tatsächlich war es die Stelle, die Elena auf ihrem Gemälde dargestellt hatte, nur ohne Figur im Hintergrund. Darunter das Status-Update: *Bin glücklich.* Eine Natasha Wetherby hatte kommentiert: *Wer ist der Glückliche? Wir wollen es auch wissen!* Von Kiki Godwin keine Spur, was Alex nicht überraschte.

Auch Elenas Instagram-Account enthielt nichts Interessantes – die üblichen Fotos aus London, von Stränden, von ihrer Mutter beim Skifahren im vergangenen Jahr –, und sämtliche Aktivitäten endeten Mitte Oktober, genauso wie in Elenas E-Mail- und im Twitter-Account. In dieser Zeit musste also etwas passiert sein, sodass Elena auf sämtliche Social-Media-Portale verzichtet hatte. Vielleicht hatte sie nur noch der geheime E-Mail-Account interessiert? Hatte Natasha Wetherby richtig vermutet?

Alex klappte das Laptop zu. Genug auf den Bildschirm gestarrt, sagte sie sich und ging nach draußen. Viel hatte sie nicht herausgefunden. Keine Spur von Kiki Godwin, ein bisschen Teenagergeschwätz. Elena hatte ein paar Facebook-Freunde gehabt, offenbar nach Vorlagen von Fotos Bilder gemalt und sich seit Oktober des letzten Jahres bis zu ihrem Tod nicht mehr für Aktivitäten in ihren Social-Media-Accounts interessiert. Weil sie wieder depressiv gewesen war? Oder weil es etwas viel Spannenderes in ihrem Leben gegeben hatte?

Obwohl die Luft mild war, schauderte Alex plötzlich. Sie ging in die Küche zurück, nahm den Weißwein aus dem Kühlschrank und goss sich ein Glas ein. Nun musste sie entscheiden, wie sie mit den Nacktfotos von Elena verfahren wollte. Bei der Polizei würde man vermutlich nur den Kopf schütteln, weil ein Mädchen so naiv gewesen war, sich zu so etwas hinreißen zu lassen. Und im Handumdrehen würde die Nachricht nach draußen dringen und Cats Karriere ruinieren. Für einen Tipp an die Boulevardpresse konnte man unter der Hand Geld einstreichen. Und Cat hatte nach Elenas Tod schon genug Stress mit der Presse gehabt. Nein, ihre Freundin und sogar Mark hatten einen Anspruch darauf, davon verschont zu bleiben. Deshalb musste Alex herausfinden, was Elena in den letzten Monaten ihres Lebens getrieben hatte. Falls sich herausstellen sollte, dass die Nacktfotos in irgendeinem Zusammenhang mit Elenas Tod standen, konnte sie immer noch zur Polizei gehen.

Unter Umständen.

10

Alex summte munter vor sich hin, während sie die Küstenstraße entlangfuhr. Der wolkenlose Himmel versprach einen weiteren strahlenden Tag. Nachts hatte Alex gut geschlafen, war nur einmal von einem Eulenruf und dem Bellen eines Fuchses aufgewacht. Bei Sonnenaufgang war sie am Strand gejoggt, war immer wieder spielerisch den Wellen ausgewichen und hatte die frische Meeresluft in tiefen Zügen eingeatmet. War gelaufen, bis ihr Herz wild pochte und ihre Beinmuskeln nach Gnade schrien. Dann hatte sie Chocos von Kellogg's zum Frühstück gegessen (eine Angewohnheit aus der Kindheit, die sie nicht ablegen konnte) und Nescafé getrunken, weil der futuristische Kaffeeautomat ihr nach wie vor nicht geheuer war. Nun war sie unterwegs ins Internat.

Wieder dachte sie über die Fotos nach. Hatte Elena von sich aus so posiert, oder war sie dazu aufgefordert worden? Sie hatte ja offenbar angenommen, dass man die Fotos durch diese App auf dem Handy nicht finden würde. Deswegen hatte Elena sich wohl kaum das Leben genommen. Sonst hätte sie doch vorher die Bilder gelöscht, oder?

Als Alex langsam die Zufahrt zu dem imposanten Gebäude entlangfuhr, entdeckte sie einen Tennisplatz und einen Cricketplatz. Weiter hinten schien Wasser in der Sonne zu glitzern; ein Internat, für das man pro Jahr über dreißigtausend Pfund bezahlte, verfügte vermutlich sowohl über ein Freibad als auch über ein Hallenbad.

Wenn Gus auf eine solche Schule gegangen wäre – wie hätte er sich dann wohl entwickelt? Wäre er selbstbewusster und erfolgssicherer geworden? Alex lächelte über sich selbst. Elena Devonshire hatte diese Eliteschule jedenfalls kein Glück gebracht. Der Leistungsdruck hier war sicher enorm.

Auf dem Besucherparkplatz überprüfte Alex, ob sie keinen Lippenstift an den Zähnen hatte, und trug etwas Parfum auf. Dann folgte sie den Schildern zum Empfang und hoffte, dass sie mit ihrer schmal geschnittenen Hose, dem Blazer und der weißen Bluse wie eine Frau wirkte, die es sich erlauben konnte, ihr Kind auf ein solches Eliteinternat zu schicken.

Sie schob die schwere Eingangstür auf und fand sich in einem kühlen Korridor mit Steinboden wieder. Durch die hohen Fenster fielen vereinzelte Sonnenstrahlen auf den betagten Teppich. An den Wänden hingen Porträts ehemaliger Schulleiter – fast nur Männer –, und auf einer glänzenden Holztafel waren die Namen einstiger Schulsprecher angegeben. Seit fünfzehn Jahren gab es auch Schulsprecherinnen, da seit damals Mädchen in The Drift aufgenommen wurden. Man ging mit der Zeit.

Es roch nach Bodenpolitur und Schulessen, und Alex fühlte sich unversehens in ihre eigene Schulzeit zurückversetzt. Lärm in den Pausen, Gedrängel und Geschubse auf den Fluren, Radau während des Unterrichts, entnervte Lehrer, Klassenräume mit untauglichen Radiatoren, Poster, die sich wegen der Feuchtigkeit von den Wänden schälten. Nur nicht zu schlau wirken und sich nicht anmerken lassen, dass ihr das Lernen Spaß machte. Und immerzu hatte sie Sasha vor fiesen Rabauken beschützen müssen. Alex blinzelte heftig und kehrte in die Realität zurück.

»Wie kann ich Ihnen behilflich sein?« In einer Pförtnerloge war ein Fenster aufgeschoben worden. Eine Frau Anfang vierzig schaute heraus. Sie hatte eine Hochfrisur, aus der sich einige Strähnen gelöst hatten, und betrachtete Alex über ihre Brille hinweg.

Alex lächelte freundlich. »Alex Devlin. Ich habe einen Termin bei Ingrid und Sven Farrar.«

»Ah, Sie möchten Ihr Kind hier anmelden.« Ein sonniges Strahlen wurde ihr zuteil, und sie bemühte sich, das Strahlen zu erwidern. »Ja, ich habe ein Vorgespräch zur Anmeldung für meinen Sohn.«

»Sehr schön! Eine hervorragende Wahl, kann ich Ihnen versichern. Wenngleich hier ... nun ja ... eine gewisse Auslese stattfindet.«

»Das gilt auch für mich«, erwiderte Alex mit einem kleinen Lachen.

»Gewiss. Es ist so wichtig, nicht wahr? Dass die Kinder eine exzellente Schulbildung bekommen. Damit sie gut ins Leben starten können.«

»Unbedingt. Da haben Sie recht. Exzellente Schulbildung ist ein unerlässliches Fundament.« Oje, klang sie überzeugend? Wie benahmen sich Eltern, die hier ihre Kinder anmelden wollten?

»Genau.« Die Frau holte ein großes Buch hervor. »Wenn Sie bitte hier unterschreiben wollen, dann bekommen Sie ein Namensschild von mir. Das tragen Sie bitte, bis Sie das Gebäude wieder verlassen.« Die Frau blickte Alex ernst an. »Wir haben hier strenge Sicherheitsvorkehrungen.«

»Sehr gut«, sagte Alex und unterschrieb mit Datum und Uhrzeit. »Man kann nicht vorsichtig genug sein.« Sie hoffte, dass diese Bemerkung kompetent wirkte.

»Heutzutage müssen sogar alle Schülerinnen und Schüler unterschreiben, damit wir wissen, wer im Gebäude ist und wer nicht. Früher war das noch anders. Aber man muss sich eben ans einundzwanzigste Jahrhundert anpassen, nicht wahr?«

Alex bekam ihren Anstecker überreicht.

»Ich bin übrigens Patricia. Pat. Die Schulsekretärin.« Sie strich sich die losen Haarsträhnen aus dem Gesicht. Schweißperlen standen auf ihrer Stirn.

»Es ist außergewöhnlich heiß, nicht wahr?«, sagte Alex mitfühlend. »Obwohl es hier drin ja angenehm kühl ist.«

Pat nickte. »Ja, die alten Fenster halten einiges ab, und das Reetdach soll auch kühlend wirken. Aber in diesem Kabuff ist es mächtig stickig.« Sie zog ein Stofftaschentuch aus der Tasche und betupfte sich die Stirn.

»Das kann ich mir vorstellen«, sagte Alex. »Und bestimmt haben Sie wenig Pausen, wenn Sie hier für alle Lehrer und Schüler zuständig sind.«

Pat lachte auf. »Da vermuten Sie richtig. Du liebe Güte, ich könnte Ihnen Geschichten erzählen ...« Sie verstummte und warf Alex einen kurzen Blick zu. »Aber das werde ich selbstverständlich nicht tun.«

Alex lächelte. »Selbstverständlich nicht. Das erwarte ich auch gar nicht. Aber mir ist es wichtig, die Menschen kennenzulernen, mit denen die Kinder zu tun haben. Menschen wie Sie.« Das schien Pat zu schmeicheln. »Sie sind ja bestimmt so etwas wie die gute Seele der Schule, die hier über alles Bescheid weiß.«

Pat nickte. »Ja, natürlich. Ich bin nicht so umfassend informiert wie die Schulleitung, aber ich halte schon Augen und Ohren offen.«

»Mir ist ganz besonders die persönliche Ansprache wichtig für meinen Sohn«, sagte Alex. »Wie ist denn die Betreuung geregelt?«

»Ja, darauf wird hier größten Wert gelegt. Wir haben eine Schulleiterin für die Mädchen und einen Schulleiter für die Jungen, aber zusätzlich auch eine Vertrauenslehrerin und einen Vertrauenslehrer sowie persönliche Tutoren ... Aber wieso erzähle ich Ihnen das?« Pat lachte wieder. »Das werden Sie alles von Ingrid und Sven erfahren.«

»Ich habe gehört, dass hier im letzten Jahr vor Weihnachten ein Mädchen gestorben ist? Das muss wohl für alle ein großer Schock gewesen sein.«

»Ähm, ja. Ingrid und Sven möchten nicht, dass darüber gesprochen wird.« Die Schweißperlen, die jetzt auf Pats Stirn standen, hatten nichts mit der Hitze zu tun. »Ich sage ihnen Bescheid, dass Sie hier sind. Man darf sie nicht warten lassen. Nehmen Sie doch bitte so lange Platz.« Die Sekretärin klang ein wenig nervös, und Alex spürte, dass sie im Augenblick nichts weiter erfahren würde. Aber es mochte sich lohnen, an Pat dranzubleiben.

Cat hatte Alex erzählt, dass es für die Oberstufe vier Wohnhäuser gab, zwei für Mädchen und zwei für Jungen. Elena hatte in dem Haus gewohnt, das nach dem Komponisten Benjamin Britten benannt war. Die Leitung des Hauses hatte die Lehrerin Zena Brewer. Cat hatte sie als liebenswürdig, aber etwas scheu beschrieben – leicht beeinflussbar vielleicht? Zena Brewer hatte der Polizei mitgeteilt, dass Elena nach den Herbstferien, eventuell auch schon vorher, sehr verändert gewirkt hatte. Die Lehrerin hatte angenommen, Elena leide erneut unter einer Essstörung und Depression, doch sie habe keine Hilfe annehmen wollen. »Die Frau behauptete, sie hätte mehrmals versucht, mich zu erreichen«, hatte Cat Alex gesagt, »aber ich habe keine Nachrichten von ihr bekommen.«

Alex blätterte den Prospekt durch, der auf dem niedrigen

Tisch lag. Sie fühlte sich ein bisschen wie vor einem Zahnarzttermin; flaues Gefühl im Magen. Doch zugleich war sie auch angenehm aufgeregt, wie jedes Mal, wenn sie vielleicht an einer guten Geschichte dran war.

»Mrs Devlin?«

Sie schaute auf. Ein Jugendlicher, etwa sechzehn oder siebzehn, in Jeans und T-Shirt stand vor ihr. Er hatte einen Silberstecker im Ohr und Bartflaum am Kinn. Der Junge aus dem Pub. »Hallo«, sagte sie.

Er ließ sich nicht anmerken, ob er sie wiedererkannte. »Ich bringe Sie zu Sven und Ingrid. Mein Name ist Felix.« Er streckte ihr die Hand hin.

Alex stand auf. Der Junge hatte einen festen Händedruck und hielt ihre Hand einen Moment zu lang fest. Dabei lächelte er mit makellosen Zähnen und sah ihr in die Augen, was aufgesetzt wirkte. Von Jungen in diesem Alter war sie eher gewohnt, dass sie mit den Füßen scharrten, dem Blick auswichen und irgendetwas vor sich hin murmelten. Ein Anflug von Wehmut erfasste sie. Wo war Gus jetzt gerade? Was erlebte er? Hoffentlich konnte sie bald mit ihm sprechen. Alex blinzelte und zwang sich zur Konzentration.

»Sie möchten also Ihren Sohn hier anmelden«, sagte Felix, als er neben ihr eine prachtvolle Freitreppe hinaufging, über der ein Kronleuchter hing.

Alex zog eine Augenbraue hoch. »Hier scheint sich ja alles sehr schnell herumzusprechen.«

»Klar. Hier bleibt nichts lange verborgen.« Felix grinste. »Jeder weiß alles über jeden. Vor allem Vertrauensschüler wie ich sind über alles im Bilde.«

»Das klingt ja nicht gerade angenehm. Also keinerlei Privatsphäre?«

»Kann man schon haben. Kommt aber nicht oft vor.«

»Ich dachte, das ist Jugendlichen sehr wichtig. Man möchte doch nicht, dass die Erwachsenen alles über einen wissen, oder?«

»Mag sein.«

Im ersten Stock gingen sie einen langen Gang mit vielen Türen entlang. Alex überlegte, ob sich dahinter Büros oder Arbeitszimmer befanden. An den Wänden hingen weitere düstere Porträts von einstigen Schulleitern. Das Klacken der Schritte auf den gebohnerten Holzdielen erschien Alex besonders laut.

»Was hat man als Vertrauensschüler denn zu tun?«, fragte sie.

»Das kann man erst am Ende der Oberstufe werden. Man hat bestimmte Privilegien, damit man dafür sorgen kann, dass alles vorschriftsmäßig abläuft. Wir sind zu acht.« Wieder das aufgesetzte Lächeln. »Man muss sich diesen Rang aber verdienen.«

»Verdienen?«, fragte Alex erstaunt. »Wie denn? Indem man besonders brav ist?«

»So ungefähr. Aber ich muss jetzt nur noch meinen Abschluss machen, dann bin ich frei.«

»Und was werden Sie mit Ihrer neu gewonnenen Freiheit anfangen?«

Er sah sie von der Seite an. »Das weiß ich noch nicht so genau. Aber mir wird bestimmt was einfallen.« Sie hatte den Eindruck, als habe Felix kurz ihren Körper gemustert. Aber vielleicht hatte sie sich das auch nur eingebildet.

Eine Gruppe Mädchen kam ihnen entgegen. Sie trugen alle knappe Röcke und Tops, knöchelhohe Stiefel und hatten schimmernde, sonnengebräunte Haut. Die Mädchen kicherten leise, und einige warfen Felix kokette Blicke zu. Er blieb vor einer offenen Tür stehen und klopfte. »Hier sind wir. Gehen Sie einfach rein. Wir sehen uns vielleicht nachher noch?« Er berührte ihren Ellbogen und entfernte sich.

Was sollte das alles?

Alex holte tief Luft, doch als sie gerade die Schwelle zur Höhle des Löwen überschreiten wollte, stürzte ein etwa sechzehnjähriger Junge heraus und prallte mit ihr zusammen.

»Hoppla«, sagte sie.

Die Junge blickte auf. Sein Gesicht war gerötet, und er hatte die Hände zu Fäusten geballt. »Entschuldigung«, murmelte er.

Alex lächelte. »Nichts passiert. Alles in Ordnung?«

»Ja. Tut mir leid.« Er strich sich mit der Hand übers Gesicht, um die Tränen wegzuwischen. »Danke«, sagte er und eilte den Flur entlang, wurde aber von Felix aufgehalten.

»Max Delauncey. Nicht rennen auf den Gängen. Geh anständig.«

»Au, lass mich los, Felix, du tust mir weh.«

»Dann geh vernünftig«, erwiderte Felix.

Als er bemerkte, dass Alex ihn beobachtete, lächelte er wieder, und sie dachte, dass Max wie ein verschrecktes Kaninchen wirkte.

»Mrs Devlin.« Ein großer hagerer Mann mit kurzen grauen Haaren kam auf Alex zu und nahm ihre Hand in beide Hände. »Schön, Sie zu sehen. Ich bin Sven Farrar und das«, er wandte sich zu einer ebenso hochgewachsenen Frau um, die hinter einem Schreibtisch stand, »ist meine Frau Ingrid.« Mrs Farrar trug ein elegantes pfauenblaues Kostüm, hochhackige Pumps und Perlenstecker in den Ohren. Ihr silberblondes Haar war zu einem Knoten aufgesteckt. Sie hatte eine abweisende Ausstrahlung.

»Nehmen Sie Platz, Mrs Devlin. Möchten Sie Kaffee?«

Alex ließ sich in einem bequemen Sessel am Fenster nieder, was Ingrid Farrar dazu zwang, ihren Schreibtisch zu verlassen und sich in den Sessel gegenüber von ihr zu setzen.

»Das wäre sehr nett, danke.«

»Mrs Devlin ...«

»Ms, bitte. Ich bin nicht verheiratet.«

»Selbstverständlich.« Ingrid Farrar nickte knapp. Ihr eisiges Lächeln erreichte die Augen nicht. »Sie möchten Ihren Sohn eventuell in unserem Internat anmelden?«

»Ja«, antwortete Alex. »Ich sehe mir einige Schulen an, um herauszufinden, welche für ihn am besten geeignet wäre. Sie wissen ja, wie das ist.« Die beiden gaben sich keinerlei Mühe, einladend oder herzlich zu wirken und ihr zu vermitteln, dass man ihr Kind gerne aufnehmen würde. Vielleicht war The Drift so begehrt, dass sie es nicht nötig hatten.

»Natürlich.« Sven Farrar setzte sich zu ihnen. »Wir haben gewisse Aufnahmekriterien für unsere Schüler, aber damit können wir uns auch später noch befassen.« Ein Lächeln trat auf sein Gesicht, das ihn warmherzig und offen wirken ließ. »Sie möchten sicher gern einiges über unsere Schule erfahren. Und vielleicht hätten Sie auch Interesse an einer Führung?«

»Das wäre schön, danke.« Alex nickte, bemüht, wie eine interessierte Mutter zu wirken.

Ingrid Farrar beugte sich vor. Ihr Lächeln machte ihr Gesicht keineswegs freundlicher. »Können Sie sich die Kosten für dieses Internat leisten, Ms Devlin?«

Das war eine Breitseite. Alex lächelte unbekümmert. »Wäre ich sonst gekommen?«

Ingrid Farrar lehnte sich zurück und fixierte sie. »Glauben Sie, wir leben auf dem Mond, Ms Devlin?«

»Wie bitte?«, fragte Alex verdutzt.

»Ingrid.« Sven Farrar sah seine Frau stirnrunzelnd an. »Ich dachte, wir hätten vereinbart ...«

»Ach, um Himmels willen, Sven. Was soll das alles?« Sie holte tief Luft. »Ms Devlin, wir wissen, dass Sie Ihren achtzehnjährigen Sohn nicht an unserem Internat unterbringen wollen.«

Alex zuckte innerlich zusammen. Aufgeflogen. Als Spionin war sie wohl eine Vollniete.

»Sie sind Journalistin.« Mit angewiderter Miene klatschte Ingrid Farrar einen Computerausdruck auf den Tisch. »Deshalb können wir diese Unterredung wohl ohne Umschweife beenden, nicht wahr?«

Alex warf einen Blick auf die Papiere. Es handelte sich um einen Artikel von ihr über Gangs in den Vorstädten, mit Name und einem Foto von ihr.

»Und das hier.« Der nächste Ausdruck landete auf dem Tisch.

Reporterin deckt Polizeipfusch auf.

»Darin steht alles über Ihre Schwester und den Mord an ihren Kindern. Unter anderem haben Sie dafür gesorgt, dass Ihr Schwager im Gefängnis landete.«

Alex wollte sich nicht einschüchtern lassen und sah die Schulleiterin unumwunden an. »Ganz recht. Ich bin Journalistin und habe nicht die Absicht, meinen Sohn hier anzumelden.« Sie lächelte freudlos. »Er ist gegenwärtig ohnehin auf der anderen Seite der Welt.« Etwas Ausschmückung war erlaubt.

Sven Farrar rieb sich die Schläfen. »Weshalb sind Sie dann hier?«

»Ich denke, das wissen Sie.«

»Ms Devlin«, warf Ingrid Farrar ein, in einem Tonfall, dass einem das Blut in den Adern gefror, »gehen Sie bitte, und zwar sofort.«

Die beiden starrten Alex an. Wenn die Auren hätten, dachte sie, wären sie pechschwarz.

»Ich bin hier wegen Elena Devonshire«, sagte Alex.

»Wollen Sie weitere Lügen in einem dieser Revolverblätter verbreiten?«, fragte Ingrid Farrar höhnisch.

»Keineswegs. Mrs Devonshire, die, wie Sie wissen, eine einflussreiche Europapolitikerin ist, hat mich gebeten, Ihnen einige Fragen zum Tod von Elena zu stellen. Und es wäre in Ihrem eigenen Interesse, wenn Sie behilflich sein würden.«

Ingrid Farrar gab ein Lachen von sich, das wie eine Mischung aus einem Bellen und einem Wiehern klang. »Was Sie nicht sagen.«

»Ms Devlin«, sagte Sven Farrar ruhig. »Die Schule wurde von jeglicher Verantwortung für Elenas Tod entlastet. Es gab absolut nichts, was wir für sie hätten tun können. Und wir lassen uns nicht erpressen.«

»Aber wenn Elena psychisch krank war, hätten Sie doch wohl dafür gesorgt, dass sie Therapie bekommt, und als Erstes ihre Eltern benachrichtigt?«

Sven Farrar faltete die Hände. »Selbstverständlich. Die Leiterin ihres Wohnheims wäre die erste Ansprechpartnerin gewesen. Aber die Jugendlichen beherrschen es hervorragend, vieles vor den Verantwortlichen zu verbergen. Das kennen Sie bestimmt von Ihrem Sohn.« Farrar lächelte schmallippig.

Alex ignorierte die Stichelei. »Aber es muss doch Anzeichen gegeben haben. Vielleicht fiel Freundinnen von Elena auf, dass sie immer dünner wurde oder seltsame Essgewohnheiten hatte?«

»Ms Devlin«, sagte Ingrid Farrar entschieden. Alex zweifelte nicht daran, wer von den beiden das Sagen hatte. »Polizei und Untersuchungsrichterin sind zu dem Schluss gekommen, dass Elena sich das Leben genommen hat. Das ist schrecklich traurig, und ihren Angehörigen gilt unser tiefstes Mitgefühl. Ich möchte auch klarstellen, dass es keinerlei Hinweise auf eine psychische Erkrankung bei Elena gab – das war lediglich eine Vermutung. Die Leiterin ihres Wohnheims, Ms Brewer, hatte das Gefühl, dass etwas nicht stimmte, konnte Elena aber nicht dazu bewegen, sich psychologische Unterstützung zu holen.«

»Und die Drogen? Das Cannabis, das im Blut gefunden wurde?«

Ingrid Farrar ballte unwillkürlich die Hände, und an ihrer Wange zuckte ein Muskel. Wahrscheinlich hätte die Schulleiterin sie gerne eigenhändig hinausgeworfen. »Selbstverständlich dulden wir an dieser Schule keinen Drogenkonsum. Wenn Drogen gefunden werden, müssen die Betreffenden die Schule verlassen. So einfach ist es. Null Toleranz.«

»Dennoch ...«

Ingrid Farrar hielt die Hand hoch. »Trotzdem war es Elena irgendwie gelungen, an Cannabis zu kommen, das räume ich ein. Woher, kann ich nur vermuten. Doch das ist immer die Gefahr bei den Freiheiten, die wir unseren Schülern gewähren. Manche überstrapazieren diese Freiheiten. Und manche schaffen sich auf Schritt und Tritt selbst Probleme.« Sie stand auf. »Wir haben Ihnen nun genügend assistiert und wünschen Ihnen einen angenehmen Tag.«

Alex wusste, wann es nichts mehr zu holen gab. Die Farrars waren zu souverän, um versehentlich etwas auszuplaudern. Sie erhob sich. Ingrid Farrar betrachtete Alex' ausgestreckte Hand und nahm sie dann, als sei sie beschmutzt.

»Wir mögen hier keine Journalisten«, sagte die Direktorin. »Es ist unsere Pflicht, unsere Schüler und Schülerinnen vor Leuten wie Ihnen zu schützen. Die Schülerschaft hat wegen Elenas Tod viel durchgemacht und braucht Zeit, um das zu verarbeiten. Sie sind hier nicht willkommen und haben sich durch Lügen Zutritt verschafft. Es wäre unser gutes Recht, die Polizei zu rufen. Doch falls Sie noch einmal den Fuß auf das Schulgelände setzen, werden wir dies umgehend tun.«

Alex sann darüber nach, wie wohl Mrs Farrar auf Elenas Nacktbilder reagieren würde.

Es klopfte an der Tür, und eine rundliche Frau mit gewaltigem Busen brachte ein Tablett mit Kaffee und Keksen. Alex holte tief Luft. Darauf musste sie nun wohl verzichten, ebenso wie auf die Führung. »Vielen Dank für Ihre Zeit, das war sehr freundlich«, sagte sie lächelnd und rauschte hinaus.

»Und werden Sie Ihren Sohn hier anmelden?«, rief Pat, als Alex an der Pförtnerloge vorbeikam.

»Ich denke, eher nicht.« Alex löste das Namensschild von ihrer Bluse und legte es auf den Tresen.

Die Pförtnerin sah enttäuscht aus. »Schade. Eltern wie Sie könnte die Schule gut gebrauchen. Na ja. Hat mich jedenfalls gefreut, Sie kennenzulernen.«

»Mich auch, Pat. Danke für Ihre Hilfe.«

Als Alex in die Sonne hinaustrat, atmete sie dankbar die frische Luft ein. Die Atmosphäre im Büro der Farrars war beklemmend gewesen. Ein Spaziergang am Strand würde ihr guttun und ihre Gedanken klären.

»Alex Devlin?«, rief eine Männerstimme.

Alex stellte gerade ihre Tasche auf den Rücksitz. Als sie sich umdrehte, kam ein Mann in T-Shirt und farbbekleckerten Jeans auf sie zu. Obwohl der Bursche hinkte und auf einer Wange eine lange Narbe hatte, ließ sein Lächeln darauf schließen, dass er sehr von sich eingenommen war.

»Ja. Wer sind Sie?«

»Jonny Dutch.« Das Lächeln wurde noch breiter.

Alex wartete ab.

»Sy Temperlys Onkel«, erklärte der Mann, jetzt mit leicht gereiztem Unterton.

Nicht zu glauben. Honeys Freund hatte tatsächlich Wort gehalten. »Ah ja. Ich habe eigentlich nicht angenommen ...«

»Was denn?«

Alex schluckte. »Dass Sy Sie wirklich benachrichtigen würde.«

»Haben Sie Sy mal kennengelernt?«

»Nein.«

»Sonst wüssten Sie nämlich, dass er immer hält, was er verspricht. Sehr hartnäckiges Bürschchen. Hat mich jedenfalls gebeten, mit Ihnen zu reden. Da bin ich. Aber in zehn Minuten muss ich einer ungebärdigen Horde Kinder das Zeichnen beibringen.« Er verdrehte die Augen.

Rasch sah Alex sich um. »Mr Dutch, ich bin nicht willkommen hier, und wenn ich nicht möglichst schnell vom Schulgelände verschwinde, werden mich die Farrars wohl mit einer Spezialeskorte wegschaffen. Könnten wir uns vielleicht später treffen? Im Pub vielleicht?«

»Im Pub? Ja, klar.«

»Gut. Welche Zeit wäre Ihnen recht?«

»Mit Ihnen zu jeder Zeit.« Wieder das Herzensbrecherlächeln.

»Früher Abend?« Sie hätte Dutch gerne gesagt, dass er das alberne Grinsen unterlassen sollte.

»Okay. Oder ... wo wohnen Sie denn?«

»In dem Ferienhaus auf der Landzunge. Wenn man ...«

»Kenne ich«, unterbrach er sie. »Der Unterschlupf der Devonshires. Ich komm dorthin. Da können wir in Ruhe reden, ohne dass jemand zuhört.«

Pfeifend schlenderte er davon. Alex schüttelte genervt den Kopf und blickte noch einmal zum Schulgebäude.

Die Farrars standen, reglos wie Statuen, am Fenster ihres Büros und starrten zu ihr herüber.

11

Na super. Diese Undercovernummer bei der Schulleitung war auf ganzer Linie gescheitert. Alex hörte förmlich, wie Bud Evans ihr vorhielt, dass sie weder ausreichend vorbereitet noch hartnäckig genug gewesen war. Hör mal, du warst doch immer eine gute investigative Reporterin, würde er vermutlich sagen. Wieso lässt du dir von zwei High-Society-Schulleitern auf der Nase herumtanzen?

Und damit hätte er voll ganz und recht.

Trübsinnig rührte Alex in dem Kaffee, den ihr eine etwa sechzigjährige Frau serviert hatte. Der Raum war vermutlich früher ein Wohnzimmer gewesen. Das kleine Café mit den Resopaltischen und den alten Holzstühlen befand sich in einem der Reihenhäuser in der Straße unterhalb des Internats. Obwohl die Tür offen stand, war es furchtbar heiß. Eine Klimaanlage gab es natürlich nicht.

Nach dem unerfreulichen Gespräch mit den Farrars und der sonderbaren Begegnung mit Jonny Dutch brauchte Alex dringend Koffein. Deshalb hatte sie sich in den Teesalon geflüchtet, obwohl der Vorgarten alles andere als einladend aussah. Ein aufgebocktes altes Auto ohne Reifen, zwei Mülltonnen – eine für Abfall, eine für Recycling –, ein mit Unkraut überwucherter Weg. Ein paar Picknicktische und -bänke auf einem Rasenstück und große Terrakottatöpfe mit weißen, roten und rosafarbenen Geranien sollten den Eindruck aufbessern.

Alex trank einen Schluck von dem Kaffee, der erstaunlich gut war, und zog Bilanz. Die Schulleitung von The Drift war jetzt jedenfalls sauer auf sie. Was man aber durchaus als Erfolg werten konnte. Das würde Bud ebenso sehen; Alex hatte Staub aufgewirbelt. Und sollten sich die Farrars im Umgang mit Elena etwas vorzuwerfen haben, wären sie jetzt beunruhigt. Auch wenn Alex nun der Zugang zum Internat verwehrt war, hatte sie zumindest die Schulleiter kennengelernt. Ein selbstgefälliges unterkühltes Paar. Ingrid hatte das Sagen, Sven ordnete sich unter. Anscheinend wollten die beiden den Ruf ihres Internats um jeden Preis wahren, auch auf Kosten der Schüler. Selbstverständlich war ein Todesfall eine Katastrophe, aber die Farrars hatten ihn zu aalglatt unter den Teppich gekehrt, anstatt sich entsprechend betroffen zu zeigen. Es würde sich bestimmt lohnen, die Vergangenheit der beiden ausgiebig zu beleuchten.

Und Jonny Dutch? Honey hatte ja bereits durchblicken lassen, dass der Typ wohl ein Schürzenjäger war. Vermutlich ein nützlicher Kontakt, aber Alex hatte wenig Lust auf ein Treffen mit ihm.

»Möchten Sie Kuchen?«

Sie schaute auf. Ein junges Mädchen mit Piercing in Lippe und Augenbraue und einem schwarzen Tunnel im Ohrläppchen stand mit gezücktem Block und Bleistift vor ihr.

»Ähm ...«

»Wir haben Zitrone, Mokka, Karotten und Schokosplitter-Brownies. Macht Sie da was an?«

Alex lächelte. »Ich nehme einen Schokosplitter-Brownie.«

»Gute Wahl«, sagte das Mädchen. »Meine Oma backt die selber, und sie sind echt superlecker.«

»Schoko soll ja angeblich auch gute Laune machen.«

Das Mädchen runzelte die Stirn. »Das klappt bestimmt.

Machen Sie Urlaub hier? Weil, wenn ich mal ganz ehrlich bin ... Sie sehen nicht so vergnügt aus.«

»So eine Art Urlaub«, antwortete Alex lächelnd. »Ich bin Journalistin.«

»Oooh, echt jetzt?« Das Mädchen setzte sich an den Tisch und legte Block und Stift beiseite. »Ich wollt immer schon mal jemanden kennenlernen, der Journalist ist.« Sie warf ihren langen mausbraunen Zopf über die Schulter.

Alex lachte. »Finden Sie, wir sind so was wie Aliens oder so?«

»Nee, nee, das nicht. Nur ... hier passiert eben nie was. Und als dann mal was los war, hat meine Oma mir verboten, mit den Journalisten zu reden, die hier rumschnüffelten. Hatte Angst, sie könnte das Café verlieren. Wir hätten denen ja hier gut Kaffee und Kuchen anbieten können, aber Oma hat gesagt, sie will das nicht, das ist übles Gesindel. Die wollten hier nur ihre Story absahnen und würden dann wieder nach London verschwinden.« Das Mädchen streckte Alex die Hand hin. »Ich bin Georgina. Von meinen Freunden werde ich George genannt.«

Alex schüttelte ihr die Hand. »Freut mich, Sie kennenzulernen, George. Ich bin Alex.«

»Was machen Sie denn in Hallow's Edge?«

»Ich beschäftige mich mit dem Tod von Elena Devonshire, die hier im Internat The Drift war.« Alex hatte beschlossen, ebenso direkt zu sein wie George.

»Sie hat sich von der Klippe gestürzt, nicht? Die Journalisten sind hier nur aufgetaucht, weil es eines von diesen Mädchen von der Reichenschule war. Wär das jemand von hier gewesen, hätte die das einen Dreck interessiert. Schauen Sie mal, wenn ich das gewesen wäre. Das hätte doch keinen interessiert.«

»Ganz bestimmt aber Ihre Eltern.«

George machte eine wegwerfende Handbewegung. »Familie meine ich nicht, sondern die anderen. Die Zeitungen in London zum Beispiel.«

»Na ja ...« Alex verstummte. Das Mädchen hatte sicher recht.

»Sie wissen auch, dass das stimmt.«

»George.« Die ältere Frau trat an den Tisch. »Hör auf, die Dame zu belästigen.«

»Ach nein, das macht sie gar nicht«, erwiderte Alex.

»Sie soll arbeiten«, sagte die Frau. »Wenn sie schon nicht zur Schule geht ...«

»Mensch, Oma, ich hab dir doch gesagt, dass heute der Unterricht ausfällt.«

Die Frau starrte ihre Enkelin eindringlich an. »Wenn du schon nicht zur Schule gehst, musst du was arbeiten. Was hat die Dame bestellt?«

»Brownie«, murmelte George mürrisch.

»Dann hol ihn.« Die Frau wischte den Tisch ab und sagte zu Alex: »Tut mir leid. Machen Sie Urlaub hier?«

»Mehr oder weniger.«

»Sie sind Journalistin, hab ich gehört.«

Als Alex die Frau erstaunt ansah, lachte sie. »Hier bleibt nix verborgen. Hab auch gehört, dass Sie in dem schicken Ferienhaus auf der Landzunge wohnen.«

»Hier verbreiten sich Neuigkeiten wirklich schnell.«

Georges Großmutter setzte sich an den Tisch. »Hab Sie nur ein wenig aufgezogen, meine Liebe. Ich bin die Haushälterin der Devonshires und kümmere mich um das Haus und bereite alles vor, wenn die Familie kommt.«

»Ah, dann habe ich Ihnen für das Huhn und den Salat zu danken. Und wohl auch für die Milch und alles andere?«

»Nicht der Rede wert. Freut mich, wenn alles recht war. Mrs Devonshire – so eine liebe Frau – sagte mir, Sie wollten ein bisschen mehr über Elenas Tod erfahren.«

Alex nickte.

»Schlimme Geschichte. Elena war ein reizendes Mädchen, wissen Sie. Nicht so wie die anderen aus dem Internat, die einen behandeln wie ein Stück Dreck. Ich weiß wohl, dass sie ihre Probleme hatte, mit ihrer Essstörung und so. Aber das war, bevor sie hierherkam.«

»Haben Sie was davon bemerkt?«

»Dass sie nichts aß oder sich erbrochen hat? Nee. Ich hab sie aber auch nicht oft gesehen. Manchmal hat sie hier Karottenkuchen gegessen, den mochte sie am liebsten. Als ich sie das letzte Mal sah, wirkte sie glücklich. Ein wenig unaufmerksam vielleicht. George meinte, Elena hätte einen Freund.«

»Das hat George gesagt?«

»Ja. Sie kennt ein paar von den Jungs aus dem Internat. Gefällt mir zwar nicht, dass sie mit denen rumlungert, aber was soll ich machen? Jedenfalls sind Sie Journalistin, und Mrs D. möchte, dass Sie was rauskriegen – aber könnten Sie bitte nicht zu viel Staub aufwirbeln? Das ist nämlich schlecht fürs Geschäft.«

»Ich werd sehen, was ich tun kann, Mrs …«

»Bartram. Marilyn Bartram. Sie können mich Marilyn nennen, wenn Sie wollen. Tja«, fügte sie hinzu, »ich war übrigens immer der Meinung, dass nach dem Tod der armen Kleinen nicht genug Fragen gestellt worden sind.«

»Wie meinen Sie das?«

Marilyn runzelte die Stirn. »Tja. Wir hatten die ganzen Zeitungsschnüffler aus London hier – wenn ich mal so sagen darf – und unsere eigenen Leute von den Lokalzeitungen, aber irgendwie hat sich die ganze Aufregung schnell gelegt. Die Polizei war natürlich auch da, hat aber mit kaum jemandem geredet. Für die ist Elena wohl einfach von der Klippe gesprungen.«

»Sehen Sie das anders?«

»Wie gesagt, auf mich hat sie einen ziemlich glücklichen Eindruck gemacht. Und als ich sie das letzte Mal gesehen hab, hat sie mir noch erzählt, dass sie sich aufs Skifahren in den Weihnachtsferien freut. Allerdings ...«

»Ja?«

»Nicht gefreut hat sie sich auf den neuen Mr Devonshire. Den hat sie immer nur ›Lustknabe‹ genannt, obwohl er nun nicht so viel jünger ist als ihre Mutter. Das hat sie mir jedenfalls erzählt.«

»Das ist interessant. Danke, Marilyn.«

»Ich hoffe, das war jetzt nicht ungehörig von mir?«, fragte die ältere Frau etwas besorgt.

Alex schüttelte den Kopf. »Nein, ganz und gar nicht. Ich denke, Cat wusste, dass Elena Mark nur schwer akzeptieren konnte.«

»Ja. Tja nun.«

George kam mit dem Brownie und stellte den Teller vor Alex auf den Tisch.

Marilyn stand schwerfällig auf. »Ich muss weitermachen. Ach, und bitte ziehen Sie George nicht mit rein, ja? Ich häng an ihr.« Sie strich ihrer Enkelin übers Haar.

»Das verstehe ich. Danke, Marilyn.« Alex nahm einen Bissen von dem Kuchen, der ein perfektes Schokoladenaroma hatte, und sah zu, wie George die Tische abwischte. Von der jungen Frau würde sie garantiert etwas über Elena erfahren. vor allem, da sie offenbar mit Schülern aus dem Internat befreundet war.

Alex trank den Kaffee aus, widerstand der Versuchung, sich die Finger abzulecken, und benutzte stattdessen eine Serviette. Dann legte sie Geld auf den Tisch. »Tschüss, George«, rief sie und winkte ihr zum Abschied zu.

George winkte zurück. In dem Café war es recht dunkel gewesen, und als Alex ins grelle Sonnenlicht hinaustrat, blinzelte sie.

»Ah, so sieht man sich wieder.«

Vor ihr stand Felix, der Junge aus dem Internat, und bedachte sie wieder mit diesem strahlenden gekünstelten Lächeln. »Hi.« Alex wollte an ihm vorbeigehen, doch er versperrte ihr den Weg. Als sie zur anderen Seite ausweichen wollte, baute er sich wieder vor ihr auf.

»Hoppla. Ein kleines Tänzchen«, sagte Felix und zwinkerte, bevor er zur Seite trat.

Alex lächelte frostig. »Kann man so sagen.«

»Tja.«

»War nett, Sie wiederzusehen.«

»Felix.«

»Ja, Felix.«

»Hat mich auch sehr gefreut, Ms Devlin.«

Unverschämter Typ.

Alex nickte ihm zu. Als sie den Gartenweg und die Straße entlangging, spürte sie, dass Felix ihr nachstarrte.

Ein äußerst unangenehmes Gefühl.

12

Um die Mittagszeit wurde es noch heißer. Alex hatte sich im Ferienhaus umgezogen und war mit einem Handtuch zum Strand gegangen. Nachdem sie ein bisschen am Ufer herumgeplanscht hatte, legte sie sich in die Sonne, schloss die Augen und versuchte, nicht an Felix und sein merkwürdiges Verhalten zu denken.

Plötzlich hörte sie ein Keuchen, und im nächsten Moment leckte ihr eine nasse, raue Zunge übers Gesicht.

Alex fuhr hoch. »Iiih, Ronan«, sagte sie lachend. »Das ist aber gar nicht nett von dir.«

Der Hund stand schwanzwedelnd und hechelnd vor ihr und sah aus, als grinse er.

»Ach herrje, tut mir leid.« Louise kam angerannt und stützte sich auf den Knien ab, um wieder zu Atem zu kommen. »Ist aber Zeichen seiner Zuneigung.«

»Was, dass er mich vollsabbert?«, erwiderte Alex grinsend und wischte sich das Gesicht mit einem Taschentuch ab.

»Ich entschuldige mich für Ronan«, sagte Louise.

»Übrigens hatten Sie recht. Ich habe ein bisschen am Ufer herumgeplanscht, aber schwimmen gehen werde ich nicht. Ich glaube, dafür braucht man einen Gummianzug oder so was.«

Louise warf einen Ball. Der Hund sprintete hinterher, und der Ball quiekte, als Ronan ihn schnappte. »Dann kennen Sie sich hier an der Küste schon aus.« Sie pfiff nach dem Hund, der sie wie üblich ignorierte.

»Ja.«

Ronan kam nun nach eigenem Gutdünken wieder zurück und legte den Ball auffordernd vor Alex hin, die ihn in die Gischt warf.

»Ich weiß, wer Sie sind«, sagte Louise, ohne Alex anzusehen. »Sie sind diese Journalistin. Ihre Schwester hat ihre eigenen Kinder getötet.« Louise blickte aufs Meer hinaus, und ihre Stimme hatte einen aggressiven Unterton. »Mir fiel wieder ein, dass ich damals ein Foto von Ihnen in der Zeitung gesehen habe. Früher habe ich immer Ihre Texte im Wochenendmagazin gelesen. Als ich gestern wieder in der Schule war, hab ich mich erinnert. Sie kamen mir gleich irgendwie bekannt vor.« Louise stemmte die Hände in die Hüften. »Dieser Hund ist doch unfassbar. Er gehorcht überhaupt nicht.«

Ronan offerierte seinen Ball nun hoffnungsvoll einem Fischer und wirbelte mit dem wedelnden Schwanz Sand auf. Louise wandte sich Alex zu. »Ich habe gehört, dass Sie wegen Elena Devonshire hier sind. Deshalb haben Sie gestern mit mir geredet, nicht wahr?« Da er bei dem Fischer keinen Erfolg gehabt hatte, ließ Ronan den Ball wieder vor Alex' Füße plumpsen.

Alex schwieg, hob den Ball auf und warf ihn aufs Neue. Ronan schoss davon. »Elenas Mutter ist eine Freundin von mir«, sagte sie schließlich. »Sie waren Elenas Klassenlehrerin, nicht wahr?« Kleine Wellen umspülten Alex' Knöchel, und sie spürte Steinchen unter ihren Fußsohlen.

»Es tut mir leid. Für Ihre Freundin, meine ich. Ich kann mir nicht vorstellen … wie es sein muss, eine Tochter zu verlieren.«

»Danke.«

Ronan versuchte, jetzt seinen eigenen Schwanz zu fangen.

Er drehte sich so lange im Kreis, bis er ihn zu fassen bekam, und kippte dann prompt um. Ein Paar mit Rucksäcken, durchtrainierten Beinen und robustem Schuhwerk stapfte vorbei und nickte den beiden Frauen zu.

»Sie war eine ... gute ... Schülerin.« Das Zögern war nicht zu überhören.

»Wie meinen Sie das?«

Louise zuckte die Achseln. »So wie ich es gesagt habe. Elena war ziemlich intelligent und aufmerksam und lernte fleißig. Hätte eine gute Prüfung gemacht.«

Alex spürte, dass Louise noch mehr sagen wollte. »War es ein Schock für Sie, als Elena starb?«

»Natürlich war es ein Schock.«

»Entschuldigung, das war eine dumme Frage. Ich wollte nicht ...«

»Ich weiß schon. Sie wollten wissen, ob Elena psychisch krank war. Depressiv und so.«

»Und war sie das?«

»Ich glaube, dass sie ziemlich unglücklich war, und ja, sie hat wohl ... wieder nicht richtig gegessen. Ich habe sie beim Essen beobachtet; abends essen wir normalerweise mit den Schülern gemeinsam.« Louise verzog das Gesicht. »Gott, es ist so langweilig, von früh bis spät mit Schülern zusammen zu sein. Zum Glück kann ich gelegentlich auch mal meine eigenen Kinder ins Bett bringen.« Sie sah Alex an. »Eines ist acht, das andere neun. Ich habe jedenfalls gesehen, dass Elena ihr Essen auf dem Teller herumschob, die typische Geschichte, Erbsen unter Kartoffeln verstecken und so. Und mir schien, als wäre sie wieder dünner geworden.«

Alex musste jetzt mit Fingerspitzengefühl vorgehen, damit Louise Churchill nicht komplett dichtmachte. »Und was passierte dann?«

»Ob ich meine Beobachtung irgendjemandem mitgeteilt habe, meinen Sie?«

»Ja.«

Louise seufzte. »Ich habe es ihrer Wohnheimleiterin gesagt.«

»Zena Brewer?«

Louise zog eine Augenbraue hoch. »Sie sind gut informiert. Ja, genau ihr. Sie ist aber nicht die Richtige für diese Aufgabe, wenn Sie mich fragen. Überfordert. Merkt nicht mal, was sich direkt vor ihrer Nase abspielt. Farrars beschäftigen Zena wahrscheinlich weiter, weil man sie gut lenken kann. Sie hat gesagt, sie würde mit Elena reden, hat es aber meiner Meinung nach nie getan. Deshalb habe ich es dann selbst versucht. Aber Elena meinte, es sei alles in Ordnung, sie käme bestens klar, und ich solle mir keine Sorgen machen.«

»Hätten Sie denn nicht ihre Eltern informieren sollen?«

Louise gab ein raues Lachen von sich. »Nicht Ihr Ernst, oder? Diesbezüglich muss ein strenges Protokoll eingehalten werden. Ein Befehlsweg, wenn Sie so wollen. Wehe dem, der sich nicht daran hält. Nein, die nächste Stufe war Zena, dann die Farrars. Die entscheiden dann, ob man die Eltern benachrichtigt oder nicht.«

»Aber es ist doch bestimmt im Interesse der Kinder ...«

Louise schnaubte. »The Drift ist ein teures Eliteinternat. Die meisten Schüler sind hier, weil die Eltern keine Störungen in ihrem eigenen Leben haben wollen. Nach Krisen steht denen nicht der Sinn. Darum soll sich die Schule kümmern.«

»Wissen Sie, weshalb Elena unglücklich war?«

Das Schweigen zog sich so lange hin, dass Alex nicht sicher war, ob Louise die Frage überhaupt gehört hatte. Schließlich sagte die Lehrerin: »Sie hatte die üblichen Ängste, die

Jugendliche haben, wissen Sie. Wie soll mein Leben aussehen und so weiter. In den Klausuren im Juni hat Elena nicht sonderlich gut abgeschnitten, wegen der Hochzeit ihrer Mutter. Und dann kam ihr Stiefvater zu Besuch.«

»Mark erwähnte, dass er Elena ein paar Wochen vor ihrem Tod besucht hat.«

Louise sah Alex an. »Wochen? Eher Tage.«

»Vielleicht habe ich mich verhört.« Alex nahm sich vor, das zu klären. Vielleicht war es auch bedeutungslos. »Warum war er hier?«

»Elena hat es mir nicht gesagt. Warum sollte sie mit mir über private Dinge sprechen? Ich bin weder Vertrauenslehrerin noch die Wohnheimleiterin.«

»Wer war damals Elenas Vertrauenslehrer?«

»David Vine«, antwortete Louise. »Er ist nicht mehr an der Schule. War zu jung und kam mit dem Druck nicht klar. Der hat Glück. Ich gäbe was drum, wenn Paul begreifen würde, dass der Druck uns auch schadet, und wir von hier weggehen könnten.«

»Können Sie denn Ihren Mann nicht dazu überreden, wenn Sie sich hier so unwohl fühlen?«

»Paul?« Louise stieß ein kurzes Lachen aus. »Dem gefällt es hier richtig gut, wissen Sie – Privatschule, gute Sportanlagen, berühmte und einflussreiche Leute et cetera. Alle erdenklichen Mittel stehen hier für die Bildung zur Verfügung – davon kann man draußen in der Realität ja nur träumen. Ich würde allerdings nicht wollen, dass meine Kinder so unter Leistungsdruck gesetzt werden. Aber ich werde mich wohl kaum durchsetzen können, wenn es so weit ist.«

»Warum nicht? Es sind doch schließlich auch Ihre Kinder.«

Louise zuckte die Achseln. »Nun, es gibt da Dinge ... Na

ja, so oder so, es wird mir nicht gelingen, Paul von hier wegzulocken.« Sie trat nach einer Welle wie ein trotziges Kind. »Ich sitze hier fest. Außerdem war es schwer genug, diese Stelle zu bekommen.«

Alex horchte auf. »Ach so? Warum?«

Louise starrte auf den Horizont. »Es gab Schwierigkeiten mit einer Schülerin. Es war alles nur ein Missverständnis, aber Paul fand, wir sollten die alte Schule verlassen.«

»Was für ein Missverständnis denn?« Alex hatte eine Ahnung, wollte es aber von Louise hören.

Die biss sich auf die Unterlippe. »Ach, nicht der Rede wert. Vergessen Sie einfach, was ich gesagt habe.«

Die Lehrerin strahlte eine solche Hoffnungslosigkeit aus, dass sie Alex unwillkürlich leidtat. Offenbar verkraftete Louise den Schulwechsel nur schwer und wollte nicht darüber sprechen. »Glauben Sie denn, dass Elena sich das Leben genommen hat?«, fragte Alex weiter.

Louise ging in die Hocke und spielte mit Steinchen, die das Meer angespült hatte. »Sie wissen, dass Elena hier in der Nähe gefunden wurde?«

»Ja.«

»Der arme alte Reg. Das wird er wohl niemals vergessen. Er sagt, es ist das Schlimmste, was er jemals gesehen hat. Am frühen Morgen hat er sie gefunden.« Louise richtete sich wieder auf. »Um Ihre Frage zu beantworten: Es wies doch alles darauf hin, nicht wahr? Polizei und Gerichtsmedizin waren sich einig.«

Alex bemerkte ein ungewöhnliches Glitzern in Louise' Augen. Es mochte an der Sonne liegen; aber Elenas Tod hatte ihre Mitschüler und die Lehrerschaft natürlich erschüttert.

»Hatte Elena eine Beziehung?«, fragte Alex.

»Was meinen Sie damit?«

»Gab es irgendwelche Schwierigkeiten mit Jungen?«

»Das ist nicht auszuschließen. Die Schüler sind in der Pubertät. Und es gibt natürlich allerlei Freundschaften an der Schule.«

»Ich habe da so ein Gemälde gesehen ...«

»Ein Gemälde?«

Alex zuckte die Achseln. »Ich bin mir nicht sicher, ob es etwas zu bedeuten hat. Elena hatte ja eine künstlerische Begabung. Und auf einem ihrer Landschaftsbilder hat sie eine kleine undeutliche Figur in eine Ecke gemalt. Ich frage mich, was es damit wohl auf sich hat.«

»Das weiß ich auch nicht. Wie gesagt, Elena redete nicht über persönliche Dinge mit mir. Könnte aber vielleicht eine Hommage an Jonny gewesen sein.«

»Jonny Dutch?«

»Ja. Sie war eine seiner besten Schülerinnen.«

»War das alles?«

Louise sah Alex an. »Soweit ich weiß, schon.«

Zunehmend hatte Alex das Gefühl, gegen eine Wand zu laufen. Die offene, freundliche Frau vom Vortag mauerte. Weil sie mit einer Journalistin sprach? Da musste man wohl härteres Geschütz auffahren. Alex beschloss, das Risiko einzugehen. »Es gibt noch einen anderen Grund, warum ich vermute, dass es eine ganz besondere Person in Elenas Leben gab – die Fotos.«

»Was für Fotos?« Louise starrte Alex an.

»Kann ich mich auf Ihre Diskretion verlassen?«

»Selbstverständlich«, antwortete sie irritiert. »Ich bin selbst Mutter. Und als Lehrerin unterliege ich der Schweigepflicht.«

»Gut. Die Fotos sind kompromittierend, wissen Sie. Für Elena.«

»Sexting? So etwas hat sie sicher nicht gemacht. Das behandeln wir hier an der Schule im Ethikunterricht. Unsere Schülerinnen und Schüler wissen, dass sie das nicht dürfen.«

»Aha.« Alex bezweifelte, dass die Schüler von The Drift den Gefahren des Internets weniger ausgesetzt waren als andere Jugendliche. »Die Fotos hätten Elena schaden können, wenn sie skrupellosen Menschen in die Hände gefallen wären. So etwas kann man im Nu im Internet verbreiten. Haben Sie zufällig etwas mitbekommen?«

»Augenblick mal, wie haben Sie denn überhaupt von diesen sogenannten kompromittierenden Fotos erfahren?«, fragte Louise.

»Das darf ich Ihnen leider nicht sagen.«

»Und wie sind Sie an die Fotos gekommen?«

»Es steht mir nicht frei, mich dazu zu äußern. Ich darf meine Quellen nicht preisgeben.«

»Das ist doch eine faule Ausrede.«

»Sie existieren jedenfalls«, erwiderte Alex ungerührt. »Wissen Sie etwas über die Fotos?«

Louise schüttelte den Kopf. »Nein. Ich kann mir das nicht vorstellen.« Rasch fügte sie hinzu: »Es sei denn, es war die blöde Idee von einem dieser abscheulichen Jungen.«

»Welchen Jungen?«

»Ach, was spielt das noch für eine Rolle?« Louise hob einen großen Stein auf und schleuderte ihn ins Meer. »Elena ist tot, und dieses ganze Gerede über sie macht sie nicht wieder lebendig.«

»Louise«, sagte Alex sanft. »Wenn Sie irgendetwas wissen ...«

»Dann werde ich es der Polizei sagen, selbstverständlich.« Louise pfiff ihren Hund herbei. »Komm, Ronan, wir müssen los.«

Der Hund kam angerannt, und Louise leinte ihn an. »Ich weiß nicht, wie Sie auf diese Idee mit den Fotos kommen, aber an Ihrer Stelle würde ich nicht auf diese ›Quellen‹ vertrauen. Und ich sehe auch keinen Grund dafür, weshalb Sie sich weiter mit Elenas Tod befassen sollten, es gibt da nichts weiter zu entdecken. Außerdem dürfte ich sowieso nicht mit Ihnen darüber reden. Das würde der Schulleitung gar nicht gefallen. War nett, Sie wiederzusehen, Alex.« Und damit wandte sich Louise Churchill ab und ging weg.

Alex blickte ihr nach.

13

ELENA

JUNI, dreiundzwanzig Wochen vor ihrem Tod

Ich wache auf, weil jemand laut schluchzt.

Ich drehe mich um und schaue auf den Wecker. Es ist erst fünf Uhr morgens. Ich setze mich auf.

Schluchzend liegt Tara auf ihrem Bett, zusammengerollt wie ein Fötus. Habe noch nie jemanden so jämmerlich weinen hören.

»Tara, was ist?«, frage ich.

Sie reagiert nicht.

Gestern Nachmittag am Strand habe ich sie zuletzt gesehen. Es war noch hell und warm, wir tranken Schampus vom Dad der blöden Helen und feierten die letzten Klausuren. Naomi hat mich mit Fragen über Theo bombardiert – wie sehr ich auf ihn stehe, wie oft wir uns treffen, was wir zusammen machen und so weiter und so fort. Als würde ich der so was erzählen. Ich hatte genug von denen und ihren Fragen. Helen kicherte besoffen rum, Jenni, die bescheuerte Tusse, lackierte sich die Fußnägel orange, und Tara mit ihrem Hundeblick ging mir auch auf die Nerven, weil sie ewig dazugehören will und die anderen aber keinen Bock auf sie haben. Mir geht das am Arsch vorbei, was die Tussen über mich denken.

Später, nach dem Cricketspiel, kamen die Jungs noch zum Strand, und dann wurde es erst so richtig ätzend öde. Geflirte und Gegiggel, und ich dachte mir, was wisst ihr denn schon, ihr Hühner? Weil mir so langweilig war, bin ich in die Schule zurück. Die Lehrer drückten wohl ein Auge zu, was die kleine Party am Strand anging, oder es war ihnen egal, weil sie selbst am Feiern waren. Auf dem Zimmer hab ich auf meinem iPad ein bisschen ferngesehen und mich dann hingelegt.

Tara habe ich nicht reinkommen hören.

Und nun versteckt sie den Kopf unter dem Kopfkissen und heult wie ein Schlosshund. Manchmal kann Tara voll das Opfer sein – labert ewig davon, wie fett sie ist, wie viele Pickel sie hat, dass sie unbedingt einen Freund haben möchte, aber niemand sie will. Sie jammert schon viel rum, aber normalerweise weint sie nicht. Vor allem nicht so.

Seufzend schwinge ich mich aus dem Bett. Zum Glück ist die Sonne schon aufgegangen, und es ist einigermaßen warm. Ich lege mich zu Tara ins Bett. Als ich sie in die Arme nehmen will, rollt sie sich noch weiter zusammen. »Na, komm, Tar, mir kannst du's doch erzählen. Hat jemand versucht, dich abzuknutschen? Einer, den du nicht leiden kannst?« Ich nehme das Kissen weg.

Sie sieht schlimm aus. Ich meine, so richtig richtig schlimm. Kreidebleich, dunkle Ringe unter den Augen, die keine Mascara sind, obwohl die ihr auch übers Gesicht gelaufen ist. Eine Schürfwunde am Wangenknochen, und ihre Lippen sehen wund aus. Und sie hat dunkelrote Knutschflecken am Hals.

Erschrocken fahre ich zurück, und Tara schluchzt noch lauter. Jetzt sehe ich erst, dass sie ihre Kleider noch anhat und dass die schmutzig und teilweise zerrissen sind.

»Tara, du musst mir erzählen, was passiert ist.« Ich bekomme Angst um sie.

Sie schüttelt heftig den Kopf.

»Doch, du musst. Bitte«, dränge ich sie. Beiße mir auf die Lippe. Ich muss ihr die Frage stellen. »Bist du überfallen worden oder so?«

Tara schüttelt wieder den Kopf. Sie schluchzt nicht mehr, aber die Tränen laufen ihr immer noch übers Gesicht.

»Tara, wenn du mir jetzt nicht sagst, was dir zugestoßen ist, hole ich jemanden.«

Sie packt mich am Arm. »Nein, nein, bitte nicht. Das darfst du nicht. Es war meine eigene Schuld.«

»Was war deine eigene Schuld?«

»Das. Die Verletzungen. Die wunden Stellen und alles. Mir tut alles weh. Alles, Lee, alles.« Sie fängt wieder an zu schluchzen. Es ist nicht zum Aushalten. Tara ist meine beste Freundin, so naiv und unbedarft sie auch sein mag. Meine beste Freundin.

»Tara, bitte!«, sage ich verzweifelt.

Sie nickt langsam. »Okay, okay.« Zittrig holt sie tief Luft. »Zu Anfang war es lustig. Wir haben geredet und gelacht und getrunken. Nat und Helen haben irgendwas geraucht – weiß nicht, was. Die Jungs sind dazugekommen. Theo, Felix und Max.«

»Der kleine Max?«

»Ja. Er musste los und mehr Zeug holen aus dem Oberstufenhaus ...«

»Zeug?«

»Drinks und Kokain. Skunk. Weiß nicht. Er musste immer wieder laufen. Ich hab gehofft, dass man ihn erwischen würde. Aber entweder waren die Lehrer nicht da, oder niemand hat auf ihn geachtet ...« Tara zuckt hilflos mit den

Schultern. Sie sieht so furchtbar traurig aus. »Ich hab jedenfalls zu viel getrunken und was geraucht ...«

»Ach, Mensch, Tara.« Ich weiß, dass sie das Zeug überhaupt nicht verträgt.

»Und dann hab ich noch mehr getrunken und geraucht, und weiß nicht, dann wurde mir komisch und schwindlig und übel und ...«

»Meinst du, dir hat jemand K.-o.-Tropfen gegeben? Wenn die an der Schule gefunden werden, sind wir alle dran.«

Tara schüttelt den Kopf. »Glaub ich nicht, nee. Ich kann mich ja noch erinnern. Ich hab es irgendwie auch zugelassen, hab mich aber gefühlt, als sei das gar nicht ich. So als würde ich von oben auf mich selbst runtergucken, verstehst du?«

»War es Felix?«

»Felix?«

»Der Sex mit dir hatte? Komm schon, Tar, ich weiß, was passiert ist.«

Sie nickt kläglich. »Nicht nur Felix«, flüstert sie. »Auch Hugh und Ivan. Ich hab es zugelassen.« Ihr Gesicht verzerrt sich. »Ich bin so dreckig und eklig.«

In meinem ganzen Leben habe ich noch nie eine solche Wut gehabt. Die wussten, dass Tara total arglos ist, als sie ihr diesen Dreck gegeben haben. Sie wussten es. Ich balle die Hände zu Fäusten. Zwinge mich, regelmäßig zu atmen. Wenn ich jetzt ausraste, kann ich Tara nicht helfen. »Nimmst du die Pille, Tara?« Alles Mögliche schießt mir durch den Kopf; wir müssen in die nächste größere Stadt, die Pille danach besorgen; dann muss ich mich weiter um Tara kümmern ...

»Ja. Mum hat darauf bestanden.« Tara fängt wieder zu weinen an.

Es dauert eine Weile, aber es gelingt mir, sie ins Badezimmer und in die Wanne zu befördern. Ich wasche Tara behutsam. Sie hat Schürfungen an Knien und Ellbogen und Kratzer auf dem Rücken. Dann trockne ich sie ab und bringe sie ins Bett.

»Bitte sag niemandem was davon, Lee. Bitte, bitte«, schluchzt sie.

Was hätte ich anderes tun sollen, als es ihr zu versprechen?

Sobald sie eingeschlafen ist, ziehe ich Jogginghose und T-Shirt an und laufe raus. Gehe dicht an der Wand entlang und sprinte dann über den Rasen zum Nelson House rüber, dem Wohnheim der Jungen.

Weil es noch so früh am Morgen ist, höre ich nur Vogelgezwitscher.

»Hallo.«

Mir bleibt fast das Herz stehen.

Max sitzt auf der Bank an der Tür. In den Klamotten von gestern. Glaube ich zumindest, da sie ziemlich schmuddelig aussehen.

»Max, verflucht. Du hast mich fast zu Tode erschreckt.«

Verstört schüttelt er den Kopf. »Tut mir leid, Elena.«

»Was?« Ich kann es mir allerdings denken.

»Wegen Tara. Das ist schlimm.«

Ich ergreife seine kalten Hände. »Max, nimm bitte niemals dieses Zeug, ja?«

Er schaut zu mir auf. Seine Pupillen sind krass erweitert. Zu spät. »Wer bist du denn, meine Mutter?«

Scheiße. Ich lasse seine Hände los.

Mit dem Schlüssel, den Theo mir gegeben hat, schließe ich die Seitentür auf und schleiche mich zum Zimmer von Theo und Felix.

Ich bin so wütend auf die.

Als ich ins Zimmer komme, muss ich die Luft anhalten.

Es stinkt nach Schweiß und Sex und Schmutz und Kotze und was weiß ich noch was allem.

»Hey, Theo«, sage ich laut und rüttle ihn an der Schulter. Er schlägt die Augen auf und starrt mich belämmert an. Felix ist so daneben, dass er weiterschnarcht. »Du bist so ein Arschloch, Theo.«

»Was willst du, Lee?« Er lächelt. »Einen schnellen Morgen ...«

Ich schlage ihm ins Gesicht. »Du elender Dreckskerl. Warum hast du das Tara angetan?«

»Was?« Einen Moment lang sieht er verwirrt aus, dann tritt ein Grinsen auf sein Gesicht. »Ach so, das.«

»Ja, das.«

»Es hat ihr gefallen. Jede Sekunde. Sie hat regelrecht danach gelechzt.«

Ich schlage ihn wieder. Und gleich noch mal. Er packt mein Handgelenk. »Na komm schon, Lee. Du willst es doch auch, oder?«

»Nee, will ich nicht«, knurre ich. »Und du redest hier über meine Freundin. Und wenn es ihr gefallen hat, wieso ist sie dann voller Schrammen und blauer Flecken und liegt im Bett und kann nicht mehr aufhören zu weinen? Ihr habt Tara so viel Scheiß eingeflößt, dass sie nicht wusste, was sie tat, und das habt ihr alle ausgenutzt, nicht? So war es doch, oder? Das erzähle ich den Farrars, und dann knöpf ich mir diesen Idioten Bobby oder wie der heißt vor, von dem ihr den Dreck habt, und ...«

Plötzlich schlägt Theo Lodge mir ins Gesicht. Ich starre ihn entsetzt an und lege die Hand an meine Wange, die sich heiß anfühlt.

»Erst mal«, sagt Theo mit gefährlich leiser Stimme, »hältst du dich schön von Bobby fern. Der ist eine ziemlich üble

Nummer, und *ich* versorge *ihn* mit Zeug für das ganze Dorf, du dämliche Kuh. Der würde dir das Gesicht zerschneiden, bevor du ›Tut mir leid‹ sagen könntest. Und wage es nicht, den Farrars oder sonst jemandem von der Schule irgendwas zu stecken, sonst ...«

Theo sieht mich so drohend an, als würde er mich gleich noch mal schlagen. Ich weiche zurück.

»Sonst noch was?«, erwidere ich. Wenn ich mich nicht zusammenreiße, fange ich zu zittern an. Ich muss es jemandem sagen. Sven Farrar. Jonny. Jemandem von den Lehrern. Irgendjemandem.

Theo entspannt sich ein bisschen. »Tu es nicht, Lee. Um deiner selbst willen. Und meinetwegen. Bitte.«

Ich richte mich auf. Felix hat sich aufgestützt und lächelt mich fies an.

Ich gehe raus.

Hey, du, ich bin's.

Nach dieser sogenannten Feier am Strand waren ja alle fix und fertig. Niemand weiß, was sich in dieser Nacht am Strand wirklich abgespielt hat, oder man tut so, als wisse man nichts, aber es ist wohl komplett aus dem Ruder gelaufen, wie? Ich bin froh, dass du damit nichts zu tun hattest ... Wer weiß, wo das hingeführt hätte.

Danke für das Video. Du siehst hinreißend aus. Ich sehe es mir immer wieder an. Beim nächsten Mal vielleicht ein paar Fotos? Du weißt, was ich meine. Ich will alles von dir sehen, wirklich alles, damit ich in den langen Sommerferien etwas zum Anschauen habe und mich daran erinnern kann, wie wunderschön du bist. Wirst du das für mich tun?

14

Alex setzte sich hinter einem Felsen, der wenigstens ein bisschen Schatten spendete, auf ihre Decke und packte ihre Sandwiches aus. Als Erstes verputzte sie das mit Käse und Tomate und trank reichlich Wasser zu. Idyllisch, dachte sie und lächelte in sich hinein. Das Sandwich mit Senf und Schinken war auch schnell weg, gefolgt von einem Pfirsich und noch mehr Wasser.

Dann dachte sie über Louise Churchill nach. Sie war heute wie ausgewechselt gewesen. Gestern noch freundlich und offen, heute angespannt und verschlossen, als die Rede auf Elena kam. Fürchtete sie sich vor irgendetwas? Und dann die seltsame Bemerkung über Elenas Stiefvater, der wenige Tage vor ihrem Tod zu Besuch gekommen war. Mark hatte gesagt, er sei einige Wochen vorher da gewesen. Vielleicht hatte sich einer von beiden geirrt. Dennoch würde Alex der Sache nachgehen und mit Mark unter vier Augen sprechen.

Die Sonne machte sie schläfrig. Alex klappte ihr Buch zu, legte sich hin und schloss die Augen. Versuchte, die vielen Fragen aus ihrem Kopf zu vertreiben, nur dem Rauschen der Wellen zu lauschen.

Sie musste wohl eingedöst sein, denn plötzlich hörte sie Stimmen.

»Hat sie dir Fragen gestellt, oder was?« Ein junger Mann mit kultivierter Stimme.

»Nee, hat nur 'ne Tasse Kaffee getrunken.« Ein junges Mädchen. George, aus dem Café.

Vielleicht konnte sie jetzt ungestört mit George reden, zum Beispiel über das Verhältnis der Dorfbewohner zum Internat. Alex wollte gerade aufstehen, als der Junge weitersprach. »Sie muss doch irgendwas gesagt haben.« Er klang gereizt, und in seinem Tonfall schwang eine unterschwellige Drohung mit. Alex blieb sitzen.

»Nee.« George klang kläglich.

»Hör zu, du sollst Augen und Ohren für mich aufhalten.«

»Ja. Aber das ist nicht so leicht, wenn meine Oma mir dauernd im Nacken sitzt«, erwiderte George trotzig. »Außerdem wusste ich nicht, dass du was über die Journalistin wissen willst.«

»Über jeden, der Fragen stellt, die nicht gestellt werden sollen.«

»Aber das kann ja jeder sein.«

»Darum geht's doch genau, du bescheuerte Kuh. Über *jeden* will ich Bescheid wissen.«

»Aber ...«

»Ach, lass gut sein, George.«

»Aber du hast mir versprochen ...«

Ein Rascheln. »Hier hast du's.«

»Liebst du mich noch?« Jämmerlicher Tonfall.

»Das weißt du doch.« Die Männerstimme weicher. Stille.

»Und jetzt verpiss dich.«

»Wann sehen wir uns wieder?«

»Wenn du Informationen für mich hast. Und vergiss nicht, dass du mir beim nächsten Mal das Geld von deinen Freunden bringen musst. Ich hab keine Lust, noch länger zu warten.«

Knirschende Schritte, die sich entfernten. Alex rappelte

sich hoch und spähte vorsichtig hinter dem Felsen hervor. Georges Zopf wippte hin und her, und sie schmiegte sich an einen großen Jungen. Ein Schüler aus dem Internat? Er kam Alex bekannt vor, aber weiter konnte sie sich nicht aus der Deckung wagen. Anscheinend sorgte ihre Anwesenheit in Hallow's Edge reichlich für Unruhe. Doch was für Informationen wollte dieser Typ von George? Alex wartete ein paar Minuten ab, bevor sie wieder hinter dem Felsen hervorschaute. Der Junge war verschwunden, und George eilte den Weg zu den Klippen hinauf. Schnell faltete Alex die Decke zusammen, sammelte ihren Müll ein und lief dem Mädchen nach.

George ging ein Stück den Klippenweg entlang und bog auf die Dorfstraße ab. Zunächst dachte Alex, sie wolle ins Café der Großmutter. Doch George hastete mit gesenktem Kopf daran vorbei.

Die Straße zwischen den hohen Hecken war schmal. Sollte George sich umdrehen, musste Alex sich ins Gebüsch flüchten, das ziemlich dornig aussah. Doch zum Glück schien die junge Frau es sehr eilig zu haben. So eilig, dass Alex ordentlich ins Schwitzen geriet.

George bog nach links auf einen Fußpfad ab, der zum Leuchtturm führte und auf beiden Seiten von Rapsfeldern gesäumt war. Die Blüten waren nicht mehr goldgelb, sondern blassgrün, und die Pflanzen standen schon fast übermannshoch.

Der weiße Leuchtturm mit den drei roten Streifen ragte inmitten einer Wiese auf, die von einer Ziegelmauer und einigen Buchen umgeben war. Auf der einen Seite standen alte Farmgebäude, auf der anderen ein kleines Cottage, in dem wohl der Leuchtturmwärter gewohnt hatte. Alle Gebäude wirkten verlassen. Der noch aktive Leuchtturm, ältester seiner Art in East Anglia, war an bestimmten Tagen des Jahres geöffnet, heute jedoch zum Glück nicht.

Als George unvermittelt stehen blieb, duckte sich Alex hastig in das Rapsfeld. Scharfe Halme schürften ihre nackten Beine auf. George schaute sich hastig um, als fühle sie sich verfolgt. Alex duckte sich noch tiefer und kam sich bei diesem Theater ziemlich absurd vor.

Sie zählte bis dreißig und ignorierte den Krampf in ihren Waden. Dann wagte sie es, über die Rapspflanzen hinwegzuspähen. Was trieb sie hier eigentlich für ein lächerliches Räuber-und-Gendarm-Spiel? Hatte sie nichts Besseres zu tun? Vielleicht ging George einfach nur spazieren, um einen freien Kopf zu kriegen. Das Mädchen trat durch das Tor in der Mauer und verschwand hinter dem Leuchtturm.

Rasch eilte Alex hinüber und öffnete das Tor, das laut knarrte. Mist. Sie hörte Stimmen hinter dem alten Farmhaus und steuerte darauf zu.

»Hast du's?« Die Stimme eines jungen Mannes mit einheimischem Akzent.

»Er will die Kohle. Sagt, du bist ihm noch was schuldig.« George klang unsicher.

»Der kann mich mal. Reiche Stinker.«

»Er hat gesagt ... ich soll dir nichts mehr geben, bevor du nicht bezahlt hast.«

»Der braucht doch gar kein Geld.« Ein anderer Jugendlicher.

»Nee, echt nicht. Gib's uns einfach, George«, sagte ein Mädchen mit freundlicherem Tonfall.

»Darf ich nicht. Wie gesagt, er will die Kohle. Ihr müsst erst bezahlen.«

»Er kriegt die Kohle aber nicht, okay?« Wieder der erste Junge, der besonders aggressiv wirkte. »Rück's raus.«

»Kann ich nicht«, erwiderte George verängstigt.

»Wieso bist du dann überhaupt hier?«, fragte das Mädchen, jetzt feindseliger.

»Felix hat gesagt ...«

»Scheiß auf Felix. Geht mir am Arsch vorbei.« Der erste Junge lachte. »Wir wollen nur das Zeug.«

»Nee, geht nicht.« George blieb hartnäckig, aber Alex bekam allmählich Angst um sie.

»Her damit, Schlampe.«

»Au! Aua!«, schrie George. »Hör auf damit, du tust mir weh, Bobby!«

»Gib es jetzt her!«

»Kann ich nicht! Er wird ... Hör auf!« George fing an zu weinen. »Bitte. Bitte lass das. Hier. Da hast du's.«

Alex beschloss einzugreifen; sie konnte das nicht länger stumm dulden. Sie trat hinter der Hausecke hervor. »Hey!«, schrie sie. »Lasst das Mädchen in Ruhe!«

Die beiden Jugendlichen und das Mädchen fuhren herum. »Wer zum Teufel sind Sie denn?«, fragte der größere und ältere der beiden – offenbar Bobby –, der Georges Handgelenk festhielt.

Alex fand den Namen für diesen Typen ausgesprochen unpassend. Sie erinnerte sich an einen Bobby aus ihrer Schulzeit, einen hellblonden blassen Jungen mit dicker Brille, der sanft und lieb gewesen war. Dieser Bobby hier hatte schwarze kurz geschorene Haare und kleine bösartige Augen. Er trug Jeans und eine Weste, wohl um seine muskulösen tätowierten Arme besonders zur Geltung zu bringen.

»Spielt keine Rolle, wer ich bin. Lasst das Mädchen sofort los«, sagte Alex.

»Uuuuh, Georgielein hat ihre Mami mitgebracht, wie?«, höhnte Bobby.

»Gehen Sie weg«, sagte George und wischte sich mit der Hand über das tränenverschmierte Gesicht. »Ich brauche Sie nicht.«

»Ich weiß, George«, erwiderte Alex ruhig und ging auf sie zu. »Aber ich habe Schreie gehört und wollte wissen, was hier los ist.«

»Gar nichts ist los, nicht wahr, Georgie?«, sagte Bobby.

»Nee, alles in Ordnung«, meinte das unbekannte Mädchen. Der andere Junge nickte mit dem Kopf wie ein Wackelhund und wippte auf den Fußballen vor und zurück.

»Stimmt«, murmelte George. »Alles in Ordnung.«

»Wir wollten grade gehen«, sagte Bobby. »Los, kommt.«

Das Mädchen kräuselte verächtlich die Oberlippe, der zweite Junge nickte wieder und folgte Bobby. Alex sah der Truppe nach. In einiger Entfernung drehte sich Bobby um und zeigte Alex den Finger. Sie war versucht, die Geste zu erwidern, fand das aber albern. Erst als die drei hinter dem Leuchtturm verschwunden waren, wandte sie sich zu George um.

»Was war los?«

Die junge Frau zuckte die Achseln und starrte trotzig zu Boden.

»George?«

»Wieso sind Sie mir gefolgt?« Sie schniefte und rieb sich mit dem Handrücken über die Nase. Die Haut an ihrem Lippenpiercing sah rot und entzündet aus.

»Ich dachte mir ...«

»Was?«

Alex spürte plötzlich wieder die gnadenlose Hitze. Die Sonne stand noch immer hoch am wolkenlosen Himmel, und die Luft schien zu dick zum Atmen. »Weiß nicht. Ich habe Sie am Strand gesehen und gehört, wie Sie mit jemandem geredet haben.«

»Mit Felix. Na und?« Aggressiver Unterton. »Das ist doch kein Grund, mir zu folgen. Also warum?«

Alex suchte nach den richtigen Worten und beschloss, die Wahrheit zu sagen. »Weil ich mir dachte, Sie stecken vielleicht in Schwierigkeiten.«

»Ist aber nicht so, okay? Ich kann doch machen, was ich will. Wir leben in einem freien Land.«

»Müssten Sie nicht in der Schule sein?« Alex kam sich schrecklich altbacken vor.

»Ist Hausaufgabenzeit. Außerdem weiß eh keiner, wo man ist, wenn man sich für den Mittag eingetragen hat. Das ist denen egal. Und wieso interessiert Sie das überhaupt?«

»Aber heute Morgen waren Sie bei Ihrer Großmutter?«

»Ja. Heute Nachmittag konnte ich mir freinehmen.«

Sie verfielen in Schweigen. In der Luft lag das träge Summen von Bienen, die um einen Busch schwirrten.

Alex unternahm einen neuen Versuch. »Ich war beunruhigt, weil ich fand, dass Felix so ...«

»Was?«

»Ich fand, dass er sich irgendwie gemein anhörte. Ist er Ihr Freund?«

»Sagt, er liebt mich.« George zuckte die Achseln. »Weiß nicht.« Sie runzelte die Stirn. »Wieso wollen Sie das wissen? Das hat nix zu tun mit dem Mädel, das sich umgebracht hat. Elena.«

»Das habe ich auch nicht behauptet.«

»Sind Sie mir deshalb gefolgt? Wegen Elena? Oma mochte sie. Fand sie so wohlerzogen und alles.«

»Nein, George, nicht wegen Elena, sondern weil ich beunruhigt war.«

»Wenn Sie am Strand schon beunruhigt waren, warum haben Sie dann nicht gleich was unternommen?«

Diese berechtigte Frage konnte Alex nicht aufrichtig beantworten, aber zum Glück sprach George weiter.

»Felix hat jedenfalls gesagt ...«, begann sie, verstummte aber und spielte mit der Zunge an ihrem Piercing herum.

»Was hat Felix gesagt?«

George blickte sie mürrisch an. »Dass Journalisten wie Sie sich nur im Dreck von anderen suhlen wollen. Stimmt das? Und meine Oma will auch nicht, dass ich mit Ihnen rede.«

Alex lächelte. »Das weiß ich. Ist Felix vom Internat?«, fragte sie. Der aalglatte selbstbewusste Felix, der sie zu den Farrars geleitet hatte und mit dem irgendetwas nicht stimmte.

»Na und? Finden Sie den zu vornehm für mich?«

»Nein«, antwortete Alex sanft. »Ganz und gar nicht.«

»Fragen Sie sich, weshalb der sich mit mir abgibt?«

»Nein.«

»Sie lügen«, erwiderte George trotzig.

»Na ja, ein bisschen vielleicht. Ich kann mir kaum vorstellen, dass Ihre Oma ihn so toll findet.« Alex lächelte, um ihren Worten die Schärfe zu nehmen.

»Oh Scheiße.« George starrte Alex entsetzt an. »Sie sagen ihr aber nichts, oder?«

Alex schüttelte den Kopf. »Nein, wenn Sie das nicht wollen, natürlich nicht. Aber, George, ist er ...«

»Was?« Wieder dieser trotzige Unterton.

Alex wollte nicht zugeben, dass sie das Gespräch am Strand vorsätzlich belauscht hatte, fühlte sich aber andererseits verantwortlich für das Mädchen. Dass Felix in üble Geschichten verwickelt war, stand für sie fest. Sie kannte sich damit aus, weil Gus um ein Haar wegen Drogen und Joyriding von der Schule geflogen wäre. Dass es damals nicht dazu gekommen war, hatten sie nur dem verständnisvollen Direktor zu verdanken.

»Was soll er sein?«

Georges aufgebrachte Stimme holte Alex in die Gegenwart zurück. »Könnte es sein, dass er Sie ausnutzt?«

Die junge Frau lief rot an und lachte. »Was soll das denn heißen? So was könnte auch von meiner Oma kommen. Außerdem hab ich's Ihnen doch gesagt. Er liebt mich. Also.«

»Also was?«

»Also nutzt er mich nicht aus. Ich bin kein Weichei.«

Alex nickte. »Okay.« Gott, sie musste unbedingt mehr auf ihre Worte achten. In die Altersklasse von Georges Oma eingeordnet zu werden war kein Kompliment.

»Und wieso interessieren Sie sich überhaupt so für Elena?«

»Weil ...« Alex zögerte, denn ihr war klar, dass Felix alles erfahren würde. »Weil Elenas Mutter nicht glaubt, dass ihre Tochter sich das Leben genommen hat.«

»Und was hat das mit Ihnen zu tun?«

George konnte gut Fragen stellen, das musste man ihr lassen. »Ich bin mit Elenas Mutter befreundet, und sie hat mich gebeten, mich in Hallow's Edge ein bisschen umzuhören, um herauszufinden, welche Gründe Elena gehabt haben könnte, sich umzubringen.«

»Sie war doch magersüchtig und so, oder? Hab ich gehört.«

»Von wem?«

»Von Felix. Und seinen Freunden.«

»Ich bin mir nicht sicher, ob das stimmt, George. Das möchte ich eben gerne herausfinden. Was haben die Jungen sonst noch über Elena gesagt?«

George zuckte die Achseln. »Sie war eine Zeit lang mit Felix' Freund Theo zusammen, hat dann aber mit ihm Schluss gemacht. Das hat ihm total gestunken. Die waren alle wütend auf sie und wollten ihr eine Lektion erteilen.

Hab aber nie gehört, was genau. Und sie haben ...« George zögerte.

»Ja?«

»Sie haben scheinbar geglaubt, Elena sei mit jemandem aus dem Dorf zusammen. Davon hab ich aber nie was mitgekriegt, das war total geheim.«

Alex' Herz schlug schneller. »Mit einem Lehrer vielleicht?«

George zuckte die Achseln und machte ein finsteres Gesicht.

Jetzt war es wohl angeraten, das Thema zu wechseln; sie würde nichts mehr preisgeben. »Was haben diese Jugendlichen Ihnen abgenommen?«, fragte Alex stattdessen.

George kniff die Augen zusammen und richtete sich auf. »Das geht Sie gar nix an.«

»Doch, falls es sich um Drogen handelt, durchaus. Waren es Drogen? George, bitte. Verkauft Felix den Jugendlichen aus dem Dorf Drogen?«

»Nein! Und das geht Sie sowieso einen Scheißdreck an!«, schrie George, drehte sich um und rannte davon.

15

Als Alex in drückender Hitze den Gartenweg am Ferienhaus erreichte, war sie verschwitzt, müde und schlecht gelaunt. Was hatte sie sich dabei gedacht, ein junges Mädchen zu verfolgen wie eine Privatdetektivin in einer Fernsehserie? Nicht das Geringste war dabei herausgekommen. Verkaufte George wahrhaftig im Auftrag von Felix Drogen an einheimische Jugendliche? Vielleicht ging es um etwas anderes. Doch falls es sich tatsächlich um Drogen handelte, war Alex zum Handeln verpflichtet. Mittlerweile waren die natürlich längst verteilt. Was es auch sein mochte, Skunk, Koks oder im schlimmsten Falle Crystal Meth: Wo hatte Felix das Zeug her? Das musste sie rauskriegen. Leider hatte sie vergessen, George zu fragen, weshalb Felix sich überhaupt für ihre Recherchen über Elena interessierte. Keinen Schritt weiter. Tolle investigative Journalistin. Ich bin doch eine Totalniete, dachte Alex verdrossen. Sollte lieber über Promitratsch, Stars und Sternchen und TV-Serien schreiben. Und Kopfschmerzen hatte sie auch. Wahrscheinlich zu wenig getrunken.

»So sieht man sich wieder.« Eine große Gestalt trat vor ihr auf den Weg. Diese Muskeln und Tattoos kamen ihr bekannt vor.

»Bobby«, sagte Alex und überlegte, ob ein Ast oder etwas in Reichweite war, womit sie sich verteidigen könnte. Bobby knackte mit den Fingerknöcheln und ballte die Fäuste.

»Sie wissen ja meinen Namen noch. Gut gemacht.«

»Wie könnte man den vergessen? Wenn Sie nichts dagegen haben, würde ich jetzt gerne ins Haus gehen.« Der Typ stand so dicht vor ihr, dass ihr sein Schweißgeruch in die Nase stieg.

»Aber das ist ja gar nicht Ihr Haus, oder? Sie wohnen in London. Und an Ihrer Stelle würd ich auch ganz schnell dorthin zurückkehren.«

»Ach ja?« Alex verschränkte die Arme vor der Brust. Sie war so durstig und erschöpft, dass sie wütend wurde, anstatt sich zu fürchten.

»Ja, ist mein Ernst. Gehn Sie zurück nach London und vergessen Sie alles, was Sie gesehen haben.«

»Was habe ich denn gesehen, Bobby?«

Er trat noch einen Schritt näher, aber Alex wich nicht zurück. »Nichts. Nichts haben Sie gesehen. Weil Sie nämlich nicht enden wollen wie diese Edelschlampe, die von der Klippe geflogen ist, oder?« Er wandte sich ab und ging rasch davon.

Im Haus schloss Alex die Tür hinter sich, marschierte in die Küche und goss sich ein Glas Wasser ein. Ihre Hände zitterten, aber sie war fest entschlossen, sich von diesem Kerl nicht einschüchtern zu lassen. An die Küchenspüle gelehnt trank Alex gierig, schloss die Augen und untersagte sich jeden weiteren Gedanken an den Vorfall von eben. Unter keinen Umständen würde sie sich von einem kleinen Dorfgauner davon abhalten lassen, ihrer Freundin zu helfen.

Alex stellte das Glas hin. Am besten, sie schrieb gleich alles auf und sortierte ihre Gedanken. So arbeitete sie ohnehin immer am liebsten. Auf der Terrasse wehte vielleicht eine kühle Brise vom Meer. Und danach würde sie endlich Gus anrufen und es so lange probieren, bis er an sein blödes Handy ging.

Alex ging nach oben, zog ihren Bikini an und spazierte mit Laptop und Notizbuch nach draußen auf die Terrasse.

»Hallo.«

Sie zuckte erschrocken zusammen. »Was machen Sie hier?« Alex wunderte sich selbst, dass sie so ruhig klang. Denn es ging ihr sagenhaft auf die Nerven, dass ständig jemand unangekündigt auftauchte, und sie hätte sich auch verdammt gerne etwas übergezogen.

Jonny Dutch sah sie fragend an. »Sie haben doch gesagt, Sie wollten mit mir reden.« Der Lehrer hatte es sich auf einem Gartenstuhl bequem gemacht, zog an seiner Zigarette und blies perfekte Rauchringe in die Luft. Entspannt lehnte er sich zurück und streckte die langen Beine aus. Zu seinen farbbekleckten Jeans trug er abgewetzte Sneakers ohne Socken. Als Alex' Blick auf seine sonnengebräunten Knöchel fiel, musste sie unwillkürlich daran denken, dass man im viktorianischen Zeitalter diesen Teil des Körpers für unziemlich erotisch gehalten hatte. Und nun musste sie auch noch über diese Beine steigen, um zu dem anderen Stuhl zu gelangen.

»Müssten Sie nicht in der Schule sein?«

»Um diese Zeit?«, gab Dutch zurück.

Alex schaute auf ihre Armbanduhr. »Aber müssen Sie nicht die Hausaufgaben oder Prüfungsvorbereitungen beaufsichtigen?«

»Heute nicht. Hatte übrigens eigentlich erwartet, dass Sie sich mehr freuen, mich zu sehen.«

»Ich kenne Sie doch gar nicht.« Alex machte Anstalten, über ihn hinwegzusteigen, und Dutch zog seine Beine weg. »Danke.« Sie legte Notizbuch und Laptop hin und blickte aufs Meer hinaus. Tatsächlich wehte eine kühle Brise. Alex versuchte, ihre Gefühle zu sondieren. Seit der Begegnung mit Felix vor dem Café hatte sie ein Unbehagen befallen, das sich durch Jonny Dutchs distanzloses Benehmen noch verstärkte.

»Angenehm kühl hier«, bemerkte er.

»Ja.«

»Ist ein mordsheißer Tag.«

Sollte sie Dutch etwas zu trinken anbieten? Oder ihn auffordern, ein anderes Mal wiederzukommen? Oder ihn fragen, was er sich dabei dachte, sich hier so breitzumachen, anstatt vorher an der Tür zu klopfen?

»Möchten Sie mir vielleicht was zu trinken anbieten?«, fragte er jetzt und pustete weitere Qualmwolken in die Luft.

Nee, eigentlich nicht. »Limonade? Wasser?«

»Ich hatte auf was Stärkeres gehofft.« Er betrachtete sie mit schiefem Lächeln.

»Zu früh.« Herrje, sie klang aber auch prüde.

»Ah, eiserne Regel nicht vor sechs Uhr abends, wie? Dann Limonade.«

Alex sah ihn an.

»Bitte.«

Rasch lief Alex nach oben und zog sich einen Kimono über. Irgendwie ging ihr der Typ auf die Nerven, obwohl sie ihn ja eigentlich als Informant benutzen wollte.

Als sie mit zwei Gläsern Limonade nach draußen kam, saß Dutch noch immer rauchend da und blickte aufs Meer hinaus.

»Schönes Plätzchen«, sagte er.

»Finde ich auch.«

»Also?«, fragte er. »Was wollten Sie mit mir besprechen?«

»Sy«, erwiderte Alex, »oder vielmehr Honey glaubt, Sie könnten mir helfen.«

Er zog eine Augenbraue hoch.

Alex unterdrückte ein Seufzen. Warum begegneten ihr

immer so wortkarge Männer? Malones geheimnisvolles Getue hatte ihr ein für alle Mal gereicht. Okay, sie musste abchecken, ob Dutch ihr irgendwie nützlich sein konnte, und den Typen dann so schnell wie möglich wieder loswerden.

Sie setzte sich. »Ich brauche jemanden im Inneren.«

»Im Inneren?« Dutch gab ein kurzes Lachen von sich und trank einen Schluck Limonade. Dann klopfte er eine neue Zigarette aus einem Päckchen und zündete sie an. »Ach, Verzeihung. Wo bleiben meine Manieren.« Kann man wohl sagen, dachte Alex. Er schob ihr das Päckchen hin.

Sie schüttelte den Kopf. »Nein danke.«

»Und Sie sind ganz sicher, dass Sie nicht noch was Stärkeres im Haus haben?«

Er hörte sich an, als habe sie die Absicht, ihn zu vergiften. Was ihr gerade durchaus verlockend erschien.

Alex ging wieder ins Haus und kehrte mit einer Flasche Weißwein und einer Dose Bier zurück, die sie hinten im Kühlschrank entdeckt hatte. Dutch wies mit dem Kopf auf das Bier, und sie warf es ihm zu. Er machte die Dose auf. »Besser«, sagte er, nachdem er sie in mehreren Zügen geleert hatte. »Jetzt kann ich klarer denken.« Er grinste, und die Fältchen um Augen und Mund ließen ihn ein wenig weicher wirken. »Sie möchten mich also als Spion einsetzen?«

Alex schenkte sich Wein ein. »So in etwa.«

»Hm.« Dutch drückte die Bierdose mit einer Hand zusammen, die Zigarette klemmte in seinem Mundwinkel. Alex fragte sich, ob er diese Machonummer abzog, um ihr zu imponieren, oder ob er das gewohnheitsmäßig machte.

»Weil Sy mit Honey zusammenwohnt, möchte er gern, dass ich Ihnen helfe«, sagte Dutch schließlich und legte die zerquetschte Dose auf den Tisch. »Gibt's da noch mehr von?«

»Nee«, antwortete Alex. »Also, ich muss schon sagen …«

»Sie fragen sich, wieso ein schräger Vogel wie ich Lehrer an einem sauteuren Internat für Kinder reicher Leute ist?«

»Irgendwie schon, ja.«

»Gibt eine ziemlich einfache Erklärung dafür. Ich brauchte Arbeit, die brauchten einen Kunstlehrer für ein Jahr. Mutterschaftsurlaub oder irgend so ein Quatsch. Nach dem Kunststudium habe ich eine Lehrerausbildung angeschlossen, und ich male auch. Damit war ich die Idealbesetzung. Ach so, und es schadet auch nicht, dass ich jemanden aus dem Schulbeirat kenne.«

»Ich dachte, Sie seien Bergsteiger?«

»Hab schon allerlei gemacht im Leben«, antwortete er ausweichend. »Bergsteigen war mein Hobby, das zur Obsession wurde. Ging nicht gut aus. Das ist der andere Grund, warum ich hier bin. Der Hauptgrund, genau genommen.« Er nahm die zerquetschte Dose in die Hand und betrachtete sie, als hoffe er auf noch mehr Bier. »Also, was soll ich denn für Sie ausspionieren? Muss ich durch dunkle Flure und in Schlafräume schleichen?«

»Nein, selbstverständlich nicht.«

»Schade eigentlich.«

»Ich möchte mehr über Elena Devonshire erfahren.«

Dutch nickte. »Sie war außergewöhnlich begabt. Aus ihr hätte eine tolle Künstlerin werden können. Ein Jammer, dass sie tot ist. Normalerweise ist es ziemlich öde, Kinder aus reichen Familien in Kunst zu unterrichten. Die Sprösslinge glauben ja immer, sie könnten schon alles, weil sie in so vielen Galerien, Museen und sonst wo gewesen sind. Und nichts davon können sie wirklich schätzen. Aber Elena war anders.«

Alex beugte sich vor. »Ich habe ein Gemälde von ihr. Sekunde.« Sie suchte die Aufnahmen aus Elenas Zimmer auf ihrem Handy und zeigte Dutch das Bild. »Schauen Sie sich das bitte mal an. Kennen Sie es?«

Dutch beugte sich vor. »Ich erinnere mich, dass sie das in ihrem Leistungskurs nach den Herbstferien gemalt hat. Gut, nicht?«

»Was ist mit der Figur in der Ecke?«

»Was soll damit sein?«

»Halten Sie die für wichtig?«

»Weshalb?«

»Ich weiß es nicht genau, aber irgendetwas sagt mir, dass sie eine besondere Bedeutung hat. Diese Szenerie hat Elena auch fotografiert, vermutlich bevor sie das Bild gemalt hat ...«

Dutch nickte. »Das wird bei Landschaftsbildern häufig so gemacht. Manche gehen mit der Staffelei nach draußen und fertigen zunächst eine Skizze an, manche arbeiten nach einem Foto. Ich glaube, Elena hat sogar beides gemacht.«

»Dann war die Figur nicht auf dem Foto, und sie hat sie ins Bild gemalt.«

»Ja und?«, fragte Dutch verständnislos.

»Ist das irgendwie bedeutsam?«

»Bedeutsam?«

»Ja. Ich möchte von Ihnen wissen, ob Sie dieser Figur eine besondere Bedeutung beimessen.«

»Woher soll ich das wissen? Ich war nur Elenas Lehrer. Was denken Sie denn? Dass es ihr Freund ist oder so? Aber das Gesicht ist ja ohnehin verschwommen.« Er lachte. »Ich glaube, Sie deuten da zu viel hinein.«

»Mag sein.« Aber eigentlich glaubte Alex das nicht.

»Was denken Sie, was Elena zugestoßen ist? Sie müssen ja Unrat wittern, sonst wären Sie bestimmt nicht hier.«

Unrat. So konnte man es natürlich auch nennen. »Kann sein, dass ihr Tod nicht so eindeutig erklärbar ist, wie man bislang glaubte.« Alex legte das Handy beiseite und seufzte. »Sie mögen recht haben wegen der Figur. Aber mich lässt der Gedanke nicht los, dass sie aus einem bestimmten Grund auf dem Bild ist.«

»Aber wie wollen Sie rausfinden, wer das sein soll?«, erwiderte Dutch. »Ach, verdammt, Elena war so talentiert. Sie hätte locker auf die Kunstakademie gehen können.«

»Und wollte sie das?«

Er seufzte. »Ich glaube schon. Aber sie stand so sehr unter Druck. Und die Schule wollte, dass sie in allen Hauptfächern mit Bestnote abschnitt. Kunst und Sprachen sind schon okay, sofern man in Mathe und Physik gut ist.«

»Ich war eine Niete in Physik.«

»Deshalb sind Sie ja Journalistin geworden.« Er lächelte sie an.

Alex erwiderte das Lächeln, und plötzlich schien ein Funke überzuspringen. Oh nein, dachte sie. Unter keinen Umständen. Kommt überhaupt nicht infrage. Und außerdem ...

»Ich habe Elenas Englischlehrerin kennengelernt«, sagte Alex rasch, um die unterschwellige Spannung zu vertreiben.

»Louise?«

»Ja. Sie sagte, Sie und Elena hätten sich sehr gut verstanden. Seien sich sehr nah gewesen.«

»Im Ernst? Ich war ihr Lehrer, sie wollte Kunst studieren, und ich wollte ihr helfen. Warum sagen Sie das? Glauben Sie, ich hatte was mit ihr? Sex womöglich?«

Alex schüttelte den Kopf. Sie schämte sich plötzlich, weil Jonny Dutch sehr aufgebracht klang. Denn in der Tat hatte sie genau das erwogen.

»Louise Churchill hat nämlich eine äußerst lebhafte Fantasie, um es mal so auszudrücken«, sagte er. »Bildet sich gerne allerhand ein.«

»Aha.« Alex entspannte ihre Schultern, die sich verkrampft anfühlten. »Als ich Louise zum zweiten Mal begegnet bin, hat sie sich sehr seltsam benommen. Abweisend und verschlossen.«

»Hatte erfahren, dass Sie von der Zeitung sind.«

Alex nickte. »Aus irgendeinem Grund machen die Leute immer dicht, wenn sie das mitkriegen.« Sie grinste.

Dutch warf ihr wieder ein Lächeln zu, aber jetzt knisterte die Luft nicht mehr so spürbar. »Hören Sie, ob ich vielleicht ein Glas Wein haben könnte, wenn kein Bier mehr da ist?«

Alex war froh, dass sie ins Haus gehen konnte, um ein Glas zu holen. Etwas Abstand war angeraten.

Als sie zurückkam, kippte sich Dutch im Nu den restlichen Wein hinter die Binde. Der Mann hatte wahrlich noch schlimmere Trinkgewohnheiten als sie. Immerhin in gewisser Weise tröstlich. Dann steckte er sich die nächste Zigarette an.

»Ich glaube nicht, dass Elena sich umgebracht hat.« Als Alex die Worte aussprach, merkte sie, dass sie davon tatsächlich überzeugt war.

»Gibt's noch mehr Wein?«

Sie ging ins Haus und reduzierte ihre Vorräte um eine weitere Flasche.

»Und warum glauben Sie nicht, dass Elena sich umgebracht hat?«, fragte Dutch, als er wieder ein volles Glas vor sich hatte.

Alex runzelte die Stirn. »Zuerst hatte ich auch Zweifel und dachte, Catriona, Elenas Mutter, könnte den Tod ihrer Tochter einfach nicht akzeptieren. Die Polizei, die Untersuchungsrichterin, die Schulleitung – alle waren von einem Suizid überzeugt. Deshalb nahm ich an, ich würde hier nur ein bisschen herumfragen und bei meiner Rückkehr nach London Catriona sagen, dass sie Elena jetzt loslassen muss.«

»Aber?«

Alex schloss einen Moment die Augen, um in sich hineinzuspüren. »Seit ich hier bin«, entgegnete sie schließlich, »habe ich das Gefühl, dass vieles nicht so ist, wie es scheint. Vielleicht hat Elena sich tatsächlich von der Klippe gestürzt. Aber selbst dann gibt es vermutlich noch offene Fragen.«

»Aber Sie gründen Ihren Verdacht doch bestimmt auf mehr als nur einem Gefühl, oder?« Dutch sprach das Wort so aus, als sei es etwas Unanständiges.

»Vorerst eher nicht«, antwortete Alex gereizt. »Aber ich werde mich noch nicht zufriedengeben. Das Verhalten der Farrars zum Beispiel finde ich ausgesprochen sonderbar. Louise Churchill hat mir beinahe unterschwellig gedroht ...« Im letzten Moment entschied sich Alex dagegen, Dutch von dem Vorfall mit George, Felix und den Dorfjugendlichen zu erzählen. Irgendetwas hielt sie davon ab.

»Ah, die liebe Louise.« Dutch goss sich Wein nach.

»Ja, die liebe Louise. Erzählen Sie mir von ihr und Elena.«

Dutch lehnte sich zurück. »Louise ist eine gute Lehrerin. Es gelingt ihr, sogar die Kids für Literatur zu begeistern, die sich normalerweise keinen Deut dafür interessieren. Ob es nun Shakespeare, Fitzgerald oder moderne Lyrik ist. Louise hat immer betont, was für eine gute und begabte Schülerin Elena war, und war hell begeistert ...« Er runzelte die Stirn. »Doch, das ist der richtige Ausdruck. Louise war hell begeistert von Elena. Ganz anders als ihr Mann.«

»Paul.«

»Ja, Paul. Der ist ziemlich sonderbar. Hätte wohl keinen Schimmer, was ›hell begeistert‹ überhaupt bedeutet.«

Alex dachte, dass Dutch diesbezüglich wohl eher im Glashaus saß und nicht mit Steinen werfen sollte, äußerte sich aber nicht dazu. »In welcher Hinsicht ist Paul denn so sonderbar? Er unterrichtet Mathe, oder?« Das wusste sie zwar, aber sie wollte, dass Dutch weiterredete.

Er nickte und runzelte erneut die Stirn, diesmal jedoch, weil die zweite Flasche Wein auch schon leer war. Alex fand es erstaunlich, dass man ihm den drastischen Alkoholkonsum kaum anmerkte.

»Der ist völlig verbissen, will unbedingt immer alles richtig machen. Arschkriecher, zugleich aber total distanziert. Von seinen Kindern und seinem Familienleben erfährt man so gut wie nichts. Auch Louise spricht nicht darüber.« Dutch hielt inne. »Seltsam«, fügte er hinzu. »Das fällt mir selbst erst grade auf.«

»Louise sagte, ihrem Mann gefällt es gut am Internat. Seit anderthalb Jahren sind die beiden hier?«

»Ja, so in etwa«, antwortete Dutch. »Wahrscheinlich ist er ein alter Bekannter von Sven Farrar und hat deshalb die Stelle bekommen. Und natürlich gab es Gerüchte wegen eines Vorfalls an der vorherigen Schule.«

Alex horchte auf. Das hatte Louise auch durchblicken lassen. »Ach ja? Was für Gerüchte denn?«

Dutch zuckte die Achseln. »Das Übliche, wenn es um Lehrer und Schülerinnen geht. Und wenn jemand die Schule ganz schnell verlassen muss.«

»Sie meinen, Paul Churchill hatte an seiner alten Schule ein Verhältnis mit einer Schülerin?«

»Wie gesagt, Gerüchte. Reine Spekulation.« Dutch trat seine Kippe mit dem Absatz aus und hob sie auf.

»Und wer war der Urheber der Gerüchte?«

Dutch runzelte die Stirn. »Interessante Frage. Weiß ich aber nicht. Man hörte hier und dort mal was. Irgendein düsterer Schatten folgte Paul jedenfalls, wenn es auch nicht unbedingt Sex mit einer Schülerin gewesen sein muss. Aber wer weiß.«

»Jemand muss die Gerüchte doch verbreitet haben. Vielleicht könnten Sie versuchen, das herauszufinden? Bitte?«

»Also beim Kaffee im Lehrerzimmer spionieren. Okay. Werd sehen, was ich tun kann.«

»Sollte an diesen Gerüchten etwas dran sein«, sagte Alex nachdenklich, »dann hat Elena sich vielleicht deshalb in den Monaten vor ihrem Tod so eigenartig benommen. Weil sie ein Verhältnis mit Paul Churchill hatte.«

»Hm. Nicht ausgeschlossen. Möglich ist alles. Zumindest sieht er gut aus. Unterrichtet aber Mathe.«

»Na und?«

»Mathe ist doch furchtbar unsexy, finden Sie nicht auch?« Er grinste.

Alex blickte zum Horizont. Es war noch mild und hell. Vom Strand hörte man Leute lachen und nach ihren Hunden rufen. »Ich glaube, dass sie vor ihrem Tod mit jemandem eine Beziehung hatte.«

»Elena?«

»Wer denn sonst?«, erwiderte Alex etwas gereizt.

»Und Sie wetten, dass ich es war oder Paul Churchill?« Dutch warf ihr einen amüsierten Blick zu. »Ich weiß gar nicht, ob ich mich nun geschmeichelt fühlen oder sauer werden soll.«

Alex lief rot an.

Drinnen klingelte das Telefon.

»Wollen Sie nicht rangehen?«

Alex blinzelte. Ihre Hände waren plötzlich schweißnass. Sie ging ins Esszimmer und nahm ab. »Hallo?«

Atmen. Dann ein kleines Lachen.

»Wer sind Sie? Sagen Sie was, verflucht.«

Jemand legte auf.

»Sie sehen ein bisschen blass aus«, bemerkte Dutch, als Alex wieder auf die Terrasse kam.

»Ach ja?«

»Schlechte Nachrichten?«

»Nein, nein.«

»Lassen Sie uns noch was trinken. Das wird Sie beruhigen«, sagte Dutch und stand auf. »Wo haben Sie denn Ihre Vorräte?«

Alex verdrehte die Augen. »Ich hab gar keine mehr. Sie haben alles weggetrunken. Und ich muss mich nicht beruhigen.« Blödes Machogehabe.

Er schaute auf seine Armbanduhr, die ziemlich teuer aussah. »Dann gehen wir in den Pub. Sollte jetzt offen sein. Ziehen Sie sich was über, dann gehen wir zu Fuß. Dauert nur zwanzig Minuten. Wir können da auch was essen. Damit Sie nicht nur Limo im Bauch haben.« Er grinste sie an.

»Und du hast nur Alkohol im Bauch, Mistkerl«, murmelte Alex vor sich hin, als sie sich im Schlafzimmer umzog. Dann seufzte sie. Sie war wohl auch nicht mehr recht bei Trost. Dutch konnte sie doch gar nicht hören.

Den Weg zum Pub legten sie schweigend zurück, im goldenen Licht der Abendsonne. Alex war nicht sicher, ob es ein entspanntes Schweigen war. Dutch schien jedenfalls keinen großen Wert auf eine Unterhaltung zu legen. Sie hatte den Eindruck, dass er sich bemühte, sein Hinken zu verbergen. Die warme Luft roch nach Meer und irgendwie auch nach Verwesung.

»Leben Sie gerne hier in North Norfolk?«, fragte Alex schließlich.

Die Antwort bestand aus einem Grunzen.

Na prima.

»Nee«, antwortete Dutch nach einer Weile, blieb stehen und holte tief Luft. »Ich wollte gerne Weite um mich haben, aber auch Berge.«

»Äh ... und dann sind Sie in Norfolk?«

Er warf ihr einen Blick zu und grinste, und Alex spürte wieder das Prickeln. »Dumm, ich weiß. Freunde von mir haben mich auch für verrückt erklärt. Einer dachte sogar, hier gäbe es nicht mal Bäume, geschweige denn Berge.«

»Bäume haben wir schon hier.«

»›Wir‹? Ich dachte, Sie seien aus London.«

»Nein«, sagte sie nach kurzem Zögern. »Ich bin in Suffolk geboren und dort an der Küste aufgewachsen. Aber ich liebe East Anglia. Ihren Wunsch nach Weite kann ich verstehen. Man ist nicht beengt von Menschen oder Autos.«

»Oder den eigenen Gedanken.«

Sie nickte.

»Aber weshalb sind Sie dann nach London gegangen?«

»Ach, das Übliche, wissen Sie. Mehr Anregung, besserer Job et cetera.« Sie wollte nicht, dass Dutch von ihrer Vergangenheit erfuhr. »Und was haben Sie für eine Vorgeschichte?«

»Ich war früher Soldat. In Afghanistan. Schien mir spannender, als Lehrer zu sein. Danach fing ich mit dem Bergsteigen an. Bin abgestürzt, dann war Schluss damit.« Er schlug auf sein Bein. »Hatte Glück, dass ich überhaupt noch laufen kann. Sonderbar. Afghanistan, wo meine Freunde erschossen oder verrückt wurden, hab ich heil überstanden. Und dann komm ich nach Hause und falle von einem Berg. Idiotisch.« Er ging weiter. »Vielleicht bin ich deshalb hier in Norfolk. Da komme ich nicht in Versuchung, irgendwo raufzuklettern.«

Alex wusste nichts zu erwidern.

»Bin übrigens hier ausgebildet worden.«

»In Norfolk?«, fragte sie überrascht.

»Ja. In Thetford.«

Alex erinnerte sich und nickte. »In diesen nachgebauten afghanischen Dörfern. Ich habe mal etwas darüber gelesen.«

»Tja. Ist bisschen was anderes, im Wald von Thetford zu kämpfen als in der Provinz Helmand.« Seine Stimme klang bitter. »Und nun unterrichte ich hier High-Society-Kids.«

Alex bedauerte es beinahe, dass sie am Pub angekommen waren, denn Dutch würde vermutlich wieder mauern, wenn sie unter Menschen waren.

»He, Tulpe, wie geht's dir.« Kylie stand hinterm Tresen und zwinkerte ihnen zu, als sie hereinkamen.

»Tulpe?« Alex blickte Dutch fragend an und verkniff sich ein Grinsen.

»Na ja, mein Nachname verweist auf Holland. Deshalb Tulpe.« Wenn Dutch lächelte, wirkte sein Gesicht plötzlich nicht mehr hart, sondern offen und sympathisch. Er zuckte die Achseln. »Das passt schon. Mir macht es nichts aus. Weißwein?«

»Ja bitte.«

»Ich bestell uns eine Flasche.«

Davon bin ich ausgegangen, dachte Alex.

»Also«, sagte Dutch, nachdem er sich gesetzt und ihnen beiden schwungvoll eingegossen hatte, »wieso kommen Sie darauf, dass Elena eine Beziehung hatte? Ach so, ich hoffe, es ist okay, aber ich hab für uns beide Fish and Chips bestellt. Hab furchtbaren Hunger.«

»Tja, das lässt sich dann wohl nicht mehr ändern.« Er hätte ja zumindest fragen können, was sie gerne essen würde.

Alex warf einen Blick in die Runde, um sicherzugehen, dass sie nicht belauscht wurden. Dann trank sie einen Schluck von dem Wein, der sogar recht gut war. »Also. Honey hat auf

Elenas Handy Fotos gefunden, die darauf hinweisen ...« Alex verstummte. Oder sollte sie das lieber für sich behalten?

»Ah. Ihrem Blick nach zu schließen kann ich mir vorstellen, um was für Fotos es sich handelt.«

»Richtig geraten.« Alex war dankbar, es nicht aussprechen zu müssen.

»Das machen die Jugendlichen doch inzwischen alle. Nackt-Selfies. Kapieren offenbar nicht, wie sehr sie sich damit schaden können.«

»Louise Churchill hat behauptet, im Ethikunterricht sei ausführlich über die Gefahren von Sexting gesprochen worden.«

»Der gefürchtete Ethikunterricht. Da hört niemand richtig zu, kann ich Ihnen sagen.« Dutch goss sich Wein nach. »Aber auch wenn Elena Nackt-Selfies gemacht hat, bedeutet das nicht, dass sie eine Beziehung hatte.«

»Ach, kommen Sie, Jonny. Man macht doch solche Selfies nicht für sich.«

Er zuckte die Achseln. »Keine Ahnung. Aber warum sind Sie hier und schnüffeln herum?«

»Schnüffeln kann man das wohl nicht nennen.«

»Mag sein. Aber wenn Sie vermuten, dass da irgendwas Übles ablief, sollten Sie lieber die Polizei hinzuziehen.«

Alex seufzte und stützte das Kinn in die Hand. Sie musste vorsichtig sein; Dutch schien der Wein kaum etwas auszumachen, aber ihr stieg er allmählich zu Kopf. »Cat – Elenas Mutter – will nur zur Polizei gehen, wenn es unbedingt nötig ist. Und da ich bislang keinerlei Beweise habe ...« Fing sie schon an zu lallen? »Ich hätte gerne Wasser, bitte.«

»Leichtgewicht.« Aber Dutch ging zum Tresen und kehrte mit einer Flasche Wasser zurück. »Grässliches Zeug«, bemerkte er, als er ihr einschenkte.

»Ich hätte Sie eigentlich für jemanden gehalten, der literweise Wasser trinkt«, sagte Alex und leerte das Glas durstig in einem Zug.

»Hab ich auch, als ich noch sportlich und gesund war. Jetzt male ich nur noch.«

»Und Sie unterrichten Kunst. Was Sie sehr gut machen, wie es scheint.«

»Wie kommen Sie darauf?«

»Weil Elenas Bild äußerst eindrucksvoll ist.«

»Hm. Das stimmt. Aber sie hatte so eine natürliche Begabung, dass ich nur assistieren musste.« Er beugte sich leicht vor. »Aber zurück zum Thema. Keine Polizei.«

»Nein, keine Polizei«, bestätigte Alex. »Außerdem darf die Presse auf keinen Fall Wind von den Fotos bekommen.«

»Erst wenn Sie Ihre Story veröffentlichen.« Dutch zog die Augenbrauen hoch, und Alex hatte kurz den Impuls, ihm Wasser ins Gesicht zu schütten.

»Wenn ich es verhindern kann, werden die Fotos niemals veröffentlicht.«

»Aber wenn Ihre Story erscheint ...«

»Dann nur mit Cats Einwilligung. Und dann wird alles exakt der Wahrheit entsprechen.«

Dutch hob sein Glas. Sein Lächeln war so ironisch, dass Alex sich beherrschen musste, um nicht aufzubrausen.

»Bitte sehr.« Kylie brachte zwei Teller mit Fish and Chips, diverse Soßen und Besteck.

Als Alex das Essen roch, merkte sie plötzlich, dass sie auch riesigen Hunger hatte. Eine Zeit lang aßen sie schweigend.

»Und was wollen Sie noch von mir?« Dutch aß, wie er trank: mit hohem Tempo.

Alex lehnte sich zurück. »Es wäre toll, wenn Sie allgemein

Augen und Ohren offen halten und mir berichten könnten, wenn Sie etwas Auffälliges in der Schule bemerken.«

»Und woher soll ich wissen, was Sie für auffällig halten?«, fragte er, wieder mit ironischem Unterton.

»Das werden Sie schon selbst spüren. Ich habe da volles Vertrauen in Sie.« Alex fixierte ihn.

»Echt? Das ist aber gefährlich«, erwiderte er und leerte sein Glas. »Kommen Sie, wir gehen raus. Muss eine rauchen.« Abrupt stand Dutch auf und marschierte nach draußen. Alex schnalzte genervt mit der Zunge und folgte ihm.

Auf dem Weg zur Tür stellte sich ihr ein Mädchen in den Weg, das Jeans, Sneakers und ein Kapuzenshirt trug, obwohl es dafür eigentlich viel zu warm war.

»Entschuldigung«, sagte Alex und wollte sich vorbeidrängen.

Das Mädchen legte Alex die Hand auf den Brustkorb. »Sie sind hier nicht erwünscht, okay?«

»Wie bitte?«

»Hören Sie auf, sich einzumischen, und lassen Sie George in Ruhe. Ihr Leben geht Sie nichts an.«

Alex betrachtete das Mädchen, dessen Gesicht von der Kapuze halb verdeckt war, und ahnte, wen sie vor sich hatte. »Sie waren auch am Leuchtturm. Mit Bobby und diesem anderen Typen.«

»So sieht's aus«, versetzte sie aggressiv.

»Hören Sie, der gute Bobby hat mich bereits gewarnt. Ich muss das nicht noch mal hören. Bisschen übertrieben, finden Sie nicht auch?« Rasch wich Alex dem Mädchen aus und folgte Dutch.

Der hatte sich rittlings auf einer der Picknickbänke niedergelassen und drehte sich etwas, das verdächtig nach einem Joint aussah. Nachdem er ihn angezündet hatte, zog er lange daran und behielt den Rauch im Mund. »Schon besser«, sagte er und blickte zum Himmel auf. Als er Alex' Blick bemerkte, sagte er: »Rein medizinisch.«

»Woher kriegen Sie das Haschisch?«

Er zuckte die Achseln. »Man hat so seine Quellen.«

»Ich hab mich nur gefragt … Wie kommen die Jugendlichen aus dem Internat mit denen aus dem Dorf klar?«

Dutch lachte. »Überhaupt nicht. Die Dorfkids halten die Internatkids für reiche Ärsche, und die Internatkids finden, die Dorfkids seien dumme Ärsche. So einfach ist es. Warum?«

Es war immer noch schwül, und durch den reichlichen Wein kam Alex noch mehr ins Schwitzen. Sollte sie von Felix und George erzählen? Ihr Mund traf die Entscheidung im Alleingang. »Ich habe die Vermutung, dass ein Schüler vom Internat, ein gewisser Felix, mit Drogen handelt. Wo er die herbekommt, weiß ich nicht, aber er verkauft sie wohl an die Dorfjugend.«

»Felix Devine. Hm. Könnte man sich bei dem gut vorstellen. Der hält sich für unwiderstehlich. Und viele Mädchen sehen das auch so.«

»Und die Drogen?«

Dutch schüttelte den Kopf. »Davon weiß ich nichts. Außerdem hat er die Schule eigentlich schon abgeschlossen. Er lungert hier nur noch rum und ist ein Ärgernis.«

»Vielleicht bleibt er wegen seiner Drogengeschäfte hier.«

Dutch zuckte die Achseln. »Wie gesagt, davon weiß ich nichts. Ich hab meine eigene Quelle, und es spielt sich natürlich nicht auf dem Schulgelände ab.«

Alex zog eine Augenbraue hoch. »Klar.«

»Ah, urteilen Sie nicht zu hart über mich.«

»Was? Tu ich doch gar nicht.«

Er lachte. »Sie sollten mal Ihr Gesicht sehen.«

»Ich urteile nicht über Sie ...« Alex verstummte und dachte daran, welche Schwierigkeiten Gus im Leben gehabt hätte, wenn er nicht beizeiten von dem Zeug weggekommen wäre. Und sie dachte an die Nacht in dem Club in Ibiza, in dem sie selbst im Rausch Lebensweichen gestellt hatte. »Drogen sind niemals eine Lösung.«

»Nun, manchmal und für bestimmte Menschen schon.« Dutch sah sie an. »Aber wir sind ja nicht hier, um uns über Sinn und Unsinn von Drogenkonsum zu unterhalten. Eigentlich wollten wir besprechen, was ich an der Schule für Sie tun kann. Ist Ihnen noch was eingefallen?«

Sie überlegte einen Moment. »Wissen Sie zufällig, wo Paul Churchill früher unterrichtet hat?«

Dutch zog wieder an seinem Joint. »Ja.«

»Und wo war das?« Mann, ging ihr der Typ auf die Nerven.

»Cambridge.«

»Wissen Sie, wie die Schule hieß?«

»Nee. Kann ich aber rauskriegen.«

Mehr war wohl heute nicht zu holen bei Mr Dutch. Alex schaute auf die Uhr und stand auf. »Ich geh jetzt mal, bevor es dunkel wird. Vielen Dank für Ihre Hilfe.«

Lächelnd hob Dutch die Hand, durch den Joint sichtlich entspannter, und stand leicht schwankend auf. »Keine Ursache. Wenn Sie kurz warten, während ich pissen gehe, begleite ich Sie nach Hause.«

Auf dieses Angebot konnte Alex gut verzichten. »Nicht nötig, danke. Ist ja nicht weit. Scheint mir eher, als bräuchten Sie Begleitung«, fügte sie mit einem Grinsen hinzu.

»Ist das ein Angebot?«

»Nein.«

»Okay.« Am Eingang des Pubs blieb er noch einmal stehen und drehte sich um. »Ach, und Alex?«

»Ja?«

»Ich mache das nur für Sie.«

»Ja, ich bin Ihnen auch sehr dankbar ...«

»Die Frage ist jetzt nur: Was tun Sie im Gegenzug für mich?« Ein merkwürdiges Glitzern lag in seinen Augen.

16

Als Alex den Weg zu den Klippen einschlug, ging die Sonne unter, und der Himmel färbte sich purpurrot, ockergelb und golden. Möwen segelten durch die Luft, und weit und breit war kein Mensch zu sehen. Alex dachte über Dutchs letzte Bemerkung nach. Sollte das heißen, dass sie dem Mann etwas schuldig war? Wohl schon. Es war natürlich auch keine Kleinigkeit, für jemanden herumzuspionieren. Er würde irgendeine Form von Entschädigung haben wollen. Natürlich konnte Alex ihm eine bestimmte Geldsumme anbieten, hatte aber das Gefühl, dass Dutch etwas anderes vorschwebte.

Und was hatte es mit diesem Mädchen auf sich, das ihr im Pub gedroht hatte? Sie hatte sich zwar zur Wehr gesetzt, aber es beunruhigte sie. Gab es eine Verbindung zwischen dem Mädchen, dem fiesen Typen namens Bobby und Elena Devonshire?

Alex bemerkte die Schritte hinter ihr erst, als es schon zu spät war.

Jemand packte sie von hinten und drückte ihr den Unterarm auf die Kehle. Als Alex schreien wollte, wurde ihr der Mund zugehalten. Oh Gott, wer war das, und was wollten die? Erlaubte sich jemand einen Scherz? Wohl eher nicht. Bobby? Alex bekam kaum noch Luft, und ihr wurde schwarz vor Augen. Würde man sie vergewaltigen und dann halbtot liegen lassen? Auf einem Strandweg in Norfolk?

Sie krümmte und wand sich, krallte die Finger in den Arm an ihrem Hals.

»Lass das, Schlampe!«

Immerhin war der Arm jetzt weg, und Alex rang heftig um Atem. Ihr Hals brannte und sie versuchte wegzurennen.

»Nee, das lässt du schön bleiben.«

Ein Schlag traf sie an der Schläfe, und ihr Kopf flog seitwärts. Schwindel, Übelkeit und schwarze Punkte vor den Augen.

Ihre Arme wurden nach hinten gezerrt und festgehalten, und man schleifte sie durchs Gestrüpp Richtung Klippe. Alex versuchte die Füße in den Boden zu stemmen, fand aber mit ihren leichten Sandalen keinerlei Halt. Sie roch Schweiß – fremden und ihren eigenen, den Geruch der Angst – und den Gestank von Bier und Zigaretten im Atem des Mannes hinter ihr.

»Schau da runter, Schlampe.« Ihr Kopf wurde nach vorn gedrückt, und sie spürte den Wind im Gesicht.

Alex riss vor Angst die Augen auf und starrte in die Tiefe.

»Hast du gedacht, ich hätte dich nicht bemerkt? Verschwinde«, sagte die Männerstimme. »Geh zurück nach London.« Sie wurde noch weiter nach vorn geschoben und glaubte nun wirklich, dass sie hinunterstürzen, mit zerschmetterten Knochen und aufgeplatztem Schädel auf den Felsen landen würde. Ihre Leiche würde ins Meer hinausgeschwemmt werden, Wochen und Monate oder vielleicht sogar für immer unauffindbar sein. Ihr Sohn würde nie erfahren, was aus ihr geworden war. Das Rauschen der Wellen schien ihr ohrenbetäubend laut, der Geruch von Algen und Salz stieg ihr in die Nase. Sie würde sterben.

Doch plötzlich wurde sie vom Abgrund weggezerrt und in die Büsche geschleudert. Dornen zerkratzten ihre Arme und

Beine, und ihr Kopf schlug hart auf dem Boden auf. Alles drehte sich vor ihren Augen. Eine Hand umklammerte mit eisernem Griff ihren Arm.

Dann eine Stimme. »Das reicht jetzt, Alter.«

»Aber ich ...«

»Ich sagte, das reicht.«

Der Klammergriff löste sich.

Die Stimmen kamen ihr bekannt vor. Wer waren diese Typen?

Es schien ihr wie eine Erlösung, als ihr endgültig schwarz vor Augen wurde.

Als Alex zu sich kam, dachte sie zunächst, dass ihr Bett schrecklich hart war. Sie fror. Und ihr Kopf schmerzte furchtbar. Als sie blinzelte, sah sie das Mondlicht und merkte, dass sie in einem Stechginsterstrauch auf hartem Schiefergestein lag.

Im Dunkeln.

Langsam setzte sie sich auf. Ihr Kopf hämmerte, die Kratzer an Armen und Beinen brannten höllisch, Steinchen hatten sich in ihre Handflächen gedrückt. Ihr war schwindlig, und sie hatte den Geschmack von Blut im Mund. Dann setzte mit einem Schlag die Übelkeit ein, und sie beugte sich zur Seite und erbrach alles, was sie im Pub zu sich genommen hatte.

Schließlich sah sie sich um und versuchte aufzustehen, doch ihr wurde erneut übel. Sie würgte, aber es kam nichts mehr, und sie sackte kraftlos wieder zu Boden.

Plötzlich hörte sie schleppende Schritte, und jemand rief: »Wer ist da?«

Diese Stimme kannte sie. »Jonny. Hier. Ich bin's, Alex.«

»Alex? Sind Sie das? Was machen Sie denn noch hier draußen, verdammt?«

Er stand vor ihr und starrte schwankend auf sie herunter.
»Großer Gott, wie sehen Sie denn aus? Was ist passiert?«

Alex blickte zu ihm auf. Sogar im Mondlicht konnte sie erkennen, wie verschwommen sein Blick war. Sein Gesicht glänzte verschwitzt, das T-Shirt hing halb aus der Hose, als hätte er sich nicht entscheiden können, ob er es offen tragen wollte. Die Schmutzspuren an den Knien wiesen darauf hin, dass Dutch hingefallen war. Der Typ war wohl kaum in der richtigen Verfassung, um ihr zu helfen.

Schwerfällig kniete er sich neben sie und nahm ihre Hand. Dann schüttelte er den Kopf und atmete tief ein, versuchte, sich offenbar zu konzentrieren. Seine warme Hand fühlte sich tröstlich an. »Herrje, Mädchen, Sie sind ja in furchtbarem Zustand.« Vorsichtig strich er ihr über die Wange und wischte ihr mit den Daumen die Tränen weg. »Können Sie aufstehen?«

»Ich probier's.«

Er richtete sich auf und stützte sie. Als es ihr gelungen war aufzustehen, schwankte sie und sank an seine Brust. Er nahm sie in die Arme und hielt sie fest, und Alex begann zu weinen.

Eine Stunde später saß sie mit einem Brandy in der Hand in dem Ferienhaus. Sie hatte die schlimmsten Schrammen gesäubert und Wundsalbe aufgetragen. Unter einem Auge entstand ein Bluterguss. Die Wunde am Hinterkopf hatte Dutch abgetupft und gesäubert.

Er kam herein, ein Handtuch um die Hüften, und frottierte sich die Haare. »Danke für die Dusche«, sagte er.

Alex lächelte matt und versuchte, weder auf die Narben auf seinem Brustkorb zu starren noch auf die Linie schwarzer Haare, die unter dem Handtuch verschwand. »Ich konnte dich ja wohl kaum vollkommen verdreckt nach Hause gehen lassen.« Sie wies auf den Schrank in der Ecke. »Nimm dir Brandy.«

»Hast du eine Ahnung, wer dir das angetan hat? Und weshalb?« Jonny ging zum Schrank und goss sich Brandy ein. Alex fand die Hände des Kunstlehrers mit den langen Fingern und fast quadratischen Nägeln seltsam faszinierend.

Sie schwenkte den bernsteingelben Brandy im Glas. Im ersten Moment hatte sie vermutet, dass Bobby ihr aufgelauert hatte. Doch die Stimmen hatten sich anders angehört. »Ich denke, dass es Schüler vom Internat waren.«

Dutch zog eine Augenbraue hoch. »Warum?«

»Die Stimmen. Jung und kultiviert.«

»Und wer war es?«

Alex zuckte die Achseln. »Weiß nicht.« Aus irgendeinem Grund wollte sie Jonny ihre Vermutung nicht mitteilen. Es musste Felix gewesen sein; sie war ziemlich sicher, seine Stimme erkannt zu haben. Der andere konnte vielleicht Theo gewesen sein. »Haben sich leider nicht vorgestellt, sondern mir nur gesagt, ich solle mich von ihnen fernhalten. Und mich ›Schlampe‹ genannt.«

»Oh Mann.«

»Wahrscheinlich hat es was mit Drogen zu tun.«

Jonny sah sie wortlos an.

»Komm schon, ich weiß, dass die Jugendlichen aus dem Dorf da mit drinhängen.«

Er seufzte. »Ja, du hast schon recht. Hier läuft allerhand mit Drogen. Am Internat gilt null Toleranz, aber irgendwie kommen die Kids trotzdem dran. Sind allerdings gut im Verstecken. Seit Jahren ist niemand mehr erwischt oder der Schule verwiesen worden.«

»Ist das wirklich null Toleranz, oder guckt einfach niemand hin? Ich kann mir nicht vorstellen, dass die Farrars sehr engagiert sind. Mir scheint eher, dass die hauptsächlich auf ihre Erfolge achten. Und du bist auch nicht grade ein strahlendes Vorbild.«

»Ich hab dir doch gesagt, dass ich das gegen die Schmerzen brauche.«

»Hm. Trotzdem kein gutes Beispiel, oder?«

»Niemand weiß davon.«

»Bist du da ganz sicher?«

Er leerte sein Glas. »Ja, bin ich.« Seine Stimme klang fest.

»Und selbst wenn – wie kannst du denn überzeugend sein, wenn du selbst Drogen nimmst? Oder woher soll ich wissen, dass du dein Zeug nicht selbst von den Jungen beziehst?«

»Ein bisschen Alkohol und hie und da was zu rauchen sind ja wohl nicht der Rede wert. Und ich setze beides nur ein, um die üblen Schmerzen zu dämpfen.«

Alex bemühte sich, nicht auf das Handtuch zu blicken. Oder sich womöglich Vorstellungen davon hinzugeben, was sich darunter befinden mochte.

»Warum denkst du überhaupt, dass der Überfall was mit Drogen zu tun hatte?«, fragte Dutch. »Und nicht mit Elena Devonshire?«

Alex trank einen Schluck Brandy, der warm durch ihre Kehle rann. Ihre Hände zitterten immer noch, und ihr ganzer Körper schmerzte, aber sie musste sich darauf konzentrieren, weshalb sie überhaupt hierhergekommen war. »Ja, es könnte einen Zusammenhang mit Elena geben. Und mit Drogen. Vielleicht hat sie irgendwas herausgefunden? So oder so wollen die verhindern, dass ich Fragen stelle, und genau deshalb bin ich auf der richtigen Fährte.«

»Willst du es der Polizei melden? Den Überfall, meine ich?«, fragte Jonny.

Alex betrachtete den Inhalt ihres Glases, als sei darin die Antwort zu finden. »Sollte ich wohl.«

»Ja, vielleicht schon. Aber ...«

»Was?«

»Du weißt nicht genau, wer es war.«

»Richtig.«

»Ich könnte mich doch vorher ein bisschen umhören. Vielleicht finde ich was raus. Wenn wir was Konkretes in der Hand haben, können wir auch handeln. Dann dreh ich diesen miesen Dreckskerlen den Hals um.«

»Ja, du hast vielleicht recht«, erwiderte Alex. »Nicht, was das Halsumdrehen angeht. Aber es wäre wohl schon besser, wir wüssten mehr.« Hatte Jonny Dutch eigene Beweggründe, den Vorfall vorerst geheim zu halten? Sie hatte zwar Glück gehabt, dass der Lehrer im richtigen Augenblick aufgetaucht war – aber weshalb war er dort überhaupt langgegangen? Das Internat lag in der anderen Richtung.

»Hör mal.« Sie bewegte sich ein wenig und versuchte, nicht vor Schmerz zusammenzuzucken. »Ich würde sehr gerne mit Elenas Wohnheimleiterin sprechen. Könntest du das für mich arrangieren?«

Dutch lächelte. »Ah, die gefürchtete Zena. Das sollte wohl möglich sein, sie hat nämlich eine Schwäche für mich. Ich kümmere mich drum.«

Erschrocken zuckte Alex zusammen, als plötzlich ein lautes Klopfen von der Tür zu vernehmen war. »Wer kann das sein, um diese Uhrzeit?« Sie zwang sich, ruhig zu bleiben.

Dutch nahm sie am Arm. »Lass sicherheitshalber mich aufmachen.«

Erneutes Klopfen.

Alex sah Dutch an. »Du willst nur mit einem Handtuch bekleidet mein Leben verteidigen?«

Er grinste. »Vielleicht rennen die dann schreiend davon. Also, ich kann dir jedenfalls garantieren: Wenn es die Jungs sind, suchen die bei meinem Anblick das Weite.« Er stand auf und steckte das Handtuch fest. Alex hörte, wie er die Tür aufriss. Dann eine Stimme.

»Wer sind Sie?«

»Jonny Dutch. Und wer sind Sie?«

Alex wusste nicht, ob sie innerlich stöhnen oder jubeln sollte, als sie die Stimme erkannte.

»Malone. Und jetzt lassen Sie mich rein.«

Er schien sich nicht geändert zu haben.

17

ELENA

AUGUST, siebzehn Wochen vor ihrem Tod

Bin viel zu früh dran. Ich dränge mich durch die Touristenhorden und betrete das Kaufhaus durch die Drehtür. Bemühe mich, möglichst selbstsicher zu wirken, als ich das Schild studiere, um rauszukriegen, wo das Restaurant ist.

Der SMS-Ton meines Handys. Nachricht besteht nur aus einem Wort.

Schlampe

Dann kommt noch was nach.

Du wirst dafür bezahlen

Ich seufze. Weiß ja, wer das geschickt hat. Geht mir so auf die Nerven. Theo will einfach nicht kapieren, dass ich mit ihm Schluss gemacht hab, und zwar ziemlich kurz und knapp. Hat der wahrscheinlich noch nie erlebt. Der kann's nicht fassen. Irgendwann wurde mir klar, dass ich den loswerden musste.

Das Ganze war für mich nicht gut und für ihn letztlich auch nicht. Ich grusel mich, wenn der mich anfasst, und das nicht nur, weil ich ihn nicht mag. Sondern vor allem, weil ich jemand anders will. Völlig verrückt bin nach jemand anders.

Aber das war nicht der einzige Grund.

Deshalb hab ich Theo am letzten Schultag gesagt, es sei Schluss mit uns und er solle mich in Ruhe lassen.

»Für dich hat es doch nie richtig angefangen, oder, Elena?«, hat er bitter gesagt; damit meinte er, dass er mich nie in sein kleines Buch eintragen konnte. Ich hab mich verweigert.

Wusste nicht, was ich dazu sagen sollte. Hatte die Verstellung satt, und nach dem, was mit Tara passiert war, fand ich den Typen nur noch widerlich.

»Und.« Er stieß mir den Finger in den Brustkorb. »Du solltest den Farrars besser kein Sterbenswort sagen von Du-weißt-schon-was.«

»Der Drogen?«

»Halt dich da raus. Ich sag's dir, Bobby ist ein übler Typ. Aber wenn ich muss, geb ich dem Bescheid.«

Hab Theos Hand weggeschoben und gesagt: »Verpiss dich.«

Und seither schickt der Typ mir eklige SMS. Aber es ist mir scheißegal. Am letzten Schultag hab ich nämlich ein Geschenk bekommen. Es war in meinem Schließfach – keine Ahnung, wie es da reinkam –, aber ich hab es gefunden, als ich das Fach ausgeräumt habe. Ein wunderschöner Freundschaftsring aus Silber mit einem eingravierten halben Herzen. Ich wusste, wer den anderen Ring hat. Und es lag eine Nachricht dabei.

Herzlichen Glückwunsch
Wir treffen uns in London
Datum, Uhrzeit, Ort.

Deshalb waren die Sommerferien mit Mum und Mark halbwegs erträglich. Mum musste für ein paar Tage nach Brüssel und ließ mich bei Mark. Große Freude meinerseits, kann man sich ja vorstellen. Dann verkündete er, sie würden auf eine »verspätete Hochzeitsreise« gehen. Kotz würg. Ich sagte, ich käme prima allein klar, es könnten ja Freundinnen bei mir übernachten. Mark fuhr mit dem Eurostar nach Brüssel, und die beiden reisten irgendwohin. Weiß nicht mehr, wohin. Ich war natürlich froh, weil ich so ungehindert zu meinem – wie sagt man da? Date oder so? – fahren konnte. Ohne zu lügen. Und wenn es sich ergibt, dass ich über Nacht bleiben kann, dann wird nichts mich aufhalten. Obwohl ich schon zugeben muss, dass ich mir im Grunde genommen wünsche, Mum wäre für mich da. Ausnahmsweise mal. Ist natürlich ungerecht von mir; sie sagt ja immer, wenn ich sie brauche, wäre sie für mich da. Aber seit ihrer Heirat mit Mark ist das nicht mehr so.

Und da bin ich nun also in London. Betrachte teure Kleider, die ich nicht haben will und mir nicht leisten kann. Das hätte ich allerdings anders planen können. Mark hätte mir haufenweise Geld gegeben, damit er irgendwo in Ruhe mit Mum vögeln kann. Aber den bitte ich nicht um Geld.

Eine spindeldürre Frau mit Botoxstirn und schlechtem Lifting fragt mich, ob ich Hilfe brauche. Arrogante Verkäuferinnen kann ich nicht ausstehen. Ich mustere die Frau; ganz klar magersüchtig. Das brauche ich nicht mehr. Ich hab das Gefühl, mein Leben und meine Zukunft im Griff zu haben. Auf eine gute bisschen chaotische Art. Aber so geht's einem wohl, wenn man verliebt ist.

Ich muss dringend mal und gehe aufs Damenklo. Aus dem Spiegel schaut mir eine junge Frau mit leicht geröteten Wangen und glücklichen Augen entgegen. Das bin ich; das bin wirklich ich. Ich lächle mich an. Beuge mich vor und trage Lippenstift auf. Nur einen Hauch. Parfum auf die Handgelenke und aufs Dekolleté. Ein Duft nach Rose, Honig, Mandarine und irgendwas, das ich nicht identifizieren kann.

Der Freundschaftsring glitzert. Ich trage ein Maxikleid mit dezentem Rosenmuster, dazu Sandalen. Meine Fußnägel sind im neuesten Farbton von Kate Moss lackiert, die Fingernägel auch. Fühle mich super und habe ein angenehmes Schmetterlingsgefühl im Bauch.

Ich schaue auf mein Handy. Immer noch zu früh, deshalb streife ich durch die Kosmetikabteilung mit all den Gesichtscremes und Bodylotions, allerlei Schmierzeug in modischen Verpackungen, das ewige Schönheit verspricht. Die makellosen Männer und Frauen, die mir Parfum und so was andrehen wollen, beachte ich gar nicht. In der Abteilung für Tücher und Taschen streiche ich über weiches Leder und lasse leuchtend bunte Seidenschals durch meine Finger gleiten. Kann mich auf nichts konzentrieren und werde plötzlich unruhig. Wir haben uns noch nie außerhalb von Hallow's Edge getroffen. Wird es vielleicht irgendwie peinlich? Hätte ich mich nicht darauf einlassen sollen? Worüber werden wir reden? Können wir überhaupt gut zusammen allein sein? Ich berühre den Ring, und mein Herz beruhigt sich. Bestimmt wird alles prima.

Es muss einfach so sein.

In dem Restaurant herrscht reger Betrieb. Geschirrklappern, Stimmengewirr, es riecht nach Parfums und Puder. Was habe ich hier zu suchen? Ich bin siebzehn: Ich sollte bei Primark oder H&M billige bunte Klamotten anprobieren und mit anderen Mädels in den Kabinen herumschnattern. Ich gehöre nicht in ein spießiges Restaurant in einem spießigen Kaufhaus; hier wäre meine Mutter mit meiner Oma hingegangen. Ist ein Tisch für uns reserviert? Ich frage einen Kellner, der wichtigtuerisch in einem großen dicken Buch nachsieht und den Kopf schüttelt. Nein, aber in der Ecke ist ein

Tisch frei. Mit zauberhafter Aussicht über London, betont er. Ich schlucke meine Enttäuschung hinunter und nicke. Mein Hochgefühl hat einen Dämpfer bekommen. Ich folge dem Mann, weiche Gästen und Kinderwagen aus.

Dann verlange ich die Speisekarte und bestelle ein Glas Weißwein. Der Kellner fragt nicht nach meinem Alter. Als er zurückkehrt, legt er schwungvoll die Karte auf den Tisch und serviert den Wein.

Er schmeckt köstlich fruchtig und nach Karamell und ist wunderbar kühl.

Ich bestelle noch Wasser. Schaue in die Speisekarte, sage aber, ich warte noch auf jemanden. Der Kellner wirft mir einen bedeutsamen Blick zu. Ich kichere, und er lächelt. Ich bin so aufgeregt, dass ich kaum still sitzen kann. Wieder diese Schmetterlinge im Bauch. So was hab ich bei Theo nie empfunden.

Ich checke Facebook, Twitter, Instagram, poste aber nichts. Ist ja klar. Dann checke ich noch meine E-Mails. Keine neuen Nachrichten. Das Glas Wein ist leer, ich trinke das Wasser. Knabbere an meinen Fingernägeln, was ich seit Jahren nicht gemacht habe. Höre wieder auf, weil ich den Lack nicht ruinieren will.

Das Restaurant leert sich allmählich, es erscheinen nicht mehr so viele neue Gäste. Der Kellner stellt mir keine Fragen mehr, obwohl ich am liebsten noch mehr Wein trinken würde. Ich schaue mich um und hoffe, nicht zu wirken wie jemand, der versetzt wurde.

Der Kellner nimmt jetzt meine Gläser und die Speisekarte weg, signalisiert deutlich, dass ich den Tisch frei machen soll für andere Gäste. Mein Magen fühlt sich flau an, gurgelt und drückt, und mir ist übel. Ich bin allein. Niemand kommt.

Der SMS-Ton.

Schlampe
Ich stehe auf und gehe.

Hey du, ich bin's.

Ich kann nur sagen: Es tut mir so leid. So furchtbar leid. Es war alles vorbereitet. Niemand wusste, wo ich hinfahren wollte und warum. Ein Treffen mit Freunden, habe ich gesagt, obwohl ich am liebsten der ganzen Welt erzählen würde, dass du für mich so viel mehr bist als eine Freundin.

Aber es durfte nicht sein. Ich konnte nicht weg. Ich wollte, aber es ging einfach nicht. Ein Notfall. Bitte versteh mich. Wenn ich gefahren wäre, hätte ich Misstrauen erregt. Das verstehst du doch, oder? Bitte sag ja.

Ich werde dich dafür entschädigen. Kann es kaum erwarten, dass wir uns wiedersehen.

18

»Was macht dieser Typ hier? Und warum hat er nur ein Handtuch an?«

Malone. Der mal wieder unangekündigt aufkreuzte und ein Gesicht machte wie ein Kind, dem man einen Wunsch verweigert. Wütend funkelte er Dutch an, und Alex amüsierte sich über ihren einstigen Liebhaber.

»Freue mich auch, dich zu sehen, Malone. Nach so langer Zeit«, sagte sie.

»Ach ja?«, erwiderte er und zog eine Augenbraue hoch. »Ich hab aber grade den Eindruck, dass du dich anderweitig orientiert hast.« Er wies mit dem Kopf auf Dutch.

Alex lachte. »Sei nicht albern, Malone. Inzwischen sind zwei Jahre vergangen. Seit ich rausgekriegt habe, dass du verheiratet warst und ...«

»Ich hab dir doch damals gesagt, dass ich mich scheiden lassen würde.« Seine Augen glitzerten.

»Aber darum ging's ja wohl nicht.« Sie seufzte. »Schau, ich hab jetzt wirklich nicht den Nerv, mich damit herumzuschlagen. Und Jonny ist ein Freund, weiter nichts.«

»Und was für eine Art Freund ist das, der um diese Uhrzeit nur mit einem Handtuch bekleidet die Tür aufmacht?« Malone strich sich über seine kurz geschnittenen Haare. Oben auf seiner Stirn bemerkte Alex ein kleines Muttermal, das ihr noch nie zuvor aufgefallen war. »Und was zum Geier hast du mit deinem Gesicht angestellt?«

»Ich zieh mich an und geh dann, ja, Alex?«, warf Jonny ein. »Es sei denn ...«

»Ja, Sie ziehen sich an und verziehen sich!«, knurrte Malone.

Obwohl Alex Malone gut kannte, war sie doch erschüttert über seine Grobheit. »Jonny hat mir geholfen. Ich wurde heute Abend überfallen ...«

»Überfallen? Scheiße, wieso das denn?« Malone trat zu ihr und umfasste behutsam ihr Kinn. Bei der Berührung zuckte sie innerlich zusammen.

»Ist alles in Ordnung?«, fragte Dutch, als sei Malone gar nicht da.

Alex spürte förmlich, wie Malone innerlich kochte, während er über ihr Gesicht strich und vorsichtig den Bluterguss unterm Auge betastete. Die beiden kamen ihr wie Löwen vor, die sich drohend umkreisten. Dabei hatte sie nicht das geringste Interesse daran, dass man um sie kämpfte. Sie hatte genug an der Backe und keine Lust auf Typen mit aufgeblasenen Egos.

»Natürlich ist alles in Ordnung. Ich bin schließlich wieder bei ihr«, verkündete Malone, ohne Dutch eines Blickes zu würdigen.

Alex unterdrückte ein Seufzen. Nach zwei Jahren Stillschweigen reichte ein einziger Anruf von ihr – bei dem sie ihn allerdings wegen der Sache mit Gus angeschrien hatte –, und Malone stand wieder auf der Matte, als hätten sie sich gestern zuletzt gesehen. Und wie war ihr zumute? Schwierige Frage. Als er hereingekommen war, hatte ihr Herz höher geschlagen. Dann erinnerte sie sich wieder an ihre Wut, als sie Malone damals rausgeschmissen hatte. Es war wohl besser, sich nicht wie ein pubertierender Teenager aufzuführen.

»Aua.« Alex schlug Malones Hand weg. Er hatte zu fest auf den Bluterguss gedrückt.

»'tschuldigung.«

»Es ist alles okay, Jonny. Malone ist ...«, sie zögerte, »ein alter Freund von mir. Er wird sich um mich kümmern. Du solltest jetzt schlafen gehen, damit du morgen überhaupt unterrichten kannst. Und ruf mich an wegen dem, was wir besprochen haben.«

»Ganz sicher, dass alles okay ist?«

Alex nickte erschöpft. »Ja, absolut.«

»Sie hören es doch«, knurrte Malone.

»Ach, halt die Klappe, Malone.«

»Ja, Malone, halten Sie die Klappe.« Dutch trat zu ihr und küsste sie demonstrativ auf die Lippen.

Alex wusste nicht, was sie davon halten sollte. »Bis dann, Jonny.«

Sie hörte, wie er die Haustür hinter sich zuzog.

Alex hatte Malone bei einer Reportage über seine Arbeit als verdeckter Ermittler kennengelernt und sich in ihn verliebt. Er hatte bei ihnen gelebt und auch zu Gus ein sehr gutes Verhältnis gehabt. Verdeckte Ermittler waren dem Wesen nach gute Schauspieler, verschlossen und tendenziell soziopathisch, aber Alex hatte geglaubt, Malone sei anders. Doch das war ein Irrtum gewesen. Als sie damals herausfand, dass Malone verheiratet war, setzte sie ihn vor die Tür. Und dass er Gillian geheiratet hatte, um eine Ermittlung voranzutreiben, hatte die Stimmung nicht verbessert – ganz im Gegenteil. Alex wollte nicht mit jemandem zusammen sein, der so mit Frauen umging.

Trotzdem hatte sie Malone wahnsinnig vermisst.

»Okay, da der Handtuchtyp das Feld geräumt hat, kannst du mir jetzt erzählen, was hier los ist.«

»Wie hast du mich gefunden?«

Er grinste. »Kinderspiel. Ging alles aus deinem Anruf hervor. Tochter einer Europaparlamentarierin gestorben? Das hatte ich im Nu raus. Plus ein kleiner Gefallen von einem technikversierten Freund, der anhand der Koordinaten deines Handys deinen Aufenthaltsort ermitteln konnte.«

»Und nun bist du hier, um mir zu helfen? Oder um dich zu entschuldigen?«

»Wie?«

»Ach ja, ich hab vergessen, dass du nicht weißt, was das heißt.« Das Hämmern in ihrem Kopf wurde schlimmer. »Geh bitte, Malone. Ich brauche dich nicht.«

»Aber ich brauche dich.«

Alex riss verblüfft die Augen auf. »Was?«

»Schau«, er rieb sich den Kopf, und Alex weidete sich daran, dass er nervös zu sein schien, »ich würde gerne für ein paar Tage hier pennen.«

»Pennen?«

»Also, unterkommen. Und du bist die Einzige, die mich aufnehmen würde.«

Entnervt sah sie ihn an. »Aufnehmen? Denkst du eigentlich nie nach, Malone? Vielleicht mal darüber, was ich will und was gut für mich ist?«

»Doch, natürlich ...«

»Nein, Scheiße noch mal, tust du nicht. Ich hab dich rausgeworfen, hast du das vergessen? Zwei ganze Jahre ist das her.« Alex schluckte und versuchte, ihre Wut in den Griff zu bekommen. »Weiß der Geier, was du inzwischen getrieben hast. Wahrscheinlich dreimal geheiratet. Wie um alles in der Welt kommst du auf die Idee, dass ich dich hier haben will? Geh doch in ein Hotel!«

Er zog eine Augenbraue hoch, was Alex erst recht zur

Raserei brachte. »Ich kann dir helfen ... mit dieser Elena-Devonshire-Sache.«

»Elena ist keine Sache.«

»Nun verdrehst du mir absichtlich die Worte im Mund. Ich weiß, dass du dich schuldig fühlst, weil du den Kontakt zu Catriona Devonshire abgebrochen hast. Das hast du mir damals erzählt.«

Alex schloss die Augen. Gab es irgendetwas, das sie ihm nicht erzählt hatte?

»Komm schon, Al, ich kann dir nützlich sein. Setz mich ins Bild, mit allen Details.«

Vielleicht stimmte das tatsächlich. Er hatte immerhin allerhand wiedergutzumachen. Alex atmete ein paarmal tief durch und berichtete ihm von Cat und Elena. Erklärte, dass sie selbst trotz Zweifel nach Hallow's Edge gekommen war, um die Hintergründe von Elenas Tod zu beleuchten. Und als alle möglichen Leute wegen ihrer Fragen misstrauisch reagierten, kam sie zu dem Schluss, dass irgendetwas an den Umständen von Elenas Sturz von der Klippe verdächtig war. Sie erzählte von ihrer Vermutung, dass zwischen den Jugendlichen aus dem Internat und denen aus dem Ort mit Drogen gehandelt wurde und dass Jonny Dutch für sie im Internat herumspionierte. Malone schnaubte verächtlich. Als Alex ihm den Überfall an der Klippe schilderte, biss er so wütend die Zähne zusammen, dass die Muskeln an seinem Kinn zuckten.

Er küsste sie auf den Kopf, was Erinnerungen an glücklichere Zeiten hervorrief. »Das heilt alles wieder, Süße. Nichts gebrochen.«

»Ich weiß. Und Jonny hat die Schürfwunden und Kratzer desinfiziert«, berichtete sie genüsslich.

»Jonny Dutch«, sagte Malone abschätzig. »Dein Spion. Der ist Lehrer am Internat, oder wie?«

Alex lehnte sich zurück. Die Erschöpfung drohte allmählich, sie zu überwältigen. »Ja. Früher war er bei der Armee und ist auf Berge geklettert. Aber dann ist er abgestürzt.« Sie verstummte und schloss die Augen. Ihr Kopf tat noch immer höllisch weh.

»Alex.« Sie schlug die Augen wieder auf. »Du könntest eine Gehirnerschütterung haben«, sagte Malone stirnrunzelnd. »Welcher Tag ist heute?«

»Dienstag.«

»Wie heißt du?«

»Alex Devlin.« Die Augen fielen ihr wieder zu. Sie wollte nur noch schlafen.

»Wer ist gegenwärtig Premierminister?« Sie öffnete ein Auge und lachte. Malone sah tatsächlich sehr besorgt aus.

Er schüttelte den Kopf. »Komm schon, bleib ernst.«

Irgendwo in der Ferne hörte sie ein Telefon klingeln. Dann wurde sie hochgehoben und nach oben getragen. An mehr konnte sie sich nicht erinnern.

Als Alex am nächsten Morgen erwachte, dröhnte und hämmerte ihr Kopf noch immer. Sie bewegte sich vorsichtig und massierte sich die Schläfen. Sie musste aufstehen. Musste ...

Malone. Gestern Abend. Verflucht. Warum tauchte er ausgerechnet jetzt auf? Und wie er hier hereinmarschiert war. Als würde ihm das Haus gehören. Frechheit. Hatte er sie womöglich ins Bett gebracht? Alex blickte an sich herunter. Sie trug einen Pyjama. Das heißt, Malone musste sie ausgezogen haben. Sie stöhnte.

Nach einer Weile gelang es ihr aufzustehen. Sie duschte und zog sich langsam an. Alles schien noch mehr zu schmerzen als am Vorabend. Sie versuchte – ziemlich erfolglos – die blauen Flecken im Gesicht mit Make-up zu verdecken und ging dann nach unten. Malone schlief auf dem Sofa. Vollständig bekleidet. Dem Himmel sei Dank.

Malone schlug die Augen auf. »Kaffee und Toast wären toll.«

»Nicht wahr.«

»Danke, Süße.«

»Dann glaubst du jetzt wohl nicht mehr, ich könnte eine Gehirnerschütterung haben und gleich umkippen?«, erwiderte sie.

»Du hältst dich doch ganz gut auf den Beinen.«

Alex schüttelte den Kopf und tappte aus ihr selbst unerklärlichen Gründen in die Küche, um Kaffee und Toast zu machen. Danach trug sie das Frühstück auf die Terrasse. Es war wieder ein strahlender Tag mit leuchtend blauem Himmel und klarer Luft. Und irgendwo hier gab es zwei Jugendliche, die es für witzig hielten, ihr übel zuzusetzen und Angst zu machen.

Alex begann zu weinen.

»So sehr freust du dich, mich zu sehen?« Malone ließ sich ihr gegenüber nieder und bestrich einen Toast mit Butter und Marmite.

Selbstgefällig wie immer.

Alex wischte sich mit dem Handrücken die Tränen vom Gesicht. »Bin nur ziemlich mitgenommen.«

Er wies mit dem Messer auf sie. »Deinem Zustand nach zu schließen haben die es ernst gemeint.«

Alex lächelte matt. »Sie wollten mir auf jeden Fall Angst einjagen. Aber ich werde nicht den Eindruck erwecken, als sei es ihnen gelungen.«

»Hast du eine Ahnung, wer die waren?« Malone bestrich noch immer seinen Toast, als sei das viel wichtiger als die Antwort auf seine Frage.

Alex war vertraut mit seinen Tricks und Kniffen. »Ich habe einen Verdacht, aber den werde ich dir nicht mitteilen.«

Er hielt inne. »Warum nicht? Du weißt doch, dass ich dir behilflich sein kann.«

»Weil ich nicht möchte, dass du dich einmischst. Ich werde allein damit fertig.« Sie fürchtete, dass er den Jungen womöglich eine Lektion verpassen würde. Dann käme sie niemals dahinter, was sich in Hallow's Edge abspielte und ob all das in Zusammenhang mit Elenas Tod stand.

»Wohl diese Dealer-Typen, von denen du mir gestern Abend erzählt hast?«

Alex seufzte resigniert. »Wäre möglich. Aber halt dich bitte da raus, Malone.«

»Wieso sollte ich? Wie viele anonyme Anrufe hast du bekommen?«

»Ein paar. Woher weißt du ...« Dann fiel ihr wieder ein, dass das Telefon geklingelt hatte, als Malone sie die Treppe hinaufgetragen hatte. »Gestern Abend war auch wieder so ein Anruf, oder?«

»Ja. Musste rangehen, weil es nicht zu klingeln aufhörte. Atmen. Albernes Kichern. Ich hab denen gesagt, sie sollen die Scheiße lassen. Hab ihnen einen ordentlichen Schrecken eingejagt, glaub ich.«

Alex musste unwillkürlich lachen, und einen kurzen Moment lang war sie froh, dass Malone bei ihr war.

»Hör zu ...« Malone zögerte und legte sein Messer hin. »Ich weiß, was du hier versuchst.«

Alex beäugte ihn argwöhnisch. »Und was bitte?«

»Du willst Catriona Devonshire helfen wegen dem, was mit Sasha passiert ist.«

»Und?«, entgegnete Alex trotzig. »Außerdem nicht nur wegen Sasha, sondern auch wegen Gus.«

»Wieso Gus?«

»Weil er ungefähr im gleichen Alter ist wie Elena damals, Malone. Stell dir mal vor, Gus würde etwas zustoßen. Ich würde auch alle Hintergründe erfahren und genau wissen wollen, was passiert ist. Ich gäbe keine Ruhe, bis ich alles wüsste. Cat geht es genauso, und ich will ihr helfen. Ich muss das tun, Malone.«

Sie merkte, dass Malones Hand auf der ihren lag, und zog sie weg. »Wo ist Gus, Malone?«

Es schmerzte, dass sie ihn das fragen musste.

»Keine Sorge, er ist in Europa. Es geht nicht nur um seinen Vater bei dieser Reise. Er wollte auch flügge werden und ein bisschen was von der Welt sehen.«

»Danke. Das ist beruhigend. Nun muss ich mir keine Sorgen machen, dass er in irgendeinem weit entfernten Land ist, wo er nicht telefonieren kann. Und ich weiß, dass er was von der Welt sehen wollte.« Alex war plötzlich wütend. »Natürlich weiß ich das. Er ist schließlich *mein* Sohn.« Sie hätte Malone am liebsten gesagt, dass er seit dem Rauswurf kein Recht mehr auf den Umgang mit Gus hatte. »Wo hast du ihn hingeschickt?«

»Ich habe ihn nirgendwohin geschickt.«

»Hör auf mit der Wortklauberei, Malone. Du weißt verdammt genau, was ich meine. Wird Gus seinen Vater finden?«

»Steve Dann.«

»Steve Dann. Ich kannte seinen Nachnamen nicht.« Alex versuchte zu erspüren, was sie empfand. Nichts. »Du hast rausgefunden, wo er lebt?«

Malone nickte. »Das war nicht schwer. Er hat Ibiza verlassen, kurz nachdem ihr …«

»Nachdem wir uns begegnet sind?«

Malone grinste. »Belassen wir's dabei. Er hat mich allerdings ganz schön auf Trab gehalten, weil er in Clubs und Bars von den griechischen Inseln bis Brasilien aufgetreten ist.«

»Und jetzt?«

»Jetzt glauben wir, dass Steve Dann wieder in Ibiza ist.«

»Wie viel wusste Gus, bevor er aufgebrochen ist?«

Malone zuckte die Achseln. »Nicht viel. Wir wussten, dass er wieder in Europa ist, haben aber erst gestern von Ibiza erfahren.«

Alex war erneut den Tränen nahe; diese Mischung aus Traurigkeit und körperlichen Schmerzen war einfach zu viel. »Und Steve, ist er …?« Sie wollte fragen, ob er verheiratet war und Familie hatte; doch dann wollte sie das plötzlich nicht von Malone, sondern von Gus selbst hören. Wo war er? Sie hatte furchtbare Sehnsucht nach ihrem Sohn.

Rasch nahm sie ihr Handy und öffnete Gus' Facebook-Seite.

Er hatte vier Fotos von sich in einer Bar gepostet, auf denen er breit grinste und froh und entspannt aussah. Auf einem Foto stand er dicht neben einem Mann mit Goatee und schütteren Haaren und wirkte besonders glücklich. Beide trugen schwarze Grunge-T-Shirts, und der Mann hatte den Arm um Gus' Schultern gelegt. Auf einem anderen Foto war er mit einem hübschen Mädchen mit dunklen Locken und funkelnden Augen zu sehen. Beide sahen fröhlich aus. Einen Moment lang verharrte Alex' Finger über dem Display, und sie überlegte, ob sie eines der Bilder liken sollte. Doch dann beschloss sie, sich nicht einzumischen.

»Siehst du?«, sagte Malone hinter ihr. »Er sieht doch glücklich aus, oder?«

»Ach, hör auf, mir über die Schulter zu gucken«, erwiderte Alex gereizt. »Ich will mir das in Ruhe anschauen.«

Er setzte sich wieder und strich Butter auf einen Toast. Das Geräusch nervte Alex. Überhaupt nervte sie gerade alles an Malone. Als sie wieder Gus' Gesicht betrachtete, musste sie sich selbst eingestehen, dass sie ihren Sohn seit Ewigkeiten nicht mehr so fröhlich erlebt hatte. Dann schaute sie zum gefühlten hundertsten Mal nach, ob Kiki Godwin ihre Freundschaftsanfrage angenommen hatte.

Tatsächlich.

Und im selben Moment hörte sie den Ton. Kiki Godwin hatte eine Nachricht geschickt. Alex' Herz schlug schneller. Vielleicht machte sie nun endlich Fortschritte.

Ich kann Ihnen mehr über Elena erzählen. Kommen Sie in Karen's Kafe am Kai in Mundesley. Heute um 13.00. Danke.

Das war alles. Aber immerhin eine Nachricht von der mysteriösen Kiki Godwin. Alex schaute auf ihre Uhr. Ihr blieb noch genug Zeit. Mundesley war ein Küstenort ganz in der Nähe.

»Malone, ich muss aufbrechen.«

Er hörte auf zu kauen. »Aber ich bin doch grade erst angekommen.«

»Nein, gestern Abend. Und zwar ungebeten.«

»Willst du wissen, weshalb ich hier bin?«

Ja, wollte sie. »Abgesehen davon, dass du irgendwo pennen musst? Eigentlich nicht. Heb dir das für später auf. Schließ die Tür hinter dir ab, wenn du weggehst, und leg den Schlüssel unter das Steinschwein.«

Es fühlte sich gut an, das Sagen zu haben.

19

Mundesley kam Alex vor wie eine etwas kessere Schwester von Sole Bay. Der Spielsalon, daneben der Imbiss und etliche prunkvolle Hotels, die in der Hochzeit des Dorfes als Badeort entstanden waren, versetzten sie vierzig Jahre zurück. Sie mochte das Gefühl; es hatte etwas Behagliches. Ferner gab es einen typischen Touristenladen, in dem man Sandspielzeug und Sonnenschutz kaufen konnte, und Cafés. Auch ein Haus mit vernagelten Fenstern, was darauf hinwies, dass nicht jeder die Rezession überstanden hatte. Die Luft roch salzig, ein wenig nach Essig und Sonnenöl. Touristen saßen vor den Cafés oder spazierten den Küstenweg entlang.

Alex blieb einen Moment stehen und ließ die Atmosphäre auf sich wirken. Sie liebte die Küstenorte in East Anglia. Sicher, es war furchtbar heiß zurzeit, aber an der Ostküste brachten die Winde aus dem Ural bestimmt bald Kühlung.

Seit sie in London lebte, litt Alex so sehr unter der schmutzigen Luft und den vielen Menschen, dass sie manchmal das Gefühl hatte, nicht mehr atmen zu können. Dann fuhr sie nach Brighton, was aber auch alles andere als idyllisch war, denn da tummelten sich an warmen Tagen riesige Menschenmengen auf dem Kieselstrand. Und Alex sehnte sich nach Einsamkeit und dem beruhigenden Rollen und Rauschen der Wellen. Das gab es zwar in Brighton, aber eben auch zu viele Menschen. Ihr Heimatort fehlte ihr. Dort hatte sie die Sonnenuntergänge sehr geliebt; in London schaute sie nicht einmal mehr zum Himmel auf. Womöglich würde sie eines Tages wieder nach Sole Bay zurückkehren. Nicht zuletzt vielleicht, um endgültig gegen ihre anhaltenden Schuldgefühle zu kämpfen.

Erschrocken sprang sie beiseite, als plötzlich hinter ihr ein Fahrrad klingelte. Träumen konnte man hier auch nicht. Sie machte sich auf die Suche nach dem Café. Von der Hauptachse zweigten kleine Seitenstraßen ab, die meist als Sackgasse an der Mauer der Strandpromenade endeten. Dahinter erstreckte sich der Strand kilometerweit, nur unterbrochen von Buhnen, die ins Meer hineinragten.

Schließlich entdeckte sie einen Wegweiser zu Karen's Kafe in einer schmalen Straße, die nicht zum Strand führte. In einem offen stehenden verwahrlosten Schuppen stapelten sich Plastik- und Holzkisten, Fischernetze und alte Blecheimer. An einer Garage steckte ein Schild, das darauf hinwies, dass man hier Schritt fahren musste. Männer beluden Lieferwagen mit alten Kühlschränken, Herden und Metallschrott. Ein halbnackter junger Mann mit tätowiertem Oberkörper und beachtlichen Muskeln schleppte schwere Motorteile.

Der Typ erinnerte Alex an Bobby, und obwohl ihr warm war, fröstelte sie unwillkürlich und schaute über die Schulter. War das Einbildung, oder hatte sie gerade jemanden hinter eine Hausecke huschen sehen? Sie schüttelte den Kopf. Garantiert ging ihre Fantasie mit ihr durch.

Das Café war jetzt in Sichtweite. Ein Junge stand davor. Wartete er auf Freunde? Oder auf seine Mutter? Als Alex näher kam, bemerkte sie, dass der Junge trotz der Hitze ein Sweatshirt und Jeans trug, die schon bessere Tage gesehen hatten. Er war sehr mager, und seine knochigen Handgelenke ragten aus den zu kurzen Ärmeln hervor. Die Haare waren fettig und hätten eines Haarschnitts bedurft.

»Alex Devlin?«

Der Junge, der etwa sechzehn sein mochte, blinzelte heftig.

»Und Sie sind ...«

Er wurde knallrot. »Kiki Godwin. Ich weiß, das ist albern, aber ich bin es tatsächlich. Niemand soll merken, dass der Post auf der Facebook-Seite von mir stammt. Ich dachte mir, ein Mädchenname ist doppelt sicher ...«

»Wollen wir in das Café gehen? Einen Kaffee trinken oder was Kaltes?«, fragte Alex, um den Redefluss zu stoppen.

»Nein«, antwortete der Junge. Er wirkte auf sie wie ein verängstigter Hase, der jeden Moment davonrennen konnte. »Ich habe gedacht, hier sei niemand.«

»Na ja, es ist auch kaum jemand hier. Nur ein paar Männer mit Lieferwagen und ein paar Fischer.«

»Können wir spazieren gehen? Uns vielleicht auf eine Bank setzen?« Der Junge versuchte erfolglos, seine Ärmel herunterzuziehen, als sei ihm kalt, und sah Alex nicht an.

Nach einer Weile entdeckten sie eine Grünanlage mit einem gepflegten Rasenstück und adretten Blumenrabatten, die Alex an Plastikblümchen aus ihrer Kindheit erinnerten. Es gab jede Menge Bänke dort, einige unter Holzpergolas. Auf einer der Bänke saß ein Paar und verspeiste Fish and Chips; vermutlich hatten die beiden dort Schutz vor den Möwen gesucht. Am Ende der Anlage ragte ein eckiger Turm auf, in dem die Küstenwache untergebracht war, wie Alex auf einem Infobrett gelesen hatte.

Der Junge setzte sich auf eine Bank mit Blick auf die Strandpromenade und das Meer. Alex grinste, als sie die Inschrift las: *Diese Bank ist Albert Kings gewidmet, der Mundesley und alle seine Einwohner hasste.* Die Wellen schwappten träge ans Ufer. Alex setzte sich zu dem Jungen und bemühte sich, nicht zusammenzuzucken, als ihre schmerzenden Muskeln protestierten.

»Was ist passiert?« Der Junge deutete auf Alex' Gesicht. Er trommelte nervös auf seinem Knie herum. Seine Fingernägel waren abgekaut und die Haut um den Daumen rot und entzündet.

Alex berührte den Bluterguss unter dem Auge. Er tat weh und veränderte allmählich die Farbe von dunkelrot zu grün und gelb. Die Farben hatten sie an den Sonnenuntergang in Suffolk erinnert, als sie sich morgens im Spiegel betrachtet hatte.

»Unsanfte Begegnung mit dem Fuß eines Jugendlichen.«

Der Junge sah entsetzt aus. »War das Felix?«, flüsterte er. »Oder Theo?«

»Wie kommen Sie darauf, dass es einer von den beiden gewesen sein könnte?«, fragte Alex gelassen.

»Weil die so was machen würden.«

Plötzlich fiel Alex ein, woher ihr der Junge vage bekannt vorkam. »Ich hab Sie aus dem Büro der Schulleitung kommen sehen, nicht wahr? Max, oder?«

Der Junge nickte. »Ich ...«

Alex legte ihm die Hand auf den Arm, der sich erschreckend mager anfühlte. »Keine Sorge, Max. Ich möchte wirklich helfen.«

Max schniefte und rieb sich mit dem Handrücken über die Nase.

»Waren Sie ein Freund von Elena?«, fragte Alex behutsam.

Max saß auf der äußersten Kante der Bank, als wolle er jede Sekunde davonrennen. Alex spürte, dass sie äußerst vorsichtig vorgehen musste.

»Ja. Sie war nett zu mir. Nicht wie Felix und Theo und die anderen. Oder diese blöde Tussenclique.«

»Tussenclique?«

»Naomi, Natasha, Jenni und Helen. Diese Truppe. Die haben mich alle behandelt wie ein Haustier.« Er nagte an seinem Daumen. »Und mehr war ich auch nicht für die. So was wie ein Haustier, das Befehle befolgen muss. Und ich hab es auch gemacht, weil ich dazugehören wollte. So wie Elenas Freundin Tara, und an diesem furchtbaren Tag ...« Er verstummte.

»Was war denn an diesem furchtbaren Tag, Max?«, fragte Alex ruhig und freundlich.

»Ich will nicht darüber sprechen«, murmelte er.

»Hat es etwas mit Drogen zu tun?«

Max starrte sie an.

»Ich weiß, dass es da Probleme gibt, Max. Das ist überall so. Außerdem habe ich Felix und Theo kennengelernt. Und jemanden namens Bobby.«

»Die sind so scheiße«, sagte er leise. »Echter Abschaum.«

»Warum erzählen Sie niemandem davon, Max?«

»Elena hat es gemacht. Hätte es aber nicht tun sollen. Weil die ihr vorher schon gedroht haben.«

»Elena hat also versucht, etwas gegen die Drogen in der Schule zu unternehmen?«

»Das hab ich doch gesagt, oder?«

»Haben die Leute, die in den Drogenhandel verwickelt sind, etwas mit Elenas Tod zu tun? Haben sie Elena umgebracht, Max?«

Er blinzelte heftig. »Sie ist nicht umgebracht worden.«

Alex blickte zum Strand hinunter. Eine Familie mit drei erwachsenen Kindern spazierte vorbei, schwatzend und lachend, mit einer Tüte vom Imbiss. Ein Gleitschirmflieger segelte durch die Luft, umkreist von Möwen. Ein älterer Mann mit Shorts, Socken und Sandalen schlenderte den Strand entlang, einen betagten Collie an der Leine. Alex ertappte sich bei dem Wunsch, in ihrem Arbeitszimmer in London am Schreibtisch zu sitzen, mit nichts anderem beschäftigt als einer eiligen Reportage, während Gus irgendwo mit seinen Freunden Fußball spielte. Doch stattdessen hockte sie hier in einer übertrieben ordentlichen Grünanlage mit Blick auf Strand und Meer, in Gesellschaft eines verstörten Jugendlichen. Während ihr Sohn irgendwo durch Europa streifte. Gedankenverloren rieb sie sich die Stirn.

»Ich habe sie geliebt«, sagte Max jetzt leise, »aber sie wollte nichts davon wissen. Also, sie war nett zu mir, aber ich bin ein Jahr jünger und nicht grade eine Schönheit, oder?« Er warf Alex ein trauriges Lächeln zu, und der Junge tat ihr von Herzen leid.

»Erzählen Sie mir von Tara«, sagte sie.

»Kann ich nicht.«

»Bitte, Max.«

Er seufzte tief. »Es war nach den Prüfungen. Alle waren am Feiern. Elena ging in die Schule zurück, aber die anderen machten weiter Party, mit Drinks, Kokain, Skunk und was weiß ich noch was. Tara war völlig zugedröhnt. Ich war dabei, weil man mich immer rumkommandieren konnte.«

Alex ahnte schon, was passiert war. »Tara ist vergewaltigt worden.«

»Nicht so richtig. Ich meine, sie war total weggetreten.«

»Es war Vergewaltigung, Max, das wissen Sie ganz genau.«

Er ließ den Kopf hängen. »Kann sein. Tara ist jedenfalls von der Schule abgegangen, noch vor Elenas Tod.«

»Warum?«

»Weiß ich nicht.«

Alex hatte eine Vermutung.

»Sie sagen, Elena ist nicht ermordet worden. Sie haben

aber etwas auf der Facebook-Gedenkseite gepostet. Deshalb sitzen wir jetzt hier. Weil Sie geschrieben haben, Elena hätte sich nicht umgebracht.«

»Ich ...«

»Warum haben Sie das gepostet, wenn Sie das in Wahrheit gar nicht glauben?«

»Weiß nicht. Weiß nicht.« Er biss sich auf die Lippe, und Alex bemerkte Blutströpfchen in seinen Mundwinkeln. »Vielleicht einfach, weil ich was sagen wollte. Um dazuzugehören. Aber Elena hat sich umgebracht. Sie ist von der Klippe gesprungen.«

»Woher wissen Sie das?«

»Was?«

»Woher Sie wissen, dass Elena von der Klippe gesprungen ist?«

»Weil ... ich ... es gesehen habe.«

»Sie haben es gesehen?«

»Ja. Ich war dort.«

»Warum?«

»Warum was?«

»Warum waren Sie dort?«

»Ich bin Elena gefolgt, um mit ihr zu reden, und dann hab ich gesehen, wie sie von der Klippe sprang. Absichtlich.« Seine Antwort klang so mechanisch, als habe er sie eingeübt.

Für Alex gab es keinen Zweifel, dass Max log. Sie war überzeugt davon, dass Elena nicht freiwillig von der Klippe gesprungen war. Und ohne eindeutige Erklärungen zu Cat zurückzukehren kam nicht infrage. Diesmal würde sie ihre Freundin nicht hängen lassen.

»Das glaube ich Ihnen nicht«, sagte Alex.

Max sah sie nicht an. »Es ist aber wahr.« Unvermittelt sprang er auf. »Ich sage Ihnen doch: Elena war traurig und aß nicht und stand unter Druck, und sie ist von der Klippe gesprungen, und ich weiß nicht mehr, weshalb ich das auf die Facebook-Seite geschrieben habe, und es tut mir leid, okay?« Und damit rannte er so schnell davon, als sei ihm ein Höllenhund auf den Fersen.

Etwas hatte Max zu diesem Post und zu dem Treffen mit ihr veranlasst. Vermutlich hatte ihm jemand gedroht.

»Na, wenn das nicht mal unsere Lieblingsschnüfflerin ist.«

Alex blickte auf und sah Felix, Theo und einen dritten Jungen auf sie zukommen. Theo warf ihr ein widerwärtiges Haifischlächeln zu. Keine Spur mehr von den einnehmenden, wenn auch oberflächlichen jungen Männern. Jetzt wirkten die Typen wie miese Halunken. Alex stand auf und trat ihnen entgegen.

»Sieht ganz so aus«, sagte Felix, die Hände in den Gesäßtaschen seiner Jeans. »Unser Lieblingsmiststück.« Er beugte sich vor, und sie roch ein würziges teures Aftershave. »Hübsches Veilchen haben Sie da.«

»Woher hat sie das?«, fragte der dritte Junge. Wie die beiden anderen hatte er lässig halblange Haare und trug eine verwaschene Jeans und ein hautenges T-Shirt. Er legte den Kopf schief. »Sieht ja aus, als seien Sie gegen die Wand gelaufen.« Er grinste und entblößte seine ebenmäßigen weißen Zähne, die Alex ihm nur allzu gerne eingeschlagen hätte.

»So war's wohl auch, Ollie«, sagte Felix und zwinkerte Alex zu.

Sie verengte die Augen. »Du mieses kleines Arschloch.« Als sie die Hände zu Fäusten ballte, nahm sie die Laute der Umgebung wahr: lachende Kinder, eine fröhlich palavernde Familie, einen bellenden Hund, ein brummendes Auto. Sie waren so überheblich, diese arroganten Schnösel, die sich einbildeten, die ganze Welt müsse nach ihrer Pfeife tanzen. Alex hatte das Gefühl, sie würde gleich platzen vor Wut. Es reichte. Mit einer einzigen schnellen Bewegung packte sie Theo am Kragen seines T-Shirts.

»Hör gut zu, du fieser Drecksack«, knurrte sie. »Ich weiß noch nicht, ob du etwas mit dem Tod von Elena zu tun hast, aber eins kann ich dir sagen: Wenn es so ist, werde ich es rauskriegen. Und du wirst verdammt noch mal bezahlen für den Überfall gestern Abend.«

»Überfall?«, versetzte Felix lachend. »Wie kommen Sie denn auf diese Idee?«

Alex stieß Theo so heftig von sich, dass er rückwärtstaumelte und auf die Bank gegenüber plumpste. Sie wandte sich zu Felix. »Ein erbärmlicher Feigling bist du.« Sie schlug auf seine Brust und schubste ihn. »Ein dummer kleiner Junge«, sie schubste ihn wieder, »ein Feigling und Muttersöhnchen.« Sie stieß ihn noch mal an, und Felix stolperte über einen Stein und fiel auf den Rücken. Als er rückwärtskriechen wollte, trat sie nach ihm. Theo und Ollie glotzten nur verblüfft.

»Scheiße, was soll das?«, schrie Felix.

Die Familie starrte erschrocken zu ihnen herauf. Alex grinste und fuhr fort: »Ein Muttersöhnchen, das keine Eier hat. Typen wie du hängen Mama immer am Rockzipfel. Feiglinge und fiese Schläger. Das weißt du selbst, und bald werden es alle anderen auch wissen.« Damit marschierte sie davon.

Zum zweiten Mal an diesem Tag fühlte sie sich gut.

Aber jetzt musste sie Max suchen. Sie konnte ihn nicht in diesem Zustand allein lassen, vor allem nicht, solange diese drei Ekelpakete noch in Mundesley unterwegs waren.

Alex eilte ins Zentrum zurück, wo dichtes Gedränge

herrschte. Jede Menge Touristen, Fahrräder, Autos. Sie spähte in Läden und Cafés, entdeckte Max aber nirgendwo. Dann sah sie einen großen hageren grauhaarigen Mann mit einer Plastiktüte aus einem Lebensmittelladen treten. Der Mann ging so hastig, als habe er etwas zu verbergen, und sie schaute noch einmal genauer hin. Sven Farrar. Das konnte kein Zufall sein. Sie wollte gerade seinen Namen rufen, als Farrar in einen Range Rover stieg, der im absoluten Halteverbot stand. Auf dem Beifahrersitz saß ein blasser dünner Junge. Max. Was hatte der in Farrars Auto zu suchen?

Alex wich zurück, als der Range Rover an ihr vorbeifuhr. Max und Farrar schauten starr geradeaus und bemerkten sie nicht.

Weshalb hielten sich Max, der Schulleiter von The Drift und drei der Internatsschüler zur gleichen Zeit in Mundesley auf?

20

Es war später Nachmittag, als Alex ankam. Als sie ums Ferienhaus herumging, merkte sie, dass die Tür sperrangelweit offen stand, obwohl Malone die klare Anweisung hatte abzuschließen. War jemand ins Haus eingedrungen? Alex spürte, wie sich Kopfschmerzen ankündigten; ihre Wange tat auch noch immer weh, und ein Knöchel war angeschwollen.

Einbrecher also? Durchwühlte womöglich gerade jemand – Bobby vielleicht? – ihre Sachen und verwüstete das Haus? Aus der Küche waren Stimmen und Pfeifen zu hören. Alex schlich zum offenen Küchenfenster und duckte sich, in einer Hand ihr Handy, in der anderen einen großen Stein. Wenn Felix oder Theo hier waren, würde sie die Polizei rufen. Und den Typen auch noch den Stein an den Kopf feuern.

Aber eigentlich konnten die nicht vor ihr angekommen sein.

Vorsichtig spähte Alex in die Küche. Die Stimmen wurden lauter. Jemand stand mit dem Rücken zu ihr. Der Mann trug eine Schürze und schnitt schwungvoll Tomaten und Gurken, die er in eine Salatschüssel warf. Während im Radio eine Fußballreportage lief.

Fassungslos sagte Alex: »Malone.« Leibhaftig, und damit beschäftigt, einen Salat zuzubereiten, während auf dem Herd eine Soße köchelte.

Er fuhr herum und griff sich dramatisch ans Herz. Mit der

geblümten Küchenschürze bot er einen ziemlich albernen Anblick. »Großer Gott. Du kannst dich doch nicht anschleichen und mich so erschrecken! Ich hätte auf dich schießen oder ein Messer nach dir werfen können.«

»Dafür bist du ja als Kaltmamsell in meiner Küche viel zu beschäftigt«, versetzte Alex wutentbrannt.

»Nee, es gibt was Warmes, Spaghetti puttanesca, und außerdem ist das streng genommen nicht deine Küche.«

»Malone, hör auf mit der Haarspalterei. Ich will wissen, was du hier machst.«

»Ich mache dir Abendessen, was denn sonst? Dachte mir, ich fang zeitig an.«

»Und ich dachte, ich esse zu Mittag, mache ein paar Recherchen und versuche dann endlich mal, meinen Sohn zu erreichen. Du kannst also Leine ziehen.« Alex schäumte innerlich vor Wut.

»Komm doch erst mal rein, anstatt mich durchs Fenster anzuschreien. Oder noch besser: Setz dich mit dem Laptop auf die Terrasse, und ich bring dir einen Käsetoast.«

»Malone«, ächzte Alex entnervt. Wieso war er überhaupt hier? Und dass er, mit einer lächerlichen Blümchenschürze bekleidet, in der Küche herumhantierte und Spaghetti kochte, war einfach der Gipfel. »Ich will keinen Käsetoast«, fauchte sie. Andererseits klang das durchaus verlockend. »Und auch kein Abendessen.«

»Oder kommt dein neuer Freund zu Besuch? Für den reicht das Essen allerdings nicht.«

»Neuer Freund? Was für ein neuer Freund?« Die verdammten Kopfschmerzen vernebelten ihr Hirn.

Malones Lächeln erstarb, und er blickte finster. »Der Typ mit dem Handtuch.«

»Mit dem Handtuch? Ach so ... Jonny, meinst du?«

Malone hatte ja nun wahrhaftig kein Recht, eifersüchtig zu sein. »Hör zu, ich setz mich jetzt auf die Terrasse und mach meine Sachen.« Sie stapfte davon wie ein trotziges Kind, obwohl ihr Knöchel noch immer wehtat.

Auf der Terrasse war es wunderbar friedlich. Goldenes Sonnenlicht glitzerte auf dem Wasser, die Wellen rauschten beruhigend, und Alex' Ärger verflog nach und nach. Die warme Luft duftete nach Geißblatt und Rosmarin. Wann die Hitzewelle wohl enden würde? Alex dachte wieder an das Gespann Max und Farrar im Auto. Es gab nur eine Erklärung: Farrar hatte es darauf angelegt, dass Max Alex traf. Aber warum?

Sie runzelte die Stirn, als sie sich an ihre erste Begegnung mit Max vor dem Büro der Farrars erinnerte. Max Delauncey, hatte Felix dem Jungen nachgerufen. Delauncey. Der Name kam ihr bekannt vor. Vor einigen Jahren war über jemanden namens Delauncey in der Zeitung berichtet worden. Alex schaltete ihr Laptop an, loggte sich ein und gab den Namen bei Google ein.

Der erste Eintrag war die Website einer Baufirma, gefolgt von diversen Profilen von Delaunceys bei LinkedIn und der Homepage einer Tänzerin. Doch ganz unten entdeckte Alex, wonach sie gesucht hatte: einen Artikel aus der *East Anglian Daily Times*.

Tragödie bei Familie Delauncey

Der Bruder und der Neffe des Bau-Tycoons Edward Delauncey sind bei einem Rennbootunfall vor der Küste von Suffolk ums Leben gekommen.
Henry Delauncey und sein achtzehnjähriger

Sohn Timothy starben, als ihr Boot in der Nähe von Lowestoft kenterte. Der zwölfjährige Sohn Max überlebte den Unfall.

Die Familie wurde bereits zum zweiten Mal vom Schicksal heimgesucht: Drei Jahre zuvor kam Henry Delaunceys Frau Amelia bei einem Autounfall in Spanien ums Leben.

Alex war erschüttert. Der arme Max. Er hatte bestimmt kein Vertrauen mehr in die Welt, nachdem er seine gesamte Familie verloren hatte. Sie las weitere Berichte über den Unfall. Der kinderlose Edward Delauncey war zu Max' offiziellem Vormund bestellt worden, und Max sollte auf das Internat in Norfolk geschickt werden, das auch schon sein Vater besucht hatte.

Alex starrte lange auf den Artikel. Dann gab sie die Suchworte »The Drift« und »Polizei« ein und entdeckte eine Meldung vom März bei BBC Online.

Ein Jugendlicher hat einen Lehrer von The Drift, einem Internat für Mädchen und Jungen in Hallow's Edge in North Norfolk, mit dem Messer angegriffen. Das Opfer erlitt eine Armverletzung.

Nach einer weiteren Suche entdeckte Alex eine Meldung von Ende März:

Die Anklage gegen den sechzehnjährigen Jungen, der einen Lehrer an einer Schule in North Norfolk mit dem Messer angegriffen hatte, wurde fallen gelassen.

Nun musste sie nur noch herausfinden, ob besagter Junge Max Delauncey gewesen war, und sie hatte auch schon eine Idee, wie. Falls sich Alex' Vermutung bestätigte und Sven Farrar den Lehrer überredet hatte, die Anklage fallen zu lassen, damit die ganze Sache in Vergessenheit geriet, konnte Farrar Max damit unter Druck setzen. Sie musste herauskriegen, ob Farrar Max gezwungen hatte, ihr einzureden, Elenas Tod sei Selbstmord gewesen. Wie weit würde der Schulleiter gehen, um den Ruf des Internats zu schützen?

Alex öffnete die Website von The Drift. »Schauen wir doch mal, ob es da was zu holen gibt«, murmelte sie.

Rubrik Aktuelles. Alex überflog Berichte über eine Exkursion zum Norwich Castle (das hatte bestimmt Spaß gemacht), neue Vertrauensschüler, eine Spendenaktion für Obdachlose (sehr ehrenwert), eine Skireise einiger Schüler und Schülerinnen nach Kanada. Dann stieß sie auf eine Spur: Im Zusammenhang mit der Eröffnung einer Theaterbühne gab es eine Danksagung.

Größten Dank an Oberrichter Mr Lodge für seine großzügige Spende, die dieses Projekt ermöglichte.

Das war doch gewiss der Vater des widerwärtigen Theo.

Alex sah sich die Vorgeschichte der Farrars an. Sie waren seit fünf Jahren an der Schule und hatten sie von einer öffentlichen Schule, die an Schülermangel gelitten hatte, zu einem Internat umgewandelt, auf das die Reichen und Berühmten ihre Kinder schickten. Weshalb auch viel Geld in die Kassen der Schule floss. »Und bestimmt wollen sie keine von ihren reichen VIPs verlieren«, murmelte Alex vor sich hin. Mehr Geld fürs Internat bedeutete auch ein höheres Gehalt für die Schulleitung. Und mehr Macht. Alex las weiter und hielt auf einmal inne. Ingrid Farrar, geborene Brewer, war seit fünfzehn Jahren mit Sven Farrar verheiratet.

Brewer.

Alex lehnte sich zurück. Das konnte kein Zufall sein. Zena Brewer, Elenas Wohnheimleiterin, war Ingrid Farrars Schwester. Die Lehrerin hatte behauptet, sie habe mehrmals versucht, Cat wegen Elena zu erreichen. Aber Cat hatte keine einzige Nachricht von Zena Brewer bekommen, die laut Louise Churchill in ihrem Job »überfordert« war. Ob Zena Brewer nun als Lehrerin etwas taugte oder nicht: Man würde sie nicht entlassen, und sie musste nach Ingrid Farrars Pfeife tanzen. Es zahlte sich immer aus, Jobs an Verwandte zu vergeben.

Alex simste Honey und bat sie, Sy nach der Telefonnummer von Jonny Dutch zu fragen.

Kurz darauf piepte ihr Handy, und Alex rief bei Jonny Dutch an. Anrufbeantworter. Elende Teile. Wieso konnte nicht mal jemand abnehmen? »Jonny, hier ist Alex Devlin. Vielen Dank noch mal für deine Hilfe gestern. Und tut mir leid wegen Malone. Könntest du mich wegen Zena Brewer anrufen, bitte? Ach so, und ich wollte ja auch wissen, an welcher Schule Paul Churchill zuletzt unterrichtet hat. Danke.« Alex schaute auf ihre Uhr und überlegte, ob Kylie schon im Pub war. Bei ihr wollte Alex später ihre Vermutung austesten.

»Dutch? Wieso entschuldigst du dich bei dem für mich?« Malone stellte einen Espresso vor sie hin, den er mit dieser unheimlichen Maschine gemacht hatte. Und dann servierte er ihr schwungvoll einen Käsetoast, garniert mit einem Stück Tomate.

»Ach, nun hör bloß auf, Malone. Ab in die Küche mit dir. Ich will jetzt versuchen, Gus zu erreichen.«

»Dieser Typ ist nicht gut für dich.«
»Du weißt doch gar nichts über ihn.«
»Doch. Hab recherchiert.«

Alex sah Malone an. Er besaß wirklich die Fähigkeit, sie auf die Palme zu bringen. »Das hättest du nicht tun sollen.«

»Hör zu, Alex ...«

Sie hielt die Hand hoch. »Nein, ich höre nicht zu. Ich esse jetzt den Toast – besten Dank dafür – und rufe dann Gus an. Seit er aufgebrochen ist, habe ich nicht mehr mit ihm geredet, und einziges Lebenszeichen sind diese Fotos. Ich will mich jetzt nicht mit dir oder Jonny befassen. Also lass mich in Ruhe.«

Malone starrte sie einen Moment an, wandte sich dann ab und ging in die Küche zurück.

Besser so.

Alex wählte zum dritten Mal Gus' Nummer an und futterte nebenbei den Käsetoast, der zugegebenermaßen lecker schmeckte.

Was Gus betraf, schwankte ihre Stimmung zwischen ärgerlich und beunruhigt. Er wusste doch, dass sie darauf wartete, von ihm zu hören. Als er ihr seine Pläne unterbreitet hatte, war sie schon froh gewesen, dass er nur durch Europa touren wollte. »Ich erwarte, dass du dich regelmäßig meldest. Gus«, hatte sie gesagt.

»Na klar, Ma, mach ich«, hatte er ihr versichert und sie umarmt. Inzwischen war er breitschultrig und so groß, dass er sich zu ihr herunterbeugen musste. Gus trainierte im Fitnessstudio und ging stundenlang laufen. Beim Joggen bekomme er seinen Kopf frei, hatte er ihr erzählt. Da musste er nur einen Fuß vor den anderen setzen und atmen, und er liebte es, Wind, Regen und Sonne auf der Haut zu spüren. Dann sei er nicht Gus Devlin, hatte er gesagt, Cousin von zwei vierjährigen Kindern, die von ihrer eigenen Mutter ermordet worden seien, sondern nur er selbst. Alex konnte das gut verstehen. Die Geschichte von Sasha, Harry und Millie war ihnen trotz des Umzugs nach London gefolgt. Ein weiteres Argument, dem sie sich nicht widersetzen konnte: Gus wollte dorthin, wo niemand ihn kannte. Er wollte herausfinden, wer er wirklich war.

»Aber was ist mit deiner Abschlussprüfung?«, fragte sie schockiert.

»Kann ich immer noch machen, wenn ich zurückkomme«, sagte er mit einem Achselzucken.

»Aber ...«

»Ich muss das machen, Mum«, fiel Gus ihr ins Wort. »Ich dreh hier sonst noch durch. Muss unbedingt mal raus. Und erzähl mir bitte jetzt nicht, ich sei zu jung dafür. Seelisch bin ich bestimmt älter als die meisten Männer.«

Jetzt immer noch das Freizeichen. Bitte, Gus, geh ran. Womöglich lag er irgendwo tot im Rinnstein. Auf einem Feld. In einer Gasse. Oder er war ...

»Hey, Mum.«

Da war er. Winkte ihr grinsend zu. Er sah müde, aber entspannt aus. Keine verkrampften Schultern, kein Stirnrunzeln. Er sah allerdings auch so aus, als könne er eine Dusche brauchen. Und war er dünner geworden? Hoffentlich aß er vernünftig und nicht nur ... Herrgott, Alex, du solltest dich mal selbst hören. Schluss damit, um Himmels willen. Gus war in einer überfüllten Bar. Hinter ihm Flaschen an der Wand, gedämpftes Licht. Lachen, Gespräche, das Klirren von Flaschen.

»Wo bist du denn, Schatz?«

»In Spanien.«

Wo sonst.

»Hab einen netten Typen kennengelernt, Dave.« Selbiger kam ins Bild und schnitt eine Grimasse. Zumindest war es nicht der Mann mit dem Goatee von den Facebook-Fotos. Männern mit Ziegenbart konnte man doch nicht vertrauen. Gus schob Dave weg. »Er sagt, sein Vetter kann uns für ein paar Wochen einen Job in einem Hotel beschaffen. Das wird super.« Das Grinsen wurde noch breiter. »Muss Geld verdienen. Im September will ich vielleicht auf die griechischen Inseln, da muss ich ein bisschen Kohle einfahren.« Er sah so glücklich aus.

Wirst du wohl eher nicht machen, Liebling, dachte Alex. Wenn du deinen Vater findest, bleibst du bestimmt auf Ibiza.

Plötzlich runzelte Gus die Stirn. »Was ist mit deinem Gesicht passiert, Mum?«

Alex berührte unwillkürlich den Bluterguss unter ihrem Auge. Verflucht, sie hatte nicht daran gedacht, ihn frisch zu überschminken. »Ach so, das? Bin buchstäblich gegen die Wand gelaufen. Total blöd, ich weiß. Aber keine Sorge. Ich freu mich jedenfalls, wenn es dir gut geht.«

»Ja, geht mir super.« Er wich ihrem Blick aus und zog mit zwei Fingern an seiner Augenbraue, was er immer tat, wenn er unsicher war.

»Gus ...« Alex wollte ihn fragen, ob er schon etwas über seinen Vater in Erfahrung gebracht, sich vielleicht schon mit ihm in Verbindung gesetzt hatte. »Als du losgefahren bist, hast du gesagt, du wolltest nach deinem Vater suchen.«

»Ja.«

Alex schluckte. »Ich hab mit Malone gesprochen. Er sagt, er hat dir geholfen und ...«

»Ach, echt?« Gus strahlte. »Du hast mit Malone geredet? Cool, Mum. Und du bist nicht sauer auf mich?«

Sie lächelte. »Nein, Schatz, bin ich nicht. Ich möchte, dass du glücklich bist, und wenn dich das glücklich macht, wieso sollte ich dann sauer auf dich sein?«

»Danke, Mum.«

»Diese Arbeit im Hotel ...«

»Ist auf Ibiza, Ma.« Er blickte zur Seite und sagte zu jemandem: »Ist nur meine Mum. Macht sich Sorgen um mich.«

Glücklicherweise verdrehte er nicht die Augen.

»Muss jetzt aufhören, Mum. Hier muss jetzt ernsthaft gebechert werden.« Er lachte und schüttelte den Kopf. »Ich weiß, was du denkst, und ja, ich esse vernünftig. Wir hören uns wieder. Und trink bitte selbst nicht zu viel. Nicht dass du noch mal gegen eine Wand läufst.« Er winkte.

»Wann ...?« Gus' Gesicht verschwand, und Alex blickte auf ihr eigenes Spiegelbild. Zu spät. Offenbar wurde nach ihm verlangt. Und es stand ihr nicht zu, ihn länger aufzuhalten.

Alex behielt ihr Handy in der Hand, als müsse sie Gus ganz und gar loslassen, wenn sie es weglegte. Aber sie hatte ihn doch schließlich schon losgelassen, nicht wahr? Ihren kleinen Jungen in dem rotbraunen Strampelanzug. Ihr ganzes Leben hatte sie versucht, ihn zu beschützen: vor Sasha, vor dem Tod der Zwillinge, vor der Presse. Das hatte Alex als ihre Aufgabe betrachtet. Vielleicht musste sie nun lernen, ihn endgültig loszulassen. Sie rieb sich die Schläfen.

»Und, hast du ihn erreicht?«, fragte Malone.

»Ja.«

»Wie geht's ihm?«

»Gut.« Alex hatte nicht die Absicht, es Malone leicht zu machen.

»Dachte mir, du hättest vielleicht Lust auf einen Schluck

Wein.« Malone stellte ihr ein Glas Rotwein hin. »Und wo steckt Gus?«

»In Spanien.«

Malone zog eine Augenbraue hoch.

»Fährt als Nächstes nach Ibiza. Ein Engländer Mitte vierzig namens Steve Dann sollte nicht allzu schwer zu finden sein.«

Malone ergriff ihre Hand. »Du hältst dich super.«

Alex schob seine Hand weg und trank einen großen Schluck Wein. »Behandle mich bitte nicht wie ein Kind. Ich halte mich überhaupt nicht super. Ich koche innerlich vor Wut. Ich bin wütend auf Gus, weil er seinen Vater finden will, wütend auf dich, weil du ihm dabei hilfst, und wütend auf mich, weil ich nicht möchte, dass er Steve findet. Und ich bin furchtbar traurig, weil ich offenbar nicht genug bin für meinen Sohn.«

»Alex ...«

»Warum musstest du das tun, Malone? Warum hast du dich da eingemischt?« Sie schlug mit der Faust auf den Tisch. Wein schwappte aus dem Glas und hinterließ einen roten Fleck auf dem Tischtuch. »Was hast du hier überhaupt zu suchen? Wo ist deine Frau? Oder hast du die grade wieder passend verdrängt?«

»Ich habe dir doch schon gesagt, dass wir inzwischen geschieden sind«, antwortete Malone ruhig.

»Ach, verfluchte Scheiße.« Alex sprang so abrupt auf, dass ihr Stuhl umkippte und klappernd auf den Kachelboden fiel. Sie beugte sich über den Tisch. »Gus ist noch ein Kind!«

»Er ist achtzehn.«

»Und immer noch mein Kind. Kinder sehen die Welt in Schwarz und Weiß, Zwischentöne können sie nicht erkennen.« Zwischentöne, die durch unbeherrschte Gefühle und chaotische Beziehungen entstanden. Chaotische, ungeklärte, unüberlegte Verbindungen. »Er wird es nicht verstehen.«

»Was wird er nicht verstehen?«

»Was ich getan habe.« Alex blinzelte heftig, um die Tränen zurückzuhalten.

»Alex. Du hattest einen One-Night-Stand und wurdest schwanger. Du hast dich entschlossen, das Kind zu behalten, und es großgezogen. Du hast das gut hingekriegt, und Gus ist ein toller Mensch geworden. Solche Geschichten gibt es öfter, als du vielleicht denkst, und du musst dich nicht länger geißeln. Gus wird das alles sehr wohl verstehen.«

Alex starrte ihn aufgebracht an. Sie konnte sich nicht entscheiden, was sie schlimmer fand: dass Gus sich heimlich an Malone gewandt hatte, dass Malone ihm von Steve und Ibiza erzählt hatte oder dass Gus so hartnäckig seinen Vater suchte. Oder dass Gus erwachsen wird und aus dem Haus geht, sagte eine andere Stimme in ihr. Und dich dann nicht mehr braucht.

»Mir reicht's.« Alex straffte die Schultern. »Ich brauche frische Luft.«

»Wir sind an der frischen Luft«, erwiderte Malone gelassen. »Und du hast noch Wein im Glas.«

»Ach, lass mich, Malone. Und übrigens mag ich keinen Rotwein. Ich hätte gedacht, zumindest daran könntest du dich erinnern.«

Alex stapfte davon. Sie wollte ihre Ruhe haben. Malone war wirklich unerträglich. Trieb sie zur Raserei. Tauchte einfach auf, obwohl sie ihn wirklich nicht gebrauchen konnte. Gus war ihr Sohn, und Malone hatte nichts mit ihm zu schaffen.

Mistkerl.

In Gedanken versunken war Alex unversehens den Weg

entlanggewandert, der sie zu der Klippe führte, von der Elena in die Tiefe gestürzt war. Alex blieb stehen, atmete in tiefen Zügen die klare Luft ein und fragte sich zum x-ten Mal, was um alles in der Welt sie eigentlich hier machte. Jagte sie einem Hirngespinst ihrer Freundin nach? Nein. Sie musste das jetzt durchziehen, wie es auch ausgehen mochte.

Alex wollte gerade umkehren, als sie einen alten Mann bemerkte, der einen Kinderwagen schob und auf den heruntergekommenen Wohnwagen zuschlurfte.

»Mr Gardiner«, rief sie. »Kann ich Sie einen Augenblick sprechen?«

Reg Gardiner schaute auf und beschleunigte seine Schritte. Alex eilte zu ihm.

»Mr Gardiner. Reg. Entschuldigen Sie bitte, aber ich würde gerne kurz mit Ihnen über das junge Mädchen sprechen, das Sie am Strand gefunden haben.«

Reg blieb stehen. »Ich hab sie nur gefunden, wissen Sie.«

Alex nickte. »Ich weiß. Aber vielleicht ist Ihnen ja noch etwas anderes aufgefallen. Als Sie das Mädchen gefunden haben, meine ich.«

Er blinzelte. »Sind Sie von der Polizei?«

»Nein.« Sie wollte ihm lieber nicht sagen, dass sie Journalistin war. Das würde ihn nur abschrecken.

»Ich will nämlich nix mehr mit der Polizei zu tun haben. Von der hab ich ein für alle Mal genug. Hab meine Zeit abgesessen, und mit diesem Mädchen hatte ich nix zu tun. Ich hab das arme Ding nur gefunden, das war alles. Ist alles. Lassen Sie mich in Ruhe. Ich hab nix getan.«

Beruhigend legte Alex ihm die Hand auf den Arm. »Das weiß ich, Reg. Im Gegenteil, es war sogar ein Segen, dass Sie das Mädchen gefunden haben, bevor es wieder ins Meer hinausgeschwemmt wurde. Sonst hätten ihre Mutter und ihre Freunde niemals erfahren, was aus ihr geworden ist.«

»Ich hatte eben Sorge, wissen Sie, dass die Journalisten alles wieder aufwühlen würden, obwohl es viele Jahre her ist. Viele Jahre.«

Sie nickte und hoffte, er würde weitersprechen.

»Meine Frau. Sie ist verschwunden. Und sie wurde nie gefunden. Bin zigmal verhört worden, aber ich hatte nix damit zu tun. Sie ist einfach verschwunden. Einfach so. Ich hab dann das Haus aufgegeben.« Seine trüben Augen wurden feucht. »Bin herumgezogen. Und hier geendet.«

Alex tätschelte seinen Arm. »Sie brauchen nicht beunruhigt zu sein, Reg. Machen Sie sich keine Sorgen.«

Reg nickte und schlurfte weiter. An der Treppe zum Wohnwagen blieb der alte Mann stehen. »Mir ist schon was aufgefallen«, sagte er. »Da war jemand. Oben auf der Klippe. Konnte nicht genau erkennen, ob Mann oder Frau. Aber da war jemand. Hat runtergeguckt.«

Wie konnte das sein? Hatte jemand erfahren, dass Elenas Leiche angespült worden war?

Alex war froh, dass noch keine Gäste im Pub waren. Weder Jonny Dutch noch einer von den Internatsschülern. Auch kein Bobby oder einer von seiner Truppe. Oje, allmählich wurde sie schon paranoid. Und zum Glück stand Kylie am Tresen.

»Früh dran«, bemerkte sie und nahm den Weißwein aus dem Kühlschrank. »Das Übliche?«

Alex nickte. Es gefiel ihr, wie ein Stammgast behandelt zu werden. Vielleicht aber auch wie eine Trinkerin. »Mögen Sie auch ein Glas?«

»Gern.«

»Kylie ...«

»Auweia. Hört sich an, als wollten Sie mich weiter ausfragen.« Ihre Armbänder klirrten, als sie ihren Wein trank und sich über den Tresen beugte. »Nicht weitergekommen wegen dieses Mädchens, Elena?«

»Doch, ein bisschen schon.« Alex machte es sich auf dem Barhocker bequem. »Kylie, haben Sie schon mal was davon gehört, dass im Internat ein Schüler einen Lehrer mit dem Messer attackiert hat? Müsste etwa im März gewesen sein, also nicht so lange her.«

Kylie zögerte zunächst, dann grinste sie. »Na, was glauben Sie wohl, das ging natürlich im ganzen Dorf rum. Wir haben hier schon ein paar üble Typen im Dorf. Aber die da oben sind ja wohl noch einen ganzen Zacken schlimmer.«

Alex verzichtete darauf, Bobby zu erwähnen.

Kylie füllte die beiden Gläser wieder auf. »Die Polizei war natürlich hier, aber mehr hat man nicht mitgekriegt. Ich glaube, allen Lehrern ist verboten worden, darüber zu reden.«

»Verboten?«

»Ja, hat einer von denen gesagt, als ich mal gefragt hab. Steht in ihrem Vertrag oder so.«

»Aber ...«

»Aber wir kriegen hier trotzdem das meiste mit«, sagte Kylie augenzwinkernd. »Was wollen Sie wissen?«

»Wer war der Junge?«

»Armer Bursche. Tat mir leid. Keine Familie und in dieser elenden Schule eingesperrt. Max Delauncey heißt er. Mein Bruder hat für den Bauunternehmer Delauncey in Witham gearbeitet, deshalb weiß ich, dass der Junge seine ganze Familie verloren hat. Alle tot. Ich glaube eigentlich nicht, dass er wirklich jemanden verletzen wollte. Obwohl es hieß, er hätte das Messer in Mundesley gekauft. Nicht um es rumzuzeigen. Er hatte wohl schon was damit vor.«

»Den Lehrer mochte er nicht.« Alex musste Kylie Zeit lassen, damit sie die Geschichte in ihrem eigenen Rhythmus erzählen konnte.

»Muss wohl so gewesen sein. Hat mich aber trotzdem gewundert. Auf wen er's abgesehen hatte.«

»Welcher Lehrer war es denn?«

»Tulpe. Jonny Dutch, wissen Sie. Den hat Max angegriffen.«

21

ELENA

SEPTEMBER, zehn Wochen vor ihrem Tod

Ich stehe in der Tür zur Kantine und streiche gedankenverloren über den Freundschaftsring an meinem Finger.

Frühstückszeit. Speisesaal ist schon voll besetzt, ohrenbetäubendes Geschnatter und Gelaber. Alle halten ihr Gefasel für besonders wichtig. Die Lehrer, die versuchen mitzuhalten, um engagiert zu wirken, sehen schon völlig gestresst aus.

Es riecht nach Putzmitteln, aber der Geruch wird bald von Spiegeleiern mit Speck und Toast überdeckt sein, später gefolgt von Fleisch mit Kohl. Die Schüler sind seit einer halben Stunde auf den Beinen; bestimmte Mitschüler haben die Aufgabe, die anderen zu wecken, damit sie gewaschen und angezogen um acht beim Frühstück sitzen.

Tara winkt mir. Ich gehe rüber und setze mich zu ihr. »Du hast heute früh wieder gekotzt«, sage ich.

Sie lässt den Kopf hängen. Ihr Gesicht ist bleich, und sie wirkt noch dicklicher als sonst.

»Du musst mit mir reden, Tara.« Ich ergreife ihre Hand.

»Mir geht's gut«, sagt sie und zieht ihre Hand weg. »Nur ein Virus oder so. Echt.«

Ich schaue sie an und weiß, Pille hin oder her, dass es mehr ist als ein Magen-Darm-Virus, dass Tara das aber vor sich selbst nicht zugeben will. Wir haben darüber gesprochen, was an diesem Sommertag am Strand passiert ist, und sie weigert sich, es als Vergewaltigung zu betrachten. »Es war alles okay. Ehrlich. Ich wusste ja, was passieren würde, und wollte es«, hat sie gesagt und fing wieder an zu weinen.

Nichts war okay, und sie wollte es nicht, so viel steht fest.

Ich fühle mich schlecht, als ich Speck und Tomaten futtere, während Tara in ihrem Frühstück herumstochert. »Du musst essen«, sage ich.

Sie zuckt nur die Achseln.

»Alles klar, Tars?« Felix Devine bleibt an unserem Tisch stehen. »Wir machen bisschen Party später. Bei uns im Zimmer. Komm doch vorbei.«

»Danke, Felix.« Tara bemüht sich um ein Lächeln. »Weiß noch nicht.«

»Alle Jungs werden da sein. Du weißt schon: alle, auf die du stehst.« Er zwinkert ihr zu. Schaut mich an und grinst. »Für dich gilt die Einladung nicht.«

»Da hab ich aber Glück. Hab mir schon Sorgen gemacht.«

Er verzieht sich.

»Du gehst doch da wohl nicht hin, Tara, oder?«

»Weiß noch nicht.«

»Ey, komm schon, du weißt, was die wollen. Und dann die Drogen und so.«

»Und?«

»Das tut dir nicht gut.«

»Und?«

Sie ist echt total abgedreht. Komplett von der Rolle.

Ich schaue zu Naomi rüber. Die labert wie üblich ohne Ende, und Nat und Jenni hängen an ihren Lippen. Quatsch vermutlich wieder von Diäten und Pro-Ana-Websites. Ich hab das durchgezogen bis zur künstlichen Ernährung, weiß, wovon ich rede. Heute kann ich darüber lachen. Aber eine Essstörung ist kein Spaß.

»Was ist das für ein Ring?«

»Was?«

»Der Ring.« Tara deutet darauf. »An deinem Finger da.« Sie knabbert an einem Stück Toast.

»Ach so. Der.« Ich streiche über den Ring, der inzwischen wie ein Glücksbringer für mich ist. Wenn ich ihn vormittags zehn Mal streichle und nachmittags zwölf Mal, wird alles gut. Keine Ahnung, wie ich auf die komischen Zahlen komme, aber ich weiß, dass es funktioniert. »Nur ein Geburtstagsgeschenk. Nichts Besonderes.« Oh doch. Er bedeutet *alles* für mich. Ich habe echt Glück, aber Tara ...

Ich treffe eine Entscheidung.

Stehe auf.

»Wo gehst du hin?«, fragt Tara.

»Mir ist grade eingefallen, dass ich den Essay im Zimmer vergessen habe, den ich heute abgeben muss. Wir sehen uns nachher.«

Ich bemühe mich, nicht zu rennen, aber wenn ich mich nicht beeile, überlege ich es mir vielleicht noch anders.

Dann klopfe ich an die Tür zum Büro der Farrars. Ich schwitze und fühle mich zittrig, und als ich vor den beiden stehe, weiß ich nicht, ob es die richtige Entscheidung war. Aber als ich ihnen von den Drogen erzähle – von meiner Vermutung, was hier an der Schule abgeht, dass es immer Nachschub gibt und wer dahintersteckt –, fällt eine Last von mir ab. Beinahe hätte ich auch von Tara erzählt, aber dann würde sie mich für immer hassen. Mir muss eine andere Lösung einfallen, damit Tara der Realität ins Auge blickt.

»Sie würden also sagen, dass Felix Devine und Theo Lodge die Drahtzieher sind?«, fragt Mr Farrar.

Ich nicke.

»Haben Sie Beweise? Irgendetwas Konkretes?«, will Ingrid Farrar wissen.

»Keine Fotos oder so was, aber ich habe es beobachtet.«

»Woher kommen die Drogen?«

Ich schüttle den Kopf. »Das weiß ich nicht.«

Die beiden fragen mich weiter aus, sodass ich irgendwann das Gefühl habe, selbst die Schuldige zu sein. Ich soll Uhrzeiten, Daten, Orte nennen. Beweise. All das habe ich nicht. Ich kann nur sagen, dass ich es mit eigenen Augen gesehen habe. Die Farrars scheinen mir nicht zu glauben. Am Ende lächelt Mr Farrar – oder bewegt jedenfalls seine schmalen Lippen.

»Danke, dass Sie uns das mitgeteilt haben, Elena. Wir werden uns der Sache annehmen.«

Das ist alles.

Als ich rausgehe, bin ich mir nicht sicher, ob ich richtig gehandelt habe. Theo und Felix stammen aus einflussreichen Familien, die der Schule jede Menge Geld spenden – vielleicht ist das wichtiger? Aber wenigstens habe ich etwas unternommen.

Am Spätnachmittag sitze ich in der Bibliothek und lerne. Theo und Felix kommen reingeschlendert. Die anderen packen schnell ihre Bücher ein und hauen ab. Na gut, ist nicht angenehm, aber antun können die Typen mir hier ja wohl nichts.

»Du bist also zur Leitung spaziert und hast gepetzt, wie?« Theo. Ziemlich entnervend, dass beide mich anlächeln. »Was hast du denn gedacht, was passiert? Dass wir von der Schule fliegen? Oder vorübergehend vom Unterricht ausgeschlossen werden? Wegen null Toleranz und so?«

Ich bleibe stumm.

Theo beugt sich zu mir herunter, bis sein Gesicht dicht vor meinem ist. »Sie haben uns zusammengestaucht, okay? Auf ein paar Privilegien müssen wir verzichten. Und unsere Eltern werden wahrscheinlich für eine Weile durchdrehen. Aber das war's dann auch.« Er grinst und weist auf die Bücherregale. »Was meinst du, wer hierfür blecht? Was würde passieren, wenn Felix, Ivan, Ollie und ich die Schule verlassen müssten? Dann gäb's keine Kohle mehr. Meine Eltern würden meine jüngere Schwester rausnehmen, Ollies Eltern seinen Bruder. Und Theos kleiner Bruder würde bestimmt nicht hierhergeschickt werden. Glaubst du, das wäre im Sinne der Farrars? Wohl kaum.« Er schubst mich. »Halt dich da raus, Devonshire. Du hast keinen blassen Schimmer, wo du deine Pfoten reinsteckst.«

Sie stolzieren davon, und Felix wirft mir noch ein eiskaltes Lächeln zu.

Mit so einem Auftritt habe ich gerechnet.

Mein Handy summt.

Hallo, du. Ich bin's.
  Alles in Ordnung mit dir?
  Lass uns treffen.

22

Die Hitzewelle hielt an. Laut dem regionalen Wetterbericht hatte es so etwas in East Anglia seit zehn Jahren nicht mehr gegeben. Alex schaltete das Radio aus. Sie war früh aufgewacht, weil es im Zimmer so stickig war. Rasch zog sie ihren Badeanzug und ein Kleid an und schlich leise die Treppe hinunter, weil sie Malone nicht wecken wollte. Wie in der ersten Nacht schlief er im Wohnzimmer auf der braunen Ledercouch, unter einer Decke aus dem Gästezimmer. Mit einem Grinsen hatte er erklärt, er würde lieber auf der Couch schlafen als in dem Zimmer neben ihrem. Alex hatte nichts erwidert.

Die Sonne war schon strahlend hell und warm, und das Meer wirkte mit seinen kleinen schaumgekrönten Wellen heute ausgesprochen einladend. Niemand hielt sich am Strand auf. Alex zog ihr Kleid aus, rannte ins kalte Wasser und keuchte, weil ihre Schrammen und Kratzer heftig brannten. Mutig tauchte sie unter, schwamm ein paar Züge und kam wieder hoch, atemlos und erfrischt. Sie schüttelte die Haare und dachte, dass sie sich schon viel früher hätte ins Meer wagen sollen. Es war ungeheuer belebend und befreiend. Mit ruhigen Bewegungen schwamm sie Richtung Horizont.

Dann drehte sie sich auf den Rücken und ließ sich träge treiben, genoss in vollen Zügen das Gefühl, allein zu sein. Bis auf die Möwenschreie und das Rauschen der Wellen war es vollkommen still.

Als Alex sich wieder umdrehte, merkte sie, dass sie recht weit vom Ufer entfernt war. Sie schwamm mit kräftigen Zügen zurück, war aber schon ziemlich ausgekühlt und spürte den starken Sog. Wieso hatte sie nicht bedacht, dass die Flut kam? Alex verdrängte die aufkommende Angst und konzentrierte sich auf ihren Atem. Sie war eine gute Schwimmerin, und das Ufer war nicht so weit entfernt.

Kraulen, stetig und regelmäßig. Ruhig und tief atmen. Nicht zu sehr anspannen, die Beine bewegen, aber dennoch nicht verkrampfen. Atmen. Atmen. Nicht an die Kälte denken, die Strömung bezwingen.

Endlich spürte sie Sand unter den Füßen. Erschöpft stolperte sie an den Strand, ließ sich fallen und rang nach Luft. Sie legte den Arm über die Augen, weil die grelle Sonne blendete.

»Alles in Ordnung mit Ihnen?«

Alex öffnete die Augen und richtete sich auf. »George. Was machen Sie denn hier?«

»Die erste Stunde fällt aus.«

Na klar. Alex lächelte. »Ich wollte Sie nicht ausfragen. Hab mich nur gewundert. Und ja, alles in Ordnung, danke. Ich bin nur etwas weit rausgeschwommen.«

Die junge Frau setzte sich neben sie und spielte mit dem Sand. »Ich hab gehört, dass Sie überfallen worden sind.«

»Wer hat Ihnen das erzählt?«

»Felix.«

»Was hat er gesagt?« Sie musste vorsichtig sein und ihre Wut beherrschen. George mochte ein liebes Mädchen sein, aber sie himmelte Felix an.

»Dass Sie es verdient haben, hat er gemeint und gelacht.« Ihre Stimme klang undeutlich, weil sie den Kopf auf die Knie gelegt hatte. »Ich hab ihm gesagt, dass man über so was nicht lacht, und da meinte er, ich soll mich verpissen.«

»George, wissen Sie, dass es Felix war, der mich überfallen hat? Zusammen mit Theo und einem anderen Jungen?« Alex hörte immer noch ihre höhnischen Stimmen. In seiner Selbstherrlichkeit glaubte Felix wohl, alles und jeden beherrschen zu können.

»Nein. Nein.« George schlug die Stirn auf die Knie.

»Ich kann es noch nicht beweisen, aber sie waren es. Sehen Sie mich an.«

Die junge Frau hob den Kopf. Sie sah verstört aus, und Tränen rannen ihr über die Wangen.

»Schauen Sie hier.« Alex deutete auf den Bluterguss. »Und das hier.« Sie zeigte ihr die Schürfwunden und Kratzer an Armen und Beinen. »Die haben mir gedroht.«

Alex dachte wieder daran, wie sie Theo, Felix und Ollie in Mundesley entgegengetreten war. Man musste diesen Typen Kontra geben, die durften nicht ungestraft davonkommen. Andererseits durfte sie sich nicht von ihrem eigentlichen Ziel ablenken lassen: die wahren Hintergründe über Elenas Tod herauszufinden. Deshalb war sie hier, und seit ihrem Gespräch mit Max gestern war sie sicher, dass da mehr dahintersteckte.

»Ihnen gedroht? Was meinen Sie damit?«

»Ich soll mich nicht einmischen. Sie haben mich fast von der Klippe gestoßen, weil sie mich einschüchtern wollten. Ob das nun mit dem Drogenhandel zu tun hat oder ...« Das Mädchen sah sie entsetzt an. »Kommen Sie, George. Ich habe Sie mit Bobby und seiner Truppe gesehen. Am Leuchtturm, das wissen Sie doch sicher noch. Ich werde so oder so dahinterkommen, was es mit alldem auf sich hat.«

»Nein.« George sprang auf und schlug die Hände vor den

Mund. »Nein. Ich glaube Ihnen nicht. Nicht Felix. Ich ...« Sie wandte sich ab und rannte davon.

»George! Warten Sie!« Alex wollte das Mädchen nach diesem Schock nicht allein lassen. Rasch schlüpfte sie in das Kleid und die Sandalen und rannte ihr nach. Das reißt allmählich ein, dachte sie, während sie, erschöpft vom Schwimmen und mit schmerzendem Körper von den Misshandlungen, den Abhang hinaufkeuchte. Sie sah, wie George oben ankam, dann verschwand sie außer Sichtweite.

Plötzlich zerriss ein Schrei die Luft.

George.

Alex lief schneller.

Die junge Frau stand an der Tür des heruntergekommenen Blockhauses und schrie noch einmal.

Alex packte sie an den Schultern. »George, George. Beruhigen Sie sich«, sagte sie fest. Das Mädchen war starr vor Schreck. »Was ist?«

»Ich kann nicht ... ich kann nicht ...«, schluchzte sie. »Da drin! Da drin!« Sie starrte auf die offene Tür. »Ich war da drin, und ...«

»Bleiben Sie hier.«

Alex betrat die Blockhütte und blinzelte, weil ihre Augen sich erst an das Zwielicht gewöhnen mussten. Der üble Geruch hatte sich noch verstärkt: Jetzt stank es nach Urin und Kot. Nach Tod und Verzweiflung.

Neben einem umgekippten Hocker kniete ein Junge am Boden. Barfuß, in schmutzigen Jeans, den Kopf zwischen den Knien, in der einen Hand eine Spritze.

»Max!« Die Fingerspitzen des Jungen waren blau verfärbt, und er gab ein ersticktes Gurgeln von sich. Alex rief erneut seinen Namen, aber er reagierte nicht. Zumindest atmete er noch. Sie musste sofort einen Krankenwagen rufen. Aber zuerst den Jungen in die stabile Seitenlage bringen. Alex war Bud Evans ungemein dankbar, dass er sie zu einem Erste-Hilfe-Kurs geschickt hatte, bevor sie für die *Post* zu arbeiten begann. Sie legte den Jungen, der kreidebleich war, auf die Seite.

Dann rannte sie nach draußen zu der unkontrolliert zitternden George. »Haben Sie Ihr Handy dabei, George?«, fragte Alex.

»Wer ist das, Alex? Ist er …« Vor Georges Füßen war eine Pfütze Erbrochenes.

»Max Delauncey vom Internat, und er ist in Lebensgefahr. Wenn Sie mir nicht sofort Ihr Handy geben, stirbt er vielleicht!« Alex versuchte, nicht zu schreien, um das Mädchen nicht noch mehr zu verstören.

George reichte ihr das Handy, Alex rief einen Krankenwagen und lief zurück ins Blockhaus, inständig hoffend, dass Max noch atmete. Was zum Glück der Fall war. Sie strich ihm über das strähnige Haar und murmelte beruhigend: »Alles ist gut, Max. Du bist in Sicherheit. Gleich kommt Hilfe, mach dir keine Sorgen.« Nebenbei sah sie sich in dem Raum um. Das gleiche triste Chaos: Spritzen, rußige Alufolie, ein paar alte Löffel, leere Dosen von Energydrinks, Glassplitter, in der Ecke der Schlafsack. Was für ein Dreckloch, um sich das Leben zu nehmen. Oder war es ein Unfall? Ein Mordversuch womöglich? Bloß nicht. Angespannt horchte sie, ob der Krankenwagen eintraf. Bitte, bitte beeilt euch. »Bleib am Leben, Max, bitte«, murmelte sie, während sie ihm unablässig den Kopf streichelte.

»Alex.« George war in der Tür erschienen.

»Kommen Sie her«, sagte Alex. »Reden Sie mit ihm. Wir müssen ihn wach halten.«

»Was ist denn mit ihm?«

»Eine Überdosis.«

»Oh.« Ihr Blick war schreckensstarr.

»Ja, George. Schlimm.« Das mitzuerleben war eine harte Lektion für das Mädchen, aber hoffentlich hatte es eine heilsame Wirkung, und George hielt sich künftig von Drogen fern.

Endlich das Martinshorn.

»Bleiben Sie bitte bei ihm, George«, sagte Alex. »Ich geh zu den Sanitätern, ja?«

Das Mädchen nickte unter Tränen.

Alex rannte hinaus und flehte innerlich, dass Krankenwagen und Polizei nicht zu spät kamen.

23

»Also das Mädchen ...«

»George.« Alex sah sie wieder vor sich, zitternd und Rotz und Wasser heulend.

»Ja, George«, wiederholte Malone ungeduldig, »also, sie hat kaum etwas von Bedeutung ausgesagt?«

Alex schüttelte den Kopf. »Nee. Die Polizei hat Theo und Felix zum Verhör mit aufs Revier genommen, und George hat ausgesagt, dass die beiden Drogen an Jugendliche aus dem Dorf verkauft haben. Aber mehr wusste sie auch nicht.«

»Wir kennen also immer noch nicht die Bezugsquelle?«

»Nein.« Alex schob den Salat mit Pfirsichen, Mozzarella und Parmaschinken weg, den Malone für sie gemacht hatte. An Essen war nicht zu denken. Sie machte sich Sorgen um das Mädchen, das – wie sie selbst – den Anblick des halbtoten Max erst einmal verkraften musste. Obwohl Alex geduscht und sich umgezogen hatte, schien es ihr, als hätte sie noch immer den grauenhaften Gestank in dem Blockhaus in der Nase.

Die Stunden auf dem Revier hatten sich hingezogen. Die Polizei nahm Aussagen auf, und man musste auf Georges Großmutter warten, bevor ein besonders ruppiger Polizist dem Mädchen Fragen stellen konnte. Jetzt wollte Alex nur noch ihre Ruhe haben und nicht Malones Fragen beantworten, der um sie herumschwirrte wie eine nervige Wespe.

»Vielleicht knicken Theo und Felix ja ein und geben ihre Quelle preis. Vermutlich ist es jemand aus dem Dorf.«

»Weiß nicht, ob die beiden auspacken«, erwiderte Alex und trank einen großen Schluck Wasser.

»Deren rosige Zukunft sieht jetzt nicht mehr gar so verheißungsvoll aus, wie?« Malone spießte ein Stück Schinken auf seine Gabel. Ihm verdarb so schnell nichts den Appetit.

Alex schnaubte. »Darauf würde ich nicht wetten. Felix' Vater ist ein Anwalt, der sehr erfolgreich Kriminelle verteidigt, und Theos Vater ist ein hochrangiger Richter. Wahrscheinlich wird man die beiden Jungen mit einer Ermahnung von der Angel lassen.«

»Das kommt aber darauf an, was die Polizei findet.«

Alex sah Malone scharf an. »Ich will nicht, dass du hier deine üblichen Nummern abziehst.«

»Weiß nicht, was du meinst.«

Malone war unter anderem als verdeckter Vermittler deshalb so erfolgreich, weil er wie kein anderer den Unschuldigen spielen konnte. »Doch, das weißt du sogar ganz genau«, erwiderte sie.

Damals hatte Malone das Messer verschwinden lassen, mit dem Jackie Wood getötet worden war. Sie hatte wegen des mutmaßlichen Mordes an Harry und Millie im Gefängnis gesessen. »Und«, redete Alex sich in Rage, »du hast bislang kein weiteres Wort über Gillian oder darüber verloren, weshalb du mich plötzlich sehen wolltest. Oder, ach so, warte mal, du brauchtest nur irgendwo einen Schlafplatz, nicht wahr?« Alex stand auf, erschöpft, genervt und wütend, weil Malone die Erinnerungen an jene Zeit wachgerufen hatte, in der es mit Sasha endgültig bergab ging. »Ich finde, es reicht jetzt. Vielleicht könntest du dein Zeug packen und irgendwo anders unterkommen?«

»Bist du sicher, dass ich dir nicht helfen könnte? Was diese Arschlöcher angeht?« Malone aß ungerührt weiter.

»Kommt nicht infrage.« Sie wollte auf keinen Fall, dass er hier auf seine wenig subtile Art herumtrampelte. Womöglich Beweise fälschte oder verschwinden ließ, was er hervorragend beherrschte.

»Hast du Zweifel, dass sich der Junge die Überdosis freiwillig verpasst hat?«

»Es gibt immer Zweifel.« Ihr tat schon der Kiefer weh, weil sie die Zähne so fest zusammenbiss. Wieso haute Malone nicht endlich ab?

Er seufzte und legte das Besteck auf den Teller. »Was treibt dich um?«

Alex blickte zum blassblauen Himmel auf und zählte stumm bis zehn. »Malone«, sagte sie dann. »Ich habe noch vor Kurzem einen Jungen in einem verwahrlosten Haus am Boden kauern sehen, dem Tod nahe. Ferner hatte ich ein sechzehnjähriges Mädchen zu trösten, das dieses Bild nun wohl nicht mehr loswerden wird. Ich will herausfinden, ob dieses schreckliche Chaos in irgendeiner Weise mit Elenas Tod in Zusammenhang steht, und ich weiß nicht, ob ich es richtig anfange. Aber du bist aus Gott weiß was für Gründen hier und verlierst nicht ein Wort über Gillian.« Alex stand auf, ging zum Rand des Gartens und blickte zum Strand hinunter. Weit draußen glitten einige Jachten so schnell übers Wasser, als veranstalteten sie ein Rennen. Vor einer Sandbank lag ein Feuerschiff. Näher am Ufer trieb ein Windsurfer elegant über die Wellen.

»Meine Aufgabe war es«, sagte Malone, ohne seinen üblichen markigen Tonfall, »eine radikale Umweltorganisation zu infiltrieren. Das war nicht die typische Truppe von linsenfressenden Baumrettern mit Sandalen, sondern ...«

»Deine Vorurteile sind unerträglich«, fauchte Alex.

»Ach, du weißt schon, was ich meine. Diese Leute jedenfalls schritten zur Tat, ein bisschen wie diese Tierschützer in den Neunzigern, aber noch radikaler. Die waren nicht zufrieden damit, Familien von Wissenschaftlern zu drohen oder Fenster einzuwerfen, sondern brachten Bomben unter Autos an oder schickten Briefbomben. Du hast bestimmt schon mal über so was geschrieben.«

Sie nickte.

»Dann weißt du auch, dass solche Leute vor nichts zurückschrecken, um ihre Ziele durchzusetzen.«

»Und Gillian?«

»War die Anführerin dieser Organisation.«

»Und?«

»Verliebte sich in mich.«

»Wofür du gesorgt hast.«

»Ja. Das gehörte zum Job.«

»Und du? Hast du dich auch in sie verliebt?«

Ein Schweigen entstand. Alex starrte aufs Meer hinaus und hielt unwillkürlich die Luft an.

»Nein.«

Sie war nicht sicher, ob es das Ganze noch schlimmer machte.

»Aber ...« Er verstummte. »Da ist das Mädchen.«

»Welches Mädchen?«

»Eine Tochter, meine ich. Ich habe eine Tochter.«

Zuerst fühlte sich Alex einen Moment lang wie betäubt. Dann empfand sie Wut und Abwehr, bis sie schließlich akzeptieren konnte, was sie gehört hatte. »Wie alt?«, fragte Alex, als sie sich wieder im Griff hatte. Warum regte sie sich so auf? Sie wusste doch, dass Malone zwielichtig und unzuverlässig war, dass er aber auch liebenswürdig, charmant und fürsorglich sein konnte.

»Sie ist jetzt sechs und absolut zauberhaft. Aber ich sehe sie selten.« Die Traurigkeit in seiner Stimme rührte Alex an.

»Wie heißt sie?«

»Marcia.«

»Schöner Name.«

Er zuckte die Achseln. »Ja. Aber wie gesagt, ich sehe Marcia sehr selten, vor allem seit der Scheidung und seit Gillian in Haft ist.«

»In Haft?«, fragte Alex verwirrt.

»Ja. Das war ja sozusagen das Ziel des Ganzen. Sie hat damals angerufen, während wir in Sole Bay waren, du erinnerst dich?«

Alex nickte. Sie hatte herausgefunden, dass Malone verheiratet war. Darauf hatte sie ihn aus dem Haus geworfen und geschworen, niemals mehr etwas mit ihm zu tun haben zu wollen. Sie hatte ihn komplett aus ihrem Leben verbannt und nicht damit gerechnet, dass er jemals wieder auftauchen oder gar mit Gus Kontakt aufnehmen würde. Weil Malone selbst Vater war, hatte er vielleicht Gus geholfen.

»Gillian rief an, um mir zu sagen, man habe sie gewarnt, dass sie gleich von der Polizei verhaftet werden sollte, und sie bat mich um Hilfe. Was natürlich nicht ging. Ich hatte meine Aufgabe erledigt. Schluss aus.«

»Schluss aus«, wiederholte Alex und fragte sich, ob er wirklich so gleichgültig war, wie er tat. »Und wo ist Marcia nun?«

Ein tiefer Seufzer. »Bei Gillians Eltern. Und – was mich nicht wundert – die wollen mich nicht zu ihr lassen.«

»Kannst du das nicht gerichtlich erzwingen?«

»Ha. Das wäre spannend. Verstehst du, vorerst wissen die nicht, dass ich Ermittler bin. Sie halten mich für einen

Taugenichts. Im Gerichtsverfahren gegen Gillian wurde ich nicht namentlich erwähnt. Das Problem ist nur ...« Er verstummte. »Gillians Bruder ist auch ein Aktivist, in Schottland, und er hat mitbekommen, dass ich nicht der bin, für den ich mich ausgebe. Ich glaube sogar, dass er weiß, wer ich bin, weil er vor etwa zehn Jahren eine Weile mit jemandem im Knast saß, den ich da reingebracht habe.«

Alex hatte es die Sprache verschlagen.

»Kleine Welt, nicht wahr?« Malone lächelte Alex an, aber der Schmerz in seinen Augen war unübersehbar. »Und deshalb bekomme ich vermutlich eine neue Identität und werde Marcia nie wiedersehen.«

Er klang so verzweifelt, dass Alex ihn am liebsten in die Arme genommen hätte; so verletzlich hatte sie ihn noch nie erlebt.

»Aber das ist noch nicht alles.«

»Ja?«

»Gillians Bruder sucht nach mir. Meinen Informationen zufolge will er«, Malone machte Anführungszeichen in der Luft, »›Antworten‹.«

Jetzt wurde alles klar. »Deshalb bist du hier, nicht wahr? Wegen dem Bruder. Der sucht dich, und da hast du dich zu mir geflüchtet. Was mich gefährdet und womöglich auch Gus. Wenn dieser Typ in einer Art Terrorgruppe ein führender Kopf ist, findet der doch mit links alles über dich und deine Freunde raus. Auch über mich.« Sie sprach unwillkürlich immer lauter. »Oh Gott, wir schweben alle in Gefahr. Kein Wunder hast du meinen Sohn darin bestärkt, seinen Vater zu suchen – du wolltest, dass Gus außer Reichweite ist.« Alex überlegte einen Moment. »Sucht Gillians Bruder schon seit damals nach dir? Und weshalb tauchst du erst jetzt auf, nach zwei Jahren? Wieso denkst du plötzlich an Gus und mich? Weil der Typ dir auf den Fersen ist?« Als Alex Malone anschaute, bemerkte sie etwas in seinen Augen, das sie noch nie bei ihm gesehen hatte – Reue. Ihr wurde flau. Was stimmte nicht mit ihr? Wieso suchte sie sich immer die falschen Männer aus? Zuerst Gus' Vater. Dann den Mann, der fälschlich wegen des Mordes an Harry und Millie verurteilt und ins Gefängnis gesteckt worden war (nein, damit durfte sie sich nicht mehr befassen, sonst würden die Schuldgefühle sofort wieder hochkommen und sie fertigmachen). Und dann Malone. Der charmante, faszinierende Ire. »Ich habe recht, oder? Deshalb bist du hier?«

»Hey.«

Eine Männerstimme. Beide zuckten erschrocken zusammen. Alex lief es eiskalt über den Rücken, doch dann schaltete sie schnell.

»Jonny«, sagte sie und spürte, wie Malone wieder in Kampfhahnstimmung geriet.

»Hi.«

»Was will dieser Arsch hier?«, murmelte Malone, und Alex war froh, dass Jonny ihn nicht gehört hatte.

»Halt die Klappe«, flüsterte sie. »Lass ihn in Ruhe.« Sie dachte an ihr Gespräch mit Kylie im Pub und fragte sich aufs Neue, weshalb Dutch bisher nichts von dem Messerangriff erwähnt hatte. Sie versuchte, ihn anzulächeln, aber ihr Gesicht fühlte sich starr an. »Freut mich, dich zu sehen. Was führt dich her?«

»Du hast mich doch angerufen? Weil ich nicht gleich zurückrufen konnte, hab ich gedacht, ich schau mal vorbei, auf ein, zwei Drinks vielleicht. Aber du hast ja noch Besuch, sehe ich.«

»Kein Problem, Jonny. Komm, setz dich.« Alex wischte imaginäre Fussel von einem Gartenstuhl und wies darauf.

Was machte sie für einen Zirkus? Verlegenheit überspielen offenbar.

»Ja, setzen Sie sich doch, Jonny«, murmelte Malone.

Alex warf ihm einen Blick zu, der besagte, er solle den Mund halten und das Weite suchen. Schien er aber nicht zu verstehen.

»Wir sind grade mit dem Essen fertig, nicht wahr, Alex.« Schlagartiger Wechsel von finsterer Miene zu diesem einnehmenden Lächeln. Alex hätte Malone am liebsten gehauen.

»Danke.« Jonny kam zum Tisch. Sein Hinken fiel heute stärker auf. Als er Alex' Blick bemerkte, verzog er das Gesicht. »Hab einen schlechten Tag«, erklärte Jonny, nachdem er sich gesetzt hatte. »Die Polizei hat Fragen gestellt wegen Max. Gott, ich kann das noch gar nicht fassen.« Er rieb sich den Kopf. »Schon klar, der Junge war in einer ziemlichen Abwärtsspirale, aber das hätte ich nicht erwartet.«

»Weißt du vielleicht, wieso er das gemacht hat?«, fragte Alex. »Als ich ihn getroffen habe, war er ziemlich durcheinander, aber ich hätte auch nicht vermutet ...«

Jonny sah sie eindringlich an. »Was? Du hast Max getroffen?«

»Gestern. In Mundesley.«

»Warum?«

»Weil er eine Information über Elena hatte.« Alex wollte Jonny nicht in alles einweihen.

»Ach so, ja.« Sein Gesicht entspannte sich, und sie fragte sich, was für eine Antwort er erwartet hatte.

»Du hast gar nicht erwähnt, dass Max dich mal mit einem Messer verletzt hat«, sagte Alex beiläufig.

Die Anspannung war Dutch kaum anzumerken. »Du hast nie danach gefragt«, erwiderte er ruhig. »Und es hat mit alldem nichts zu tun.«

»Was meinst du mit ›alldem‹?«, fragte Alex.

»Mit dem Tod von Elena. Der Angriff ist noch nicht lange her, erst ein paar Monate.«

»Ich weiß, aber Max war ein Freund von Elena.« Es kam ihr so vor, als würden Dutch und sie sich gegenseitig belauern.

»Er war aber in der Klasse unter ihr«, sagte Dutch. »Ich glaube nicht, dass die beiden eng befreundet waren. Wie hast du überhaupt von dem Vorfall erfahren? Es wurde niemand angeklagt, in der Zeitung stand auch nichts …«

»Nein, dafür hat die Schulleitung gesorgt.«

»So machen die das eben«, sagte er leichthin.

»Ich würde das eher als vertuschen bezeichnen«, bemerkte Malone, worauf Dutch ihm einen erbosten Blick zuwarf.

»Warum hat er das getan?«, fragte Alex.

»Was?«, fragte Dutch verwirrt.

»Dich mit dem Messer attackiert. Er muss doch einen Grund gehabt haben.«

»Wie? Der Junge kam eines Tages einfach anmarschiert und hat ein Messer in Sie gebohrt, während Sie grade geplaudert haben?«, sagte Malone provozierend.

»Hören Sie. Es gab keinen Grund. Der Junge hatte ein Messer, und ich war zur falschen Zeit am falschen Ort.«

»Und Sie haben Max nicht angezeigt?«, fragte Malone.

»Nein, hab ich nicht. Ich hatte nur eine Schramme, und Max musste schon genug durchmachen. Alex, du wolltest doch wissen, an welcher Schule Paul Churchill zuletzt unterrichtet hat, oder nicht?«

»Hätten Sie nicht auch anrufen können, um ihr das mitzuteilen?«, warf Malone ein.

»Sei nicht so unhöflich.« Malone benahm sich wie ein pubertierender Jugendlicher.

Jonny blieb ungerührt. »Klar. Aber ich wollte Alex gerne sehen.«

»Weshalb?«

»Malone. Entspann dich, um Himmels willen. Bitte«, sagte Alex.

Dutch wirkte jetzt eher belustigt. »Weil ich sie mag. Verstehen Sie das?«

»Eher nicht.«

Herrgott noch mal.

Alex beschloss, sich nicht beirren zu lassen. »Also, an welcher Schule war Paul Churchill vorher?«

»Ah ja, richtig. An der Stratton School in Cambridge. Ob ich vielleicht einen Kaffee haben könnte? Eine Dosis Koffein könnte nicht schaden.«

Alex ging in die Küche und versuchte, den außerirdischen Kaffeeautomaten in Gang zu setzen. Jonny, der ansonsten eher tiefenentspannt war, wirkte nervös und argwöhnisch. Malone wiederum duldete in seinem vermeintlichen Revier keinen anderen Mann. Obwohl er sich natürlich gründlich irrte, was das Revier anging. Alex legte einen Schalter um und schaute zum Fenster hinaus auf die finster schweigenden Männer, während die futuristische Maschine munter vor sich hin gurgelte.

Alex musste daran denken, was ihr George erzählt hatte. Über die Drogen, die in Hallow's Edge im Umlauf waren und von Kurieren wie ihr verteilt wurden; von den jungen Mädchen, die sich durch die redegewandten, sportlichen Hugh-Grant-Lookalikes vom Internat dazu verleiten ließen. Von den Drift-Jungs ging natürlich eine viel größere Faszination aus als von den pickligen Jugendlichen im Dorf, die kein Geld und sonst auch wenig zu bieten hatten.

Alex seufzte. Wäre sie eines der Mädchen, würde sie sich

vielleicht auch davon beeindrucken lassen. Hoffentlich hatte George nun wenigstens der Polizei alles erzählt.

Jetzt ging es vor allem darum herauszufinden, wie die Jungen an die Drogen herankamen und ob das alles im Zusammenhang mit Elenas Tod stand.

24

ELENA

OKTOBER, acht Wochen vor ihrem Tod

Ich weiß nicht, was mit mir passiert. Kann es nicht verstehen.

Manchmal kommt es mir vor, als sei mein Kopf in einen gigantischen Schraubstock gespannt und werde gleich explodieren. Kann mich nicht aufs Lernen konzentrieren, nur malen. Wenn ich male, tauche ich ganz und gar in diese Welt ein. Für ein paar Stunden bin ich nur mit Farbe, meinen Gedanken und dem Bild vor mir beschäftigt.

Es ist Nachmittag, ich bin am Strand, weil Jonny mich rausgeschickt hat, damit ich mit meinem Projekt vorwärtskomme. Ich habe die Szenerie schon fotografiert, die ich malen will, aber jetzt bin ich ganz versessen darauf, mit dem Malen anzufangen. Ich setze mich auf einen flachen Felsen und mache erst mal mit Bleistift eine Skizze von Meer, Sand und Himmel. Fühle mich ausnahmsweise sehr ausgeglichen. Bin der Enge der Schule entkommen. Auch Tara konnte ich abschütteln; ich sagte, ich müsse was für den Kunstkurs tun. Mache mir furchtbar Sorgen wegen ihr; sie sieht so jämmerlich und krank aus, und bald ist es zu spät, um noch was zu unternehmen. Überlege mir, ob ich nicht ihre Mutter anrufen soll.

Ich zeichne ein paar gelungene Linien; zumindest bilde

ich mir ein, sie seien gelungen. Mache mir wahrscheinlich bloß was vor. Aber ich muss mich jetzt konzentrieren, sonst zeichne ich nur Herzchen und Blümchen und irgendwelchen Quatsch, und das kann ich mir nicht erlauben. Das Bild soll gut werden. Jonny hat gesagt, wenn ich weiter fleißig bin, bekomme ich eine eigene Ausstellung. Das will ich natürlich, und ich will auch, dass Jonny stolz auf mich ist.

Ich ziehe meinen Mantel enger um mich, schlinge meinen Schal fester um den Hals und zeichne weiter. Meine Finger sind steif vor Kälte, der Wind pfeift mir um die Ohren, und ich muss das Papier festhalten. Es riecht intensiv nach Meer, und weiter hinten branden die Wellen ans Ufer. Ich möchte gerne die Wildheit der See, die Weite des Himmels, die Schroffheit der Klippen darstellen. Weiß nicht, ob ich das schaffe.

Als ich aufschaue, sehe ich jemanden auf mich zukommen. Groß und breitschultrig, Gesicht vom Kapuzenshirt verdeckt, Hände in den Hosentaschen. Ich weiß, wer das ist, und mein Herz pocht heftig. Habe ihn schon am Schulgelände herumlungern sehen. Aber hier sind zum Glück noch andere Leute. Fischer, Spaziergänger mit Hund, ein Jogger. Hier kann mir nichts passieren.

Oder?

Bobby bleibt vor mir stehen, spuckt auf den Boden. Grinst breit. Ein Goldzahn funkelt. »Schlampe«, sagt er. »Sieh dich vor.« Er schlendert davon. Hat mir mehr Angst gemacht, als wenn er mich geschlagen hätte.

Es dauert ein Weilchen, bis ich weitermalen kann.

Dann sehe ich Max näher kommen. Er sieht fertig aus. Will auch nicht mehr auf mich hören. Scheint mein Schicksal zu sein, dass niemand auf mich hören will. Ich habe ihn gefragt, weshalb er sich mit diesen Idioten Felix und Theo einlässt. Denen ist er doch völlig egal. Bildet Max sich vielleicht ein, die würden ihn mögen, oder was?

»Hi«, sagt er und bleibt vor mir stehen. Sieht verfroren aus in seiner zu klein gewordenen Schuluniform. Der bräuchte dringend wärmere Klamotten. Ich ziehe meinen Schal aus. »Hier, nimm den. Ist doch scheißkalt hier draußen.«

Max bindet sich den Schal um.

Ich wende mich wieder meinem Bild zu.

Plötzlich steht er hinter mir und schaut mir zu. Wegen der Perspektive kann ich mich nicht umsetzen.

»Das sieht toll aus. Was soll es werden?«

»Ein Bild«, antworte ich sarkastisch.

»Klar« Er streckt den Zeigefinger aus und berührt das Papier, worauf ein Schmutzfleck zurückbleibt.

»Schönen Dank auch.«

»Tut mir leid«, sagt er und zieht rasch die Hand zurück. »Wenn ich doch nur wie du wäre.«

Ich gebe ein knappes Lachen von mir. »Du bist garantiert der einzige Mensch, der sich das wünscht.« Wie oft hocke ich allein in meinem Zimmer, und mir fällt die Decke auf den Kopf. Wie häufig will mich beim Sport niemand in seiner Mannschaft haben. Gespräche stocken, sobald ich in die Nähe komme. Es war schon im letzten Schuljahr grauenhaft, aber jetzt ist es noch viel, viel schlimmer, weil ich nichts mit Theo und Felix zu tun haben will. Ich habe gegen die Regeln verstoßen. Tja, nicht zu ändern.

Max steht wieder vor mir und starrt mich an. Ich ziehe den Kragen meines Mantels hoch. Versuche, mich aufs Bild zu konzentrieren. Dann reicht es mir.

»Max. Was willst du?«

Er zuckt die Achseln, und ich sehe Tränen auf seinen Wangen. Seufze innerlich. Lege den Bleistift weg, streiche mir die

Haare aus dem Gesicht. Puh, sind meine Hände eisig. »Also, was ist los?«

Er wischt die Tränen weg. »Theo und Felix. Die hassen dich.«

»Weiß ich.« Ich bemühe mich um Geduld.

»Die Lehrer beobachten jetzt alle. Die Tussenclique kommt nicht an ihren Stoff, Theo und Felix können ihn nicht verkaufen.«

»Gut so.«

»Die werden sich an dir rächen, weißt du.«

Ich verziehe das Gesicht. Weiß ich. Irgendetwas wird geschehen, aber ich weiß nicht, was. Kann nur hoffen, dass ich es rechtzeitig mitkriege.

»Du hast Glück«, sagt Max.

Ich blicke auf das Bild. »Wieso das denn?« Dann schaue ich zum Himmel auf, um mir den Farbton einzuprägen. Das schiefergraue Meer. Welche Farben muss ich später dafür auf meiner Palette mischen? Und gibt es eine Möglichkeit, die Luft darzustellen?

»Deine Mutter liebt dich, und sogar dein Stiefvater will das Beste für dich.«

»Wie kommst du denn darauf?«, frage ich stirnrunzelnd, in Gedanken mit den Farben beschäftigt.

»Hab ich aus deinen Erzählungen rausgehört.«

Das kapiere ich nicht. Ich motze immer nur über Mark, und über Mum rede ich gar nicht viel. Klar bin ich stolz auf sie, wer wäre das nicht? Sie ist eine eindrucksvolle Frau, hat sich eine Machtposition erarbeitet. Reist viel. Manchmal fahre ich mit. Nicht oft, aber ja, ich bin tatsächlich stolz auf sie. »Okay«, sage ich, weil mir nichts anderes einfällt.

»Meine Mutter ist tot. Mein Vater und mein Bruder auch.«

Ich nicke. »Ja, ich weiß. Das ist übel.«

»Es macht mich manchmal so wütend. Ich hab gar niemanden. Deshalb ist es einfacher, was zu nehmen. Dann tut es weniger weh.«

Er klingt so verzweifelt, dass ich echt nicht weiß, was ich tun soll. Dass das Leben nicht gerecht ist, weiß ich wohl. Für mich ist es nicht so scheiße. Es fühlt sich an, als platze irgendwas in meiner Brust.

Ich werde geliebt.

»Hör mal, Max.« Ich bin befangen, weil ich Max gerne etwas von dem abgeben würde, was ich habe. »Es tut mir total leid wegen deiner Familie ...«

»Aber ich liebe dich, das weißt du«, platzt er heraus. »Wenn ich mit dir zusammen sein könnte, würde ich mit den Drogen aufhören. Das würde ich hinkriegen. Ist sowieso nur ab und zu ein bisschen Koks. Für dich könnt ich das locker aufgeben.«

Mir ist unbehaglich zumute. »Max ...« Ach, Scheiße. »Max, mir geht es gut so, wie ich lebe. Allein. Und du solltest mit den Drogen um deiner selbst willen aufhören, nicht für andere. Und zwar schnell, bevor dein Leben zerstört ist.«

Er schlingt die Arme um sich. »Trotzdem liebe ich dich.«

Ich sehe ihm nach, als er gegen den Wind gebeugt davonstapft.

Dann zeichne ich weiter. Betrachte eingehend den Strand, das Meer, den Himmel. Ich drehe mich um und schaue zur Klippe hoch. Da steht eine Gestalt. Mir stockt der Atem. Ich greife in die Tasche, um mein Handy rauszuholen und den Moment festzuhalten.

Aber ich habe es nicht dabei.

Hey du, ich bin's.

Ich glaube, du hast mich gesehen. Oben auf der Klippe. Ich hatte ein bisschen Zeit und habe gehört, dass du zum Zeichnen am Strand bist.

Ich muss dir einfach noch einmal sagen, wie glücklich du mich machst. Zu wissen, dass du das Gleiche für mich empfindest wie ich für dich, bereitet mir so große Freude. Dass du mein bist, hält mich seelisch am Leben in dieser tristen Welt.

Denn du bist mein, und das lasse ich mir von niemandem nehmen.

25

Der Market Hill im Zentrum von Cambridge war mit seinem viktorianischen Brunnen, der Guildhall und der Kirche St Mary the Great ein Touristenmagnet. Auf dem Markt tummelten sich junge Frauen in Secondhand-Blümchenkleidern, mollige Damen mit robusten Schuhen und gebügelten Leinenhosen und Männer mit T-Shirts und Shorts, die eigentlich verboten gehörten. Die Atmosphäre war sehr lebendig, und Alex hätte sich gerne die Stände angeschaut, die wahrhaft alles anzubieten schienen, von Oliven über Flickenteppiche bis zu fossilen Dinosaurierexkrementen. Aber Malone ging schnurstracks weiter und suchte mit seinem Handy den Weg zum Stratton House, der Schule, an der Paul Churchill zuletzt unterrichtet hatte.

»Hier lang, Alex, komm schon.« Malone bog in eine Seitenstraße ab.

Pflichtschuldig folgte Alex ihm und bereute es bereits, dass sie ihm erlaubt hatte, sie zu begleiten. Andererseits konnte er als Ermittler im Gespräch mit dem Schulleiter von Nutzen sein. Und so oder so tat es gut, wenn sie mal was anderes sah als Hallow's Edge.

Sie kamen an der berühmten Universität vorbei: von Bäumen gesäumte Innenhöfe, grüne Rasenflächen und die gelben Sandsteingebäude mit Spitzbogenfenstern und den Steinungeheuern, die von Türmchen herabspähten. Das frisch gemähte Gras duftete, und die Gebäude strahlten eine große Ruhe aus. Wiewohl die Studierenden, die hier lernen mussten, sicher kaum die Muße hatten, die Schönheit der Bauten und Gärten mit ihren blühenden Kirschbäumen zu genießen.

»Hier ist es.« Malone blieb vor einem Torbogen in einer Mauer stehen. Laut dem dezenten Schild daneben waren sie an der Schule angekommen. Malone drückte auf den Knopf an der Sprechanlage und sagte ihre Namen, worauf das Tor aufschwang.

Während der Fahrt durch das flache Fenland hatte Malone in der Schule angerufen und sie beide angekündigt. Über die Lautsprecheranlage im Auto hatte Alex die Stimme des Schulleiters gehört. Er klang überrascht und vorsichtig.

Nun saßen sie Nigel Astley in dessen behaglichem Büro gegenüber. Der Schulleiter hatte einen weißen Bart, trug ein Tweedsakko mit Lederflicken, das eigentlich zu warm war für die Jahreszeit, und hatte freundlich funkelnde Augen. Alles in allem der absolute Gegensatz zu Sven Farrar.

An den Wänden hingen Fotos von Klassenreisen. Bücher stapelten sich auf den Stühlen, und Zeitschriften und Zeitungen lagen in ungeordneten Haufen auf dem Boden. Irgendwo draußen spielten Kinder, und die Luft roch leicht nach Hackfleischauflauf und Kohl.

»Ist das ein offizieller Besuch, Detective Inspector?« Astley blickte von Malone zu Alex.

Detective Inspector also. Seinen Rang hatte Malone immer vor ihr geheim gehalten.

Er lächelte. »Sagen wir mal halboffiziell. Meine Kollegin und ich«, er wies auf Alex, die nickte, aber schwieg, um Malone das Reden zu überlassen, »beginnen gerade mit ersten Ermittlungen und versuchen, uns einen Eindruck zu verschaffen.«

»Hat es Beschwerden über Paul Churchill gegeben?« Astley lehnte sich zurück.

»Nein.«

»Dann wüsste ich nicht, wie ich Ihnen helfen könnte.«

Malone spreizte die Hände. »Ich werde die Karten mal auf den Tisch legen. Uns sind gewisse Gerüchte über Mr Churchill zu Ohren gekommen, und wir möchten gerne in Erfahrung bringen, weshalb er Stratton House verlassen hat.«

Astley schürzte die Lippen. »Paul Churchill ist ein guter Lehrer. Daran habe ich keinerlei Zweifel, und ich habe es bedauert, als er gegangen ist.«

Malone nickte.

»Paul Churchill hat mir damals zu verstehen gegeben«, fuhr der Schulleiter fort, »dass seine Frau einen Wechsel anstrebte.«

»Seine Frau?«, warf Alex ein und ignorierte Malones ärgerlichen Blick.

Astley sah sie an. »Ja. Er sagte mir, sie wollte einen kompletten Neuanfang. Sie stand damals noch am Beginn ihrer Laufbahn und wollte Erfahrungen sammeln. Ich habe zunächst vermutet, sie würden sich für eine städtische Gesamtschule oder etwas in der Art entscheiden. Aber dann nahmen beide eine Stelle an einer Schule an, die dieser hier gar nicht unähnlich ist. Irgendwo in North Norfolk. Mrs Churchill hat dort wohl Verwandte, glaube ich. Wieso ist das so erstaunlich?«

»Uns wurden gewisse Informationen zugetragen, die andere Rückschlüsse nahelegen«, antwortete Malone entschieden.

»Ach so?«

»Es gibt Gerüchte, denen zufolge Mr Churchill für eine Schülerin ein Interesse entwickelte, das über den professionellen Rahmen hinausging, und dass er die Schule deshalb verlassen musste.«

Im ersten Moment sah der Direktor entsetzt aus, dann lachte er schallend. »Mein lieber Detective Inspector«, sagte Astley, als spreche er mit einem aufsässigen Schüler. Malone rang um Fassung, und Alex hätte auch am liebsten lauthals gelacht. »Paul Churchill war ein vorbildlicher Lehrer, und das ist er vermutlich noch immer. Ich kann mir nicht vorstellen, wie dieses Gerücht entstehen konnte. Wäre dergleichen mir zu Ohren gekommen, hätte ich die Angelegenheit genauestens untersucht, das kann ich Ihnen versichern. Und wäre dieser Verdacht begründet, hätte Mr Churchill auch keine andere Stelle bekommen.« Astley schüttelte den Kopf. »Nein, dieses Gerücht entbehrt jeglicher Grundlage.«

»Interessant.« Malone startete den Wagen und manövrierte ihn mühelos aus der engen Parklücke. »Astley war ja absolut sicher, dass Churchill ein untadeliger Lehrer ist und auf Wunsch seiner Frau die Schule gewechselt hat.«

»Aber weshalb hat Louise mir dann erzählt, Paul wollte dort weg? Von Verwandten in der Gegend hat sie auch nichts erzählt.«

»Sie hat dich aber auf jeden Fall belogen, was den Schulwechsel angeht. Und wer weiß, was sonst noch alles nicht stimmt. Weshalb sollte sie überhaupt lügen?«

»Keine Ahnung«, sagte Alex. »Aber sie hat durchblicken lassen, dass Elena wieder einen Rückfall in die Magersucht hatte. Und Louise hat mir unterschwellig gedroht, was ich sehr seltsam fand.«

»Vielleicht solltest du dich ein weiteres Mal mit Mrs Churchill unterhalten?« Malone warf ihr einen Blick zu.

»Sehe ich auch so. Und ich will Mark Munro fragen, weshalb er behauptet hat, einige Wochen vor Elenas Tod mit seiner Stieftochter gesprochen zu haben, obwohl es nur wenige Tage vorher waren.«

»Also musst du nach London fahren?«

»Sieht so aus. Ständig auf Achse.«

»Du könntest Mark Munro auch zu dir bestellen.«

Das war eine prima Idee. Alex rief Mark auf seiner privaten Handynummer an. Mailbox. Nicht schon wieder.

»Wartet vermutlich ab, wer anruft«, gab Malone zu bedenken.

»Stimmt, danke.« Sie hinterließ Mark eine Nachricht und bat um Rückruf. Dann sagte Alex: »Malone, können wir über Norwich zurückfahren?«

»Was? Das liegt nun nicht grade auf dem Weg, aber klar, warum nicht. Weshalb?«

»Ich möchte mich mit Tara Johnson unterhalten. Das war Elenas beste Freundin, hat Cat mir erzählt. Tara lebt mit ihrem Kind in Norwich«, antwortete Alex.

»Wie hast du das rausgekriegt?«

Sie lachte. »Das war nun echt nicht schwer. Ihre Mutter ist eine bekannte Schriftstellerin, deren Bücher dir allerdings eher nicht gefallen würden ...«

»Wieso, wie sind die denn?«

»Oh, es geht viel um Sex und Klamotten ...«

»Und du hältst mich für derartig macho?« Malone tat, als sei er beleidigt.

»Ach, Klappe, Malone. Die Mutter ist jedenfalls stolz auf ihre Enkelin und hat sogar eine Anzeige in die Zeitung gesetzt. Dann hab ich noch ein paar Kontakte in Norwich angerufen, und voilà.«

»Gut gemacht.«

»Und jetzt will ich noch eine Einladung zum Essen bei den Churchills kriegen.«

»Und wie willst du das anstellen?«

»Über Jonny Dutch.«

»Ah, diesen Arsch.«

»Ja, Malone, diesen Arsch. Er ist durchaus von Nutzen.«

»Stinkt nach Dope.«

»Er sagt, das hilft gegen seine Schmerzen.«

Malone lachte höhnisch. »Ha ha. Das hab ich schon öfter gehört. Vögelst du mit dem?« Er rammte den Gang rein. »Verflucht.« Er hupte und brüllte: »Verschwinde, du Volltrottel!«

Alex grinste in sich hinein. »Das geht dich gar nichts an. Bist du deshalb so gereizt?«

»Kann mir nicht vorstellen, dass du dich auf diesen Idioten einlässt«, antwortete er finster. »Vor dem solltest du dich lieber hüten.«

Der Tacho kletterte stetig höher.

Alex kam es vor, als wedle sie mit einem roten Tuch vor einem Stier herum. »Ach ja, und du bist also perfektes Partnermaterial, oder wie?« Sie verschränkte die Arme vor der Brust. »Das finde ich eher nicht. Du heiratest, weil dein Job es verlangt, und hast dann auch noch ein Kind mit der Frau. Mischst dich ins Leben meines Sohnes ein. Ich glaube kaum, dass du die Moral gepachtet hast, oder?« Erschöpft lehnte sie den Kopf ans Fenster und schloss die Augen. »Fahr einfach, Malone.«

26

Malone parkte den Wagen in einer Seitenstraße und schaltete den Motor aus. »Ich warte hier, ja?«

»Bitte.«

Das waren die ersten Worte, die sie wechselten, seit Alex getan hatte, als schliefe sie. Sie wollte nicht mehr mit Malone reden; er machte sie fuchsteufelswild.

Alex stieg aus, knallte die Tür zu und hielt in der Siedlung nach der richtigen Straße Ausschau. Taras Adresse lautete Newmarket Gardens 32. Alex ging die Burwell Road entlang und dann links in die Feltwell Avenue, wie sie es laut Google Maps in Erinnerung hatte. Dann müsste irgendwann rechts das Haus kommen. Alex ärgerte sich, dass sie ihr Handy im Auto gelassen hatte.

Genesis Estate war eine der ersten Arbeitersiedlungen, die in den zwanziger Jahren in Norwich gebaut worden waren. Damals hieß es seitens der Politik, dort lebten »hart arbeitende Menschen«. Zwischenzeitlich war es dann zum »sozialen Brennpunkt« geworden, doch inzwischen waren die Straßen wieder sauber, die Gärten der Reihenhäuser gepflegt, und auf den Grünflächen zwischen den Straßen spielten Kinder.

Alex hatte die Nummer 32 entdeckt. Durch ein hölzernes Gartentor betrat man einen Kiesgarten mit Pflanztöpfen, in denen Geranien und Petunien blühten. Das kleine Ziegelhaus wirkte frisch gestrichen und gepflegt. Jalousien in den

Fenstern, an der Wand eine Satellitenschüssel. Die Jalousie an einem Fenster schien sich leicht zu bewegen.

Als Alex an der Tür klopfte, rührte sich drinnen nichts, und sie klopfte noch einmal lauter.

Die Tür ging auf.

»Schsch! Sie wecken Jessica!« Eine junge Frau mit rundem Gesicht und ziemlich strähnigen Haaren stand vor ihr. Tara Johnson. Sie trug weite Jeans und ein langes T-Shirt, und über ihrer Schulter lag eine Mullwindel. Die junge Frau sah müde, aber zufrieden aus.

Alex lächelte. »Dürfte ich vielleicht kurz reinkommen?«

»Ich kaufe nichts, will meine Seele nicht retten und wähle auch nicht. Und ich hab die Kleine gerade hingelegt und wollte endlich mal duschen ...«

»Ich verkaufe nichts, bin nicht religiös und keine Politikerin. Und falls Ihre Kleine aufwacht, passe ich auf sie auf, während Sie duschen. Darf ich reinkommen?«

»Warum? Wer sind Sie?«, fragte Tara.

»Mein Name ist Alex Devlin, und ich bin eine Freundin von Elena Devonshires Mutter.«

»Elena?« Tara traten Tränen in die Augen. »Ich wünsche mir so sehr, sie hätte Jess kennenlernen können.«

Alex nickte. »Ich weiß. Und deshalb bin ich hier.« Sie legte Tara die Hand auf den Arm. »Ich möchte die Wahrheit über Elenas Tod herausfinden. Ihrer Mutter zuliebe. Sie sind selbst Mutter und wissen, wie sehr Sie Jessica beschützen wollen. Elenas Mutter leidet schrecklich. Kann ich kurz mit Ihnen sprechen? Bitte?«

Taras Nachbar war aus dem Haus gekommen und tat, als gieße er seine Blumen, während er das Gespräch belauschte. Wäre überzeugender gewesen, wenn er Wasser in die Gießkanne gefüllt hätte, dachte Alex.

Tara biss sich auf die Unterlippe, dann hielt sie die Tür auf. »Okay. Ich bekomme selten Besuch. Ist bestimmt ganz schön, mal mit einem erwachsenen Menschen zu reden.«

Es roch nach Waschpulver und leicht nach saurer Milch im Haus. In dem kleinen Wohnzimmer standen eine ausladende Couch und der größte Flachbildfernseher, den Alex jemals gesehen hatte.

Tara bemerkte ihren staunenden Blick und lächelte trocken. »Riesenteil, oder? Wenn meine Lehrer aus dem Internat das Ding sehen würden, wären die bedient. Nix mit gehobener Bildung und so. Aber ich guck gerne Fernsehen. Diese Talkshow, wo die Leute sich immer anschreien. Und die Sendung mit den Typen, die auf Flohmärkten rumstöbern und so. Müssen sich ihre Kohle echt mühsam verdienen. Da bin ich hinterher jedes Mal froh, dass ich das nicht machen muss. Ich hab wenigstens Jess. Aber mit einem Baby allein zu sein ist oft ziemlich langweilig, deshalb schau ich Fernsehen.«

Alex nickte. »Ich kenn das. Bin auch alleinerziehende Mutter, aber mein Sohn ist schon achtzehn und reist derzeit herum. Könnten Sie denn nicht mit der Kleinen bei Ihrer Mutter leben?«

Tara zuckte die Achseln. »Vielleicht schon. Aber meine Mum ist in L.A. Sie machen aus einem ihrer Bücher eine Fernsehserie, und ich will da nicht mit Jess nur rumhängen. Deshalb bin ich hier. Das Häuschen ist mein Zufluchtsort.«

»Sehen Sie denn Jess' Vater manchmal?«

Das Gesicht der jungen Frau verdüsterte sich. »Nein. Möchten Sie Tee oder Kaffee?«

»Danke nein, alles gut.«

Tara nickte, ließ sich auf einem Hocker am Fenster nieder und lud Alex mit einer Handbewegung ein, sich auf die Couch zu setzen. »Wie haben Sie mich gefunden?«

Alex lächelte. »Das war nun wirklich nicht schwer. Ihre Mutter hat eine Geburtsanzeige von Jessica in die Zeitung gesetzt, mit ziemlich vielen Angaben.«

Tara lachte. »Meine Mum hat darauf bestanden, ich wollte das eigentlich nicht.« Ihre Miene wurde ernst. »Also, Elena hat sich doch umgebracht, oder nicht? Das haben jedenfalls alle behauptet. Es ist passiert, kurz nachdem ich das Internat verlassen habe. Ich war bei der Beerdigung. Es war so furchtbar.«

»Erzählen Sie mir von Elena, Tara.«

Die junge Frau schaute aus dem Fenster. »Sie war immer lieb zu mir. Sie wusste auch, dass ich schwanger war, bevor ich es mir selbst eingestehen wollte. Elena hat meine Mutter informiert, die dann kam und mich da wegholte.« Sie lächelte. »Elena war ein sehr starker Mensch, wissen Sie. Das habe ich erst nach ihrem Tod richtig verstanden. An der Schule gab es diese Tussenclique …«

»So eine Art Mädchenbande, meinen Sie?«

»Ja, genau. Bestand hauptsächlich aus Naomi, Natasha, Jenni und Helen. Die hielten sich für die Allertollsten. Und ich wollte auch dazugehören. So sehr, dass ich …« Sie verstummte, und Alex hörte das Ticken einer Uhr irgendwo im Haus. »Weil ich so wie die sein wollte, hab ich diese ganze Drogengeschichte und so mitgemacht. Wissen Sie davon?«

Alex nickte.

»Wenn man da nicht mitmachte, war man automatisch außen vor und wurde nie zu irgendwas eingeladen. Nicht zu Partys, zum Grillen am Strand, zum Teetrinken auf dem Zimmer. Und Aussicht auf einen Freund hatte man auch nicht, wenn man nicht zu dieser Clique gehörte.« Tara sah Alex an. »Und dann wurde ich schwanger. An einem Abend am Strand. Weil ich dazugehören wollte.« Ein schmerzvoller Ausdruck trat auf ihr Gesicht. »Es war entsetzlich. Elena sagte, ich soll die Lehrer informieren, soll ihnen sagen, dass die mir so viele Drogen gegeben hatten, dass ich nicht mehr bei mir war. Ich habe mich damals dagegen gesträubt. Aber Elena war so ... sie wollte Gerechtigkeit.«

»Hatte Elena einen Freund?«

»Eine Zeit lang war sie mit Theo Lodge zusammen. Aber da war gar nicht wirklich was. Das wussten auch alle, weil Naomi mit Theos Freund Felix Sex hatte ...«

»Felix Devine?«

»Ja.«

Felix und Theo. Namen, die überall erwähnt wurden. Unwillkürlich berührte Alex den verblassenden Bluterguss unterm Auge.

»Sie hatten ein Buch«, fuhr Tara fort und wurde rot.

»Was für ein Buch?«

»In dem sie, ähm ... den Mädchen Noten gaben, von eins bis zehn.«

»Noten?« Großer Gott. Alex erfasste eine ohnmächtige Wut. »Sie meinen, Noten für Sex?«

»Ja. Aber Elena wollte sich nicht darauf einlassen. Hat Theo ein Arschloch genannt und gesagt, er hätte einen kleinen Schwanz. Das hat ihn aufgeregt.«

Kann ich mir vorstellen, dachte Alex.

»Und die Tussen mochten Elena nicht, weil sie nicht nach deren Pfeife tanzte. Als sie dann den Farrars von den Drogen erzählte, musste die ganze Truppe für ein halbes Jahr auf ihre kleinen Freiheiten verzichten. So was wie Ausgang ins Dorf, später ins Bett gehen und so.«

»Die Farrars wussten also Bescheid, aber niemand wurde der Schule verwiesen.«

Tara schüttelte den Kopf. »Nee, niemand. Aber die Jungen und die Tussen sagten, sie würden sich an Elena rächen. Deshalb sind wahrscheinlich die Fotos ...« Sie schlug die Hand vor den Mund. »Mist!«

Alex legte ihr die Hand auf den Arm. »Ich weiß von den Fotos. Habe sie sogar gesehen.«

»Aber das war noch nicht alles. Es wurde noch viel schlimmer.« Tara biss sich auf die Lippe. »Irgendwie kam Felix an die Fotos. Weiß nicht, ob er ihren Computer gehackt hat oder über Dropbox drankam, jedenfalls hat er sie online gestellt.« Sie seufzte und strich sich übers Gesicht. »Bevor Sie jetzt fragen: nur auf einer privaten Website, für die man ein Passwort brauchte. Das hat er dann an die anderen geschickt. Man kann froh sein, dass er die Fotos nicht auf Facebook oder Twitter verbreitet hat.«

»Und hat er das Passwort auch Elena geschickt?«, fragte Alex. Wahrscheinlich schon, denn nur so konnten die ihre Rache voll auskosten und Elena demütigen. Wie musste sie sich gefühlt haben, als sie erfuhr, dass die Mitschüler Nacktfotos von ihr begafften?

Tara nickte. »Ja. Elena hat den Link und das Passwort im Herbst bekommen. Und hat natürlich die ganzen gemeinen Kommentare gesehen.« Die junge Frau schluckte schwer, rang sichtlich mit den Tränen. »Sie hat die Fotos wahrscheinlich für jemanden gemacht, der ihr wichtig war. Und dann wurden sie als etwas Schmutziges betrachtet, dessen sie sich schämen sollte.« Sie schien kurz zu überlegen. Dann zog sie ihr Handy aus der Tasche. »Ich hab die Seite abfotografiert, für alle Fälle. Nach Elenas Tod hab ich nach der Website gesucht, aber die ist gelöscht worden. Vermutlich von Felix und Theo, um ihre Spuren zu verwischen. Sonst hätte man es zu ihnen zurückverfolgen können.«

Tara reichte Alex das Handy, und sie las die grausamen Kommentare unter den Fotos. *Wer will denn so was ficken? Wofür hältst du dich, Schlampe? Mit so einer Figur solltest du dich lieber umbringen.* Sie fühlte sich nicht imstande, mehr zu lesen.

»Und so geht das endlos weiter«, bemerkte Tara.

Alex gab ihr das Handy zurück. »Unvorstellbar, was das bei Elena ausgelöst hat.«

»Es war schlimm.« Tara starrte auf ihre Hände. »Aber Elena war total erstaunlich. Sie hat einfach so getan, als sei nichts gewesen. Als hätten nicht alle ihren Körper beglotzt wie notgeile alte Männer.«

»Sie ist über sich selbst hinausgewachsen«, sagte Alex.

»Ja. Sie dachte wahrscheinlich, schlimmer kann es sowieso nicht mehr werden. Wissen Sie, Elena war echt toll. Nach dem Tod ihres Vaters hat sie ihre Magersucht und ihre Depressionen bezwungen und war eine echte Stütze für ihre Mutter. Elena hätte wirklich etwas Besseres verdient.« Tara legte das Handy beiseite. »Sie haben doch vorhin gesagt, Sie wollen die Wahrheit über Elenas Tod herausfinden. Was haben Sie damit gemeint?«

»Ich bin mir nicht sicher, ob Elena sich tatsächlich umgebracht hat«, antwortete Alex.

Tara runzelte die Stirn. »Glauben Sie, es war ein Unfall?«

»Oder sie wurde in die Tiefe gestoßen.«

Die junge Frau sah sie entgeistert an. »Großer Gott. Ich weiß nicht, was ich sagen soll.«

»Kann ich verstehen.« Alex richtete sich auf. »Sie sagten vorhin, zwischen Elena und Theo sei nichts wirklich gewesen.«

Tara verzog das Gesicht und nahm die Mullwindel von ihrer Schulter. »Sie hat ihn quasi nur als Tarnung benutzt.

Aber Elena war mit irgendjemandem zusammen, da bin ich mir ganz sicher. Sie wollte mit niemandem darüber reden, auch mit mir nicht. Von dieser geheimnisvollen Person hat sie einen Silberring bekommen, den sie total liebte. Spielte immer damit an ihrem Finger herum.«

»Haben Sie irgendeine Ahnung, von wem sie den Ring bekommen haben könnte? Mit wem sie zusammen war?« Unwillkürlich hielt Alex den Atem an.

Tara seufzte und blickte auf ihre Hände. »Nein, leider nicht. Elena hat es wirklich für sich behalten. Bei den Churchills war sie ein paarmal, aber sie hat behauptet, sie hätte Nachhilfe bekommen.« Sie lachte. »Sie glauben aber nicht, es war Paul Churchill, oder?«

»Warum denn nicht?«, entgegnete Alex.

»Der ist Mathelehrer. Langweiliger geht's doch gar nicht.« Tara sah nachdenklich aus. »Die meisten unserer Lehrer waren alt und öde. Mit Ausnahme von Jonny Dutch vielleicht.« Sie schaute aus dem Fenster. »Mann, der neugierige Typ von nebenan lungert immer noch im Garten rum.« Sie klopfte an die Scheibe und wedelte mit den Händen, um den Mann zu verscheuchen.

»Jonny Dutch? Der Kunstlehrer?«, fragte Alex so ruhig wie möglich.

»Elena liebte Kunst, und sie hat mal gesagt, Jonny Dutch sei einer von den wenigen Lehrern, die sich wirklich für sie interessierten. Und Max Delauncey ist Elena übrigens immer hinterhergedackelt.«

»Max war in sie verliebt, oder?«

Tara lächelte. »Der hätte alles für sie getan. Aber sie wollte nichts von ihm. Mehr weiß ich auch nicht.«

»Max liegt im Krankenhaus, wegen einer Überdosis«, sagte Alex.

Die junge Frau wurde blass. »Wie schlimm ist es?«

»Ziemlich schlimm.« Alex hatte im Krankenhaus angerufen, und man hatte ihr nur gesagt, Max' Zustand sei nach wie vor kritisch.

»Woher wissen Sie das?«, fragte Tara.

»Ich habe ihn gefunden. In diesem verwahrlosten Blockhaus.«

Tara sah betroffen aus. »Max war ... so wütend auf die ganze Welt. Elena ist immer nett zu ihm gewesen, konnte ihn aber auch nicht von den Drogen abbringen.«

»Hätte denn diese Zena Brewer nicht helfen können? Oder der Schulpsychologe?«

Tara lachte bitter. »Oje. Die waren beide komplett überfordert.«

»Wer verkauft die Drogen im Internat?«, fragte Alex unumwunden.

»Wenn Sie sich in Hallow's Edge und an der Schule schon umgesehen haben, wissen Sie das bestimmt. Die Jungen – Felix, Theo und diese Truppe. Haben sich immer gerne als so eine Art Gangsta-Dealer betrachtet. Blöde Idioten.«

»Aber wie kommen die an die Drogen?«

»Keine Ahnung.« Tara schüttelte den Kopf. »Oh Mann, Max. Sagen Sie mir Bescheid, wie es ihm geht?«

»Klar. Wenn es ihm besser geht, können Sie ihn ja mal besuchen. Mit Jess, um ihm zu zeigen, dass es auch eine Zukunft gibt.«

Wie aufs Stichwort war aus dem Obergeschoss Babygeschrei zu hören. Die junge Frau fuhr hoch. »Hören Sie, ich muss Jess stillen. Will sie nicht warten lassen.« Das Geschrei steigerte sich.

Alex stand auf. »Na klar, gehen Sie schnell zu ihr. Ich finde allein raus. Wenn Ihnen noch was einfällt, rufen Sie mich an. Hier.« Sie legte eine Visitenkarte aufs Fensterbrett. »Und viel Glück mit Jess.«

»Danke. Wissen Sie, trotz allem, was passiert ist, kann ich sagen, dass Jess bisher das Allerbeste in meinem Leben ist.«

Alex nickte. Dieses Gefühl kannte sie.

27

ELENA

NOVEMBER, drei Wochen vor ihrem Tod

So soll das nicht sein. So darf es nicht sein.

Die Fotos sind aus Liebe entstanden, und jetzt kann jeder sie auf dieser schrecklichen Website angucken und sich darüber lustig machen.

Liege auf dem Bett, schaue aufs Handy und fühle mich elend. Da sitze ich nackt auf einem Stuhl, mache einen Schmollmund. Auf einem anderen Bild liege ich hier und versuche, lasziv auszusehen. Oder eher wie eine Nutte. So steht es auch in den üblen Kommentaren. *Hure. Schlampe. Wer will denn so was ficken? Voll eklig. Ich würd mich umbringen, wenn ich so aussehen würde.* Und schlimmer. Ich kann das nicht ertragen. Was hab ich denn getan? Weshalb behandeln die mich so? Ich liebe jemanden. Die Tussen sind mir scheißegal. Bin nicht wie die. Die haben Sex ohne Gefühl und ohne Liebe. Nur damit sie in dieses Buch kommen und von Typen wie Theo, Felix, Ollie und Hugh beurteilt werden. Wie ein Gegenstand auf *Amazon*. Solche Arschlöcher. Und die Tussen glauben wohl, sie seien besonders toll, wenn sie mit jedem an der Schule vögeln. Behaupten, sie machen es, weil sie wollen, nicht weil sie unter Druck gesetzt werden. Tja, wer's glaubt ...

Und jetzt das. Wie sind die nur an meine geheimen Bilder gekommen? Ich kann mir das nicht erklären. Doch plötzlich fällt mir was ein. Als ich zum Malen am Strand war und die Landschaft fotografieren wollte, hatte ich mein Handy nicht dabei. Es lag in meinem Zimmer, und da konnte jeder dran und die Fotos finden. Ich stöhne. Aber woher wusste überhaupt irgendjemand davon? Am liebsten würde ich mein Handy an die Wand feuern. Doch das würde die Website auch nicht aus der Welt schaffen.

Ich drehe mich zur Wand und rolle mich zusammen. In meinem ganzen Leben war mir noch nie so kalt.

Das Zimmer ist schrecklich leer, seit Tara ausgezogen ist. Ich habe ihre Mutter angerufen, wie ich es mir vorgenommen hatte. Sie kam sofort angerauscht wie ein Racheengel, in einer Wolke aus Poison und Zigarettenrauch, nahm Tara mit und verkündete lauthals, dieses Internat sei scheiße und hier kümmere sich wohl keiner um das Seelenheil der Kinder. Aber weil Tara sich hartnäckig weigerte, etwas über ihre Schwangerschaft, den Vater des Kindes (konnte sie wohl auch gar nicht wissen) oder über die Umstände zu sagen, blieb mir nichts anderes übrig, als zu schweigen. Ich habe es ihr hoch und heilig versprochen.

Aber ich vermisse sie entsetzlich. Könnte ich doch nur mit ihr reden. Die Sätze stecken mir im Hals fest, rasen durch meinen Kopf. Doch sie dürfen nicht nach draußen dringen, sonst fliegt alles auf, und ich habe gar niemanden mehr. Und ich finde es wunderbar, verehrt, geliebt und gebraucht zu werden.

Die Fotos habe ich gemacht, weil ich darum gebeten wurde, und ich habe es gerne getan. Ich werde jetzt nicht zulassen, dass diese Arschlöcher mich fertigmachen.

Ich darf nichts sagen, sonst ist alles aus.

Ich presse mir die Faust auf den Mund.

Dann stehe ich auf und gehe ins Bad.

Das Abendessen liegt mir schwer im Magen. Ich muss beinahe lächeln, denn so hat Mum das immer ausgedrückt, wenn ich als Kind Bauchweh hatte. Heute Abend musste ich mich zwingen zu essen; es gab Wurst und Kartoffelpüree und zum Nachtisch französische Tarte – pompöse Bezeichnung für ein Gebäck mit Pudding und ein bisschen Obst. Jetzt rumpelt und zwickt es in meinem Magen, und ich habe einen galligen Geschmack im Mund. Das Essen dreht und windet sich in meinem Bauch wie ein fettes, ekliges Schleimtier.

Ich hänge den Kopf über die Kloschüssel. Mein Würgereflex funktioniert so gut, dass ich mir nur kurz zwei Finger in den Hals stecken müsste, um das eklige Tier zu erbrechen. Ich spüre schon fast den sauren Geschmack im Mund, das Gefühl beim Ausspucken. Stelle mir vor, wie ich keuchend auf den Boden sinke, mit schlechtem Geschmack im Mund, aber mit gereinigtem Magen. Dann würde das widerliche Toben im Bauch verstummen.

Langsam stehe ich wieder auf. Vielleicht reicht es aus, den Kopf übers Waschbecken zu hängen und mich daran zu erinnern, wie es sich angefühlt hat. An den triumphalen Rausch, weil ich mich erfolgreich dem System verweigert habe. Doch der Rausch hielt nie lange an. Danach fühlte ich mich schmutzig und wertlos, weil ich alle im Stich ließ. Und überhaupt nicht so viel Kontrolle hatte, wie ich glaubte.

Ich wische mir den Schweiß von der Stirn. Ich war so nah dran. Seit langer Zeit war ich wieder in Versuchung, habe ihr aber nicht nachgegeben. Ich bin stark. Erlaube mir ein kleines Lächeln. Lehne mich an die Kachelwand und spreche es laut aus.

»Ich bin stark.«

Zum ersten Mal überhaupt vielleicht spüre ich deutlich, dass ich ohne Pillen, ohne Therapie, ohne die Sucht nach Bestätigung auskommen kann. Sogar damit, dass Mum mich offenbar vergessen hat. Ich bin stark. Ich werde geliebt.

Jetzt muss ich eben damit leben, dass die Fotos im Umlauf sind und jeder x-beliebige Arsch sie anschauen kann.

Tja. Scheiß drauf.

Mit Kichern und verstohlenen Blicken fing es an. Gespräche verstummten, wenn ich den Raum betrat. Zuerst dachte ich noch, es sei die übliche Schikane von Naomi und den anderen Tussen. Tara war immer noch hauptsächlich damit beschäftigt, jämmerlich herumzuliegen, aber auch sie wirkte plötzlich befangen.

»Tara. Was ist los? Warum bist du so komisch? Hab ich was falsch gemacht?« Wir saßen in unserem Zimmer, beide am Schreibtisch, und versuchten zu lernen, starrten aber zwischendurch immer wieder aus dem Fenster. Ich schlug mich mit einer Interpretation eines Gedichts von T. S. Eliot herum. Als ich die Frage stellte, zuckte Tara förmlich zusammen. »Komm schon, Tar, irgendwas ist doch. Du kannst mir ja kaum mehr in die Augen schauen.«

»Weiß nicht, was du meinst«, sagte sie, wurde aber puterrot und klackte nervös mit ihrem Kuli, was mich zur Raserei trieb.

»Wachsen mir Haare aus der Nase? Oder ein Ziegenbart? Oder was ist?«

»Nee«, murmelte Tara.

»Was dann?« Mann, war das frustrierend.

Sie zuckte die Achseln.

»Bitte. Ich werde so lange keine Ruhe geben, bis du es mir sagst.« Plötzlich bekam ich Angst. Es musste was ganz Schlimmes sein, denn Tara erzählte mir sonst absolut alles.

Wir hatten keine Geheimnisse voreinander – bis auf das eine von mir. Wenn sie es mir also nicht sagen wollte, musste es etwas Furchtbares sein.

Tara knallte ihr Buch zu und schnaufte gestresst. »Okay. Aber ich habe dich gewarnt. Du wirst schockiert sein. Ich bin's auch. Wie konntest du dich nur auf so was einlassen? Was ist in dich gefahren? Und wer hat dich dazu gebracht? Wer ist er überhaupt?«

Mir wurde eiskalt. »Wovon redest du?« Bitte nicht das.

»Davon.« Tara hielt mir ihr Handy hin. »Schau dir die Website an.«

Ich starrte auf meine Selfies. Scrollte. Alle meine Fotos. Und mit schlimmen Kommentaren. Mir kamen die Tränen. Jemand hatte aus etwas Schönem etwas Schmutziges gemacht. Scheiße, Scheiße, Scheiße. »Was ist das für eine Website?«, fragte ich und wunderte mich, wie ruhig meine Stimme klang.

»Eine private.«

»Na, wenigstens das.« Ich verbarg mein Entsetzen hinter Sarkasmus.

Tara sah verstört aus. »Es tut mir so leid. Aber immer noch besser als auf Facebook, wo die ganze Welt sie sehen könnte. Das wäre doch noch viel schlimmer, oder?«

»Kann man so sagen, ja.« Ich lachte bitter. »Wie hast du die gekriegt?«

»Man hat mir einen Link und ein Passwort geschickt.« Sie zuckte die Achseln. »Das war alles.«

»Also hast du einfach draufgeklickt.«

»Klar. Hättest du das nicht gemacht?«

Ich schaute Tara an. War sicher ungerecht von mir. Hätte ich so eine Mail gekriegt, hätte ich auch wissen wollen, was es damit auf sich hatte.

»Hör mal, tut mir total leid. Ich wollte es dir sagen, wusste aber einfach nicht, wie ich es anfangen sollte.« Sie biss sich auf die Lippe.

»Wer macht so was?«, flüsterte ich, immer noch auf das Display starrend. »Wer hasst mich so sehr? Weißt du das, Tar?« Theo? Felix? Ollie? Wer?

Tara schüttelte den Kopf. »Nein. Das fragen sich alle.«

»Und irgendjemand lügt.« Ich weiß, dass die es waren. Bestimmt angestiftet und unterstützt von Naomi.

»Was willst du jetzt machen?«, fragte Tara.

»Na, was schon? Die Bilder sind im Netz. Und wie du sagst, es könnte schlimmer sein. Sie sind nicht für die ganze Welt zugänglich.«

»Man muss auch für kleine Gnaden dankbar sein«, meinte Tara.

»Ist das ein Spruch von deiner Mutter?«, fauchte ich.

»Sei nicht fies.« Tara klickte wieder mit ihrem Kuli. »Also, was wirst du tun?«

»Nichts! Ich kann die Bilder doch nicht wieder zurückholen!«

Und dabei dachte ich, ich hätte sie gut versteckt. Eine unauffällige App, in der niemand Fotos vermuten würde. Wieso nur hatte ich sie behalten? Warum hatte ich sie nicht sofort gelöscht, nachdem ich sie verschickt hatte? Ich glaube, dass ich wie üblich die Kontrolle behalten wollte. Und ich wollte sehen, was ich geschickt hatte. Wollte mir anschauen, wie ich aussah, wenn ich verliebt war.

Das Gefühl, erwachsen zu sein, alles im Griff zu haben, verliert sich. Ich bin wieder ein Kind und sehne mich nach meiner Mama. Das ist furchtbar peinlich, aber ich muss mit jemandem darüber reden, am besten mit meiner Mutter. Aber ich glaube, ich kann es nicht.

Ich verlasse das Klo und tappe den dunklen Flur entlang zu meinem Zimmer. Lege mich ins Bett und schließe die Augen. Trotz allem fühle ich mich irgendwie friedlich.

Hey, du. Ich bin's.

Ist alles in Ordnung mit dir? In den letzten Tagen hast du so abwesend gewirkt. Als ich dich fragte, ob etwas nicht stimmt, hast du nur den Kopf geschüttelt und gelächelt, aber ich habe Tränen in deinen Augen gesehen. Was ist mit dir? Ich habe Angst, weißt du. Ich habe Angst, es könnte etwas mit mir zu tun haben. Habe Angst, du könntest mir sagen, wir sollten uns nicht mehr sehen. Aber das wirst du nicht tun, oder? Du wirst unsere wunderbare Liebe nicht zerstören, diesen Kokon des Glücks?

Ich will dich sehen, jetzt.

28

ELENA

NOVEMBER, zwei Wochen und drei Tage vor ihrem Tod

Hey, du. Ich bin's.
 Was hast du getan?
 Was hast du nur getan?

29

Ein schlichtes ärmelloses Kleid und Sandalen passten auf jeden Fall. Nachdem Alex angezogen war, trug sie Mascara auf, verdeckte den Bluterguss mit mehreren Schichten Concealer und vervollständigte ihr Make-up mit einem Hauch Lipgloss. Malone hockte unten und brütete finster vor sich hin. Sie spürte seine miese Laune fast körperlich und grinste in sich hinein. Es war äußerst befriedigend für sie gewesen kundzutun, dass sie und Jonny Dutch zur Grillparty bei den Churchills eingeladen waren, Malone aber selbstverständlich nicht. Damit musste er klarkommen. Ungläubig und wütend hatte er sie angesehen, weil sie doch wahrhaftig mit »Dutch, diesem Arsch« dorthin ging. Äußerst erfreuliche Reaktion. Wiewohl Alex sich eingestehen musste, dass ihr bei der Vorstellung, von Dutch begleitet zu werden, etwas mulmig zumute war. Doch sie wollte unbedingt mehr über seine Beziehung zu Max erfahren.

Jonny hatte angerufen, nachdem sie am Vortag aus Norwich zurückgekommen waren, und verkündet, er könne sie zu der Grillparty mitnehmen und Paul Churchill sei auch sehr interessiert daran, sie kennenzulernen. Alex fragte sich, was das zu bedeuten hatte. Vielleicht konnte sie Jonny behutsam auf den Zahn fühlen, ob er vielleicht Elenas mysteriöse Liebschaft gewesen war. Außerdem bot sich die Gelegenheit, bei der Party mit weiteren Leuten von der Schule ins Gespräch zu kommen. Und die Farrars würde sie auch im

Auge behalten, denn die beiden spielten nicht mit offenen Karten.

War Elena in die Drogengeschichten verwickelt gewesen? Bei der Obduktion waren schließlich Spuren einer kleinen Menge Cannabis im Blut gefunden worden. Und der Stiefvater, Mark Munro. Wie passte er ins Bild? Weshalb hatte er Elena besucht?

Es gab so viele offene Fragen.

Alex warf einen letzten Blick in den Spiegel und gab sich zufrieden.

»Kann ich mir zumindest das Bett im anderen Zimmer beziehen?« Malone blickte sie grimmig an, die Arme vor der Brust verschränkt.

Alex griff nach Handtasche und Schlüssel. »Ich will nicht, dass du noch viel länger hierbleibst, Malone, und das weißt du auch. Du bringst uns in Gefahr.«

»Dann wieder das Sofa.«

»Am liebsten wäre es mir, du verschwindest.«

»Weiß ich.« Er starrte sie mit bohrendem Blick an. Ärgerlicherweise reagierte ihr Körper darauf mit Verlangen, aber Alex verbot sich dieses Gefühl sofort. Auf keinen Fall in diese Falle tappen. »Mache ich aber nicht. Noch nicht. Und du musst dir keine Sorgen machen, ich habe meine Spuren sorgfältig verwischt. Du weißt, dass ich das gut kann.« Er grinste einnehmend, und sie lächelte unwillkürlich, befahl sich aber sofort, das zu unterlassen.

Konzentrieren, Alex. »Ist mir egal. Ich will, dass du verschwindest.«

Das träge Lächeln kam wieder zum Einsatz.

»Ja, schon klar. Aber du willst mir doch wohl nicht sagen, dass du auf diesen verlogenen hinkenden Kunstlehrer scharf bist?«

»Geht dich nichts an«, versetzte sie. Es klopfte an der Haustür.

Alex wusste, dass Malone förmlich in den Startlöchern stand, um sich wieder in ihr Leben einzumischen. Doch im Grunde genommen half er ihr, oder?, widersprach eine leise Stimme in ihrem Inneren. Das stimmte zwar, aber sie wollte seine Hilfe nicht. »Und du tauchst auf keinen Fall als ungebetener Gast bei der Party auf, ist das klar?«

Er nickte. »Ja.«

Sie spürte, dass er es nicht ernst meinte. »Ich will dich da nicht haben.«

»Ja, ja, hab doch bereits zugestimmt. Nur ...«

»Nur was?«

»Du könntest vielleicht ein bisschen Hilfe brauchen. Vier Augen sehen mehr als zwei.«

»Malone. Ich brauche deine Hilfe nicht, kapierst du's jetzt endlich?«

Er sah sie besorgt an. »Du solltest auf jeden Fall vorsichtig sein, Alex. Wie gesagt: Ich habe mich mit Dutchs Vorgeschichte beschäftigt, und ...«

Alex hielt die Hand hoch. »Ich kann gut auf mich selbst aufpassen.«

»Weiß ich.«

»Dann ist ja alles geklärt.«

Es klopfte wieder. Malone zog eine Augenbraue hoch. »Lass dein Schnuckelchen nicht warten.«

»Er ist nicht mein Schnuckelchen, Malone«, erwiderte Alex.

»Dich kann man echt leicht auf die Palme bringen.«

Alex deutete mit dem Zeigefinger auf ihn. »Besser, du bist weg, wenn ich zurückkomme.«

»Oh, ich werde in die finstere Nacht hinausgescheucht.«

»Ach, nun hör bloß auf. Es ist brüllend heiß, du wirst nicht erfrieren. Also zieh Leine.« Sie marschierte zur Haustür. »Bis dann, Malone.«

»Bis dann.«

Alex ging hinaus, ohne sich noch einmal umzudrehen.

Als sie bei den Churchills ankamen, war die Party schon in vollem Gange. Es roch nach gegrillten Würstchen und Burgern, und Alex lief das Wasser im Munde zusammen. Jonny und sie hatten unterwegs nur wenig geredet. Er hatte wissen wollen, ob es Malone etwas ausmache, dass er nicht eingeladen sei, und sie hatte ziemlich spitz geantwortet, es ginge Malone nichts an, was sie unternehme. Das schien Jonny zu erstaunen.

»Ich hatte den Eindruck, ihr seid verbandelt.«

»Ist nicht so.«

»Er glaubt das aber offenbar.«

»Ist trotzdem nicht so.«

»Aha.«

Alex entging das kleine zufriedene Lächeln auf Jonnys Gesicht nicht, und es ärgerte sie. »Ich habe überhaupt kein Interesse, mit irgendwem verbandelt zu sein, wie du es ausdrückst.«

»Verstehe.«

»Gut.«

Sie folgten den leckeren Grillgerüchen in den Garten hinter dem Haus.

Die Gäste standen grüppchenweise zusammen, es wurde angeregt geplaudert und gelacht. Im Hintergrund lief leise Jazz. Der Garten war eine wahre Farbenpracht: Entlang des Gartenzauns blühten üppige Rosen zwischen Jasmin, Clematis und Malven. Margeriten, Geranien und Petunien in

Töpfen sorgten für weitere Farbakzente. In der Mitte einer Terrasse war ein Mosaik von einer griechischen Amphore aus weißen, rosafarbenen und grauen Kieseln eingelassen. Alex dachte an ihren kleinen Garten in Sole Bay, der den größten Teil des Jahres ziemlich vernachlässigt gewesen war. Und an ihr winziges Gärtchen in London, eigentlich nur eine Rasenfläche, auf der man aber zumindest sitzen konnte.

Dann schaute sie sich um. War das dort drüben Pat, die Empfangsdame?

»Jonny, schön, dass du gekommen bist.« Ein Mann, der eine gestreifte Schürze trug und eine Grillzange in der Hand hielt, trat zu ihnen. »Und das ist wohl Alex?«

»Genau.« Sie hielt ihm die Hand hin. »Die Journalistin.«

Paul Churchill lächelte. Er war ein eher unscheinbarer Mann mit rötlichen, leicht schütteren Haaren, gepflegtem kurz gehaltenem Vollbart und blassblauen Augen. Trug gebügelte Jeans und ein Polohemd. Das Lächeln war freundlich. Hatte sich Elena in diesen Mann verliebt? Hatte sie sich davon beeindrucken lassen, dass ihr Lehrer sie nicht nur als Schülerin interessant fand? War Paul Churchill ein Mann, der seine Machtstellung missbrauchte und sich sexuell an einer Jugendlichen verging?

»Hallo.« Er drückte ihr die Hand. Kraftvoll und zupackend. »Ich bin Paul. Louise hat erzählt, dass Sie sich am Strand kennengelernt und auf Anhieb gut verstanden haben. Und Ronan hat sie offenbar auch gleich ins Herz geschlossen.« Er lächelte wieder. »Ist mir eine Freude, Sie kennenzulernen.« Als er ihre Hand losließ, bemerkte Alex verheilte Schürfwunden an seinen Knöcheln. Merkwürdig.

In diesem Moment wetzte Ronan auf sie zu und begrüßte sie mit begeistertem Schwanzwedeln. Alex streichelte ihn, und er rollte sich entzückt auf den Rücken.

»Hoch mit dir, Ronan«, sagte Paul. »Alex will dir nicht den ganzen Abend den Bauch kraulen.«

»Ich habe nichts dagegen«, sagte sie. »Er ist hinreißend.« Alex richtete sich wieder auf. »Sie haben einen wunderschönen Garten hier.«

»Danke. Der Garten ist Louise' Leidenschaft.« Paul blickte sich um. »Weiß gar nicht, wo sie ist. Vermutlich bei den Kindern. Sie wird sich riesig freuen, dass Sie da sind.«

»Ach ja, richtig, Sie haben zwei Kinder, nicht wahr?«

»Ja.« Sein Gesicht wurde weich. »Zwei Mädchen, Rowena und Charli. Sie sind wunderbar. Für die beiden tue ich alles. Aber jetzt muss ich dringend nach den Würstchen schauen.« Er schwenkte die Grillzange. »Nehmt euch was zu trinken. Steht alles auf dem Tisch dort in der Ecke.« Pauls Miene verschloss sich, als er Jonny zunickte. »Schön, dass du da bist.«

»Ich freu mich auch.«

Die beiden schienen kein herzliches Verhältnis zu haben. Weshalb nicht?

»Mögt ihr euch nicht sonderlich?«, fragte Alex, als sie zu dem Getränketisch traten, der sich unter der Last der Flaschen bog. Wein, Schnäpse, Bier, Soft Drinks – das Angebot war so reichlich, dass es nicht mal Jonny gelingen würde, die Vorräte zu vernichten.

»Doch, geht schon«, antwortete Jonny. Er goss Alex Weißwein ein und machte sich selbst ein Bier auf. »Nur ein kleineres Missverständnis beim Thema Ehefrau.«

»Ach so?« Sie hatte eine vage Ahnung.

»Als ich an der Schule anfing, wusste ich nicht, dass die beiden verheiratet sind. Deshalb ... na ja, du kannst es dir denken.« Jonny wirkte keineswegs verlegen.

Alex verdrehte die Augen. »Allerdings.«

»Aber sie hatte sowieso kein Interesse«, fuhr er fort. »Schade eigentlich. Ich glaube nicht, dass sie glücklich ist.«

Alex betrachtete ihn forschend. Diese Beobachtung fand sie interessant, denn sie hatte den gleichen Eindruck von Louise gewonnen. Vielleicht verfügte Jonny doch über ungeahnte Fähigkeiten.

»Ms Devlin. Sie habe ich hier nicht erwartet. Noch immer in der Gegend?« Ingrid Farrar war zu Alex getreten und fixierte sie mit eisigem Blick. Jonny verdrückte sich eilig.

»Sieht so aus«, antwortete Alex mit unbekümmertem Grinsen.

»Ich gehe davon aus, dass Sie bei Ihrem – sagen wir mal – recht unorthodoxen Vorgehen nun die richtigen Schlüsse gezogen haben?«

»Ich weiß nicht, was Sie damit sagen wollen, Ingrid. Mein Vorhaben hier ist noch nicht abgeschlossen. Es geht mir lediglich darum, die wahren Hintergründe von Elenas Tod herauszufinden.« Mit Befriedigung bemerkte Alex, wie Ingrid Farrar ihr Glas so fest umklammerte, dass ihre Knöchel weiß wurden.

Die Schulleiterin beugte sich vor und zischte: »Sie wissen doch genau, was passiert ist. Elena war psychisch krank und hat sich das Leben genommen.«

»Wen oder was versuchen Sie zu schützen, Ingrid?«, entgegnete Alex, die begann, Gefallen an dem Gespräch zu finden. »Die Schule oder sich selbst?«

Ingrid Farrar richtete sich auf und straffte die Schultern. »The Drift hat einen exzellenten Ruf, und ich sorge dafür, dass das so bleibt.«

»Und dennoch ist Elena Devonshire hier ums Leben gekommen. Und Max Delauncey liegt aufgrund einer Überdosis Drogen im Krankenhaus, sein Zustand ist kritisch. Das macht alles keinen guten Eindruck, finden Sie nicht auch?«

Ingrid Farrars Lippen zuckten, als müsse sie sich eine Antwort verkneifen, die sie später bereuen würde. »Finden Sie es passend, das jetzt zur Sprache zu bringen? Wir sind hier, um das Ende eines erfolgreichen Schuljahrs zu feiern.«

»Ach ja? Ist ja schön für Sie, dass Sie das alles so mühelos hinter sich lassen können. Elenas Mutter ist sicher nicht nach Feiern zumute. Und auch den Verwandten von Max Delauncey nicht. Ach so, und ich habe gehört, dass Max einen Lehrer mit einem Messer attackiert hat.« Großer Gott, wie konnten Leute wie die Farrars nur Leiter einer sogenannten Eliteschule werden? »Und der Drogenskandal um Felix und Theo? Das wirft nun wirklich kein gutes Licht auf das Internat und wird sicher ein Medienecho haben.« Die Zeitungen berichteten bereits darüber.

Ingrid Farrar verengte die Augen. »Sie werden merken, dass Felix und Theo verleitet wurden, und die Polizei hat die wahren Schuldigen gewiss in Kürze ermittelt. Und was den Vorfall mit dem armen Max betrifft: Darum haben wir uns sofort gekümmert, und der Ruf der Schule hat nicht darunter gelitten.«

Alex zog eine Augenbraue hoch. »Für das Renommee von The Drift würden Sie wohl alles tun, wie?«

»Was meinen Sie damit?«, erwiderte sie. Alex fürchtete allmählich, dass das Glas gleich zerspringen würde, weil die Schulleiterin es so fest umklammerte.

»Ich meine damit die vielen großzügigen Spenden diverser Eltern. Schweigegeld nennt man so was in gewissen Kreisen. Sie beherrschen es perfekt, andere zum Schweigen zu bringen.«

»Da irren Sie sich aber gewaltig.«

Alex lächelte knapp. »Jedes Mal, wenn Schüler oder Schülerinnen aus der Spur geraten, bekommen Sie eine üppige Spende von den Eltern oder Verwandten. Und was wird aus den Schülern? Eine harmlose Ermahnung, vielleicht noch eine Aufforderung, es nicht wieder zu tun, weil Sie schließlich nicht wollen, dass die Eltern ihre Kinder aus der Schule nehmen und die Geldquelle versiegt, nicht wahr?« Ingrid Farrar wollte etwas erwidern, aber Alex ließ sie nicht zu Wort kommen. »Landen diese großen Summen wirklich alle im Schultopf? Und die Körperverletzung eines Lehrers haben Sie auch vertuscht. Sie haben nicht nur eine Leiche im Keller, Ingrid.«

»Und Sie sollten sich lieber in Acht nehmen. Verleumdung kann sehr teuer werden.« Ingrid Farrar wandte sich ab und stolzierte davon.

Alex sah ihr nach und wünschte sich inständig, dass die Farrars ihrer Strafe nicht entgehen würden. Aber solche Leute waren vermutlich unangreifbar.

»Alex. Ich wusste gar nicht, dass Sie auch kommen würden«, sagte jemand neben ihr.

Louise Churchill trug einen knielangen Rock, eine kurzärmlige Bluse und Flip-Flops. Die Lehrerin wirkte angespannt und sah Alex argwöhnisch an.

»Ich bin mit Jonny hier«, sagte Alex.

»Ah.« Das schien den Argwohn noch zu steigern.

»Bin mir aber darüber im Klaren, dass er sich für unwiderstehlich hält.«

Louise lachte, etwas entspannter. »Hören Sie, tut mir leid, dass ich neulich am Strand so dumme Sachen gesagt habe. War irgendwie verwirrt. Wegen Ihrer Fragen nach Elena. Ich fühle mich auch schlecht, weil ich vielleicht mehr für sie hätte tun können ... oder sollen. Ich war wohl ...«, sie

suchte nach dem richtigen Wort, »nicht engagiert genug.«
Louise runzelte die Stirn. »Was ist denn mit Ihrem Gesicht passiert?«

Alex berührte den Bluterguss. Offenbar hatte sie doch nicht genug Concealer verwendet. »In schlechte Gesellschaft geraten.«

»Passen Sie auf sich auf.«

War es Einbildung, oder hörte sich diese Bemerkung wie eine unterschwellige Drohung an?

»Mach ich«, erwiderte Alex. »Hören Sie, ich weiß, dass Sie mich für eine sensationsgeile Journalistin halten, die nur Staub aufwirbelt. Aber ich will tatsächlich nur eins: erfahren, was wirklich mit Elena geschehen ist. Und zwar im Auftrag ihrer Mutter.«

»Das verstehe ich, und ich hoffe, es gelingt Ihnen, Mrs Devonshire zu mehr Seelenfrieden zu verhelfen. Es ist natürlich eine schlimme Situation für sie.« Louise wich ihrem Blick aus.

»Ja. Das ist es.« Alex zögerte. »Verzeihen Sie mir die Frage, Louise ... aber sind Sie glücklich?«

Louise' Lachen klang etwas gezwungen. »Das ist wirklich eine sonderbare Frage. Sicher, ich kenne Pauls Schwächen, und als ich Sie neulich traf, war ich nicht gut drauf. Aber wir fühlen uns hier wirklich wohl.« Sie blickte in die Runde. »Und jetzt muss ich mich unter die Gäste mischen.« Sie setzte ein künstliches strahlendes Lächeln auf. »Bis später. Holen Sie sich etwas zu essen. Und viel Spaß.«

Alex beobachtete, wie Louise sich zu einem Grüppchen gesellte. Sie einzuschätzen war wirklich schwierig. Ob sie sich hier wohlfühlte, war nicht die Frage gewesen. Alex goss sich nach, diesmal Prosecco.

»Da bist du ja. Hab mal einen Burger mitgebracht«, sagte Jonny und drückte ihr einen Pappteller in die Hand. »Dachte mir, du könntest vielleicht was brauchen, um den Alkohol aufzusaugen.«

»Danke.« Alex biss in den Burger und nickte Jonny dankend zu. »Lecker.«

»Ich bin gut darin, den Geschmack von Frauen zu erraten.« Er grinste sie selbstzufrieden an.

Hätte Alex nicht den Mund voll gehabt, hätte sie lauthals gelacht. Der Typ war unfassbar. Als sie den Bissen hintergeschluckt hatte, sagte sie: »Warum hat Max mit dem Messer auf dich eingestochen?«

»Das war nur ein kleiner Kratzer, okay? Können wir das Thema wechseln?« Er berührte sie am Arm. »Da drüben ist Zena Brewer. Ich hol mir noch ein Bier.«

Alex blickte zu der Lehrerin hinüber. Sie war klein, etwa Anfang vierzig und trug einen unvorteilhaften wadenlangen Rock und ein T-Shirt, unter dem sich ihre Speckröllchen abzeichneten. Die Leiterin von Elenas Wohnheim hatte nicht auf ihre Anrufe reagiert. Sie schien in ein intensives Gespräch mit Paul Churchill vertieft, der ihr jetzt die Hand an die Wange legte. Zena Brewer schloss die Augen, schien die Berührung zu genießen.

Als Paul Churchill wegging, begab sich Alex schnurstracks zu der Lehrerin.

»Mrs Brewer?« Alex streckte ihr die Hand hin. »Alex Devlin. Ich habe schon versucht, Sie zu erreichen.«

»Ah ja. Genau.« Zena Brewer blickte nervös um sich, als suche sie nach einem Fluchtweg. »Entschuldigen Sie mich bitte.«

»Bitte laufen Sie jetzt nicht weg. Ich möchte nur kurz mit Ihnen über Elena sprechen.«

»Elena.« Zena Brewer schien blitzschnell zu überlegen und erwiderte dann: »Elena Devonshire hatte sehr viele Probleme mit sich selbst.«

»Hat sie sich Ihnen anvertraut?«

»Manchmal. Ich habe versucht zu helfen, aber ...«

»Was meinen Sie denn mit ›Probleme‹? War Elena depressiv? Oder hatte sie eine Essstörung?«

»Meines Wissens nach nicht«, antwortete Zena Brewer, die jetzt starr und abweisend wirkte. »Ich weiß zwar, dass sie sich wohl mit allem Möglichen herumschlug, aber sie wollte nicht mit mir reden. Und wenn sich Schüler der Kommunikation verweigern, kann man nichts weiter tun.«

»Hätten Sie Elena denn nicht an jemand anders verweisen können?«

Zena Brewer sah Alex an, als sei sie geistig minderbemittelt. »Wenn sie nicht mit mir reden wollte, hätte sie sich ja wohl kaum jemand anders anvertraut. Es wäre also völlig sinnlos gewesen.«

»Warum haben Sie behauptet, Sie hätten mehrmals versucht, Elenas Mutter zu erreichen, obwohl Sie das nachweislich nicht getan haben?«, fragte Alex. »Hat Ihre Schwester, Ingrid Farrar, Ihnen gesagt, dass Sie lügen sollen?«

Schadenfroh bemerkte Alex die verblüffte Miene der Lehrerin. »Ja, ich weiß, dass Sie beide Schwestern sind«, fuhr Alex fort, »und Sie haben die Untersuchungsrichterin belogen. Ingrid und Sie wussten genau, dass Sie sich nicht genug um Elena gekümmert haben. An der Schule gingen Dinge vor sich, die Elena Angst machten. Sie fühlte sich schlecht, aber Sie sind derartig inkompetent, dass Sie von nichts eine Ahnung hatten.«

Zena Brewer sog schockiert die Luft ein. »Ich weiß nicht, wovon Sie reden«, erwiderte sie. »Außerdem hat ja ihr Vater sie besucht. Ihr Stiefvater«, korrigierte sie sich hastig. »Nur wenige Tage vor ihrem Tod.«

»Fanden Sie das nicht merkwürdig?«

»Merkwürdig? Was? Dass Elena sich zwei Tage später das Leben nahm?« Der Lehrerin stieg das Blut ins Gesicht. »Sie wollen doch nicht andeuten ... Keinesfalls! Mr Munro ist ein sehr geachteter Geschäftsmann. Er hat sein Büro in der Nähe von diesem Wolkenkratzer, The Shard.«

»Aha.« Damit war man dann wohl moralisch integer.

»Und ich lege keinerlei Wert darauf, von Leuten wie Ihnen bei einem Fest ausgehorcht zu werden«, setzte Zena Brewer hinzu. »Da möchte ich mich entspannen und Spaß haben.« Sie blickte Alex wütend an. »Entschuldigen Sie mich.« Und damit drängte sich die Lehrerin an Alex vorbei und marschierte davon.

»Hat's was gebracht?« Jonny tauchte so unvermittelt neben ihr auf, dass Alex zusammenzuckte.

»Nicht so richtig«, antwortete sie nachdenklich und beobachtete, wie Zena Brewer den Weg entlangging und das Grundstück verließ.

30

Der Himmel leuchtete rosafarben, als die Sonne unterging. Kurz darauf flackerten überall im Garten Kerzen in Gläsern, und eine Lichterkette funkelte in einem Knöterich. Musik wehte durch die warme Abendluft. Alex hatte mit diversen Leuten von der Schule geplaudert und sich bemüht, die klischeehafte Vorstellung von der sensationsgeilen Journalistin, die hinter dunklen Geheimnissen her war, zu entkräften. Einige sprachen bereitwillig über Max und brachten ihre Bestürzung zum Ausdruck, ließen aber auch durchblicken, dass er ein sehr schwieriger Junge war. Zugleich betonten alle, dass sie sich nichts vorzuwerfen hatten, was die laufenden Ermittlungen über den Vorfall auch erbringen mochten. Zu der Messerattacke wollte sich niemand äußern. Die Farrars hatten das Kollegium fest im Griff. Und sobald Alex auf die Drogen zu sprechen kam, waren alle vollkommen entsetzt. Felix Devine und Theo Lodge? Nein, das hatte niemand geahnt – falls denn überhaupt etwas dran war. Nein, das war ausgeschlossen. Hätte es an der Schule Drogen gegeben, wäre man sofort massiv dagegen vorgegangen. Das mussten die einheimischen Jugendlichen gewesen sein.

Alex sah sich um. Die meisten Gäste waren inzwischen ordentlich angeschickert und würden wohl nicht bemerken, wenn sie ins Haus ging. »Hier«, sagte sie zu Jonny und gab ihm ihr Glas. »Ich muss mal.«

»Durch die Küche, dann Treppe hoch und links. Und pass auf, dass du nicht in die Kinderzimmer rennst.«

»Mach ich.«

In der hell erleuchteten Küche herrschte Chaos. Teller mit Essensresten waren auf halb verkrusteten Backblechen abgestellt worden. Benutzte Weingläser standen überall herum, am Boden lagen Topfhandschuhe. Alex hob sie auf und hängte sie an einen Haken. Dann trat sie in den Flur hinaus, der nur von einem Nachtlicht erleuchtet war, wie man es für Kinder anbringt.

Alex ging die Treppe hinauf. Ob Louise' Kinder wohl fernsahen oder am Computer spielten? Bei dem Partylärm würden sie ja kaum schlafen. Sie dachte an Gus, der niemals Ruhe gegeben hatte, wenn Gäste zu ihnen kamen. Er hatte immer einen Auftritt hingelegt und dafür gesorgt, dass sie sich den ganzen Abend nicht entspannen konnte. Und nachdem sie Gus dann endlich ins Bett gebracht hatte, ließ er meist kurz darauf oben am Treppenabsatz die Beine durchs Geländer baumeln und beobachtete alles. Damals hatte sie oft inständig den Tag herbeigesehnt, wenn ihr Sohn endlich flügge werden würde. Jetzt wünschte sie sich inständig, er würde zurückkommen.

Die Kinderzimmer waren auf den ersten Blick zu erkennen.

Rowenas Zimmer. Zutritt für Erwachsene strengstens verboten.

Und: *Hier wohnt Charli. Zutritt nur unter Lebensgefahr.*

Alex grinste in sich hinein, schlich leise weiter und spähte durch eine angelehnte Tür. Ein stilvoll eingerichtetes Badezimmer inklusive altertümlicher Wanne mit Klauenfüßen. So eine hatte sie sich immer gewünscht. Ein mit Tesa an der Tür befestigter Zettel wies darauf hin, dass hier das Gästeklo war. Alex knüllte ihn zusammen und steckte ihn in die Tasche.

Am Ende des Flurs entdeckte sie eine geschlossene Tür. Alex öffnete sie vorsichtig. Durch die offenen Fenster war die Musik aus dem Garten zu hören. Das Schlafzimmer von Paul und Louise. Es roch nach Puder und einem leichten blumigen Parfum, vermischt mit einem dunkleren, würzigen Duft. Eine kleine Lampe auf einer Kommode in der Ecke erhellte den Raum. Über dem Doppelbett hing ein großes Aktgemälde, unter dem Fenster stand ein Sofa.

Alex zuckte zusammen, als sie sich im Spiegel auf der Frisierkommode erblickte. Wonach suchte sie überhaupt? Nach einem verräterischen Brief vielleicht? Nach etwas, das darauf hinwies, dass Paul Churchill ein Verhältnis mit Elena gehabt hatte? Aber vielleicht hatte er das Mädchen auch gar nicht getötet. Doch wenn Alex etwas in der Hand hätte, um den Lehrer unter Druck zu setzen, käme sie vielleicht weiter.

In der obersten Schublade der Frisierkommode fand sie nur Haarspangen, leere Schmuckschachteln und Handcremetuben. In der Schublade daneben lagen ordentlich aufgerollte Socken. Wer machte so was denn heutzutage noch? Alex dachte an ihr Einzelsockenchaos und beschloss, sich zu bessern. Dann nahm sie sich die andere Kommode vor. T-Shirts, Sommerpullover, ein Rock in einer Schublade, in der nächsten Männerjeans, Pullis, Polohemden. Nichts Auffälliges. Alex kam sich einigermaßen mies vor, weil sie hier herumschnüffelte wie eine Paparazza.

Rasch sah sie sich noch einmal um. Es wurde höchste Zeit, sich wieder unter die Gäste zu mischen, bevor sie vermisst wurde. In der Ecke gab es noch eine Tür. Ein zusätzliches Badezimmer vielleicht? Tatsächlich befand sich hinter der Tür ein elegantes kleines Bad. Der Duschkopf war tellergroß.

Sie öffnete ein Wandschränkchen. Das übliche Zeug: Paracetamol, Fußspray für Sportler, ein halbvolles Tablettenröhrchen, das aussah wie ... Alex nahm es heraus und betrachtete das Etikett. Ein Antidepressivum. Wegen Sasha kannte sie jedes handelsübliche Präparat. Die Apotheke hatte Louise' Namen darauf vermerkt.

Ganz hinten in dem Schränkchen sprang Alex etwas Glitzerndes ins Auge. Sie schob die Medikamente beiseite, und da lag er: ein Silberring mit einem eingravierten halben Herzen. Ihr stockte der Atem. Sie war hundertprozentig sicher, das Gegenstück zu dem Ring entdeckt zu haben, den sie in dem verwahrlosten Blockhaus gefunden hatte. Alex horchte kurz, ob die Luft rein war, bevor sie den Ring herausnahm und ihn ins Licht hielt. Er war zart und wunderschön.

»Was machen Sie hier?«

Rasch steckte sie den Ring in die Tasche, griff nach dem Paracetamol und drehte sich um. »Tut mir leid«, sagte sie mit einem entschuldigenden Lächeln und hielt die Tabletten hoch. »Ich hab die Toilette nicht gefunden, aber Ihr Badezimmer.« Sie zuckte mit den Achseln. »Ich habe plötzlich solche Kopfschmerzen.« Um überzeugend zu wirken, nahm sie eine Tablette und schluckte sie ohne Wasser hinunter. Vorsicht, ermahnte Alex sich, nicht weiterplappern, nichts mehr erklären. Das weist auf ein schlechtes Gewissen hin.

Paul Churchill betrachtete sie einen Moment ungläubig, doch dann entspannte er sich. »Kein Problem. Wir hatten einen Zettel an die Tür gehängt, aber der ist abhandengekommen. Ich sollte wohl einen neuen machen.«

»Ja, das ist sicher besser.« Sie wollte rausgehen, aber Paul blieb in der Tür stehen. »Ich ... ähm ... sollte mal wieder raus in den Garten«, sagte Alex. »Jonny wartet bestimmt schon auf mich.«

»Jonny Dutch. Exzellenter Künstler.« Paul schwankte leicht. Ein Schweißfilm lag auf seinem Gesicht, und seine Augen wirkten gerötet. Der Mann war betrunken.

»Der ist ein Arschloch, das wissen Sie aber, oder?« Paul lallte beinahe.

»Ach so?«, erwiderte Alex und überlegte, ob sie sich an ihm vorbeidrängen konnte.

»Hat Louise angemacht.«

»Oh.«

Paul lachte gehässig. »Dämlicher Idiot. Hält sich für Wunder wie attraktiv. Da liegt er aber gründlich falsch.«

»Das vermute ich auch.« Beipflichten und dann abhauen. Sie hatte nicht direkt Angst vor Paul, fühlte sich aber unwohl. »Entschuldigen Sie mich jetzt bitte, ich geh mal zurück.«

»Bleib bei mir.« Er packte ihr Handgelenk, als sie sich vorbeidrängen wollte, und sah sie lüstern an. »Du bist sehr ...«

»Paul«, sagte Alex entschieden und riss sich los, »Sie sind betrunken, und das führt zu nichts Gutem. Gehen wir nach unten, und ich hole Ihnen ein Glas Wasser, okay?«

»Ich bin doch kein Kind«, entgegnete er bockig.

Herr im Himmel, sie waren wirklich alle gleich. Hielten sich für den Nabel der Welt. »Das weiß ich. Aber Louise wäre entsetzt, wenn Sie uns hier zusammen finden würde.«

Paul lachte. Es klang ziemlich irr. »Ich denke, das wäre ihr scheißegal.«

Alex sah ihn an. Sie hatte die Hand in die Tasche gesteckt und spürte den Ring. Plötzlich fragte sie sich, ob Elenas Liebschaft selbst das Mädchen von der Klippe gestoßen hatte.

Endlich begann Alex zu verstehen.

31

ELENA

DEZEMBER, fünf Tage vor ihrem Tod

Obwohl das Schlimmste passiert war und Felix oder Theo meine Fotos auf der Website für die ganze Schule zugänglich gemacht haben, habe ich mich nicht unterkriegen lassen. Ich wurde weder depressiv, noch fing ich wieder mit der Kotzerei an. Habe sogar anständig gegessen, soweit das bei dem Essen hier möglich ist. Das ist mir gelungen, weil es jemanden gibt, für den ich gesund bleiben will. Damals, nach Dads Tod, ist das alles nur passiert, weil ich mich so allein fühlte. Tief drinnen wusste ich schon, dass Mum mich natürlich liebt, aber sie hatte keine Kraft, sich um mich zu kümmern, weil sie so heftig trauerte. Das kann ich echt verstehen. Die beiden hatten sich schon seit ihrer Kindheit geliebt, so kitschig das auch klingt, und natürlich würde Mum Dad furchtbar vermissen. Eine Zeit lang ging sie nicht mehr einkaufen, aß nichts, sprach nicht und weinte nicht mal. Ich ging einkaufen, brachte aber immer das Falsche mit, was Mum noch trauriger machte. Bis es ihr besser ging, habe ich mich nur von Toast ernährt.

Als ich zu meinem Schreibtisch rüberschaue, seufze ich tief. Die Bücher sind aufgeschlagen, ich muss diesen elenden Essay schreiben. Dabei interessiert mich Philip Larkin kein bisschen. Das einzig brauchbare Gedicht von ihm ist das, in dem er darüber schreibt, wie seine Eltern sein Leben verhunzt haben.

Aber wir haben gleich nach Weihnachten Klausuren, und die will ich nicht vermasseln. Mum und Mark würden mir fürchterlich Stress machen.

Es klopft an der Tür.

»Ja?«, rufe ich und springe schnell vom Bett auf, damit es nicht aussieht, als würde ich faulenzen. Es ist nämlich diese nichtsnutzige Zena Brewer.

»Elena, Ihr Stiefvater ist hier.«

»Hier?«, wiederhole ich belämmert. Was will der denn?

»Ja. Hier. Im Büro. Sagt, er hat nicht viel Zeit. Also hopp hopp.«

Hopp hopp. Wofür hält die mich? Dann bleibt mir fast das Herz stehen; vielleicht ist Mum was zugestoßen. Aber dann würde die Brewer zumindest mitleidig gucken.

»Okay, danke«, sage ich und ziehe einen Pulli über. »Komme sofort.«

»Lassen Sie ihn nicht warten. Er ist ein viel beschäftigter Mann.«

Und ich habe nichts zu tun? Ich schaue wieder zu den Büchern rüber. Das zählt ja wohl nicht.

Ich gehe in das Büro. Chintzvorhänge mit Raffhaltern und Schabracken, dicker weicher Teppichboden, großer Mahagonischreibtisch mit Ledersessel. Weitere Sessel um einen Glastisch gruppiert. Mark steht mit dem Rücken zu mir und schaut aus dem Fenster. Als ich die Tür schließe, dreht er sich um.

»Elena. Schön, dich zu sehen.«

Er ist immer so höflich. Trägt wieder seinen dreiteiligen

dunkelblauen Anzug und die spitzen auf Hochglanz polierten Lederschuhe.

»Ist mit Mum alles in Ordnung?«, frage ich sofort.

Er runzelt die Stirn. »Wie? Ach so, ja, natürlich. Sie ist bei einer Konferenz in Brüssel. Wieder wegen der Flüchtlingskrise.«

»Ich hab nämlich gedacht ...«

Sein Gesicht entspannt sich. »Ah, verstehe. Tut mir leid.« Er nickt. »Du dachtest, es könnte nur einen Grund geben, warum ich hier plötzlich aufkreuze. Das kann ich nachvollziehen.«

»Wenn das mal nicht super ist.«

»Elena ...« Er sieht aus, als wolle er mich inständig um etwas bitten.

Ich hebe die Hände. »Schon gut, schon gut, tut mir leid.«

»Setzen wir uns doch.«

»So schlimm?«

»Setz dich, Elena. Ich musste Sitzungen absagen, um hierherzukommen, und diese Brewer bestechen, damit sie sich nicht bei deiner Mutter meldet. Also tu mir ein einziges Mal den Gefallen, und hör mich in Ruhe an. Bitte.«

Ich setze mich hin.

Er tigert durch den Raum.

»Wie wär's, wenn du dich auch setzen würdest?«

Macht er. Er weicht meinem Blick aus.

»Mark, jetzt mache ich mir aber Sorgen. Was ist los?«

Er schluckt, sieht mich endlich an. »Schau, ich weiß, dass es schwierig für dich war, als ich deine Mutter geheiratet habe. Du vermisst deinen Vater, und ich kann ihn nicht ersetzen.«

Das kann man laut sagen.

»Aber du musst wissen, dass ich deine Mutter wirklich aufrichtig liebe.«

Ich nicke und frage mich, worauf er hinauswill.

»Deshalb möchte ich auch verhindern, dass ihr wehgetan wird. Ich möchte sie beschützen ... auch vor Dingen, die ... du tust.« Er schluckt.

Nun kommen wir der Sache näher. Ich schaudere unwillkürlich.

»Deshalb ... deshalb ...« Er streicht sich übers Haar, schaut aus dem Fenster ins trübe Nachmittagslicht.

Und plötzlich kapiere ich, worum es geht. »Jemand hat dir einen Link zu einer Website mit Fotos von mir geschickt.« Meine Stimme ist tonlos, aber innerlich verbrenne ich fast vor Scham und Wut. Diese Drecksäue. Haben die Fotos an Mum geschickt.

Mark nickt. Muss ihm zugestehen, dass er ziemlich peinlich berührt wirkt.

»Dann bist du hier, um ...?« Einen Moment lang spüre ich Hoffnung. Sie machen sich beide Sorgen, weil sie mich lieb haben.

Ein knappes Lächeln. »Ich kann deine Mutter nicht erreichen. Und ich möchte nicht, dass du es ihr erzählst und sie mit deinen ganzen Problemen überfällst.« Jetzt ist er wieder total geschäftsmäßig. »Soweit ich sehen konnte, ist es eine private Website, nur zugänglich über den Link und das Passwort.« Ich nicke, aber er schaut wieder an mir vorbei. Sieht vermutlich die Nacktbilder vor sich. »Wie gesagt, zum Glück ist Catriona nicht da. Die E-Mail ist auf unserem gemeinsamen Account gelandet. Die Person, die sie geschickt hat, kennt offenbar weder meine E-Mail-Adresse noch die deiner Mutter. Und ich möchte auch, dass es dabei bleibt. Wenn Catriona von dieser Sache erfährt, will sie bestimmt etwas unternehmen.«

Mir helfen zum Beispiel?, denke ich. Ich sage es nicht, bin mir aber ganz sicher.

Mark redet weiter. »Ich habe auch deine SMS gelesen, dass du mit ihr über Dinge reden willst, die sich hier an der Schule abspielen. Tu das bitte nicht. Ich kann nicht zulassen, dass deine Mutter von deinem schmutzigen kleinen Geheimnis erfährt. Verstehst du das? Es würde ihre Karriere zerstören.«

Als er »schmutziges kleines Geheimnis« sagt, revoltiert mein Magen. Ich will mich verteidigen. Mich krümmen und zusammenrollen. Wegrennen. Nichts ist schmutzig daran. Es ist real und mir wichtig, ist mein Leben. Plötzlich frage ich mich, ob Mum das auch so sehen würde, und wünsche mir zum x-ten Mal, mit meinem Vater sprechen zu können. »Ist das alles, worum es dir geht? Worum es ihr geht?«, platze ich heraus.

»Nein. Natürlich liegst du deiner Mutter am Herzen.« Er scheint meine Verzweiflung überhaupt nicht zu bemerken. Oder will es nicht. »Aber ich möchte nicht, dass Catriona alles zerstört, wofür sie hart gearbeitet hat, weil du deinem Freund Nackt-Selfies schickst. Ich lasse die Website löschen. Habe Kontakte, und wenn das Ding erst mal weg ist, brauchen wir uns keine Sorgen mehr zu machen.«

Als ich Mark ansehe, kapiere ich schlagartig. »Es geht um dich, oder? Nicht nur um Mum. Wenn es einen Skandal gibt, ist dein Geldimperium bedroht.« An Marks Miene merke ich, dass ich richtigliege. »Aber wie kann so was durch ein paar Nacktfotos deiner Stieftochter passieren? Das verstehe ich nicht.«

»Elena, ich habe gerade einen Vertrag mit einem Unternehmen in den USA abgeschlossen. Das Unternehmen sitzt in den Südstaaten, im Bible Belt, der Inhaber ist ein Multimillionär namens Gordon McCleod.«

»Wieso erzählst du mir das?«

Er hält die Hand hoch, um mich am Weiterreden zu

hindern. »Mr McCleod ist ein sehr gläubiger Mann, und wir mussten jede Menge ethische Klauseln unterschreiben. Merkst du, worauf ich hinauswill? Ein Skandal wegen Nacktfotos von dir, auch wenn du nur meine Stieftochter bist, könnte diesen Deal gefährden.«

»Also habe ich recht. Es geht *nur* um dich, gar nicht um Mum. Die würde sich nämlich um mich kümmern und mir helfen. Die liebt mich, was ich auch anstelle. Sie würde ihre Karriere aufgeben, um mir zu helfen, das weiß ich. Aber du würdest das nicht tun. Du würdest mir nicht helfen, weil du nicht mein Vater bist.«

Er springt auf, und einen Moment lang denke ich, er will mich schlagen, aber er setzt sich gleich wieder. »Doch, es geht sehr wohl um deine Mutter«, knurrt er. »Wir wollen doch nicht, dass sie verletzt wird, nicht wahr?«

Der droht mir. Wie und mit was, weiß ich nicht genau, aber es ist eine Drohung.

Ich breche innerlich ein. Fühle mich wie ein kleines Kind. Ich habe mir nur eingebildet, dass ich alles im Griff habe, dass ich das Leben verstehen kann.

Muss mich zwingen, die Tränen runterzuschlucken. »Nein.« Was ich eigentlich sagen will, ist: Und was ist mit mir und meinen Gefühlen? Etwas in mir scheint zu zerreißen. Ich habe schreckliche Sehnsucht nach meiner Mutter. Will mit ihr reden und ihr alles erzählen. Merke, dass ich überfordert bin, mich so hilflos fühle. Aber Mark labert weiter über Familie und Treue und Bindung und so einen Scheiß, und ich nicke und sage ja, ja, ja.

Dann ist er endlich fertig.

Hey du, ich bin's.
Ich weiß gar nicht, wie ich das sagen soll, aber ich

glaube, wir müssen aufpassen. Eine Pause machen. Du weißt, wie sehr ich dich liebe, aber auch, wie viel ich zu verlieren habe. Diese Fotos. Man hat uns einen Link zu der Website geschickt. Sie sind zugänglich.

Warum hast du sie nur behalten?

32

Das Mädchen steht auf der Klippe, streckt die Hand aus. Der Wind weht ihr das blonde Haar ins Gesicht, es ist nicht zu erkennen. Ein riesiger leuchtender Vollmond steht am Himmel. Alex rennt auf das Mädchen zu, schreit, es solle sich nicht bewegen, sonst stürze es ab. Doch der starke Wind weht die Wörter fort, zum Nachthimmel hinauf. Alex' Beine sind schwer wie Blei, tragen sie nicht schnell genug, obwohl sie doch rennen, das Mädchen retten muss.

Ein neuer Windstoß bläst das Haar aus dem Gesicht des Mädchens. Es ist Elena. In ihrer ausgestreckten Hand glitzert etwas im Mondlicht. Elenas Mund öffnet sich. Sie stürzt hinterrücks in die Tiefe. Möwen kreischen und kreischen.

Alex fuhr aus dem Traum hoch. Ihr Mund war trocken, ihr Herz pochte wie wild. Das Kreischen der Möwen wandelte sich in den Klingelton ihres Handys. Sie griff über Malone hinweg ...

Malone?

Lag neben ihr, leise schnarchend, mit entspanntem, friedlichem Gesicht. Na super.

Großer Gott. Was hatte sie angerichtet?

Darum musste sie sich später kümmern. Jetzt erst mal ans Handy gehen. Vielleicht war es Gus, der nicht auf die Uhrzeit achtete. Alex tastete nach dem Telefon auf dem Nachttisch.

Malone drehte sich um. Alex hielt einen Moment die Luft an und stellte dann den Klingelton ab.

»Alex. Hier ist Honey.«

Als Alex sich aufrappelte, merkte sie, dass sie nackt war, und zog hastig das Laken über sich. Nackt. Ach du lieber Himmel.

Sie kniff die Augen zusammen und spähte auf den Wecker. »Honey«, flüsterte sie, »es ist halb vier Uhr morgens.« Alex unterdrückte ein Gähnen und ignorierte den beginnenden Kopfschmerz hinter den Augen. Es war stickig im Zimmer und stank nach Alkohol.

»Wir haben eine Antwort.«

»Auf was?« Alex schwang sich aus dem Bett, nahm ein auf den Stuhl geworfenes Hemd und schlich hinaus.

»Auf die Nachricht«, antwortete Honey, hörbar ungeduldig.

Alex schloss die Küchentür, setzte sich an den Tisch und massierte mit einer Hand die Schläfe. Das Hemd roch nach Malone. »Hab Geduld mit mir, Honey. Es ist verdammt früh. Fühlt sich an wie mitten in der Nacht, und ich bin gestern spät ins Bett gekommen.«

»Ah. Okay. Klar.«

»Also?«

»Ich habe doch eine Nachricht im Entwurfsordner von diesem E-Mail-Account von Elena geschrieben, weißt du noch? Damit der andere sich meldet?«

»Ja, stimmt.«

»Okay, jetzt hat er jedenfalls geschrieben. Will dich treffen.«

»Wo? Wann?« Alex war nicht sicher, ob sie sich dafür gewappnet fühlte.

»Heute Abend. Am Leuchtturm. Hab übrigens mal ein Buch mit dem Titel gelesen.«

»Zum Leuchtturm, meinst du?«

»Ja. Zum, am ... ist doch einerlei. Jedenfalls will er dich dort treffen.«

»Ich meinte das Buch. Es heißt *Zum Leuchtturm* und ist von Virginia Woolf.«

»Genau. Hat sie sich nicht umgebracht? Virginia Woolf?«

»Ja. Ging ins Wasser ...« Alex rief sich zur Ordnung. Was plauderte sie hier über Virginia Woolf und ihre Werke? »Lass das jetzt mal, Honey. Stand sonst noch was in der Nachricht?«

»Nee. Nur das. Treffen um zehn Uhr abends.«

»Okay.«

»Ähm ... hör mal ... du bist aber vorsichtig, oder? Du sagst jemandem, wo du hingehst?«

»Mach ich.«

Wie üblich beendete Honey das Gespräch ohne jede Grußformel. Das war vermutlich ihre Methode, Zeit zu sparen.

Alex machte sich eine heiße Schokolade; das war immer tröstlich. Sie schien sogar gegen die unangenehme Trockenheit im Mund und die Kopfschmerzen zu helfen. Jetzt noch mal ein paar Stunden hinlegen, um den Schwindel und die unterschwellige Übelkeit wegzuschlafen.

»Wo warst du denn, Schöne?«, fragte Malone, als Alex gerade auf Zehenspitzen zum Bett schleichen wollte. Sie kam sich vor wie der rosa Panther und erstarrte.

»Leg dich wieder hin«, murmelte Malone schlaftrunken und klopfte neben sich aufs Bett.

Oh Gott. Was jetzt?

»Komm schon, Süße.«

»Malone, ich ...«

Er machte eine Handbewegung. »Komm her, dann erzähl ich dir, was passiert ist.« Er dehnte und rekelte sich.

Wollte sie das hören? Nein. War aber wohl notwendig. Doch keinesfalls würde sie in ihr verlockendes Bett zurückkehren, wenn Malone hellwach war. Sie sollte sich ins Gästezimmer verziehen.

Alex hockte sich auf die Bettkante.

»Steht dir.«

»Was?«

»Mein Hemd. Sexy.«

»Hör auf, Malone. Und nun sag schon.« Warum erinnerte sie sich bloß an nichts mehr? Es waren nur ein paar Fragmente. Sie hatte mehr Wein in sich hineingeschüttet nach ... Was war da gewesen? Sie kniff die Augen zusammen. Genau – die Begegnung mit Paul Churchill. In dem kleinen Badezimmer. Wo sie den Ring gefunden hatte ...

Alex stand auf und sah sich um. Das Kleid, das sie gestern Abend getragen hatte, lag zerknüllt am Boden. Sie hob es auf und griff in die Tasche. Der Ring war noch da. Aber was war danach passiert?

Daran hatte sie keinerlei Erinnerung mehr. Es war zum Verrücktwerden. Normalerweise trank sie nicht so viel, dass sie einen Filmriss hatte. Irgendetwas wusste sie doch immer noch. Los, anstrengen. Sie setzte sich auf ihre Bettseite.

»Ich habe nach dir gesucht«, sagte Malone plötzlich.

Alex zuckte zusammen. Sie war völlig in Gedanken versunken gewesen. »Warum denn?«

»Weil ich es beunruhigend fand, dass du mit diesem zwielichtigen Typen unterwegs bist.«

»Jonny?«

»Ja. Dutch.«

»Oh Gott, Malone. Lass das endlich. Du solltest nicht mal mehr hier im Haus sein, geschweige denn ...« Sie wies aufs Bett.

Er grinste anzüglich, was Alex furchtbar ärgerte. »Komm zur Sache.«

»Mach ich.« Malone setzte sich im Bett auf, und Alex musste den Blick abwenden, um nicht auf seine muskulösen braunen Arme zu starren, und womöglich auf seine Brust ...

»Also los.«

»Ich war im Pub.«

Alex schüttelte den Kopf. »Nee, warte mal. Fang da an, wo du dich auf die Suche nach mir gemacht hast.«

Er streichelte ihren Arm, worauf wohlige Schauer durch ihren Körper jagten. »Lass das«, sagte sie und nahm seine Hand weg. »Erzähl.«

»Es fing aber im Pub an. Ich hab dort mit Kylie geredet. Ziemlich heiße Braut.«

Alex zog eine Augenbraue hoch.

»Schon gut. Wir haben jedenfalls einen Draht zueinander, und sie weiß viel übers Dorf – Goldmine an Infos. Früher hat sie Tulpe öfter mit ein paar Jugendlichen aus dieser Nobelschule im Pub gesehen.« Malone grinste. »Tulpe finde ich äußerst passend für Dutch. Gefällt mir.«

»Und wer war dabei? Elena auch?«

»Früher wohl auch mal Elena, aber an dem Tag, von dem Kylie redete, waren dieser Junge, Max, und eine gewisse Naomi ...«

»Bishop?«

»Genau. Naomi Bishop. Kylie meinte, die Kids und Tulpe hätten Streit gehabt, aber sie konnte nicht hören, worüber. Saßen offenbar in der Ecke. Dann kamen Felix und Theo dazu.«

»Interessant.«

»Das fand ich eben auch.«

»Vielleicht wollte Dutch einfach nett sein und hat ihnen was ausgegeben.«

»Kommt er dir vor wie jemand, der einfach nett sein will zu Schülern? Und überdies zu Schülern, die er vielleicht gar nicht unterrichtet?«

Der Einwand war berechtigt.

»Okay. Und was hat das jetzt mit gestern Abend zu tun?«

»Nicht viel vermutlich. Hab ich nur erzählt, damit du weißt, dass Tulpe womöglich durchaus nicht so vertrauenswürdig ist, wie du glaubst.«

»Hab ich das behauptet?«

»Ich sehe doch, wie du ihn anschaust.«

»Blödsinn. Reine Einbildung.«

»Der will dir an die ...«

»Malone«, sagte Alex warnend. »Es reicht.«

»Gut, gut. Also Kylie ...«

»Deine neue Lieblingsheldin.«

Malone grinste wieder. »So ähnlich. Sie sagt, Tulpe kann total charmant und einnehmend sein, aber sie hat ihn auch schon als kalt und berechnend erlebt.«

»Das kann doch maßlos übertrieben sein.«

»Das denkst du, weil er dich mit seinem Charme eingewickelt hat.«

»Und weil er der Onkel von Honeys Freund ist.« Alex genoss es, mit dieser Information aufzutrumpfen.

Malone zuckte die Achseln. »Verwandte kann man sich nicht aussuchen. Jedenfalls gefiel mir gar nicht, was Kylie über Tulpe berichtet hat. Deshalb habe ich mich auf die Suche nach dem Haus der Churchills gemacht. Und als ich auf der Party ankam, warst du völlig von der Rolle. Tulpe stützte dich, während Churchill dich zu begrabschen versuchte.« Er schauderte übertrieben. »Kein schöner Anblick, kann ich dir sagen.«

Alex schüttelte langsam den Kopf. Sie erinnerte sich an nichts dergleichen. »Dutch musste mich stützen?«

»Ja.« Malone sah sie eindringlich an. »Wie fühlst du dich jetzt?«

Sie runzelte die Stirn. »Mies. Benebelt und schwindlig. Als hätte mir jemand auf dem Kopf rumgehämmert.«

»Und woran erinnerst du dich?«

»An nichts.« Sie sah Malone an, und ihr kam ein Gedanke. »Meinst du etwa, Jonny oder Churchill hätten mir K.-o.-Tropfen ins Glas getan?«

Malone lachte. »Nein, du warst einfach sturzbetrunken. Hast irgendwas von Partys und Kindern und Tabletten gelabert.«

Alex blickte auf den Ring, den sie noch in der Hand hielt, stand auf und ging zur Kommode. In der obersten Schublade hatte sie den anderen Ring aus dem Blockhaus in einem Höschen versteckt.

Sie drehte sich um, in jeder Hand einen Ring. »Schau mal, zwei Freundschaftsringe.«

Malone legte den Kopf schief.

»Und einer ist für mich?«

»Sei nicht albern. Nein, einer der beiden Ringe gehörte Elena. Ich habe ihn in dem Blockhaus am Klippenweg gefunden. Und das Gegenstück gestern Abend im Haus der Churchills.«

»Wie, und da lag er einfach so herum?«

Alex schüttelte ungeduldig den Kopf und bereute es sofort, weil das Hämmern wieder einsetzte. »Nein. Im Badezimmer der Churchills. Schau, hier. Wenn man die beiden Ringe nebeneinanderhält, hat man ein ganzes Herz. Ich hoffe nur, Churchill hat nicht gemerkt, dass ich den Ring mitgenommen habe.«

»Im Badezimmer? Neben dem Schlafzimmer womöglich? Kein Wunder rechnete der sich Chancen aus.«

»Mensch, Malone, ich wollte zur Toilette und hab die falsche Tür erwischt.«

»Die falsche Tür. Wer's glaubt ...«

»Ach, hör bloß auf. Übrigens kommen grade ein paar Erinnerungen zurück.« Alex hörte den Jazz aus dem Garten; das Hintergrundgeräusch, als sie mit dem betrunkenen Paul Churchill im Badezimmer stand, der die Tür blockierte und sie lüstern anstierte. Und sie dann am Arm festhielt, als sie sich an ihm vorbeidrängen wollte. »Sie bilden sich bestimmt ein, viel zu wissen«, sagte er, und sie roch den Alkohol in seinem Atem. »Tun Sie aber nicht. Sie sollten schleunigst wieder nach London verschwinden und uns hier in Ruhe lassen. Hier gibt es keine Story für Sie. Haben Sie verstanden? Keine Story.« Speicheltröpfchen trafen sie im Gesicht.

Sie riss sich los. Als sie in den Flur hinaustrat, kam Jonny ihr entgegen. »Alles in Ordnung?«, fragte er. »Komm, wir trinken noch was.«

»Nein, ich muss jetzt los«, erwiderte Alex.

Aber er bestand darauf, dass sie noch etwas trinken und vielleicht etwas essen sollte. Das Essen ließ sie aus, trank aber mehr als ein Glas Wein, weil sie irgendwie verstört war. Das war allerdings nicht ihre Absicht gewesen ...

»Jonny hat mir immer wieder nachgegossen«, sagte sie.

»Dreckskerl.«

»Ich hätte es ja nicht trinken müssen.«

Sie erzählte Malone die Vorgeschichte: ihre Suche im Badezimmer, der Fund des Rings. Paul Churchills unterschwellige Drohung; Jonny, der nach ihr gesucht hatte. »Ich wollte längst nach Hause gehen, aber irgendwie kam es nicht dazu.«

»Tulpes magischer Charme.«

»Wohl eher der Alkohol.« Dann fiel ihr noch mehr ein. Dutch hatte sie nicht gehen lassen wollen und sie ausgefragt, was sich oben mit Paul Churchill abgespielt hatte. Sie hatte zuerst gedacht, er sei eifersüchtig. Jetzt jedoch hielt sie es für möglich, dass er auf Informationen aus gewesen war.

»Er wollte dich nicht gehen lassen.«

»Nee.«

»Und dann bin ich aufgetaucht.«

»Genau. Jonny sollte mir eigentlich behilflich sein. Mir einen Gesprächstermin bei Zena Brewer verschaffen, den Namen von Paul Churchills ehemaliger Schule ermitteln. Aber ich musste ihm dauernd Druck machen, dass auch was passiert. Er ist mir eigentlich überhaupt keine Hilfe. Taucht nur andauernd unangekündigt auf, als wolle er mich im Auge behalten«, fügte Alex nachdenklich hinzu.

»Nun, ich habe dich ihm entrissen.«

Sie sah Malone mit großen Augen an.

»Na ja schön, entrissen nicht direkt. Aber es gab eine erhitzte Debatte darüber, wer dich mit nach Hause nimmt. Die ich gewonnen habe.«

»Wahrscheinlich vor allem, weil du hier wohnst.«

»So in der Art.«

Alex beäugte ihn argwöhnisch. »Malone. Was hast du Dutch gesagt?«

»Nichts als die Wahrheit.«

»Setz mir keine von deinen irischen Lügen vor. Spuck's aus.«

»Hab gesagt, ich sei eine alte Liebe von dir, die dich wieder zurückholen will.«

Alex schnalzte ärgerlich mit der Zunge. »Ich bin kein Gepäckstück, Malone.«

»Weiß ich. Hat aber funktioniert. Ich hab dich nach Hause gebracht, und wir ...« Er grinste.

»Sag mir, dass das nicht stimmt«, erwiderte sie entsetzt. »Solches Chaos kann ich nicht auch noch gebrauchen.«

»Bin ich so ein schlechter Kandidat?«

»Nein«, antwortete sie erbost. »Aber du hast aus beruflichen Gründen eine Frau geheiratet und sie dann auch noch hinter Gitter gebracht. Und du hast ein Kind, das du nicht sehen darfst. Du bist natürlich ein exzellenter Kandidat.« Sie stand auf, suchte sich rasch etwas zum Anziehen und hoffte, nichts vergessen zu haben, damit sie nicht noch mal ins Zimmer zurückmusste. »Ich hab zu tun.«

Sie ging zur Tür.

»Gus hat mich übrigens gestern Abend angerufen«, rief Malone ihr nach.

Alex blieb stehen. »Dich? Wieso hat er dich angerufen?«

»Sagte, er hätte dich nicht erreichen können.«

Alex rannte nach unten in die Küche und schaute auf ihr Handy. Sie hatte tatsächlich drei Facetime-Anrufe von Gus versäumt. Wieso hatte sie es nicht bemerkt? Und er hatte eine Nachricht hinterlassen. Sie hörte sie ab.

»Hi, Mum.« Lachen und das Klirren von Gläsern im Hintergrund. »Hoffe, es geht dir gut. Ähm ... hätte dir was zu erzählen. Ähm, ich versuch's morgen wieder.«

Was zu erzählen? Alex sah zum Fenster hinaus. Die Sonne ging auf, der Himmel färbte sich rot. Es hieß, wenn der Himmel morgens rot war, würde das Wetter umschlagen. Gus war eindeutig in einer Bar gewesen, lag also nicht im Krankenhaus. Wenn er Geld bräuchte, hätte er es gesagt. Wie klang seine Stimme? Alex hörte die Nachricht ein weiteres Mal ab. Klang er glücklich? Traurig? Vorsichtig? Verlegen? Ja, ein bisschen verlegen.

»Er sagte, er hätte seinen Vater gefunden.«

Alex fuhr herum; sie hatte Malone nicht hereinkommen hören.

»Seinen Vater?« Ihr Gehirn weigerte sich, die Information zu verarbeiten.

»Nun tu nicht so überrascht. Du weißt doch, dass Gus nach ihm sucht. Und ich habe dir gesagt ...«

»Ich weiß, was du mir gesagt hast«, brauste Alex auf. »Du musstest dich ja auch einmischen. Konntest dich da nicht raushalten, weil es dich nichts angeht? Musste das sein? Was gibt dir das Recht dazu? Hm?«

»Wie ich bereits erwähnte, hat Gus sich bei mir gemeldet und mich um Unterstützung gebeten.«

Malones Gelassenheit brachte Alex noch mehr in Rage. »Du hättest ihm sagen sollen, dass du das nicht übernehmen kannst. Du hättest ...«

»Ich wollte aber nicht lügen.«

Alex sah ihn an und lachte erbost. »Du lügst doch dauernd, Malone. Ohne Ende.«

»Willst du hören, was Gus gestern noch gesagt hat?«, entgegnete er ruhig.

Sie verschränkte die Arme vor der Brust. »Was?«

Malone lächelte. »Du siehst wie ein wütender Teenager aus ...«

»Rede weiter.«

»Gus erzählte, sein Vater sei überrascht gewesen ...«

»Na, das liegt ja wohl nahe, oder? Es war ein One-Night-Stand, und ich hab Steve nie was von seinem Sohn gesagt.«

»Und würde sich an dich erinnern.«

»Ach ja?«

»Er hat dich offenbar sogar beschrieben. Hat eine eigene Familie, möchte aber, dass Gus sie kennenlernt.«

»Wie fortschrittlich von ihm.«

»Komm schon, Alex. Ich finde, du könntest jetzt aufhören, dich moralisch überlegen zu fühlen, und zugeben, dass ich richtig gehandelt habe. Gus hat sich gefreut. Sagte, es fühle sich gut an, seine eigenen Wurzeln zu kennen. Er wäre jetzt innerlich stabiler.«

»Und ich soll also sagen, dass du das toll gemacht hast mit meinem Sohn?«, entgegnete Alex kalt.

»Jemand musste dem Jungen doch helfen.«

»Das wäre meine Aufgabe gewesen.«

»Du hättest aber nichts unternommen, oder?«

Einen Augenblick starrte Alex Malone wutentbrannt an. Doch dann begriff sie, dass er recht hatte. »Trotzdem hättest du dich raushalten sollen.«

»Ich weiß, tut mir leid. Das stimmt, aber ...«

Alex hielt die Hand hoch. »Whoa. Sag das noch mal.«

»Was?«

»Dass es dir leidtut.«

Auf sein Gesicht trat dieses hinreißende Lächeln, bei dem Fältchen um seine Augen entstanden. Eigentlich war es nur allzu verständlich, dass Gus als Heranwachsender über seinen Vater Bescheid wissen wollte. Sie hätte die Augen davor nicht verschließen dürfen. Und nun hatte dieser moralisch zwiespältige Undercovertyp die Arbeit erledigt, obwohl es Alex' Aufgabe gewesen wäre.

»Es tut mir leid«, wiederholte Malone, »und du hast recht, aber ich bin trotzdem froh, dass ich so gehandelt habe. Gus ruft dich heute Abend wieder an. Er muss von seiner Unterkunft aus ziemlich weit laufen, um eine Handyverbindung zu kriegen.«

Alex setzte sich an den Küchentisch. »Ich will ein Bacon-Sandwich.«

Malone band sich die geblümte Schürze um. »Ihr Wunsch ist mir Befehl, Milady.«

»Nerv nicht.« Sie boxte ihm spielerisch auf den Arm. »Und ich werd mich trotzdem nicht auf Sex mit dir einlassen.«

»Wer sagt denn, dass du das nicht längst getan hast?«

Alex stöhnte und legte den Kopf auf den Tisch.

33

»Ich wollte nicht herkommen.« Mark Munro stand auf dem Klippenweg und blickte hinunter auf den Strand, das Meer, die Buhnen. »Als sie gefunden wurde ...« Er schluckte, und sein Adamsapfel hüpfte auf und ab. Alex fiel zum ersten Mal auf, wie jung er noch war. »Wir haben es nicht geschafft, zu zweit den Ort aufzusuchen, wo Elena gestorben ist.«

Es würde wohl ein langer anstrengender Tag werden. Morgens hatte Malone Alex ein Sandwich mit durchwachsenem Bacon, weichem Weißbrot und viel Butter serviert, und danach hatte sie sich gleich wesentlich menschlicher gefühlt. Alex nahm sich vor, ihre Beobachtungen in den Computer einzugeben, damit sie einen Überblick bekam. Sie wollte ihre Gedanken ordnen und die einzelnen Informationsstränge zusammenfügen. Die verstockten Farrars; der undurchsichtige Jonny Dutch; die sonderbaren Churchills; Theo, Felix und deren Rolle in Elenas Leben. Plus die einheimischen Jugendlichen und dieser widerwärtige Bobby. Wem hatte Elena nahegestanden? Wer hatte sie loswerden wollen? Alex wollte auch Max Delauncey im Krankenhaus besuchen, sobald es dem Jungen besser ging. Malone hatte sie eine Einkaufsliste in die Hand gedrückt, damit er in Mundesley einkaufen ging.

Wenn er in der Nähe war, konnte sie keinen klaren Gedanken fassen, weil ihre Gefühle ein einziges Wirrwarr waren. Heute Morgen neben ihm im Bett aufzuwachen war ... eine

Katastrophe gewesen? Oder schön? Niemals wieder? Alex glaubte nicht, dass es zu Sex gekommen war, auch wenn Malone das andeutete. Eigentlich fast schade. Daran würde sie sich gerne erinnern – und sie hätte es garantiert nicht vergessen, trotz Alkoholrausch. Das wäre also geklärt. Nix passiert. Aber warum fühlte sie sich dann vernachlässigt? Na bitte. Es ging schon wieder los.

Sie versuchte, Gus anzurufen, obwohl Malone ausdrücklich gesagt hatte, er würde sich über Facetime melden, wenn er eine Verbindung hatte. Aber Alex war total versessen darauf zu erfahren, wie Gus seinen Vater fand und wie er so war. Und ob Gus schon den Rest der Familie kennengelernt hatte? Mädchen, Jungs, wie alt? Hatte Gus nun eine eigene Familie in Ibiza? Alex untersagte sich einen Anflug von Eifersucht. Es täte ihm gut, wenn er normale Verwandtschaft hätte, damit er nicht nur für immer und ewig »der Cousin der ermordeten Zwillinge« bleiben würde.

Doch plötzlich klopfte Mark Munro an die Tür des Ferienhauses. Er war bleich und unrasiert und sah erledigt und heruntergekommen aus. Seine Kleider wirkten wie aus der Wäschetonne, und er hätte eine Dusche gebrauchen können. Mark sagte, er habe Alex' Nachricht abgehört und sei frühmorgens aufgestanden – Cat halte sich in Frankreich auf – und nach Norfolk gefahren. Alex machte ihm starken Kaffee und auch ein Bacon-Sandwich. Er sah aus, als habe er die ganze Nacht kein Auge zugetan. Danach gingen sie an die frische Luft.

»Warum wollten Sie denn damals nicht herkommen?«, fragte Alex jetzt.

Zum ersten Mal seit Wochen trieben wattige Wolken am Himmel, und die Seeluft war kühler. Die Hitzewelle schien zu Ende zu gehen, als habe die Hitze einen Punkt erreicht, an dem sie sich nicht mehr steigern konnte.

»Cat war vollkommen neben sich. Wir waren noch nicht so lange verheiratet, erst neun Monate, und hatten jede Menge Anforderungen. Unsere Arbeit und Elena. Wir haben sie im Internat untergebracht, weil wir beruflich beide oft unterwegs waren, vor allem Cat.«

»Und Sie wollten sich nicht allein mit einem pubertierenden Mädchen herumschlagen.«

Mark sah verlegen aus. »Offen gestanden – nein.«

»Deshalb haben Sie Cat überredet, Elena wegzuschicken.«

»So war es nicht.«

Alex beobachtete die Uferschwalben, die über die Klippen segelten.

»Oder doch, vielleicht war es zum Teil so«, gab er schließlich zu. »Vielleicht wollte ich Cat einfach für mich allein.«

»Aber Sie haben Cat nicht unterstützt, als sie Sie am meisten gebraucht hätte – nach Elenas Tod. Und während der gerichtlichen Untersuchung waren Sie im Ausland – hätten Sie nicht zurückkommen können?« Das war ein ziemlich brutaler Anwurf, dessen war sich Alex wohl bewusst. Wie selbstsüchtig war sie selbst gewesen, als Sasha sie am meisten gebraucht hätte? Ihre miese Liebesaffäre hatte sie blind gemacht für die Bedürfnisse ihrer eigenen Familie. Nie wieder wollte Alex sich so verhalten. Deshalb war sie vielleicht so hart, weil sie es nicht ertragen konnte, wenn andere die gleichen Fehler machten.

Tatsächlich wirkte Mark sehr betroffen und sah sie an wie ein geschlagener Hund. »Sie halten mich wohl für herzlos und kalt.«

»Ich weiß nicht. Ist es denn so?« Alex wollte eigentlich keine Ausflüchte hören.

»Es war eine schwierige Zeit, und ich wusste oft nicht, was das Richtige war. Cat wollte allein hierherfahren, um zu sehen, wo Elena gestorben war. Aber ich hätte sie wohl begleiten sollen, nicht?«

Alex nickte. »Das wäre sicher gut gewesen. Das Problem ist: Wenn Menschen trauern, denken sie nicht vernünftig. Sie wollen oft dafür sorgen, dass es den anderen besser geht, und äußern ihre Bedürfnisse nicht. Manchmal muss man aber klare Ansagen machen.« Sie zuckte die Achseln. »Ist jedenfalls meine Erfahrung.«

»Wir sind uns ähnlich, wir beide«, sagte Mark. »Beide haben wir mit uns nahestehenden Menschen gelitten.«

Alex hoffte inständig, nicht so zu sein wie Mark Munro. Doch tief in ihrem Inneren wusste sie, dass es durchaus Ähnlichkeiten gab.

»Ich halte Cat in den Armen, wenn sie nicht schlafen kann«, sprach er weiter, »wenn sie um ihre Tochter weint. Ich versuche, ihren Schmerz zu heilen. Das haben Sie bestimmt auch bei Ihrer Schwester getan.«

Alex seufzte. »Der Schmerz meiner Schwester wird niemals heilen, Mark. Eines Tages kann sie vielleicht lernen, damit zu leben. Aber er wird bleiben.«

»Ich habe geglaubt, es würde Cat irgendwann besser gehen ... sie würde Elenas Tod irgendwie verkraften.« Es schien, als habe Mark Alex' Worte gar nicht gehört. »Ich wünschte mir, dass wir es hinter uns lassen könnten. Dann kam nach der Untersuchung dieser elende Facebook-Post. ›Elena hat sich nicht umgebracht.‹ Cat nahm das für bare Münze, und alle Wunden rissen wieder auf. Sie war regelrecht besessen davon. Ich sagte, sie solle damit zur Polizei gehen, aber sie wollte nichts davon wissen. ›Ich habe kein Vertrauen zur Polizei‹, sagte sie. Deshalb hat Cat sich an Sie gewandt. Ihnen vertraut sie.«

»Wir waren früher sehr eng befreundet. Ich bin froh, dass Cat mich kontaktiert hat, obwohl wir uns jahrelang nicht gesehen hatten. Und natürlich kann sie Elenas Tod nicht verkraften – so etwas verkraftet man nie. Großer Gott, es ist doch erst vor sechs Monaten passiert. Ich werde den Mord an meiner Nichte und meinem Neffen garantiert niemals verkraften ...«, Alex musste Luft holen, damit ihre Stimme nicht brach, »und das ist fünfzehn Jahre her. Aber ich habe gelernt, damit zu leben.«

»War ja auch zu Ihrem Vorteil.«

»Was wollen Sie damit sagen?«, erwiderte sie mit steinerner Miene.

»Ich habe damals die Artikel gelesen. Dass die Tante der toten Kinder alles ans Licht gebracht hat. Das waren Sie. War doch sicher ein tolles Gefühl, als Journalistin überall seinen Namen in der Presse zu sehen. Da haben Sie bestimmt eine Menge Geld kassiert.« Er verzog höhnisch das Gesicht. »Elende Bande, diese Journaille. Parasiten. Würden noch ihre eigene Großmutter ausschlachten. Oder in Ihrem Fall die Schwester.«

Alex biss die Zähne zusammen. Nicht reagieren. Nichts erwidern. Sie hatte sich selbst mühsam dazu erzogen, auf derlei Bemerkungen niemals einzugehen. Und in diesem Fall hätte sie auch gegen ihre eigenen Interessen gehandelt. Doch sie konnte nicht im Geringsten verstehen, was eine kluge und liebenswerte Person wie Cat an diesem Typen fand.

»Da verschlägt es Ihnen die Sprache, was?«, fuhr er mit abschätzigem Lächeln fort. »Das kommt doch bei euresgleichen nie vor. Ihr müsst eure Nasen in alles reinstecken und euch als moralische Instanz der Gesellschaft aufspielen. Das seid ihr aber nicht.«

Alex bewahrte die Beherrschung. Distanzierte Höflichkeit war erfahrungsgemäß am besten. Mit einem knappen Lächeln sagte sie: »Ich bedaure, dass Sie so denken, und falls ich Sie beleidigt habe, entschuldige ich mich dafür. Denn ich frage mich, was Sie zu verbergen versuchen, Mark.«

Er sah sie an und lachte. »Das ist doch albern.«

Überheblicher Idiot.

»Ich persönlich glaube«, fuhr Alex in nüchternem Tonfall fort, »dass Sie deshalb so latent aggressiv sind, weil Sie nicht nur vor mir, sondern auch vor Cat etwas geheim halten.«

»Ich weiß nicht, was Sie meinen.« Doch dass er es sehr wohl wusste, stand ihm im Gesicht geschrieben. »Ich habe Elena sogar besucht, wissen Sie. Damit ich Cat berichten konnte, dass ihre Tochter wohlauf und zufrieden war.«

»Wann haben Sie Elena denn besucht?«

Mark schaute aufs Meer hinaus. »Einige Wochen vor ihrem Tod.«

»Und das ist eine Lüge«, erwiderte Alex.

Langsam wandte Mark den Kopf und sah sie an. Seine Gesichtszüge waren verzerrt, sein Mund sah aus, als habe er in eine Zitrone gebissen. Alex konnte nicht mehr begreifen, wieso sie ihn auf den ersten Blick gutaussehend gefunden hatte. »Wovon reden Sie?«

»Ich weiß, dass Sie Elena fünf Tage vor ihrem Tod besucht haben«, sagte Alex betont langsam, um ihren Worten Nachdruck zu verleihen. »Nicht *Wochen* vorher. Die Frage ist: Weshalb lügen Sie? Und es ist auch noch eine Lüge, die leicht aufgedeckt werden kann. Hatten Sie unangemessene Gefühle für Ihre Stieftochter?«

»Gefühle?« Mark lachte. »Das glauben Sie? Nein, nichts dergleichen.« Er spreizte die Hände, als wolle er um etwas bitten. »Weil ... ich weiß nicht. Keine Ahnung. Vermutlich weil ich dachte ...« Er schüttelte den Kopf. »Weiß nicht, warum ich gelogen habe, kann ich nicht mehr nachvollziehen. Wahrscheinlich weil ich dachte, wenn es bekannt würde, dass ich so kurz vor ihrem Tod bei ihr gewesen war, würde man mich beschuldigen, sie zu sehr unter Druck gesetzt zu haben oder so.«

»Okay. Dann wenden wir uns doch mal dem wahren Grund Ihres Besuchs zu. Es war wegen der Fotos, nicht wahr? Der Nacktfotos von Elena.«

Er hob die Hände. »Halt. Stopp. Woher wissen Sie von den Bildern?«

»Ich habe sie gesehen, Mark.«

»Was?« Das Entsetzen stand ihm im Gesicht geschrieben. »Ich dachte ... ich habe gehofft ...«

»Dass die Bilder nach Elenas Tod verschwunden sein würden?«

Mark nickte. »Ich habe nur an Cat gedacht. Wollte verhindern, dass Elena irgendetwas sagte oder tat, was ihrer Mutter schaden würde. Das Mädchen sollte den Mund halten, sonst wäre Cats Karriere zerstört worden. Stellen Sie sich nur vor, die Fotos wären in die Presse gelangt. Deshalb war ich bei Elena und habe sie gebeten, mit ihrer Mutter nicht über die Fotos zu sprechen. Ich wollte sie löschen lassen. Ich wollte Cats Karriere schützen.«

»Sie dachten nur an Cat?«

Mark nickte, aber Alex glaubte ihm nicht.

»Wenn also alle glaubten, Elena hätte sich umgebracht, wäre die Sache für Sie erledigt gewesen, und niemand hätte die Fotos mehr zu Gesicht bekommen.«

»Ja. Sehen Sie – Sie verstehen mich.«

»Und wenn Sie behaupteten, Elena sei psychisch krank und depressiv gewesen, hätten alle es einleuchtend gefunden, dass sie sich von der Klippe gestürzt hat.«

Er lachte bitter. »So habe ich mir das gedacht. Aber es hat nicht funktioniert, nicht wahr? Ich habe die Website, auf der ein widerliches Arschloch die Fotos zugänglich gemacht hat, löschen lassen. Und ich war mir sicher, damit seien sie aus der Welt. Woher wissen Sie nun davon?«

»Ich habe sie gefunden.« Alex hatte nicht die Absicht, sich weiter dazu zu äußern. Sie würde auch nicht preisgeben, dass Cat ihr Elenas Handy und Laptop zur Verfügung gestellt hatte. Denn vermutlich wollte Cat Mark gar nicht einweihen.

»Was heißt das?« Seine Stimme klang stählern.

Alex überlegte rasch. »Ich habe eine von Elenas Schulfreundinnen getroffen, und die hatte die Fotos noch.«

»Wer war das?«

»Das spielt keine Rolle«, entgegnete Alex.

Sie zuckte zusammen, als Mark sie abrupt an den Schultern packte. »Wer?«, knurrte er und begann, sie zu schütteln.

Sie riss sich los. »Lassen Sie das, Mark. Ich werde es Ihnen nicht sagen. Das müssen Sie akzeptieren. Aber die Fotos werden nirgendwo mehr auftauchen. Dafür habe ich gesorgt.« Wenn es nur so einfach wäre. Jeder, der Zugang zu Elenas Handy gehabt hatte, konnte die Fotos abgespeichert haben. Sie schob den Gedanken beiseite.

Plötzlich sah Mark erschöpft aus. »Wollten Sie darüber mit mir reden? Über die Fotos?«

»Ich wollte wissen, warum Sie wegen des Besuchstermins bei Elena gelogen haben. Und wie Sie es geschafft haben, dass Zena Brewer Ihnen keinen Strich durch die Rechnung gemacht hat. Sie sind ja bestimmt nicht an einer Regenrinne hochgeklettert.«

Sein Mund verzog sich zu einem Lächeln. »Nein. Zena war leicht herumzukriegen. Sie lässt sich gerne von berühmten Eltern umgarnen. Macht und Geld sind sexy. Nun wissen Sie, warum ich die Wahrheit verbergen wollte. Und werden es vermutlich Cat erzählen.«

»Ich denke eher, das wäre Ihre Aufgabe, meinen Sie nicht auch?«

Mark nickte. Alex sah ihm nach, als er davonmarschierte, und stellte fest, dass sie den Mann weder leiden konnte noch ihm vertraute.

34

ELENA

DEZEMBER, sechzehn Stunden vor ihrem Tod

Fühle mich heute total scheiße.

Schaffe es aber, mich aufzurappeln und mir was anzuziehen. Ich öffne die Vorhänge, draußen der gleiche düstere Himmel, der langsam heller wird. Regentropfen rinnen am Fenster runter. Ich sehe ihnen zu und mache dieses Kinderspiel, zu wetten, welcher als Erstes unten ankommt. Lege die Hände ans Glas und die Stirn darauf und überlege, was ich nun tun soll. Ich bringe kaum die Kraft auf, mich zu bewegen.

Es ist stickig im Zimmer. Um sechs Uhr hat sich die Heizung eingeschaltet, und es riecht nach Schlaf, Schweiß und Verzweiflung. Ich beiße mir auf die Lippe, dann ziehe ich Sneakers und Parka an, stecke mein Handy ein und gehe raus.

Der kalte Wind draußen dringt durch meine Jogginghose, und meine Oberschenkel fühlen sich eisig an. Mir stockt der Atem vor Kälte. Böen peitschen die kahlen Äste der Bäume. Überall sind Pfützen, und meine Sneakers werden nass. Ich habe keine Ahnung, wo ich hingehe und was ich tun soll. Weiß nur, dass ich diesen fiesen Druck im Bauch und das Gedankenchaos in meinem Kopf loswerden muss. Muss irgendwie Ordnung schaffen.

Ich schaue zu den dunklen Wolken auf, die über den Himmel gefegt werden. Draußen auf dem Meer ist eine blinkende Boje, die Seeleute warnen soll. Von fern höre ich das Rauschen; die Wellen donnern ans Ufer, als seien sie wütend auf die Welt. Ich kann es ihnen nachfühlen.

Es ist aus und vorbei.

Doch das darf einfach nicht sein.

Ich habe alles so gemacht, wie es verlangt wurde. Habe alles für mich behalten, mich nur an geheimen Orten getroffen, die Fotos nach Wunsch geschickt. Ich habe geliebt.

Am Ende des Schulgeländes befindet sich ein stabiler Zaun, dahinter beginnt eine Wiese, die an den Klippen endet. Es wäre ein Leichtes, über den Zaun zu klettern und bis zur Klippe zu gehen. Doch dann denke ich daran, dass ich schon mit meinen schlimmsten Dämonen fertiggeworden bin und Mum sich auf die Weihnachtsferien freut, weil sie mit mir Ski fahren gehen kann. Ich kann ihr das nicht antun.

Ich hole mein Handy raus und schreibe: *Können wir reden? Bitte*

Warte auf die Antwort.

Beim Blockhaus auf den Klippen. Mitternacht.

35

Als Alex zum Ferienhaus zurückging, war sie erleichtert, dass Malone bestimmt noch ein bis zwei Stunden mit Einkaufen beschäftigt sein würde. Sie musste ihre Gedanken sortieren. Wollte für sich klären, wie sie sich Gus gegenüber verhalten sollte, wenn er anrief. Sie wollte interessiert und positiv klingen und sich nach seinen Reisen und seinem Vater erkundigen. Würde Gus' Initiative loben und sich entschuldigen, weil sie nicht schon früher mit ihm über seinen Vater geredet hatte. Würde nach der neuen Familie fragen und ob er sich mit ihr wohlfühlte. Sie zwang sich, nicht daran zu denken, dass die neue Familie womöglich gar nichts von Gus wissen wollte und ihren großartigen Jungen ablehnen würde. Dann würde Alex das nächste Flugzeug nehmen und ihr Haus niederbrennen. Nein, das war albern. Sie würde denen mitteilen, was für ein wunderbarer Mensch Gus war, und danach das Haus abbrennen.

Blödsinn. Gus hatte Anrecht auf ein eigenes Leben. Er war schließlich nicht dumm; bestimmt hatte er das alles selbst durchdacht.

Das Wetter schlug um. Aufgewühlte Wellen gischteten ans Ufer, Wolken zogen schnell am Himmel entlang. Alex dachte an das Treffen mit der Person, die auf Honeys Nachricht geantwortet hatte, und war gespannt, ob sich die Vermutung als richtig erweisen würde.

Als Alex zur Haustür kam, löste sich eine Gestalt aus

dem Schatten. Oh nein. Alex tastete nach ihrem Handy. Sie könnte Malone anrufen und ihn bitten, so schnell wie möglich zu kommen, um Dutch loszuwerden. Oder ...

»Jonny«, sagte sie, um ein Lächeln bemüht. »Was machst du hier?«

Er erwiderte das Lächeln. »Wollte nur mal schauen, ob es dir gut geht. Und mich entschuldigen, weil ich gestern Abend zugelassen habe, dass du zum Schluss so sturzbetrunken warst.«

Grundgütiger, zwei Männer, die sich an einem Morgen entschuldigten. Die Welt spielte offenbar verrückt.

»Keine Sorge. Ich bin durchaus imstande, meine Entscheidungen allein zu treffen, weißt du«, erwiderte Alex in möglichst nüchternem Tonfall.

»Ist mir klar. Wollte eben nur nicht, dass du dich schlecht fühlst.«

»Okay.« Wieso passierte es immer wieder, dass man sich für jemanden interessierte, sich sogar eine Art von Beziehung vorstellte und dass diese Gefühle sich binnen Sekunden verflüchtigten? Vor der Grillparty und bevor Alex gemerkt hatte, dass Jonny ihr etwas verschwieg, hatte sie ihn durchaus attraktiv gefunden. Von diesem Gefühl war nichts mehr übrig. Weil er eine Mitschuld daran trug, dass sie so entsetzlich betrunken gewesen war? Oder weil er durchaus nicht nur so nett war wie sein Lächeln? Das Ganze hatte hoffentlich nicht Malone bewirkt.

»Und ich wollte mal hören, ob's was Neues gibt.« Er stand so dicht hinter Alex, als sie die Tür aufschloss, dass sie seinen Atem im Nacken spürte.

»Ach so?«

»Ja, warum nicht?« Jonny lehnte sich an den Küchentresen, als Alex den Wasserkessel füllte.

»Kaffee?«, fragte sie höflich, obwohl sie Jonny lieber rausgeschmissen hätte.

Er nickte. »Der Kater ist also nicht so schlimm?«

»Nee. Bacon-Sandwich und Spaziergang haben ihn erfolgreich abgewehrt.«

Jonny setzte sich hin. »Du bist ja dann recht schnell sang- und klanglos verschwunden ... Malone heißt er, nicht wahr?«

»Ja.« Das wusste er doch längst. Alex nahm zwei Tassen aus dem Regal und gab Nescafé hinein, die futuristische Maschine hartnäckig ignorierend.

»Und macht dir das nichts aus?«

»Was meinst du damit? Zucker?« Sie hielt ihm die Dose hin.

»Nee danke. Weißt du, auf mich wirkst du eigentlich wie eine ziemlich selbstständige Frau. Ritterlich gerettet zu werden fand ich deshalb ein bisschen ... na ja, du weißt schon.« Er zuckte die Achseln.

Alex wollte sich nicht provozieren lassen. Der Wasserkessel gab ein schrilles Pfeifen von sich. Sie goss heißes Wasser auf den Kaffee und widerstand der Versuchung, einen Teil davon auf Jonnys Beine zu kippen.

»Du hast vielleicht das Gefühl, dass ich keine allzu große Hilfe für dich bin«, fuhr er fort, »als dein Spion in der Schule, meine ich. Aber mehr gibt es anscheinend nicht herauszufinden. Ich hab mit einigen Lehrern und Schülern aus Elenas Jahrgang geredet, die jetzt ihren Abschluss machen, und die haben alle das Gleiche gesagt. Sie war ein nettes Mädchen, aber ziemlich speziell.« Jonny zuckte die Achseln. »Mehr ist da nicht dran.«

»Was soll das heißen?«, fragte Alex, als sie ihm den Kaffeebecher reichte.

»Es war bekannt, dass Elena unter Depressionen und Essstörungen litt. Wegen irgendwas ging es ihr schlecht; sie hatte sich grade von ihrem Freund getrennt, und ...«

»Hast du irgendeine Vorstellung?«

»Wie?« Er trank einen Schluck. Alex hatte nicht vor, ihm auch noch Kekse anzubieten.

»Irgendeine Vorstellung davon, was tatsächlich passiert ist?«

Er zuckte erneut die Achseln. »Wahrscheinlich war sie eines Tages einfach alles leid und ist von der Klippe gesprungen. Vielleicht hat sie es bereut, aber ...« Er schlug mit der Hand auf den Tisch, und Alex zuckte unwillkürlich zusammen. »Zu spät. Einen Sturz aus dieser Höhe überlebt man nicht.«

»Was ist mit den Jungen aus ihrem Jahrgang? Felix, Theo, und wie hieß der andere gleich ...« Alex tat, als müsse sie überlegen. »Ollie, genau. Diese Typen, die mich angegriffen haben. Hast du vergessen, dass du dich auch mit denen befassen wolltest? Haben die irgendwas mit Elenas Tod zu tun?«

Jonny blieb stumm.

»Ich meine die Typen, die mit Drogen handeln«, fügte Alex hinzu, um ihren Worten Nachdruck zu verleihen. »Ich war schließlich Zeuge. Und nach dem, was mit Max passiert ist, werden die auch nicht ungestraft davonkommen.«

Jonny nickte. »Ja, sehe ich auch so.«

»Ich glaube, dass du genau im Bilde bist über die Machenschaften von Felix und Theo.«

Jonny zog eine Augenbraue hoch. »Und?«

Alex schaute zum Fenster hinaus, betrachtete den Himmel, die Wolken, die Möwen. »Na ja«, sagte sie. »Du bist der coole Kunstlehrer. Hattest überdies ein aufregendes, sogar gefährliches Leben, mit deiner Armeegeschichte. Du rauchst Dope. Aus medizinischen Gründen, behauptest du. Mir ist aber zu Ohren gekommen, dass du mit einigen Kids aus dem Internat eingehender zu tun hast. Naomi Bishop, Max Delauncey, der jetzt wegen einer Überdosis im Krankenhaus liegt. Und der dich schon mal mit dem Messer attackiert hat, um darauf noch mal zurückzukommen. Mit Felix, Theo und der ganzen Clique scheinst du einen recht freundlichen Umgang zu pflegen. So freundlich, dass ich mich nun frage, ob du nicht vielleicht selbst mit dem Drogenhandel zu tun hast. Die Kontakte hast du sicherlich. Deine monatlichen Reisen nach London, die Sy erwähnt hat. Da kaufst du wohl ein, nicht wahr?«

Jonny sah sie ungerührt an. »Ziemlich wilde Mutmaßung, findest du nicht auch, Alex?«

Er sah so entspannt aus, als sei er nicht im Mindesten beunruhigt, und einen Moment lang fragte sich Alex, ob sie vielleicht doch falsche Schlussfolgerungen zog. Vielleicht war Jonny tatsächlich nur ein harmloser Kunstlehrer. Ihr wurde plötzlich bewusst, dass sie mit ihm allein war im Haus. Einem Haus, das einsam auf weiter Flur stand. Und man hatte ihr mehr als einmal gedroht. Dennoch sprach sie weiter.

»Gib es doch zu, Jonny. Du verteilst die Drogen in Hallow's Edge. Du hast die Schüler dazu angestiftet, mir zu drohen. Und du hast Max mit Stoff versorgt. Nicht wahr?« Sie hielt unwillkürlich den Atem an.

Jonny starrte sie mit verengten Augen an. »Beweise?«

»Keine.«

»Also?«

Würde er deshalb ungeschoren davonkommen? Alex dachte an George. Das Mädchen musste Jonny und die Jugendlichen vom Internat zusammen erlebt haben. Vielleicht hatte George die Zusammenhänge nicht erkannt. War sicher sinnvoll, noch mal mit dem Mädchen zu reden.

»Doch, ich habe Beweise.«

Jonny stand auf und blickte auf sie herunter. Die Haltung hatte etwas Bedrohliches, und Alex' Herzschlag beschleunigte sich. »Du hältst dich wohl für sehr schlau, wie?«, sagte er.

»Was willst du damit sagen?« Sie wollte sich nicht einschüchtern lassen.

»Eine dahergelaufene, nichtsnutzige Schreibtussi meint, sie könnte die angebliche Wahrheit über den Tod eines Mädchens herausfinden. Idiotisch. Elena hat sich von der Klippe gestürzt, Schluss, aus.«

»Schon möglich.«

»Und du schleichst hier herum, verdächtigst jeden, irgendwas mit ihrem Tod zu tun zu haben, und laberst was von wegen Drogen. Elena hat sich umgebracht, Alex. Nix mit Drogen.«

»Wie gesagt, Jonny, schon möglich. Und vielleicht hat die Tatsache, dass du mit Drogen dealst, nichts mit Elenas Tod zu tun. Aber Elena fand nicht gut, was da lief und was das Zeug mit ihren Freunden gemacht hat. Ihrer besten Freundin Tara. Max Delauncey. Vielleicht hat Elena herausgefunden, dass du hier mit Drogen dealst?«

»Mit dieser Beschuldigung wirst du nichts erreichen, Alex.«

Sie sah ihn fest an. »Felix und Theo werden eher dich ans Messer liefern, als im Jugendknast zu landen.«

»Ach ja?«, versetzte Jonny höhnisch. »Hast du dir mal klargemacht, wer ihre Väter sind? Und du glaubst im Ernst, dass die tatenlos zusehen, wie ihre Söhnchen ins Gefängnis gesteckt werden? Da irrst du dich aber gewaltig.«

»Aber werden die Jungen dich decken? Werden die nicht eher froh sein über einen Sündenbock?«

Sie bemerkte ein unsicheres Flackern in seinen Augen. »Du glaubst doch wohl nicht, dass ich allein dastehe, oder? Und wie willst du irgendwas beweisen?«, entgegnete Jonny.

Er hatte recht. Der hatte natürlich garantiert Verbindungen, die gewiss bis nach Afrika und Südamerika reichten, wo Drogengeld in Terror und Kriminalität investiert wurde. Daran konnte Alex nichts ändern, aber hier im Kleinen durchaus. Das Handy in ihrer Tasche assistierte ihr.

Zu früh gefreut. Plötzlich packte Jonny ihren Arm, riss ihre Hand aus der Tasche und versetzte ihr einen so heftigen Stoß, dass sie rückwärtstaumelte, stürzte und hart mit dem Kopf auf dem Boden aufschlug. Ihr wurde schwarz vor Augen. Als sie wieder zu sich kam, kniete Jonny über ihr und umklammerte mit eisernem Griff ihre Handgelenke über dem Kopf. In der freien Hand hielt er ihr Handy.

»Hältst du mich für blöde?«

Einen Moment sah Alex doppelt. Sie bewegte behutsam den Kopf. »Nein«, flüsterte sie. Ihr war übel und schwindlig. Nicht schon wieder.

»Besser so.« Er tippte mit dem Daumen auf dem Handy herum. »Ah. Hier haben wir's.« Seine eigene Stimme, blechern: *Du hast vielleicht das Gefühl, dass ich keine allzu große Hilfe für dich bin. Als dein Spion in der Schule, meine ich. Aber mehr gibt es anscheinend nicht herauszufinden.*

»Netter Versuch«, sagte er, »unser Gespräch aufzuzeichnen. Kann man aber auch schnell verschwinden lassen.« Er drückte wieder aufs Display. »Das war's. Weg.« Jonny schleuderte das Handy zur Seite, und Alex sah ihm nach, wie es über den Boden schlitterte.

Jonnys Knie drückten sich in ihre Seite.

»Und nun, Alex Devlin? Was machen wir jetzt?«, fragte er grinsend.

»Lass mich los«, murmelte Alex. »Die Aufnahme ist gelöscht. Du hast recht, es gibt keine Beweise.«

»So sieht's aus. Wäre aber doch schade, wenn unsere Beziehung damit beendet wäre.« Er legte den Kopf schief.

»Wir haben keinerlei Beziehung.«

»Ach so?«

Jonny strich ihr übers Gesicht. »Komm schon. Du weißt doch genau, dass du es willst.« Er fasste ihr grob an die Brüste und zwischen die Beine. Alex wand sich und unterdrückte einen Aufschrei. Jonny lachte und schlug ihr so hart ins Gesicht, dass sie einen Pfeifton in den Ohren hörte. Er drückte ihre Hände auf den Boden.

Unter keinen Umständen würde sie sich von diesem Dreckskerl vergewaltigen lassen. Irgendetwas musste ihr einfallen.

»Wir sind noch nicht fertig miteinander, Alex. Denn weißt du«, er grinste wieder breit, »ich spüre, dass du auf mich stehst. Wie die meisten anderen Frauen auch.« Er schlug ihr wieder ins Gesicht, und sie tat so, als sei sie halb ohnmächtig. »Ganz ehrlich, ich wollte nur, dass Felix und Theo dich ein bisschen einschüchtern. Dir Angst einjagen. Wir konnten schließlich nicht zulassen, dass du den Kids andauernd nachspionierst, nicht wahr? Aber es hätte viel übler ausgehen können. Wenn ich Bobby auf dich angesetzt hätte, wärst du gar nicht begeistert gewesen. Na komm schon, du ergibst dich doch wohl nicht kampflos?« Er ließ ihre Hände los und beugte sich dicht über sie.

In der Tat. Kampflos ergeben kam nicht infrage. Die Szene mit Felix und Theo würde sich nicht wiederholen.

Alex konzentrierte sich und stützte sich mit den Händen an seinen Schultern ab. Dann wand sie sich unter ihm, zog in Sekundenschnelle die Beine an, stemmte sie gegen seine

Hüften und trat wild um sich. Irgendetwas Empfindliches musste sie wohl getroffen haben, denn Jonny schrie vor Schmerz auf und fiel auf die Seite.

Alex sprang auf. Jonny lag mit geschlossenen Augen auf dem Rücken. Plötzlich schoss seine Hand vor und packte ihr Fußgelenk.

Mit dem freien Fuß schlug sie ihm gegen die Schläfe, worauf er schlagartig zusammensackte.

Keuchend stützte sich Alex auf die Knie. Ihr Gesicht brannte wie Feuer, und ihr Körper schmerzte.

»Heiliger Strohsack, Alex. Ich habe gedacht, du hast was übrig für den Typen.« Malone stand in der Tür, in jeder Hand eine Einkaufstüte.

»Nicht sonderlich.« Sie hörte noch immer einen merkwürdigen Pfeifton in den Ohren und massierte sich die Schläfen. »Ich hab wirklich die Nase voll, ständig verhauen zu werden. Dachte mir, ich tu diesmal was dagegen.«

Malone stellte die Tüten ab, kam zu ihr und hob vorsichtig ihr Kinn an. Kam ihr irgendwie bekannt vor. Als er sie besorgt ansah, durchlief sie ein Schauer. Verflucht, Alex, reiß dich zusammen.

»Ich finde ja, das kommt zu häufig vor. Ich hol mal Arnika, wenn noch was übrig ist.«

»Ähm, vorher …« Alex deutete auf Dutch, der stöhnend zu sich kam. »Könntest du den aus dem Weg schaffen?«

Malone blickte auf Dutch hinunter und seufzte. »Und was schwebt dir da vor?«

»Polizei?«

»Warum?«

»Drogenhandel.«

»Beweise?«

Alex wies mit dem Kopf auf ihr Handy, das in der Ecke

lag. »Ich hab eine Art Geständnis aufgenommen. Er meint, er hätte es gelöscht, aber so was kann man wiederherstellen. Wenn die Polizei es nicht schafft, dann Honey.«

Drei Stunden später saß Alex mit einer Tasse Tee im Garten und wurde von Malone umsorgt. Die Polizei hatte Dutch verhaftet, Alex' Handy sichergestellt und ihre Aussage aufgenommen. Der neuerdings fürsorgliche Malone kam Alex sehr zupass, weil sie am ganzen Körper Schmerzen hatte.

Der neuerdings fürsorgliche Malone setzte sich zu ihr. »Ich habe dir gesagt, dass ich Insiderinformationen über Dutch habe. Aber du wolltest mir ja nicht zuhören.«

»Jetzt wäre ich bereit dazu.«

»Na ja, ich hatte recht«, erklärte Malone selbstzufrieden. »Der Typ hat Dreck am Stecken. Er ist zwar in Afghanistan für Tapferkeit vor dem Feind ausgezeichnet worden, aber unter nebulösen Umständen aus der Armee ausgeschieden. Und es hieß, er sei drogensüchtig.«

»Vielleicht ausgelöst durch eine posttraumatische Belastungsstörung.« Alex hatte etliche Reportagen über die Auswirkungen des Afghanistankriegs auf Soldaten geschrieben. »Wie ist er zu der Stelle in The Drift gekommen?«

»Durch Sven Farrar. Dessen Bruder ist im Golfkrieg umgekommen. Dutch tat Farrar leid, weshalb er sich an oberster Stelle für ihn eingesetzt hat. War sicher auch hilfreich, dass Dutch nur wenige Stunden unterrichtete.«

Alex seufzte. »Jetzt weiß ich nicht mehr, ob ich ihn verabscheuen oder auch bemitleiden soll. Er braucht auf jeden Fall psychologische Betreuung.«

»Das wird er kriegen, da, wo er landet. Aber er zerstört jedenfalls nicht länger das Leben von jungen Menschen.«

Sie nickte.

»Du solltest jetzt mal versuchen, Gus anzurufen.« Malone gab ihr sein Handy und stand auf. »Ich lass dich ein Weilchen in Ruhe.«

Einen Augenblick lang saß Alex nur da und blickte auf das Handy. Dann suchte sie Gus' Nummer heraus, drückte aber noch nicht auf das Facetime-Icon. Gus hatte seinen Vater gefunden. Den Mann, mit dem sie für eine Nacht zusammen gewesen war, beide high auf Gott weiß was. Das war das erste und letzte Mal gewesen, dass Alex eine gefährlichere Droge als Alkohol konsumiert hatte. Im Rückblick fragte sie sich, ob es ein Fehler gewesen war, Steve all die Jahre nichts von seinem Sohn zu erzählen.

Sie drückte auf das Icon.

»Hey, Mum! Wie geht's dir? Wieso rufst du von Malones Handy an?« Gus war braungebrannt, und seine Haare waren durch Meer und Sonne heller geworden. Er lag auf einem Liegestuhl, offenbar an einem Schwimmbecken. Alex wurde warm ums Herz.

»Ich hab meines grade nicht. Ist 'ne längere Geschichte, Schatz. Erzähl lieber von dir!« Sie lächelte, entschlossen, unter allen Umständen fröhlich und positiv zu wirken. »Was hast du alles erlebt? Sieht ja toll aus, da, wo du bist.« Sie schluckte, um den Kloß im Hals loszuwerden.

»Also …«

Alex wurde klar, dass sie das Gespräch eröffnen musste. Es war nicht in Ordnung, dass sie Gus im Unklaren ließ. »Hör mal, Liebling, ich weiß, du hast ihn gefunden. Deinen Vater, meine ich. Malone hat es mir gesagt.«

Gus sah ungeheuer erleichtert aus. »Mum, ich …«

»Alles ist gut. Wirklich. Ich hätte dir schon viel früher von ihm erzählen sollen. Und ich hätte dir helfen sollen, nicht Malone.« Sie lächelte. »Wie war's denn?«

»Willst du es echt hören?«

Nein. »Ja, klar.«

»Okay. War nicht leicht, Steve zu finden, weil er so viel auf Reisen ist. Einmal dachte ich sogar, ich müsste nach Südamerika.« Gus lachte, und Alex bemühte sich einzustimmen. »Aber dann hat sich rausgestellt, dass er vor ein paar Monaten nach Ibiza zurückgekommen ist und hier eine Bar gekauft hat. Jedenfalls«, Gus holte tief Luft, »haben wir ihn in Es Caná gefunden. Ist echt total gechillt hier.«

»Hat er …«, Alex zögerte einen Moment, »Familie?«

Gus strahlte. »Ja. In Argentinien hat er Juanita kennengelernt, und er hat drei Kinder mit ihr. Ist das nicht toll?«

»Ja, schön.«

»Zwei Jungs und ein Mädchen. Sind vierzehn, zwölf und zehn. Camila – das ist meine Halbschwester, kannst du dir das vorstellen, Mum? – ist voll süß, die wickelt jeden um den kleinen Finger. Die beiden Jungs heißen Marcos und Caleb und sind fußballverrückt. Manchester-United-Fans natürlich. Juanita sagt, ich kann so lange bleiben, wie ich will. Sie ist echt cool.«

»Aber war das denn nicht ein Schock für sie, als du plötzlich aufgetaucht bist?«

Gus wirkte ein wenig verlegen. »Bisschen schon, ja. Aber ich hab Steve zuerst mal eine E-Mail geschrieben. Ich wollte nicht länger warten, weißt du. Er hatte seine Familie schon auf mich vorbereitet.«

»Das ist super, Schatz.« Alex tat das Gesicht weh von dem angestrengten Lächeln.

»Danke, Ma. Und …«, er kratzte sich mit dem Daumen an der Wange, » … zum ersten Mal suche ich nirgendwo nach Millie, weißt du? Zum ersten Mal halte ich nicht überall und ständig nach einem zwanzigjährigen Mädchen

Ausschau, das dir oder Tante Sasha ähnlich sieht. Verstehst du?«

Alex nickte.

Er lächelte wieder. »Und es ist so schön hier.« Er setzte sich auf. »Ähm also ... Dad ... ähm ... Steve und ich haben uns gedacht, dass du vielleicht jetzt noch nicht mit ihm reden willst. Oder?« Gus sah erwartungsvoll aus.

Dafür war Alex ausgesprochen dankbar. »Da habt ihr recht.« Sie lachte. Gott, war das anstrengend. »Das würde mich im Moment wohl ein bisschen überfordern.« Sie lachte wieder. »Wie lange bleibst du denn dort? Nicht dass du ihnen zur Last fällst.«

Auf einmal sah Gus etwas verärgert aus. »Nee, nee, mach dir mal keine Sorgen, Mum. Dave und ich wollen in ein paar Tagen auf Inseltour gehen. Kommen dann vielleicht noch mal hierher, bevor wir weiterreisen. Geht das klar für dich?«

»Natürlich, Schatz. Das entscheidest du ganz allein.«

»Okay.« Er lächelte. »Du, Mum, muss jetzt aufhören. Ich glaub, die anderen wollen zum Strand.«

»Die ganze Familie?«

»Ja. Wird bestimmt lustig. Ich ruf dich in ein paar Tagen wieder an. Hast du dann dein Handy wieder?«

»Weiß noch nicht genau. Wahrscheinlich schon. Probier's einfach.«

»Mach ich.«

Sie hörte aufgeregte Stimmen im Hintergrund, die Gus' Namen riefen. Er schaute zur Seite, lächelte und winkte. Seine neue Familie.

Dann blickte er wieder in die Kamera. »Okay, Mum, dann bis bald.«

»Ja, bis bald. Tschüss, mein Schatz.« Letztes forciertes Lächeln.

Das Bild verschwand. Alex berührte das Display, auf dem gerade noch Gus' Gesicht zu sehen gewesen war. Was empfand sie? Eifersucht? Fühlte sie sich vernachlässigt und überflüssig? Oder war das selbstsüchtig? Sie wollte doch, dass Gus glücklich war. Dass er seinen eigenen Weg in der Welt fand, nachdem sein Leben so lange überschattet gewesen war.

36

ELENA

DEZEMBER, zwölf Stunden vor ihrem Tod

Wusste gar nicht, dass Zeit sich so endlos hinziehen kann. Ich gehe zum Unterricht. Esse zu Mittag. Alles schmeckt wie Stroh.

Es ist mir wahnsinnig schwergefallen, unsere Liebe geheim zu halten. Ich hätte sie so gerne hinausgeschrien, allen erzählt, wie wunderbar es sich anfühlt, aber das durfte ich nicht, und das hat mich sehr unter Druck gesetzt. Aber ich habe alles befolgt, wie es von mir verlangt wurde, und nun ist es aus, wegen dieser blöden Fotos. Warum habe ich die überhaupt gemacht? Ganz einfach: weil ich darum gebeten wurde. Ich konnte ja nicht ahnen, dass irgendein Scheißperverser sie auf einer verfluchten Website veröffentlicht. Dafür kann ich nichts. Von mir aus wäre ich nicht auf die Idee gekommen, solche Fotos zu machen – weshalb bin ich dann jetzt die Leidtragende? Man hätte mich gar nicht dazu auffordern sollen, nicht wahr?

Ich weiß jetzt, was ich sagen will. Ich werde sagen: »Bin einverstanden damit, dass Schluss ist. Mir reicht es auch.« Und dann werde ich mich umdrehen und weggehen. Ganz einfach.

Aber ob ich das hinkriege? Muss mir eingestehen, dass ich das alles genossen habe: die aufregenden heimlichen Treffen;

das mögliche Ertapptwerden; was die Leute wohl sagen würden, wenn sie wüssten, mit wem ich mich treffe. Vielleicht verrate ich es doch den Tussen.

Die finde ich an ihrem üblichen Treffpunkt, wo sie immer mittwochnachmittags den Unterricht schwänzen und Dope rauchen: am Strand, geschützt vor dem Wind durch den alten Bunker, der in den Winterstürmen letztes Jahr ziemlich aus der Verankerung gerissen wurde. Mir wird flau, als ich sehe, dass Max mit ihnen rumhängt.

»Schaut nur, wer da kommt«, sagt Naomi, bindet ihren Kaschmirmantel fester zu und zieht an dem Joint, der die Runde macht. »Was verschafft uns das Vergnügen?«

Ich zucke die Achseln. »Wollte nur mal schauen, was ihr so treibt.« Max wirkt total abgemagert, schnieft dauernd und wischt sich mit dem Handrücken die Nase.

»Lass ihn in Ruhe«, sagt Naomi. »Er gehört zu uns.« Sie macht eine Handbewegung. »Und was wir treiben, siehst du ja. Wir chillen. Hast du was von Tara gehört?«

»Nee.«

Naomi zuckt die Achseln. »Die kommt schon klar. Wenn sie erst ein Kind an der Backe hat, ist sie beschäftigt.«

Ich starre sie an. »Du weißt das?«

»Weiß doch jeder«, lacht Naomi.

Jenni zieht ihren Schal fester um den Hals. Natasha fördert einen Flachmann zutage und trinkt einen Schluck. Max steht fröstelnd auf.

»Du hattest ja wohl viel zu tun«, plappert Naomi weiter. »Mit deinen Fotos und so.« Sie gibt ein ätzendes Lachen von sich.

Ich merke, wie ich rot anlaufe.

»Ich finde aber«, Naomi ist noch nicht fertig, »dass die Trolle es übertrieben haben. So mies bist du nun auch nicht. Kein Unschuldslamm, aber auch nicht so versaut.« Sie kichert. »Jetzt werden die Bilder allmählich langweilig, können wir nicht ein paar neue kriegen?«

»Klar«, sage ich und greife nach dem Joint, »warum nicht.«

»Uuuuh, da will sich uns jemand anschließen«, bemerkt Jenni, als ich an dem Joint ziehe und versuche, nicht zu husten.

»Nö«, erwidere ich und puste den Rauch aus, »wollte nur mal wissen, was so toll daran sein soll.«

Max schaut mich verwirrt an, als wolle er sagen: Was machst du da, um Himmels willen?

Könnte ich gar nicht beantworten, die Frage. Weiß ich selbst nicht. Ich nehme noch einen Zug. Schaue mich um. Was mache ich hier?

»Wirst du uns verraten, wer es ist? Wir würden es zu gern wissen.«

Ich blinzle langsam. »Hm.« Soll ich? Soll ich nicht?

Eine Windbö wirbelt Sand auf.

Die Tussen beugen sich alle gespannt vor. Nach einem dritten Zug reiche ich den Joint an Nat weiter. »Nee«, sage ich und lache, als ich die enttäuschten Mienen bemerke. Max wirkt verängstigt, aber das Zeug fängt an zu wirken, und ich lache noch mal.

»Bis dann«, sage ich, als ich weggehe.

Den Rest des Nachmittags versuche ich zu lernen, aber mein Hirn ist so vernebelt, dass ich keinen klaren Gedanken fassen kann.

Zum Abendessen gehe ich in die Kantine. Esse etwas, das lächerlicherweise als Bœuf bourguignon bezeichnet wird, aber einfach Fleischeintopf ist. Ich schmecke kaum was. Könnte genauso gut Gewehrkugeln schlucken. Ich trinke viel Wasser, weil mein Kopf immer noch nicht klar ist. Rede mit niemandem, und die Tussen sind ohnehin nicht da. Frage mich, wo sie stecken und wann die wohl zum Essen kommen. Vielleicht sind sie immer noch am Strand, aber so leichtfertig sind sie doch wohl auch nicht. Wenn sie nicht zum Abendessen erscheinen, kriegen sie Ärger. Ich zucke innerlich die Achseln. Ist deren Problem, nicht meines.

Ich laufe in den Gemeinschaftsraum, weil mir allein langweilig ist, und schaue mir irgendeinen Scheiß im Fernsehen an, kann mich aber nicht darauf konzentrieren. Gehe in mein Zimmer zurück. Denke an Mum und an Mark, der mir verboten hat, mich ihr anzuvertrauen. Aber ich werde es trotzdem machen. Ich werde offen und ehrlich mit ihr reden. In den Ferien. Werde ihr sagen, wie mir zumute ist. Was ich getan habe. Ich schreibe ihr eine SMS.

Mum, ich halte das nicht mehr aus.

Dann halte ich inne, weil ich nicht weiß, was ich in so einer blöden Kurznachricht schreiben soll. Feuere das Handy quer durchs Zimmer und lege mich voll angezogen ins Bett, um die Zeit herumzukriegen.

Um halb zwölf stehe ich wieder auf.

Schleiche aus dem Zimmer und durch den halbdunklen Flur. An der Hintertür taste ich auf dem Türsturz nach dem Schlüssel, schließe auf und lege den Schlüssel zurück. Genial, dass ein ehemaliger Schüler aus der Oberstufe einen Zweitschlüssel hat anfertigen lassen, damit auch künftige Schüler ausbüxen können. Lautlos ziehe ich die Tür von außen zu. Plötzlich fällt mir ein, dass ich mein Handy nicht mitgenommen habe. Aber zum Glück ist es klar, und das Mondlicht ist so hell, dass ich den Weg erkennen kann.

Hey du, ich bin's.
Bitte geh auf keinen Fall zum Blockhaus. Bitte.
Ich liebe dich.

37

Malone wollte natürlich nicht, dass sie sich auf diese Verabredung einließ, aber Alex wollte sich unbedingt mit Elenas geheimer Liebschaft treffen. Dann hatte er vorgeschlagen, sie zu begleiten, weil sie doch total angeschlagen sei (ach was, Sherlock), oder selbst allein zum Leuchtturm zu gehen. Als sie das alles ablehnte, wurde er autoritär und *befahl* ihr, zu Hause zu bleiben. »Leg dich in die Wanne«, sagte er. »Ruh dich aus. Schau dir einen netten Liebesfilm an oder so.« Am liebsten hätte Alex ihn gehauen. Er wollte sie küssen, aber sie schob ihn weg.

»Ich gehe allein, und damit ist das Thema beendet, Malone.«

Er strich sich die Haare aus der Stirn und seufzte gereizt. »Das kann ich nicht zulassen.«

»Dein Problem«, versetzte sie. »Damit musst du allein fertigwerden.«

Darauf beugte er sich vor und küsste sie fest auf den Mund.

Einen Moment lang stand Alex stocksteif da, von widerstreitenden Gefühlen übermannt. »Was soll das denn?« Sie berührte ihre Lippen, die sich angenehm belebt anfühlten.

Seine Hand glitt zu ihrem Nacken, und Malone zog sie an sich.

Alex kam zu sich und schob ihn so heftig weg, dass sie rückwärtstaumelte. »Nee, Malone. Kommt nicht infrage. Du kriegst mich nicht rum.«

»Verdammt schade«, erwiderte er mit diesem gedehnten Lächeln, das sie immer direkt im Bauch spürte. »Ich dachte, ich hätte vielleicht eine Chance.«

»Nee. Du irrst dich.«

Für sie war das Thema damit erledigt.

Alex zog die Haustür hinter sich zu und tastete in den Taschen ihres dünnen Anoraks noch einmal nach Malones Handy und seiner kleinen, aber sehr starken Taschenlampe. Es nieselte leicht, als sie im Licht der Lampe den Weg entlangtappte. Am Horizont sah sie über dem Meer dann und wann einen Blitz aufzucken und hörte Donnergrollen. Ein Gewitter nahte.

Mit einem Blick auf ihre Uhr versicherte sie sich, dass ihr noch ausreichend Zeit blieb. Die Person, die sich auf Honeys Nachricht gemeldet hatte, musste Elenas Liebschaft sein, denn niemand anders hätte den Entwurfsordner finden können. Unterwegs versuchte Alex, nicht daran zu denken, wie sehr sie sich eigentlich gewünscht hatte, Malone würde sie noch einmal küssen. Verflucht, konnte das Leben denn nicht einfacher sein? Warum verliebte sie sich nicht mal in jemanden, der unkompliziert war? Zum Beispiel einen Steuerberater, der auch noch ihre Steuererklärung erledigte. Wieso musste es ein verdeckter Ermittler sein, der in den Niederungen der Gesellschaft unterwegs war und von dem man nie wusste, wo er sich gerade aufhielt? Und der sich überdies andauernd in ihre Angelegenheiten einmischte.

Verdammter Malone.

Alex bog vom Weg ab und ging den Pfad zwischen den Rapsfeldern entlang, die dunkel neben ihr aufragten. Weiter hinten sah sie den rot-weiß gestreiften Leuchtturm, dessen drei Lichter alle dreißig Sekunden aufblitzten, um die Schiffe zu warnen. Ansonsten war es finster; hier draußen gab es noch keine Lichtverschmutzung. Der Wind frischte auf, und in der Ferne hörte Alex die Wellen ans Ufer branden.

Damals hatte sie den Leuchtturm kaum beachtet, weil sie George nicht aus den Augen verlieren wollte. Das arme Mädchen. Hoffentlich war Max' Schicksal George eine Lehre. Warum nur zerstörten so viele Jugendliche ihr Leben? Wo und warum wurden Weichen auf dem Lebensweg falsch gestellt?

Alex horchte. Nur die Wellen und der Wind, und von den Scheinwerfern und ihrer Lampe abgesehen sah sie nirgendwo Licht. Keinerlei menschliche Geräusche. Es hätte genauso gut das Ende der Welt sein können.

Alex ging zur Tür des Leuchtturms und schob sie auf. Sie trat in einen weißgekalkten Raum, an dessen Wänden große Tafeln mit Fotos vom Leuchtturm und Umgebung sowie historischen Informationen hingen. Der Turm war vor dem Verfall bewahrt worden und wurde nun von einer Stiftung erhalten. Es roch ein wenig muffig nach Salzwasser und Algen, und als Alex leuchtete, entdeckte sie die Wendeltreppe. Wie viele Stufen mochten es wohl sein? Bestimmt mindestens hundert. Das Treffen sollte wohl oben stattfinden.

Alex stieg hinauf. Ihre Schritte hallten von den Wänden wider, und als sie nach unten blickte, kam es ihr vor, als klettere sie das Innere eines Schneckenhauses hinauf. Krampfhaft hielt sie sich am Geländer fest. Das war nichts für Leute mit schwachen Nerven.

In dem oberen Raum waren allerlei elektronische Geräte, mit denen vermutlich die Scheinwerfer gesteuert wurden.

»Hier hoch.«

Alex zuckte zusammen, als sie die Stimme hörte. Im Licht

ihrer Lampe erblickte sie eine schmalere Treppe, die noch weiter nach oben führte.

»Kommen Sie.«

Sie holte tief Luft und stieg hinauf.

In der Mitte des verglasten Raumes befand sich das gewaltige Leuchtfeuer. Tagsüber hatte man von hier aus sicher eine fantastische Aussicht.

»Ich mach mal Licht«, sagte die Stimme. Eine starke Taschenlampe wurde eingeschaltet, und Alex war einen Moment lang geblendet.

»Soll angeblich so stark sein wie tausend Kerzen.« Ein kurzes Lachen. »Jedenfalls funktioniert das Ding.«

Paul Churchill trat ins Licht, gekleidet in dunkle Jeans, dunkles Hemd und Sneakers. Diesmal war er nüchtern und wirkte weder leutselig noch freundlich. Er lächelte Alex kalt an. »Haben Sie mich erwartet?«

»Nein. Ich habe mit Louise gerechnet.«

»Hm, Louise. Wohl eher nicht.« Er legte den Kopf schief. »Kommen Sie, sehen Sie sich die Aussicht an. Sie ist grandios von hier.«

»Ohne Louise ist das Treffen sinnlos.« Alex' Herz schlug schneller. »Außerdem kann man im Dunkeln nichts erkennen.« Sie hoffte, dass Louise nichts zugestoßen war.

»Oh doch. Kommen Sie. Das müssen Sie sehen.« Er öffnete eine kleine Tür, die Alex nicht bemerkt hatte. »Hier kann man nach draußen gehen.« Er trat hinter sie, blockierte den Ausgang zur Treppe und stieß Alex vorwärts.

Sie taumelte nach draußen auf eine schmale Galerie, die sich um den Turm wand. Die weiße Brüstung reichte ihr bis zum Bauch und war das Einzige, was sie davor bewahrte, in die Tiefe zu stürzen. Ihr wurde schwindlig, und sie umklammerte das Geländer. Die schwarzen Wolken waren inzwischen herangezogen, und auch der Donner näherte sich. Im Leuchtfeuer konnte sie die Felder erkennen, die Lichter des Dorfes in der Ferne, die Grasflächen am Ufer.

»Ist das nicht schön?«, sagte Paul hinter ihr. »Ich bin sehr gern hier oben. Es ist friedlich, man wird von niemandem beansprucht. Keine weinenden Kinder, keine nörgelnden Schüler, keine unzufriedene Ehefrau.«

»Ich wusste gar nicht, dass der Leuchtturm öffentlich zugänglich ist.«

Churchill atmete tief ein. »Die Luft ist großartig, finden Sie nicht auch? Ich bin hier ehrenamtlich tätig, wissen Sie. An einem Sonntag im Monat machen wir eine Führung, berichten von der Geschichte des Leuchtturms und der Gegend, erzählen von Schiffbrüchen und ertrunkenen Seeleuten. Die Touristen lieben das. Besonders die Geschichte vom Leuchtturmwärter, der im neunzehnten Jahrhundert seine Frau von hier oben in die Tiefe gestoßen hat.« Churchill lachte in sich hinein. »Geht weit runter. Die Touristen dürfen natürlich nicht hier raus. In den Genuss dieses Privilegs kommen nur Sie, Alex.«

»Ich habe Louise erwartet.« Alex gelang es mit Mühe, klar und entschieden zu klingen.

Churchill seufzte. »Natürlich. Wie haben Sie es herausgefunden?«

»Dass sie Elenas Liebhaberin war? Durch mehrere Faktoren: Louise' Blick, wenn sie über Elena sprach; Ihr Gesichtsausdruck, als ich sie erwähnte. Der Ring in Ihrem Badezimmer, der so zart war, eher für eine Frau als für einen Mann geeignet. Und durch das Gespräch mit dem Rektor der Stratton School.«

Er seufzte erneut. »Ach ja. Der gute alte Nigel. Hätte der nicht den Mund halten können? Nach allem, was ich für ihn getan habe. Aber er wusste natürlich gar nicht, dass ich seine blöde Schule gerettet habe.«

»Wie denn?«

»Indem ich Louise von dort wegbrachte, bevor es zu einem Skandal kam. Sie hatte sich an eine Oberschülerin herangemacht, und deshalb mussten wir weg. Ich wollte das nicht unbedingt, aber es war das Beste für mich und dieses arme dumme Mädchen. War an sich auch gar keine schlechte Idee, denn The Drift ist eine weitaus renommiertere Schule, die ich sehr reizvoll fand. Meeresluft. Exzellent ausgestattet, erfolgreiche Sportler und all so was.«

»Aber dort hat sich Louise in Elena verliebt.«

Er verzog verächtlich den Mund. »Verliebt? So würde ich das nicht nennen. Eher eine Obsession. Louise sagt, sie sei Lesbe und ich würde sie einengen.« Churchill trat dicht zu Alex. »Aber ich beenge sie nicht. Ich will einfach nur meine Ehefrau.«

Alex wusste nicht, wie sie sich befreien sollte. Das Metallgeländer drückte sich in ihren Bauch.

»Das verstehen Sie doch bestimmt, oder? Sie haben einen Sohn im Teenageralter, nicht wahr? Und Sie wissen, wie es ist, Menschen zu verlieren, die man liebt. Die Kinder Ihrer Schwester. Das war für Sie bestimmt eine Tragödie. Und ich will meine Kinder nicht verlieren.«

Alex konnte kaum noch atmen.

»Sie sind meine Kinder«, redete Churchill weiter. »Ich habe Louise gesagt, sie soll mit diesem Unsinn aufhören, sonst würde ich ihr die Kinder wegnehmen. Was ich natürlich nicht tun wollte, weil dann alles rauskäme. Es würde sich herumsprechen, dass meine Frau junge Mädchen verführt. Solche wie Elena Devonshire.« Er lachte bitter. »Natürlich ausgerechnet die Tochter einer hochkarätigen Politikerin. Ich habe erwartet, dass hohe Kripoleute hier ohne Ende herumschnüffeln würden.« Alex spürte Churchills Atem am Ohr. »Aber die Mutter hat Sie geschickt.«

Er trat einen Schritt zurück, und Alex holte tief Luft und drehte sich um.

»Eine abgewrackte Journalistin mit einer Vergangenheit, vor der sie davonläuft. Alex Devlin. Ich weiß alles über Sie und die Rolle, die Sie bei der Verhaftung Ihres Schwagers gespielt haben.« Er grinste. »Ihre Familie liebt Sie bestimmt heiß und innig dafür.«

Alex verkniff sich eine Erwiderung.

»Aber ich wollte Sie persönlich kennenlernen, und es traf sich gut, dass Jonny Sie zu der Grillparty mitbringen wollte. Ich dachte mir, wir könnten vielleicht reden, und Sie würden mich verstehen.«

»Was sollte ich verstehen?«

»Dass man jemanden gleichzeitig lieben und hassen kann.«

Das konnte sie tatsächlich verstehen. Ihr Leben lang hatte sie ihre Schwester zu behüten versucht, wollte für Sasha da sein, auch wenn die häufig mit Ablehnung reagierte. In der Schule hatte Alex Sasha vor fiesen Mitschülern und rücksichtslosen Lehrern beschützt. Als Sasha schwer depressiv und magersüchtig wurde und sich selbst verletzte, war Alex immer da. Doch manchmal hasste sie ihre Schwester auch. Weil sie Alex' Jugend zerstörte und ihr Leben mit Gus belastete. Doch als Sasha Alex am meisten gebraucht hätte, war sie nicht da gewesen. Das versuchte sie nun auszugleichen, indem sie Cat unterstützte. Was ihr bei Sasha und deren Kindern nicht gelungen war, würde sich bei ihrer Freundin nicht wiederholen. »Wo ist Louise?«

»Da, wo sie hingehört. Zu Hause bei den Mädchen.«

»Nein. Ich bin hier.«

Louise Churchill trat auf die Galerie. Ein Blitz zuckte grell und tauchte ihr Gesicht in gespenstisches Licht, während im selben Moment ein Donnerschlag krachte. Louise trug Leggings, ein T-Shirt und Flip-Flops.

»Louise! Was machst du hier? Was ist mit den Kindern?« Churchill klang beunruhigt. »Du hast sie doch nicht bei so einem Unwetter allein gelassen?«

»Sie haben einen Babysitter«, antwortete Louise mit ruhiger Stimme. »Ich habe das Mädchen angerufen, nachdem du weg warst. Ich wusste, dass du hierhergehen würdest. Ist ja schließlich dein Lieblingsort.« Sie wandte sich zu Alex. »Ich habe Elena geliebt, wissen Sie. Ich habe sie wirklich geliebt.«

»Aber nicht genug«, entgegnete Alex. »Sie waren Elenas Lehrerin und hätten verantwortungsbewusst handeln müssen. Elena ist mit siebzehn gestorben und war sechzehn, als Sie von Ihnen verführt wurde. Hätten Sie das Mädchen wirklich geliebt, dann hätten Sie Elena in Ruhe gelassen. Sie war ein Kind, Sie eine Erwachsene.«

»Ich habe sie nicht verführt!«, schrie Louise, und ihre Worte gingen beinahe im nächsten Donnerschlag unter. Dann begann es zu regnen. Zuerst einzelne Tropfen, dann wurde der Regen immer heftiger, und Alex spürte, wie das Wasser ihren dünnen Anorak durchdrang.

»Verführen, das hört sich so niedrig und schmutzig an«, sagte Louise. »Was Elena und ich hatten, war etwas anderes. Ich habe ihr gesagt, dass manche Menschen es sicher für falsch halten würden, aber unsere Liebe war rein und wahr. Das hätte niemand verstanden.«

»Welche Frau macht sich an ein Kind heran, Louise? Und noch dazu eines, für das man die Verantwortung trägt? Sie haben Nacktfotos von ihr verlangt!«

»Ich habe mich nicht an sie herangemacht«, widersprach Louise. »Ich habe sie aufrichtig geliebt. Und ich war einsam.« Sie warf ihrem Mann einen raschen Blick zu. »Er ist so gefühlskalt und denkt nur an sich selbst. An sich und seine Karriere. Ich wollte keine Kinder, sondern mich von ihm trennen. Aber wissen Sie was: Er hat mich vergewaltigt. Unsere zwei schönen Töchter sind die Frucht von Gewalt.« Ihr Gesicht war nass, von Tränen oder vom Regen. »Und jetzt setzt er die Kinder gegen mich ein. Sagt, wenn ich ihn verlasse, werde ich sie nie wiedersehen.« Wasser rann aus ihren Haaren.

Alex ließ Louise nicht aus den Augen, hörte Paul bestürzt keuchen. »Louise, du weißt, dass ich dich liebe«, sagte er. »Ich habe mich immer um dich bemüht, und nun tust du mir das an, demütigst mich so.«

»Du hast mich nie geliebt. Nur deine Vorstellung von mir.«

»Aber du hast mich doch geheiratet.« Er klang aufrichtig verwirrt.

»Ich dachte, du könntest mich behüten. Ich glaubte, ich könnte glücklich sein an deiner Seite. Ich wollte mich nicht in Mädchen verlieben, sondern normal sein. Einfach ganz normal.«

»Aber, Louise«, wandte Alex ein, »wir leben im einundzwanzigsten Jahrhundert. Da ist es doch einerlei, ob man homo- oder heterosexuell ist.« Sie legte ihr behutsam die Hand auf den Arm.

Louise schob sie weg. »Wenn man so großgezogen wurde wie ich, ist das keineswegs einerlei«, fauchte sie. »Ich hab das ja auch nicht gelebt, bis ich Annabel an der Stratton School kennenlernte. Sie hat mich geliebt, aber Paul hat mich von dort fortgebracht. Und dann bin ich Elena begegnet. Sie war so wunderschön. Klug und witzig.« Louise lächelte mit verträumtem Blick. »Wir konnten über alles reden. Wir wollten zusammenbleiben. Haben sogar geplant, zusammen durchzubrennen. Aber dann passierte das mit den Fotos. Unsere schönen Bilder wurden in den Dreck gezogen. Man machte sich über Elena lustig und beschimpfte sie. Ich entschied, dass wir Schluss machen müssten, wegen meiner Kinder. Und jetzt ist Elena tot, und ich habe nur noch ihre E-Mails, und du ganz allein bist daran schuld.« Sie deutete auf ihren Mann.

Und dann, urplötzlich, stürzte sie sich auf Paul, kratzte mit den Nägeln über sein Gesicht und hämmerte auf seine Brust. »Ich habe dich nie geliebt, nie, hörst du? Ich habe Elena geliebt, und du hast sie umgebracht.« Sie schlug mit der Stirn wie eine Wahnsinnige auf Pauls Nase, bis Blut floss. Alex war schreckerstarrt. Paul bekam Louise' Haare zu fassen und riss ihren Kopf zurück. »Du irre Spinnerin.« Und bevor Alex einschreiten konnte, schlug er Louise' Kopf mehrmals auf die Brüstung. Knochen krachten. Alex stürzte sich auf ihn, wollte ihn zurückzerren. Riss an seinem T-Shirt, stieß ihm den Ellbogen in die Seite. Churchill schrie vor Schmerz auf, ließ aber Louise nicht los. Louise trat hinterrücks gegen sein Bein, wirbelte herum, das Gesicht blutverschmiert und von Hass verzerrt, und riss das Knie hoch, um es ihm ins Geschlecht zu rammen. Doch Churchill war schneller und stieß sie von sich weg.

Beim nächsten grell aufzuckenden Blitz sah Alex, dass er ein Messer in der Hand hielt. Er rammte es Louise in den Bauch, ein, zwei, drei Mal.

Überrascht blickte sie nach unten und sackte dann zusammen. Die leblosen Augen starrten hinauf zu den schwarzen Wolken.

Ein ohrenbetäubender Donnerschlag direkt über dem Leuchtturm. Churchill stand keuchend da, die Hände zu Fäusten geballt, mit triumphierender Miene.

»Sie haben es gesehen. Sie hat versucht, mich umzubringen. Ich musste mich wehren.«

»Nein«, krächzte Alex. »Das Messer. Sie hatten ein Messer.« Sie war in eine Schockstarre verfallen. Das Messer war für sie bestimmt gewesen. Louise' Blut rann über den Betonboden, wurde vom Regen weggewaschen.

»Ich wollte sie nicht töten.« Churchill blickte auf das Messer, als habe er es noch nie zuvor gesehen. Dann ließ er es los, und es fiel klappernd auf den Boden. Panisch wischte er sich die Hände an seiner Jeans ab. Sah Alex an, schien aber durch sie hindurchzublicken. »Ich liebe Louise, wissen Sie. Ich wusste immer, dass sie mich nicht so liebte wie ich sie. Aber ich glaubte, das würde sich vielleicht im Laufe der Zeit entwickeln. Und ich dachte, wenn wir Kinder hätten, würde sie sich mehr an mich gebunden fühlen.« Er strich sich über das blutverschmierte Gesicht. »Ich liebe sie. Eines Tages habe ich sie dabei ertappt, wie sie sich diese widerlichen Bilder auf dem Computer anschaute. Sie sagte, sie wolle mich verlassen. Da habe ich Theo Lodge davon erzählt.«

Alex streckte die Hände aus. »Beruhigen Sie sich, Paul.«

»Ich wollte ihr nichts antun.« Er schüttelte den Kopf. »Doch nicht Louise. Meiner Louise.« Er begann zu weinen, und blutiger Rotz tropfte aus seiner Nase.

Alex legte ihm die Hand auf den Arm. »Kommen Sie, wir gehen nach unten.«

Er schüttelte sie ab. »Nein!«

Vorsichtig wich sie zurück und tastete hinter sich nach der Tür, um zu flüchten, bevor Churchill sich womöglich auf sie stürzen würde. Sie spürte den Türknauf, aber ihre Hände waren glitschig von Regen und Blut.

Churchill bewegte langsam den Kopf hin und her. »Ich weiß, dass Sie denken, ich hätte Elena in die Tiefe gestoßen. Doch ich war das nicht.«

Alex erstarrte. »Wer dann?«

»Ich wollte mit Elena reden. Habe sie angefleht, unsere Familie nicht zu zerstören. Habe ihr gesagt, Louise' Gefühle für sie würden sich bald verflüchtigen. Habe Elena angeboten, ihr professionelle Hilfe zu besorgen. Aber sie hat alles abgelehnt. So ein siebzehnjähriges Biest hielt mich und meine Familie sozusagen in Geiselhaft. Sie hätte unser Leben und die Zukunft unserer Mädchen zerstört. Wollte ihre große Liebe rausposaunen. Ich musste handeln, sonst wäre der Skandal unser aller Ende gewesen.«

»Was haben Sie getan, Paul? Haben Sie Elena umgebracht?«

Churchill starrte auf seine Hände, als könne er nicht glauben, was er getan hatte. Drehte sie hin und her. »Louise hat mich dazu gebracht«, sagte er und fuhr mit rauer Stimme fort: »Sie hat mich immer wieder so wütend gemacht, dass ich rausging und gegen die Hauswand schlug. Verstehen Sie?«

Alex nickte. Sie erinnerte sich an Churchills aufgeschürfte Fingerknöchel.

»Ich musste das alles vor den Mädchen verbergen. Manchmal ging ich stundenlang joggen. Lief kilometerweit am Strand entlang, um meine Wut abzureagieren. Aber als ich dann diese schmutzigen Fotos sah, wusste ich, dass sich die Situation zuspitzte und alles kaputtgehen würde.« Er hob den Kopf und sah Alex an. »Und jetzt ist alles kaputt, nicht wahr? Wir haben keine Zukunft mehr, Louise und ich.« Er blickte auf seine tote Frau hinunter. »Keine Zukunft. Die Kinder sind ohne uns besser dran.«

»Wer hat Elena in die Tiefe gestoßen, Paul? Waren Sie es?«

»Nein. Das hab ich Ihnen doch schon gesagt«, antwortete er wütend.

»Wer dann?« Alex hielt den Atem an.

Er starrte an ihr vorbei. Dann hechtete er in Sekundenschnelle über die Brüstung.

Lautlos.

38

Krankenhäuser mit ihrem Geruch nach Desinfektionsmitteln, ihren endlosen Korridoren, dem grellen Licht und den gruseligen Plakaten, auf denen vor grässlichen Krankheiten gewarnt wurde, waren immer bedrückend – sosehr man sich auch bemühte, sie durch bunte Wände und Stühle einladender zu gestalten. Alex wurde in Kliniken immer schrecklich nervös, und als ein kleiner Junge auf einem Bett vorbeigefahren wurde, umgeben von einer Schar Menschen in weißen Kitteln, die sich um Infusionen und Sauerstoffflasche kümmerten, traten ihr Tränen in die Augen. Dann jedoch wies Malone sie darauf hin, dass es sich bei dem Jungen um eine Puppe handelte und das Ganze eine Übung war.

Als sie aus dem Aufzug traten und einen weiteren endlosen Korridor entlanggingen, dachte Alex daran, dass zumindest Sashas Lage sich gebessert hatte. Die neue Behandlung schlug gut an, und heute Morgen hatte die Leiterin der Klinik angerufen und berichtet, sie seien mit Sashas Fortschritten zufrieden, wenn man auch noch an einigem arbeiten müsse. Sasha behaupte zum Beispiel immer noch, dass sie Jackie Wood umgebracht habe. Dennoch freute sich Alex auf den nächsten Besuch bei ihrer Schwester.

Als sie dieses Gefühl bei sich registriert hatte, ertappte sie sich bei einem verblüffenden Gedanken. Vielleicht war es an der Zeit, nicht mehr vor der Vergangenheit davonzulaufen. Vielleicht sollte sie dahin zurückkehren, wo sie tatsächlich hingehörte und sich auch die meiste Zeit geborgen gefühlt hatte. Die Anonymität Londons hinter sich lassen und wieder an dem Ort leben, den sie so sehr liebte – Sole Bay. Dort könnte sie von Neuem beginnen und einen behüteten Ort für Sasha schaffen, an dem sie später leben könnte. Gus würde sich auch freuen – ob er nun dort lebte oder nur zu Besuch kam. Alex bildete sich nicht ein, dass er seine neu gewonnene Unabhängigkeit wieder aufgab. Falls er eine Weile auf Ibiza bleiben wollte, war sie einverstanden damit; Hauptsache, er war glücklich.

Und Malone? Sie warf ihm einen Blick zu, und er lächelte und nahm ihre Hand. Alex sagte sich, dass sie das Thema Malone vielleicht einfach entspannt angehen sollte. Nicht an die Zukunft denken, sondern abwarten, was jeder einzelne Tag bringen würde. Über den letzten Tagen mit Malone hatte ein wunderbarer Zauber gelegen. Nachdem er sie am Leuchtturm gefunden hatte, wo sie neben dem toten Paul Churchill kniete, hatte er seine Verbindungen als Ermittler genutzt und dafür gesorgt, dass sie nicht stundenlang verhört wurde und er sie sofort mit nach Hause nehmen konnte.

Er hatte sich bemüht, sie nach den schrecklichen Erlebnissen dieser Nacht zu stabilisieren, und das hatte er gut gemacht. Alex lächelte in sich hinein, als sie an seine Behutsamkeit und Rücksichtnahme dachte. Und vor allem an den Tag und die Nacht, als sie die Liebe als Heilmittel einsetzten. Über die Zukunft sprachen sie nicht.

»Woran denkst du?«, fragte Malone.

Alex schüttelte mit versonnenem Lächeln den Kopf. »Kein Grund zur Beunruhigung.«

Bud, ihr Redakteur, hatte sie angerufen und nach weiteren Details für die Exklusivreportage verlangt, die Alex ihm geschickt hatte. Er war begeistert und verhieß ihr für die Zukunft so viele Aufträge als freie Journalistin, wie sie bewältigen konnte. Zuallererst hatte Alex aber mit Cat besprochen, was an die Öffentlichkeit dringen sollte. Cat hatte eingewilligt, sich über die Nacktfotos zu äußern, um auf die Gefahren des Internets hinzuweisen. In den nächsten Tagen wollte Cat Alex ein Exklusivinterview geben; Mark hatte sich kategorisch geweigert.

Dennoch war noch immer unklar, ob Elena freiwillig von der Klippe gesprungen war oder ob man sie in die Tiefe gestoßen hatte.

»Werden wir das jemals erfahren?«, hatte Cat am Telefon verzweifelt gefragt.

»Ich habe meine Recherche noch nicht abgeschlossen, Cat. Und ich werde nicht ruhen, bis ich die Wahrheit herausgefunden habe, das verspreche ich dir.« Dennoch fragte sich Alex insgeheim, ob sie dieses Versprechen wohl halten könnte.

»Hier ist es«, sagte sie jetzt. Sie hatten die richtige Station gefunden und traten durch die Glastür.

Max saß auf einem Bett in einer Ecke am Fenster, gestützt durch Kissen. Der Junge sah bleich und mager aus, brachte aber ein schwaches Lächeln zustande, als er sie sah. Auf dem Plastikstuhl neben dem Bett saß ein Mann und las Zeitung. Als Alex und Malone ins Zimmer kamen, faltete er die Zeitung zusammen und stand auf.

»Was möchten Sie?«, fragte er stirnrunzelnd.

»Das ist in Ordnung, Onkel. Sie ist eine Freundin von mir«, sagte Max.

Alex reichte dem Mann die Hand. »Ich bin Alex Devlin. Sind Sie Edward Delauncey?«

»Ja.« Seine Miene erhellte sich. »Sie sind die Frau, die Max gefunden hat.« Delauncey hustete. »Ich bin Ihnen zu großem Dank verpflichtet und sollte mich irgendwie erkenntlich erweisen.«

Alex schüttelte den Kopf. »Nein, das ist nicht nötig.«

»Danke, dass Sie hergekommen sind«, sagte Max und musterte Malone. »Wer ist das?«

»Keine Sorge, das ist nur Malone. Der will mich nicht unbeaufsichtigt lassen.« Sie verdrehte die Augen. »Er meint, dass er mir hilft, und ich lasse ihn in dem Glauben.«

Max grinste matt.

»Bitte.« Edward Delauncey bot Alex seinen Stuhl an, und sie setzte sich.

»Wie geht es dir, Max?«, fragte sie.

Er lächelte vage. »Ging mir schon besser. Aber auch schon schlimmer. Habe beschlossen, dass ich unbedingt von den Drogen wegkommen will. Weiß aber, dass es nicht leicht sein wird.« Er zupfte an der Bettdecke.

»Du bekommst erstklassige professionelle Hilfe, Max«, sagte Edward Delauncey. »Warum bloß wusste ich von alldem nichts? Als ich auf dem Internat war, galt es noch als eines der besten des Landes. Und nun wird dort mit Drogen gehandelt, und weiß der Himmel was da noch alles passiert.« Er seufzte. »Hören Sie, ich wollte mir gerade einen Kaffee holen. Möchte jemand von Ihnen auch einen?«

»Sehr gerne, danke«, antwortete Alex. Malone schüttelte den Kopf.

»Bin gleich wieder da, Max.« Der Junge nickte, und sein Onkel ging hinaus.

»Du scheinst ihm sehr am Herzen zu liegen, Max«, sagte Alex.

»Meinen Sie?« Dem Jungen traten Tränen in die Augen. »Er sagt … er sagt, es wird mir bald besser gehen, und dann kann ich eine Schule bei ihm in der Nähe besuchen.«

»Das ist gut.« Alex beugte sich vor und berührte ihn sacht an der Wange. »Hör mal, Max, du willst doch sicher nicht, dass es anderen Jugendlichen so ergeht wie dir, oder?«

Er biss sich auf die Lippe. »Nein.«

»Von wem hast du das Heroin bekommen?«, fragte Alex.

Max hob den Kopf. »Von Felix«, antwortete er, ohne zu zögern. »Und ich glaube, er wusste auch, dass es zu stark für mich war. Er hat zugesehen, als ich es gespritzt habe, und ist dann verschwunden.«

»Dreckskerl«, knurrte Malone.

Alex nickte. »Das ist eine Hilfe, danke, Max. Keine Sorge, er und seine Kumpane und auch Jonny Dutch ...«

»Mr Dutch fanden wir zuerst cool, wissen Sie. Weil er uns immer ein bisschen Skunk für Partys beschaffen konnte.« Er hörte sich kläglich an.

»Warum bist du mit einem Messer auf ihn losgegangen?«

»Einmal waren wir im Pub«, murmelte er, »wissen Sie, da im Dorf.«

Alex nickte.

»Mr Dutch und die anderen sagten, es sei gut, dass Elena tot sei, sie habe zu viel gewusst. Und dann lachte er. Ich bin ausgerastet. Und am nächsten Tag bin ich nach Mundesley gefahren und habe ein Messer gekauft. Habe gesagt, ich brauche es zum Fischen. Dann habe ich zugestochen.« Max sah Alex an. »Es tut mir leid.«

»Jonny Dutch betrieb an deiner Schule einen lukrativen Drogenhandel. Konnte allen besorgen, wonach sie verlangten. Einmal im Monat holte er Nachschub in London, und Felix und Theo verhökerten das Zeug dann für einen Anteil am Umsatz. Dutch hat Felix das Heroin für dich gegeben. In Hallow's Edge war es nicht schwer, für Nachfrage zu sorgen. Und das ist viel schlimmer, als wenn man jemand mit dem

Messer am Arm verletzt. Du hättest das Messer natürlich nicht mit in die Schule nehmen dürfen. Da hätte viel Schlimmeres passieren können.«

»Weiß ich. Hallow's Edge ist echt ein ziemlicher Scheißort.«

»Nein«, erwiderte Alex, »das liegt nicht an Hallow's Edge, sondern an einigen Leuten dort.«

Max holte tief Luft. »Sie wollen wissen, was wirklich mit Elena passiert ist.«

Alex stockte der Atem. »Weißt du es, Max?«

Er schaute zum Fenster, Tränen in den Augen. »Nach ihrem Tod war ich immer wieder in der Schulkapelle und habe gebetet, dass ich eines Tages stark genug sein würde, um an diese Nacht zu denken. Denn das konnte ich ganz lange nicht. Ich wusste nicht, was ich tun sollte.« Jetzt rannen ihm die Tränen übers Gesicht. »Ich war in miesem Zustand. Ich wusste, dass die Drogen mich völlig fertigmachten, aber ich konnte nichts dagegen tun. Ich dachte immer: Nur noch einmal, dann höre ich auf. Aber ich hab es nie geschafft. Felix besorgte mir immer stärkeres Zeug, wollte, dass ich irgendwelche neuen Drogen ausprobierte. Und dann hatte ich kein Geld mehr.«

Max atmete zittrig ein und schloss die Augen. Alex dachte, er sei vielleicht eingeschlafen. In diesem Moment meldete sich Malones Handy.

Ärgerlich sah Alex ihn an.

»Tut mir leid«, sagte Malone nach einem Blick aufs Display, »aber das muss ich annehmen.«

Er beugte sich zu Alex herunter und küsste sie, bevor er hinausging.

Später wünschte sich Alex, sie hätte ihm nachgesehen, als er ein weiteres Mal aus ihrem Leben verschwand.

Max schlug die Augen auf. »Elenas Begräbnis war schlimm. Die Mädchen – Naomi, Nat und die anderen – heulten alle und taten so, als sei Elena ihre beste Freundin gewesen. Dabei waren die immer nur neidisch auf Elena. Sie war witzig und klug und stark. Ich wäre gern auch nur halb so mutig gewesen wie sie. Ich habe sie geliebt, wissen Sie. Wirklich geliebt.«

Alex strich Max die Haare aus der Stirn. »Das weiß ich.«

»Ihre Mutter war so gefasst«, fuhr er fort. »Bleich und dünn, aber sie beherrschte sich. Ich war völlig am Boden zerstört. Und dann hab ich es mit den Drogen total übertrieben. Hab den Unterricht geschwänzt, die Schule war mir völlig egal. Konnte nur noch an Elenas Mum denken, deren Welt zerbrochen war.« Er starrte an die Wand. »Irgendwann träumte ich nicht mehr von Elena und glaubte, alles würde ein bisschen besser werden. Aber dann war die Gerichtsanhörung, und wieder wurde überall in der Schule darüber geredet, dass Elena sich umgebracht hat, weil sie depressiv war, Essstörungen hatte und ein Junge aus dem Dorf mit ihr Schluss gemacht hatte. Und ich wollte immer schreien: ›Nein, so war's nicht!‹ Aber ich konnte nicht.«

»Deshalb hast du als Kiki Godwin diese Nachricht an mich geschickt«, sagte Alex, »worauf wir uns in Mundesley getroffen haben. Aber da hast du mir erzählt, du seist dabei gewesen. Hättest mit Elena reden wollen, aber sie sei von der Klippe gesprungen.«

»Ich habe gelogen.«

»Warum, Max?« Kam nun endlich die Wahrheit ans Licht?

»Mrs Farrar«, flüsterte er.

Alex schloss einen Moment die Augen. Die Farrars. »Was war mit ihr?«

»Sie hat von der Facebook-Nachricht an Sie gewusst.«

»Wie das denn?«

Max sah todunglücklich aus. »Felix hat mich gesehen. Als ich in der Bücherei am Computer gesessen habe. So hat Mrs Farrar erfahren, dass ich Kiki Godwin war. Und sie hat gesagt, wenn ich Ihnen nicht erzähle, dass Elena sich umgebracht hat, würde ich von der Schule fliegen. Es würde einen riesigen Skandal geben, und mein Onkel würde mich verstoßen. Dann hätte ich überhaupt keinen Zufluchtsort mehr.« Tränen liefen über seine Wangen. »Also hab ich gemacht, was sie von mir verlangt hat«, flüsterte er. »Ich hatte nicht den Mut, Ihnen zu sagen ...«

»Was denn?«, fragte Alex leise.

Max wandte den Kopf und sah sie an. »Was in dieser Nacht wirklich passiert ist.«

39

ELENA

Die Nacht ihres Todes

»Warum sind Sie um diese Zeit noch unterwegs, Miss?«

Ich ziehe meine Kapuze ins Gesicht und weiche dem Alten mit seinen ekligen Einkaufstaschen so weit wie möglich aus. Bisschen schwierig hier auf dem schmalen Klippenpfad. Der Alte wohnt wohl in dem runtergekommenen Wohnwagen, der so dicht am Abgrund steht, als könnte er jeden Moment hinunterstürzen. Und der Typ stinkt schlimmer als alles, was ich jemals gerochen habe. Ich murmle irgendwas, als ich an ihm vorbeigehe, und spüre, dass er mir nachschaut. Als ich mich kurz umdrehe, sehe ich, dass er kopfschüttelnd weitergeht. Grummelt wahrscheinlich irgendwas über die Jugend von heute oder so einen Scheiß vor sich hin.

Dann biegt er zu seinem Wohnwagen ab.

Der Wind hat nachgelassen, aber es ist trotzdem kalt. Die Luft riecht nach Salz und Algen. Der Himmel ist sternenklar, sogar die Milchstraße ist zu sehen, und im Mondlicht kann ich weiter hinten das verlassene Blockhaus erkennen.

Schlimmer Ort. Noch viel übler als das alte Sommerhaus bei der Schule. Tagsüber wirkt das Blockhaus verwahrlost, nachts richtig unheimlich, als lauere dort etwas Grässliches. Ich habe es immer gemieden. Einige Kids aus der Schule und aus dem Dorf nutzen es als Schlupfwinkel. Aber für mich ist das nichts.

»Aua.« Ich reibe mir das Schienbein, weil ich nicht auf die niedrige Steinmauer am verwilderten Garten des Blockhauses geachtet habe. Dann springe ich über die Mauer, versuche, nicht auf leere Packungen und zerbrochene Flaschen zwischen dem Unkraut zu treten. Schiebe die Tür auf.

Ich warte, bis meine Augen sich an die Dunkelheit gewöhnt haben, bevor ich eintrete. Hätte ich doch nur mein Handy dabei, damit ich in die finsteren Ecken leuchten könnte.

Es stinkt furchtbar hier, nach Pisse und Kotze und Fäulnis. Was um alles in der Welt mache ich hier?

»Sie liebt dich nicht mehr.« Eine heisere Stimme aus der Ecke.

Ich kneife die Augen zusammen, als mich das grelle Licht einer Taschenlampe blendet.

»Sie liebt dich nicht mehr und will, dass du sie in Ruhe lässt.«

»Wer?« Ich bemühe mich, tapfer zu klingen, aber meine Stimme zittert.

Plötzlich steht Paul Churchill vor mir und packt mich am Arm. »Louise«, knurrt er, dicht vor meinem Gesicht. »Louise.«

Vergeblich versuche ich, mich loszureißen. »Hör zu, du dumme Pute. Louise und mir geht es gut hier. Wir wollen nicht, dass du alles ruinierst. Hast du verstanden?«

Die Angst ist so groß, dass ich nur nicke. Ich habe weiche Knie, Schweißtropfen rinnen mir den Rücken runter, und ich kann kaum atmen.

»Lassen Sie mich los.« Meine Stimme bricht. In Churchills Augen stehen Tränen, und ich bekomme wieder Mut. »Bitte.«

»Bleib uns vom Hals. Louise will dich nicht mehr sehen. Das hat sie dir doch schon längst klargemacht, nicht?«

Ich denke an ihre Nachrichten, in denen sie versucht hatte, sich zu trennen, mir dann aber wieder schrieb, dass sie mich liebe. »Wir lieben uns aber«, erwidere ich trotzig. Ich will nicht kampflos aufgeben.

Paul Churchill lässt mich los und schüttelt den Kopf. »Nein, das stimmt nicht. Louise hat dich niemals wirklich geliebt. Außerdem kannst du die Bedeutung dieses Worts gar nicht verstehen. Du bist nur ein dummes kleines Mädchen, das in etwas hineingeraten ist, das es nicht kapiert.« Er reibt sich mit der Hand das Gesicht. »Großer Gott, wenn es doch einer dieser widerwärtigen Drogenfreaks wie Theo oder Felix wäre. Aber ein Mädchen?« Er seufzt. »Immer ist sie hinter Mädchen her.«

»Was soll das heißen?« Auf einmal verstehe ich, weshalb man sagt, dass einem das Herz stehen bleibt. Meines scheint jetzt stehen zu bleiben, und ich bekomme keine Luft mehr.

Churchill lacht bitter, und das Lachen hallt von den Wänden des verwahrlosten Hauses wider. »Du bildest dir ein, du seist die Erste, oder? Ihre einzige Liebe? Louise hat schon in der letzten Schule was mit einer Schülerin angefangen, aber das habe ich unterbunden, bevor es zu weit ging. Hier, schau.« Er zieht aus seiner Tasche ein ramponiertes Foto hervor und hält es mir vor die Nase.

Ich muss beinahe würgen. Louise, meine Louise, hält ein Mädchen mit langen blonden Haaren und makelloser Haut umschlungen, das mir irgendwie ähnelt. Und der Blick in Louise' Augen ... so hat sie mich immer angesehen. »Ich habe geglaubt ...«, flüstere ich heiser.

»Dass du die Einzige bist.«

»›Du bist mein Ein und Alles‹, hat sie zu mir gesagt.«

»Das stimmt nicht. Aber bei dir hat sie es schlauer angestellt. Hat alles unter der Decke gehalten, und ich dachte, sie engagiert sich wirklich nur als Lehrerin. Aber dann bin ich doch dahintergekommen. Ist immer so.«

So fühlt es sich wohl an, wenn die Welt zerbricht. Wenn alle Hoffnungen und Wünsche zu Asche zerfallen. Ich denke an unsere heimlichen Treffen, unser Liebesgeflüster. Ich war so offen zu ihr, habe ihr vertraut.

»Ich glaube Ihnen nicht«, sage ich. »Ich glaube Ihnen kein Scheißwort!«, schreie ich. Meine Wangen sind nass, Rotz läuft mir aus der Nase.

Als er mich ansieht, liegt etwas wie Mitgefühl in seinem Blick. »Es tut mir leid.«

Er klingt traurig, und ich weiß, dass er die Wahrheit sagt.

Dann geht er an mir vorbei und verlässt das Blockhaus.

Einen Moment lang stehe ich wie betäubt da. Spüre meinen Körper nicht mehr. Dann hebe ich die Hand, schaue auf den Ring. Reiße ihn vom Finger und schleudere ihn in die Ecke. Renne nach draußen, wo ich lautes Schluchzen höre. Es kommt von mir selbst. Ich stolpere durch den Müll zur Mauer, steige hinüber, taumle den Pfad entlang, als sei ich betrunken, biege auf die Straße ab, die ins Nichts führt.

Der Himmel ist jetzt bewölkt, und es beginnt zu regnen. Zuerst langsam, dann stärker.

Ich kann nicht mehr weiter. Hocke mich hin, und meine Tränen fallen auf die Erde, vermischen sich mit den Regentropfen. Ich weiß nicht mehr, was ich tun soll. Mein Herz tut schrecklich weh, und es kommt mir vor, als sei mir die Zukunft genommen worden.

»Elena?«

Ich blicke hoch. Vor mir steht Max. Er zittert, blinzelt hastig und leckt sich nervös die Lippen. »Ich bin so müde«, flüstert er. »Mir tut alles weh.«

»Lass mich allein.« Ich wische die Tränen weg.

»Elena?«

Ich richte mich auf, will schreien, dass er sich verpissen und mich nicht dauernd verfolgen soll, aber er sieht so jämmerlich und verfroren aus. »Was ist denn, Max? Was willst du?« Ich friere auch. Meine Kleider sind durchnässt, auf dem Asphalt entstehen Pfützen vom strömenden Regen.

»Du und Louise ...«

Ich zucke zusammen. »Damit ist es aus und vorbei.«

»Ich weiß, dass du was mit ihr hattest. Dass du ...« Er zögert. »... andersrum bist.«

»Ich bin ganz einfach ein Mensch, der einen anderen Menschen liebt. Das ist alles.« Ich schüttle den Kopf. Will nicht all die Liebe, die ich monatelang empfunden habe, herabwürdigen. Ich werde geliebt. Wurde geliebt. Aber jetzt ist mein Leben zu Ende.

»Du bist eine Lesbe. Eine Fotzenleckerin.« Jetzt weint er auch. »Die Fotos waren für eine Frau. Das ist so eklig. Ich bin froh, dass Theo sie ins Netz gestellt hat.« Ich merke, dass er versucht, aggressiv und mutig zu sein, aber es hört sich unecht an.

»Theo.« Gut, es endlich bestätigt zu bekommen. Ich würde gerne lachen, aber mir ist zum Heulen zumute. »Konnte es wohl nicht verkraften, dass ich mit ihm Schluss gemacht hab.«

Plötzlich fühle ich mich wieder stark. Mit geballten Fäusten trete ich auf Max zu. Er reißt erschrocken die Augen auf und weicht ein paar Schritte zurück. Ich bleibe stehen, weil ich nicht zu nah an den Abgrund treten will. Außerdem steht Max vor mir, der kleine Max. »Wir haben uns geliebt.«

Er leckt sich wieder die Lippen. »Ich werde es allen erzählen. Alle werden sich über dich lustig machen. Es wird in der Zeitung stehen. Man wird die dreckige Schlampe rausschmeißen.«

»Nein. Bitte. Tu das nicht.« Noch will ich sie schützen. Meine Geliebte.

»Und warum nicht?«

Ich schaue zum Himmel auf, und das Wasser strömt mir übers Gesicht. »Weil ...« Ich kann nicht klar denken. »Du mich liebst?«

Max schüttelt den Kopf. »Er hat gesagt ...« Er schluckt schwer. »Wenn ich dich runterstoße, gibt er mir alle Drogen, die ich brauche. Er weiß, wo er sie herkriegt. Damit alles verschwindet.«

»Was?« Ich bin fassungslos. Entsetzt. Habe Mitleid. Alles auf einmal. »Was redest du da? Mich runterstoßen? Wo?«

»An der Klippe. Er sagt, du hast alles ruiniert. Er will sich sein Leben nicht zerstören lassen. Und du wirst mich ohnehin nie lieben, oder?« Max blickt wild um sich. »Ich hab kein Geld mehr. Ich brauch Stoff. Er besorgt ihn mir.«

Ich drehe mich um, und da steht er, ein paar Schritte entfernt. Blickt zu uns herüber. Versperrt den Zugang zum Pfad. Paul Churchill.

Ich stehe ganz still da und hoffe, dass man mir meine Angst nicht anmerkt. Die Straße führt jäh in den Abgrund. Mich schaudert. »Max. Ich bin es, Elena. Ich kann dir helfen.«

Er schüttelt heftig den Kopf. »Nein, kannst du nicht. Niemand kann das.« Er kichert, es hört sich unheimlich an. Die Drogen haben ihn wahnsinnig gemacht. Traurig starrt er mich an. »Aber ich kann das nicht, Elena. Ich kann nicht. Du warst immer nett zu mir. Hast mich nicht ausgelacht, warst verständnisvoll. Ich bin wütend auf die Welt, aber du warst lieb. Und du bist klug. Ich kann gar nichts.«

»Aber, Max«, sage ich und trete einen Schritt auf ihn zu.

Er schüttelt wieder den Kopf. »Du verstehst das nicht. Würdest es in tausend Jahren nicht verstehen. Willst du einen Rat von mir hören?« Bitteres Lachen. »Nee, wahrscheinlich nicht. Ich bin ja nur ein Junge, der in dich verliebt ist. Aber ich geb dir trotzdem einen Rat. Du bist nur ein Spielzeug für Louise Churchill. Sie hatte schon mal was mit einem Mädchen, und ihr Mann musste sie retten. Deshalb sind sie überhaupt hierhergezogen.«

»Ich weiß«, flüstere ich, aber er hört mich nicht.

»Mach dir nicht alles kaputt, Elena. Du wirst einen guten Abschluss kriegen und was aus deinem Leben machen. Aber ich … ich bin nichts wert.«

»Doch, Max. Du bist viel wert.«

Er lächelt traurig. »Ich liebe dich.« Auf einmal rennt er los. Aber nicht auf mich zu, sondern zum Rand der Klippe. Ich will Max aufhalten, kriege ihn aber nicht zu fassen. Ich weiß, was er vorhat. Im letzten Moment scheint er es sich anders zu überlegen und bleibt abrupt stehen. Bemüht sich, das Gleichgewicht wiederzufinden. Rudert am Klippenrand mit den Armen. Ich laufe zu ihm, packe ihn am Arm. Der Mond verschwindet hinter einer Wolke. Unten donnern die Wellen ans Ufer. Am Horizont blinkt die Boje. Der Wind zaust meine Haare. Max hält sich mit der anderen Hand an mir fest.

Wir kommen ins Schlittern.

Der Regen wird noch heftiger.

Es gelingt mir, Max nach hinten zu schieben, außer Gefahr, und er fällt hinterrücks auf die Straße.

Ich verliere das Gleichgewicht.

Sehe noch Paul, der reglos dasteht, ein kleines Lächeln auf den Lippen.

Louise, die angelaufen kommt, mit angstverzerrtem Gesicht. Sie scheint zu schreien, aber ich kann sie nicht hören.

Die Wellen sind ohrenbetäubend, und der Wind heult.

»Nein!«, höre ich jemanden schreien, weiß aber nicht, ob es Max ist oder Louise.

Ich denke an Mum. An das Leben, das ich nicht mehr haben werde.

Ich falle.

Hey, du. Ich bin's.
   Es tut mir so leid.
   Es tut mir so leid.
   Aber es musste so sein.

40

CATRIONA

OKTOBER

»Ich wusste erst nicht, wo ich das machen wollte«, sagte Cat, als sie sich auf dem kleinen Kirchhof am Ärmelkanal auf eine Bank setzte. Es war ein sonniger kalter Herbsttag mit blauem Himmel und schnell ziehenden Wolken. Der Wind fegte die roten und goldgelben Blätter von den Bäumen. »Das Meer hast du immer geliebt, und ich weiß, dass du diese Frau geliebt hast.« Auch nach Monaten brachte Cat Louise Churchills Namen noch nicht über die Lippen. »Aber ich dachte mir, dass du sicher nicht in Hallow's Edge bleiben wolltest.« Cat umklammerte die Urne fester. »Dass du bei deinem Vater bleiben möchtest, den du so sehr geliebt hast.«

Als Kind hatte Elena immer darauf gewartet, dass ihr Vater nach Hause kam, damit er sie herumwirbelte, bis sie mit ihren kleinen Fäusten auf ihm herumtrommelte, damit er aufhörte. Die Erinnerung brachte Cat zum Lächeln, doch auch Tränen drohten, und das wollte sie nicht zulassen. Sie hatte sich fest vorgenommen, nicht zu weinen, wenn sie Elenas Asche zu Patricks Grab bringen würde. Fast ein Jahr war vergangen, seit Elena bei dem Versuch, Max zu retten, zu Tode gekommen war. Ganz allmählich ließ Cats Schmerz etwas nach, aber hinzu kam nun die quälende Reue, weil sie nicht mehr Zeit mit ihrer Tochter verbracht hatte. Diese Schuldgefühle waren am schwersten zu ertragen, doch mit ihnen musste Cat leben lernen. Alex hatte ihr gesagt, dass sie irgendwann nachließen und nur die Erinnerungen blieben.

Erinnerungen: Elena, wie sie den Kopf in den Nacken warf und lauthals lachte. Die Kraft, mit der sie Magersucht und Depression überwunden hatte. Wie sie in der Zeit nach Patricks Tod ein Fels in der Brandung gewesen war, obwohl sie eigentlich von ihrer Mutter hätte getröstet werden sollen. Wie Elena als Baby mit den Ärmchen über dem Kopf in ihrer Wiege lag, bestaunt von ihren Eltern. Wie reizend und lieb sie als junges Mädchen gewesen war, nachdem sie die Krankheit überwunden hatte. Die Gespräche, in denen Elena vertrauensvoll von einem Jungen erzählte, in den sie verliebt war, oder von anderen Jungen, die sie aufdringlich und unangenehm fand.

Doch im Laufe der Zeit begannen einige Erinnerungen zu verblassen. Cat konnte sich nicht mehr an Elenas Geruch erinnern. Wusste plötzlich nicht mehr, welche Bands und Autoren Elena am meisten gemocht hatte. Wie alt sie gewesen war, als sie ihr erstes Wort gesprochen hatte. Wann hatte sie ihren ersten BH getragen? Aber vielleicht war das alles auch an Cat vorübergegangen, weil sie so viel gearbeitet hatte.

»Ich habe so viel versäumt«, sagte sie jetzt zu Patrick. »Nach deinem Tod habe ich mich in die Arbeit gestürzt. Elena wurde psychisch krank, und ich verlor innerlich den Kontakt zu ihr.« Cat starrte aufs graue Wasser des Ärmelkanals. »Ich wusste nicht, dass sie lesbisch war. Sie muss sich so einsam gefühlt haben.«

Cat stellte die Urne ins Gras, trat zu Patricks Grab und legte die Hände auf die kalte Erde. »Ich vermisse dich so sehr,

Patrick. Natürlich hätte ich vieles anders machen können, das weiß ich. Aber ich habe so gehandelt, wie ich es zu dem Zeitpunkt für richtig hielt. Und darauf muss ich mich konzentrieren. Ich darf nicht dauernd weiter darüber nachdenken, was ich hätte anders machen können. Da hat Alex recht. Denn dann wird man verrückt.«

Ein Rotkehlchen setzte sich auf den Grabstein und sah Cat mit seinen schwarzen Knopfaugen an. Sie lachte.

»Ich werde die Politik an den Nagel hängen«, sprach sie weiter. »Ich möchte eine Wohltätigkeitsorganisation gründen, die sich für Jugendliche in Not einsetzt. Ich lasse mich gerade beraten, wie ich das anpacken soll. Alex meint, sie kann mir in der Presse viel Publicity verschaffen. Mark habe ich noch nichts davon gesagt.« Cat seufzte. »Wir haben uns voneinander entfremdet, und ich glaube nicht, dass wir zusammenbleiben werden. Mark ist anders, als ich geglaubt habe. Er hat mich belogen, was Elena anging. Vielleicht hätten wir das noch irgendwie hingekriegt. Aber es hat wohl eher was damit zu tun, dass er nicht du ist, Patrick.« Cat unterdrückte die Tränen und blinzelte. Sie hatte genug geweint.

Als sie den Kopf hob, sah sie Alex auf sich zukommen. Ein Gutes hatte all das Grauen: Die Freundinnen hatten wieder zueinandergefunden. Alex hatte die Wahrheit über Elenas Tod offengelegt, und so hatte Cat vom mutigen und selbstlosen Verhalten ihrer Tochter erfahren.

Alex setzte sich neben Cat und nahm ihre Hand. »Ich habe gerade erfahren, dass die Farrars verschiedener Vergehen beschuldigt werden. Man wirft ihnen Pflichtverletzung, Duldung von Drogenhandel, Betrug, Verletzung der Aufsichtspflicht vor. Die werden nie mehr an einer Schule arbeiten.«

Cat nickte. »Ein Glück.«

Das Rotkehlchen zwitscherte. Der Wind hatte sich inzwischen gelegt.

»Jetzt ist es an der Zeit loszulassen.« Cat stand auf und griff nach der Urne. Alex trat neben ihre Freundin, die jetzt sagte: »Ich möchte Gus bald kennenlernen, ja?«

Alex nickte und drückte ihren Arm.

Cat wandte sich dem Grab zu. »Patrick, ich bringe dir deine Tochter. Gib auf sie acht, hörst du?« Behutsam verstreute sie Elenas Asche auf dem Grab, während das Rotkehlchen unbeirrt weitersang.

Als Elenas letzte Überreste die Erde berührten, frischte der Wind erneut auf, und das Säuseln in den Baumwipfeln klang wie ein Flüstern in Catrionas Herzen.

Danksagung

Großen Dank an meine Agentin, Teresa Chris, für ihre unermüdliche Unterstützung und ihren Glauben an mich – mögen wir noch viele Einkaufsbummel zusammen machen. Herzlichen Dank an Sarah Hodgson, meine großartige und feinfühlige Lektorin, und dem ganzen Team bei HarperCollins.

Selbstverständlich gilt mein Dank auch all jenen Freunden und Kollegen, deren Namen ich mir ungeniert ausgeliehen habe – vor allem Laura Devlin für den Nachnamen meiner Hauptfigur.

Ich danke sehr Julia Champion, die sich mit allerlei raffinierten Plänen für die Verbreitung des Buches einsetzt und deren Begeisterung unerschöpflich ist.

Lieben Dank an Susan Rae fürs Anfeuern; an Jenny Knight, die mich nicht nur einmal aus Erzählsackgassen gerettet hat, und an Sarah Bower für ihre unermüdliche Unterstützung und ihre Freundschaft.

All meinen LeserInnen, RezensentInnen und BloggerInnen danke ich von Herzen. Eure Kommentare und eure Unterstützung sind unschätzbar wertvoll für mich.

Ganz besonderer Dank gilt Melanie McCarthy, deren leidenschaftliche Ermutigung mir eine große Hilfe war, und ihrer Familie.

Ferner möchte ich Emily Riley, Jenni Cooper und Nick

Childs danken, die fleißig die Trommel rühren, wie auch allen Swaffers für ihren Einsatz.

Und natürlich meinen größten Dank an Kim, Edward, Peter und Esme. Ohne euch hätte ich es nicht geschafft.

Autorin

Mary-Jane Riley hat viele Jahre als Journalistin und Talkmasterin bei der EBC gearbeitet und sich in dieser Zeit immer wieder mit spektakulären Verbrechensfällen befasst. Ihr erster Roman *All die bösen Dinge* bildete den Auftakt der Reihe um die Journalistin Alex Devlin. Mary-Jane Riley ist verheiratet, hat drei Kinder und lebt in Suffolk.

Mary-Jane Riley im Goldmann Verlag:

All die bösen Dinge. Psychothriller

(📖 auch als E-Book erhältlich)

Unsere Leseempfehlung

420 Seiten
Auch als E-Book
und Hörbuch
erhältlich

Fünfzehn Jahre ist es her, dass Detective Nap Dumas seinen Zwillingsbruder Leo verlor, der mit seiner Freundin Diana tot auf den Eisenbahngleisen ihrer Heimatstadt in New Jersey gefunden wurde. Damals verschwand auch Maura, Naps große Liebe, ohne ein Wort des Abschieds. Als jetzt im Wagen eines Mordverdächtigen Mauras Fingerabdrücke auftauchen, hofft Nap auf Antworten. Doch stattdessen stößt er auf immer neue Fragen: über die Frau, die er einst liebte, über eine verlassene Militärbasis und vor allem über Leo und Diana. Denn die Gründe, warum sie sterben mussten, sind dunkel und gefährlich ...

www.goldmann-verlag.de
www.facebook.com/goldmannverlag

Unsere Leseempfehlung

384 Seiten
Auch als E-Book
und Hörbuch
erhältlich

Helena Pelletier ist eine ausgezeichnete Fährtenleserin und Jägerin – Fähigkeiten, die sie als Kind von ihrem Vater gelernt hat, als sie mitten im Moor lebten. Für Helena war ihr Vater immer ein Held – bis sie vor fünfzehn Jahren erfahren musste, dass er in Wahrheit ein gefährlicher Psychopath ist und sie daraufhin für seine Festnahme sorgte. Seit Jahren sitzt er nun im Hochsicherheitsgefängnis. Doch als Helena eines Tages in den Nachrichten hört, dass ein Gefangener von dort entkommen ist, weiß sie sofort, dass es ihr Vater ist und dass er sich im Moor versteckt. Nur Helena hat die Fähigkeiten, ihn aufzuspüren. Es wird eine brutale Jagd, denn er hat noch eine Rechnung mit ihr offen ...

www.goldmann-verlag.de
www.facebook.com/goldmannverlag